Leo Nikolajewitsch Tolstoj, geboren am 9. September 1828 auf Gut Jasnaja Poljana, ist am 20. November 1910 auf einer entlegenen Bahnstation in Astapovo/Gouvernement Tambow gestorben.
Viele autobiographische Züge finden sich in Tolstojs Erzählungen. Seine Neigung zur Selbstbeobachtung und Selbstanalyse entsprach seinem Engagement für die historischen und gesellschaftlichen Ereignisse, die Rußland seit der zweiten Hälfte des 19. Jahrhunderts erschütterten. Zu den Werken, die er nach seiner religiös-moralischen Umkehr verfaßte, gehören *Der Tod des Iwan Iljitsch* (1889), eine schonungslose Darstellung von der inneren Leere des Durchschnittsmenschen und seiner Hilflosigkeit angesichts des Sterbens, und *Die Kreutzersonate* (1891), jene Beichte des Mörders, der seine ihm untreue Ehefrau umgebracht hatte. Die Sammlung mit Tolstojs großen Erzählungen enthält überdies *Der Teufel* (1911) und *Vater Sergius* (1911).

insel taschenbuch 2144

Leo N. Tolstoj

Die großen Erzählungen

Leo N. Tolstoj
Die großen Erzählungen

Aus dem Russischen von Arthur Luther
und Rudolf Kassner

Mit einem Nachwort von Thomas Mann

Insel Verlag

insel taschenbuch 2144
Erste Auflage 1997

Hinweise zu dieser Ausgabe am Schluß des Bandes
Vertrieb durch den Suhrkamp Taschenbuch Verlag
Umschlag nach Entwürfen von Willy Fleckhaus
Druck: Nomos Verlagsgesellschaft, Baden-Baden
Printed in Germany

1 2 3 4 5 6 – 02 01 00 99 98 97

INHALT

DER TOD DES IWAN ILJITSCH

Im großen Gebäude des Gerichtshofes hatten sich in einer Pause, durch die die Verhandlung des Prozesses Melwinskij unterbrochen wurde, die Mitglieder des Gerichts und der Staatsanwalt im Zimmer von Iwan Jegorowitsch Schebek versammelt und unterhielten sich über den berühmten Fall Krasow. Fjodor Wasiljewitsch war sehr erregt und suchte die Inkompetenz des Gerichtshofes zu beweisen, Iwan Jegorowitsch beharrte auf seinem Standpunkt. Peter Iwanowitsch hatte sich gleich von Anfang an nicht in den Streit gemischt, sondern überflog die eben eingegangenen ›Nachrichten‹.

»Meine Herren«, sagte er, »Iwan Iljitsch ist gestorben!«

»Ist es möglich?«

»Da lesen Sie!« sagte er zu Fjodor Wasiljewitsch und reichte ihm das noch nach frischer Druckerschwärze riechende Blatt. In schwarzer Umrahmung stand gedruckt: »Praskowja Fjodorowna Golowina gibt in tiefer Trauer allen ihren Verwandten und Freunden Kenntnis von dem am 4. Februar 1882 eingetretenen Hinscheiden ihres geliebten Gatten, Mitglied des Gerichtshofs: Iwan Iljitsch Golowin. Das Begräbnis findet am Freitag um ein Uhr nachmittags statt.«

Iwan Iljitsch war ein Kollege der hier versammelten Herren gewesen, und alle hatten ihn gern gehabt. Er war seit einigen Wochen krank gewesen, und es hatte geheißen, die Krankheit sei unheilbar. Sein Platz war wohl noch frei geblieben, doch es war schon in Erwägung gezogen worden, daß im

Fall seines Todes wahrscheinlich Alexejew ernannt würde und an Stelle Alexejews entweder Winikow oder Stabel. Deshalb war der erste Gedanke, den jeder der versammelten Herren bei der Kunde von Iwan Iljitschs Tode hatte, welche besondere Bedeutung dieser Tod für die Versetzung oder gar Beförderung der einzelnen Mitglieder oder deren Bekannten wohl haben dürfte.

›Jetzt erhalte ich bestimmt die Stelle Stabels oder Winikows‹, dachte Fjodor Wasiljewitsch. ›Mir ist sie schon lange versprochen, und die Beförderung bedeutet für mich achthundert Rubel mehr neben den Kanzleigeldern.‹

›Ich werde jetzt um die Versetzung meines Schwagers aus Kaluga bitten müssen‹, dachte Peter Iwanowitsch. ›Meine Frau wird darüber sehr froh sein. Sie kann mir dann nicht mehr vorwerfen, daß ich nichts für ihre Verwandten tue.‹

»Ich habe mir gleich gedacht, daß er nicht mehr aufstehen wird«, sagte Peter Iwanowitsch laut. »Schade um ihn!«

»Was hatte er eigentlich?«

»Die Ärzte kannten sich selber nicht aus, das heißt: jeder sagte etwas anderes. Als ich ihn das letzte Mal sah, schien es ihm besser zu gehen.«

»Ich habe ihn seit den Feiertagen nicht mehr gesehen. Ich wollte immer hin, aber es kam nie dazu.«

»Hatte er Vermögen?«

»Die Frau, scheint es, hat ein kleines. Kaum der Rede wert.«

»Wir werden hinfahren müssen. Nur wohnen sie so schrecklich weit.«

»Das heißt: weit von Ihnen. Von Ihnen ist alles weit.«

»Er kann es mir nicht verzeihen, daß ich jenseits des Flusses wohne«, sagte Peter Iwanowitsch und lächelte spöttisch über Schebek. Sie sprachen nun noch von den Entfernungen der Stadt und gingen dann zur Sitzung.

Außer den verschiedenen Gedanken an alle die Versetzungen und möglichen Wechsel, die durch diesen Tod erfolgen könnten, rief die Tatsache des Todes eines nahen Bekannten in allen, die davon hörten, wie immer ein gewisses Gefühl der Freude hervor.

›Er ist tot, und ich lebe noch‹, dachte oder fühlte ein jeder.

Die nahen Bekannten, die sogenannten Freunde von Iwan Iljitsch, dachten zudem auch noch unwillkürlich daran, daß sie jetzt eine Menge höchst langweiliger Anstandspflichten zu erfüllen haben würden, zur Leichenfeier fahren und der Witwe eine Beileidsvisite machen müßten.

Fjodor Wasiljewitsch und Peter Iwanowitsch hatten dem Toten nähergestanden als alle anderen.

Peter Iwanowitsch war sein Kamerad in der Rechtsschule gewesen und hielt sich Iwan Iljitsch gegenüber für besonders verpflichtet.

Nachdem er beim Essen seiner Frau vom Tode des Iwan Iljitsch erzählt und auch die Möglichkeit einer Versetzung des Schwagers in ihren Amtsbezirk erwähnt hatte, verzichtete Peter Iwanowitsch heute auf seinen Mittagsschlaf, zog den Frack an und fuhr zu Iwan Iljitschs Wohnung.

Vor der Einfahrt standen eine Kutsche und zwei Droschken. Unten im Vorzimmer beim Kleiderständer lehnte der mit Glanzseide beschlagene Sargdeckel mit vielen Quasten und Borten, die mit Pulver gereinigt worden waren, an der Wand. Zwei Damen in Trauer legten die Pelze ab. Eine kannte er, es war die Schwester von Iwan Iljitsch; die andere war ihm unbekannt. Einer seiner Kollegen, Schwarz, kam eben die Treppe herunter, blieb auf der letzten Stufe stehen und nickte ihm zu, als wollte er ihm sagen: ›Das hat Iwan Iljitsch dumm gemacht; da sind wir ganz andere Leute.‹

Schwarzens Gesicht mit dem englischen Backenbart, seine hagere Gestalt im Frack hatten wie immer eine gewisse elegante Feierlichkeit, und diese Feierlichkeit, die stets im Widerspruch zu seiner guten Laune stand, hatte gerade hier ihren besonderen Reiz. So dachte Peter Iwanowitsch.

Peter Iwanowitsch ließ die Damen vorantreten und ging langsam die Treppe hinter ihnen hinauf. Schwarz war nicht weitergegangen, sondern oben stehengeblieben. Peter Iwanowitsch erriet auch warum: Schwarz wollte offenbar noch die Whistpartie für heute abend verabreden. Die Damen gingen zur Witwe. Schwarz hatte die Lippen feierlich zusammengekniffen, aber seine Augen blickten schelmisch. Mit einer Bewegung der Brauen wies er Peter Iwanowitsch nach rechts in das Zimmer des Toten.

Peter Iwanowitsch ging, wie das immer der Fall ist, hinein, ohne die leiseste Ahnung davon, was er dort eigentlich zu tun habe. Er wußte nur, daß es in solchen Fällen niemals schadet, das Kreuz zu machen. Ob er sich dabei auch verneigen müsse, darüber war er schon im Zweifel, und darum wählte er den Mittelweg: er trat ins Zimmer, bekreuzigte sich und tat so, als ob er sich verneigte. Soweit es ihm die Bewegungen der Hände und des Kopfes erlaubten, sah er sich aber dabei auch im Totenzimmer um. Zwei junge Leute, einer davon ein Gymnasiast, wohl Neffen des Verstorbenen, bekreuzigten sich und verließen das Zimmer. Eine alte Frau stand unbeweglich da. Und eine Dame mit merkwürdig heraufgezogenen Augenbrauen flüsterte ihr etwas ins Ohr. Der Mesner im Gehrock las mit energischer, entschlossener Miene und einer Stimme, die jeden Widerspruch ausschloß, die Psalmen. Der Küchendiener Gerasim ging mit leichten Schritten an Peter Iwanowitsch vorüber und streute etwas auf den Boden. Peter Iwanowitsch spürte sofort einen leisen Leichengeruch. Bei seinem letzten Besuch bei Iwan Iljitsch hatte Peter Iwanowitsch diesen Burschen im Schlafzimmer gesehen; er versah die Dienste eines Krankenwärters, und Iwan Iljitsch hatte ihn sehr lieb. Peter Iwanowitsch bekreuzigte sich immer wieder und verbeugte sich in der Richtung zwischen dem Sarg, dem Mesner und dem Tisch mit den Heiligenbildern in der Ecke. Und als er glaubte, sich genug bekreuzigt zu haben, blieb er stehen und betrachtete den Toten.

Der lag wie alle Toten schwer da, mit den starr gewordenen

Gliedern in der Unterlage des Sarges versinkend, den Kopf für immer ins Kissen zurückgebogen; die gelbe, wächserne Stirn mit den hellen Stellen an den eingefallenen Schläfen trat scharf hervor, und die Spitze der Nase drückte auf die Oberlippe. Er hatte sich sehr verändert, war noch mehr abgemagert, seitdem Peter Iwanowitsch ihn zuletzt gesehen hatte; doch wie bei allen Toten war das Gesicht schöner und vor allem bedeutender geworden. Das Gesicht hatte den Ausdruck, als ob es sagen wollte: ›Alles, was geschehen mußte, ist geschehen, und es war recht so.‹ Und außerdem lag in den Zügen noch etwas wie ein Vorwurf und eine Mahnung an alle, die noch am Leben waren. Die Mahnung schien Peter Iwanowitsch hier nicht am Platze oder brauchte sich zum mindesten nicht auf ihn zu beziehen. Etwas war ihm peinlich, und Peter Iwanowitsch bekreuzigte sich noch einmal hastig, wie ihm schien, ein wenig zu hastig, nicht so, wie sichs gehört, drehte sich um und ging zur Tür hinaus. Schwarz erwartete ihn im Durchgangszimmer, breit dastehend und mit beiden Händen hinter dem Rücken seinen Zylinder drehend. Ein Blick auf diesen heiteren, reinlichen, eleganten Schwarz, und Peter Iwanowitsch fühlte sich erfrischt. Er begriff, daß Schwarz über der Sache stand und sich quälenden Eindrücken eben nicht hingab. Seine ganze Erscheinung sprach das deutlich aus: ›Dieses Ereignis der Totenfeier für Iwan Iljitsch ist kein genügender Grund, eine Störung der Verhandlung festzustellen, das heißt: nichts auf der Welt kann mich hindern, heute abend, wenn ich ein neues Kartenspiel aufmache, die Karten schnalzen zu lassen, wenn der Diener die vier frischen Kerzen auf den Tisch stellt; es ist absolut kein Grund vorhanden, anzunehmen, daß dieses Ereignis uns davon abhalten könnte, auch den heutigen Abend angenehm zu verbringen.‹ Er flüsterte Peter Iwanowitsch, der gerade hereinkam, ins Ohr, er möchte sich heute zu einer Partie Whist bei Fjodor Wasiljewitsch einfinden. Doch es sah so aus, als sollte es Peter Iwanowitsch nicht beschieden sein, heute abend Whist zu spielen. Praskowja Fjodorowna, eine nicht gerade große, fette, trotz eifriger Bemühungen, das Gegenteil zu erreichen, von oben nach unten zu breiter werdende Dame, ganz in Schwarz, den Kopf in schwarze Spitzen gehüllt, mit ebenso merkwürdig heraufgezogenen Augenbrauen wie die Dame am Sarg, kam mit anderen Damen aus ihrem Zimmer und geleitete sie zur Tür des Totenzimmers mit den Worten: »Gleich wird die Totenfeier beginnen. Gehen Sie nur bitte hinein!«

Schwarz verneigte sich etwas unschlüssig und blieb stehen, diese Aufforderung weder annehmend noch ablehnend. Als Praskowja Fjodorowna Peter Iwanowitsch erkannte, trat sie mit einem Seufzer dicht an ihn heran, faßte seine Hand und sagte: »Ich weiß, daß Sie ein aufrichtiger Freund von Iwan Iljitsch waren.« Dabei sah sie ihm ins Gesicht, als erwarte sie eine diesen Worten entsprechende Handlung. Peter Iwanowitsch wußte gleich: wie man sich dort drinnen zu bekreuzigen hatte, so mußte man hier die Hand drücken, aufseufzen und sagen: »Seien Sie überzeugt davon!« Und er tat das auch sofort und hatte das Gefühl, daß der gewünschte Effekt auf diese Weise erreicht wurde: daß er wie sie gerührt waren.

»Gehen wir hier hinein, bevor es dort begonnen hat! Ich habe mit Ihnen zu reden«, sagte die Witwe. »Reichen Sie mir Ihren Arm!«

Peter Iwanowitsch nahm ihren Arm und ging in die inneren Gemächer an Schwarz vorbei, der Peter Iwanowitsch ganz betrübt zuzwinkerte.

›Und der Whist? Nichts für ungut, aber wir müssen dann einen anderen Partner nehmen! – Wenn Sie hier freikommen, spielen wir zu fünfen‹, sagte sein schelmischer Blick.

Peter Iwanowitsch seufzte noch etwas tiefer und trauriger, und Praskowja Fjodorowna drückte ihm dankbar die Hand. Sie gingen in den rosa Salon mit der verhängten Lampe und setzten sich an den Tisch, Praskowja Fjodorowna auf das Sofa und Peter Iwanowitsch auf einen niedrigen blauen Hocker, dessen Federn verbogen waren und sich unter seiner Last noch mehr verbogen. Praskowja Fjodorowna wollte ihn noch warnen, er möchte doch einen Stuhl nehmen, aber sie fand das in ihrer jetzigen Lage unangebracht und sagte nichts. Als Peter Iwanowitsch sich auf diesen Hocker setzte, fiel ihm ein, wie Iwan Iljitsch selber diesen Salon eingerichtet und sich mit ihm über den rosa Cretonne mit den grünen Blättern beraten hatte. Als die Witwe am Tisch vorbei zum Sofa wollte (der ganze Salon war vollgestopft mit Sachen), blieb sie mit ihrer schwarzen Spitzenmantille am Schnitzwerk des Tisches hängen. Um sie loszumachen, erhob sich Peter Iwanowitsch, und der von der schweren Last befreite Hocker schnellte gleich unter ihm auf und stieß ihn. Die Witwe versuchte nun sich selber loszumachen, und Peter Iwanowitsch setzte sich wieder, den aufrührerischen Hocker unter sich eindrückend. Doch die Witwe blieb wiederum hängen, noch einmal mußte Peter Iwanowitsch aufstehen, und abermals rebellierte der Hocker und knackte sogar. Schließlich war alles in Ordnung, und Praskowja Fjodorowna zog ein reines Batisttaschentuch heraus und begann zu weinen. Peter Iwanowitsch hingegen war durch die kurze Episode mit dem Trauerschleier und seinem Kampf mit dem Hocker ein wenig abgekühlt und blieb in sich zusammengekauert sitzen. Die peinliche Situation wurde durch den Küchenchef Sokolow gestört, der melden kam, daß der Platz auf dem Friedhof, den Praskowja Fjodorowna bestellt hatte, zweihundert Rubel koste. Praskowja Fjodorowna hörte zu weinen auf und sagte mit der Miene eines unschuldigen Opfers zu Peter Iwanowitsch auf französisch, daß ihr alle diese Sachen so schwerfielen. Peter Iwanowitsch gab ihr durch eine Geste zu verstehen, daß er fest davon überzeugt sei und daß es nicht anders sein könne.

»Rauchen Sie doch, bitte!« sagte sie mit einer Stimme, die zugleich hochherzig und gedrückt klingen sollte, und verhandelte dann mit Sokolow über den Preis des Grabes.

Peter Iwanowitsch zündete sich eine Zigarette an und hörte zu, wie Praskowja Fjodorowna den Diener höchst eingehend nach den verschiedenen Preisen fragte und den Platz bestimmte, den er nehmen solle. Und außerdem fragte sie ihn noch nach den Kosten der Sänger. Sokolow ging dann hinaus.
»Ich muß alles allein machen«, sagte sie zu Peter Iwanowitsch, das Album auf dem Tisch beiseite rückend; und da sie in dem Augenblick bemerkte, daß die Asche auf den Tisch zu fallen drohte, schob sie ihm gleich den Aschenbecher hin und sagte: »Ich würde es für Heuchelei halten, wenn ich behaupten wollte, daß ich mich vor Trauer mit praktischen Dingen nicht befassen kann. Im Gegenteil, wenn etwas mich trösten und auch zerstreuen kann, so sind es gerade diese Sorgen um den Toten« – wieder griff sie nach dem Taschentuch, als kämen ihr die Tränen. Doch plötzlich, sich gleichsam überwindend, schüttelte sie alles ab und sprach ganz ruhig: »Ich habe mit Ihnen geschäftlich zu reden.«
Peter Iwanowitsch verneigte sich, ohne daß er diesmal den Federn des Hockers, die sich unter ihm schon wieder zu regen begannen, aufzuschnellen erlaubte.
»In den letzten Tagen hat er furchtbar gelitten.«
»Wirklich?« fragte Peter Iwanowitsch.
»Ja, furchtbar! In den letzten – nicht Minuten, sondern Stunden hat er ununterbrochen geschrien. Durch drei Tage und drei Nächte mit gleicher Stimme. Es war nicht zu ertragen. Ich kann nicht verstehen, wie ich es ausgehalten habe; hinter drei Türen konnte man ihn hören. Ach, was ich alles durchgemacht habe!«
»War er noch bei Bewußtsein?« fragte Peter Iwanowitsch.
»Ja«, flüsterte sie, »bis zur letzten Minute. Er nahm von uns Abschied eine Viertelstunde vor dem Tode und bat noch, Wolodja wegzuführen.«
Der Gedanke an die Leiden eines Menschen, den er so gut gekannt hatte, zuerst als munteren Schuljungen, dann als erwachsenen Kollegen, jagte plötzlich Peter Iwanowitsch,

trotz des unangenehmen Bewußtseins seiner eigenen und dieses Weibes Heuchelei, einen maßlosen Schrecken ein. Er sah wieder die weiße Stirn vor sich, die auf die Lippe drükkende Nase, und er fürchtete für sich selber.
›Drei Tage furchtbaren Leidens und dann der Tod! Er kann jede Minute auch für mich eintreten‹, dachte er, und ihm war für einen Augenblick wirklich bange. Doch plötzlich, er wußte selber nicht wie, kam ihm der übliche Gedanke zu Hilfe, daß sich das eben mit Iwan Iljitsch zugetragen habe und nicht mit ihm und daß sich das mit ihm nicht zutragen dürfe und könne, daß er sich mit solchen Gedanken nur in eine düstere Stimmung versetze, was er durchaus nicht tun dürfe, wie er das ganz deutlich aus dem Gesicht Schwarzens gelesen habe. Und damit beruhigte sich Peter Iwanowitsch auch und begann mit Interesse nach den Einzelheiten des Todes zu fragen, als wäre der Tod ein Abenteuer, das nur Iwan Iljitsch, keineswegs aber auch ihm selber widerfahren könnte.
Nach der Schilderung aller Einzelheiten der wirklich furchtbaren physischen Leiden des Iwan Iljitsch (diese Einzelheiten erfuhr Peter Iwanowitsch nur aus dem Bericht darüber, wie die Qualen von Iwan Iljitsch Praskowja Fjodorowna auf die Nerven gegangen waren) hielt die Witwe den Zeitpunkt für gekommen, zur Sache zu reden.
»Ach, Peter Iwanowitsch, wie schwer, wie furchtbar schwer, wie furchtbar schwer!« Und abermals brach sie in Tränen aus.
Peter Iwanowitsch seufzte und wartete, bis sie sich ausgeschneuzt hatte. Nachdem sie sich ausgeschneuzt hatte, sagte er: »Glauben Sie mir!«, und sie wurde wiederum ganz gesprächig und kam nun auf ihr Hauptanliegen zu sprechen: sie wollte wissen, wie sie anläßlich des Todes ihres Mannes Geld vom Staat erhalten könnte. Sie tat natürlich so, als ob sie Peter Iwanowitsch nach der Pension fragte; er sah aber ganz deutlich, daß sie alles schon bis ins kleinste Detail wußte, auch vieles, was ihm gar nicht bekannt war. Sie war über

alles unterrichtet, was sich im Falle des Ablebens des Gatten aus dem Staatssäckel herausbeuteln ließ, wollte aber noch wissen, ob sie vielleicht noch etwas mehr herausschlagen könnte. Peter Iwanowitsch bemühte sich, ein solches Mittel ausfindig zu machen; doch nachdem er ein wenig nachgedacht und auch anstandshalber auf die Regierung wegen ihrer Knauserigkeit geschimpft hatte, sagte er, daß man wohl nicht mehr herausholen könnte. Da seufzte die Witwe und suchte nun offensichtlich eine Gelegenheit, ihren Besucher loszuwerden. Er merkte das, drückte seine Zigarette aus, stand auf und ging hinaus.

Im Speisezimmer mit der Uhr, an der Iwan Iljitsch besonders viel Freude gehabt hatte, weil er sie bei einem Trödler gekauft hatte, traf Peter Iwanowitsch den Geistlichen und noch einige Bekannte, die alle zur Totenfeier gekommen waren, und hier sah er auch die ihm wohlbekannte Tochter des Iwan Iljitsch, eine hübsche junge Dame. Sie war ganz in Schwarz. Ihre sehr schlanke Taille sah dadurch noch schlanker aus. Sie hatte einen düsteren, entschlossenen, beinahe gehässigen Ausdruck im Gesicht. Und sie grüßte Peter Iwanowitsch, als trüge er an irgend etwas Schuld. Hinter ihr stand mit demselben beleidigten Ausdruck im Gesicht ein Peter Iwanowitsch ebenfalls bekannter reicher junger Mann, seines Amtes Untersuchungsrichter und, wie es hieß, der Bräutigam der jungen Dame. Peter Iwanowitsch grüßte die beiden mit trüber Miene und wollte gerade in das Zimmer des Toten gehen, als an der Treppe ein Gymnasiast erschien, der Sohn von Iwan Iljitsch, der dem Vater erschreckend ähnlich sah. Das war ganz der kleine Iwan Iljitsch, wie Peter Iwanowitsch sich seiner in der Rechtsschule erinnerte. Die Augen waren verweint und so, wie unreinliche Knaben zwischen dreizehn und vierzehn sie haben. Als der Junge Peter Iwanowitsch sah, runzelte er finster und zugleich verschämt die Stirn. Peter Iwanowitsch nickte ihm zu und ging ins Totenzimmer. Die Totenfeier hatte bereits begonnen – Kerzen,

Seufzer, Weihrauch, Tränen, Schluchzen. Peter Iwanowitsch stand da, finster auf seine Füße blickend. Er sah nicht ein einziges Mal den Toten an und gab sich bis zum Schluß nicht Eindrücken hin, die ihn hätten weich machen können, und ging als einer der ersten hinaus. Im Vorzimmer war niemand. Gerasim, der Küchendiener, kam aus dem Zimmer des Verstorbenen gelaufen, warf mit seinen starken Händen die Pelze durcheinander, um den von Peter Iwanowitsch zu finden, und reichte ihm seinen Pelz.

»Es ist doch schade um ihn, Gerasim?« fragte Peter Iwanowitsch, um irgend etwas zu sagen.

»Es ist Gottes Wille. Wir alle werden dorthin kommen«, antwortete Gerasim, seine dichten, weißen Bauernzähne zeigend, riß wie ein Mensch, der nicht viel Zeit hat, eilig die Tür auf, rief den Kutscher, half Peter Iwanowitsch in den Wagen und sprang auf die Vortreppe zurück, als hätte er sofort wieder zu überlegen, was es jetzt noch zu tun gäbe.

Peter Iwanowitsch war es besonders angenehm, die frische Luft einzuatmen nach dem Geruch von Weihrauch, Leichnam und Karbolsäure.

»Wohin befehlen Sie?« fragte der Kutscher.

»Es ist noch nicht spät. Ich fahre noch zu Fjodor Wasiljewitsch.« Peter Iwanowitsch fuhr hin. Und wirklich traf er sie beim ersten Robber, so daß er ganz gut als fünfter eintreten konnte.

2

Die Lebensgeschichte des Iwan Iljitsch ist sehr einfach und sehr gewöhnlich und doch entsetzlich.

Iwan Iljitsch starb im Alter von fünfundvierzig Jahren als Mitglied des Gerichtshofes. Er war der Sohn eines Beamten, der in Petersburg in verschiedenen Ministerien jene Laufbahn vollbracht hatte, welche die Leute endlich in eine Stellung bringt, aus der sie wegen ihres langen Dienstes und hohen Ranges nicht mehr hinausgejagt werden können, wie-

wohl es sich erwiesen hat, daß sie zu keinem ernsthaften Amt wirklich taugen. Sie erhalten darum dann auch eigens für sie ausgedachte fiktive Posten und durchaus nicht fiktive sechstausend bis zehntausend Rubel jährlich, von denen sie dann noch bis ins höchste Greisenalter leben.
So war der Geheimrat Ilja Jefimowitsch Golowin ein überflüssiges Mitglied verschiedener überflüssiger Behörden.
Er hatte drei Söhne. Iwan Iljitsch war der zweite. Der älteste machte die Karriere seines Vaters, nur in einem anderen Ministerium, und näherte sich jetzt schon jenem Dienstalter, in dem die Beamten das Gehalt eigentlich nur noch für ihr Beharrungsvermögen beziehen. Der dritte Sohn war mißraten. Er verdarb sichs überall auf verschiedenen Posten und hatte jetzt eine Anstellung bei der Eisenbahn. Sein Vater, die Brüder und besonders ihre Frauen sahen ihn nicht nur sehr ungern, sondern erinnerten sich auch seiner Existenz nur im Falle einer dringenden Notwendigkeit. Die Schwester war mit einem Baron Gräf verheiratet, genauso einem Petersburger Beamten, wie der Schwiegervater einer war. Iwan hieß le phénix de la famille. Er war nicht so kalt und akkurat wie der ältere Bruder und nicht so leichtsinnig wie der jüngste. Er hielt sich in der Mitte zwischen beiden und war gebildet, lebhaft, umgänglich und hatte gute Manieren.
Er wurde zusammen mit dem jüngsten Bruder in der Rechtsschule erzogen. Der jüngste machte sie nicht zu Ende und wurde aus der fünften Klasse hinausgejagt; Iwan beendete sie mit gutem Erfolg. In der Rechtsschule schon war er, was er dann sein ganzes Leben lang blieb: ein fähiger, heiterer, gutwilliger und geselliger Mensch, der alles das genau und peinlich erfüllte, was er für seine Pflicht hielt. Und für seine Pflicht hielt er alles das, was Höhergestellte dafür hielten. Er war weder als Junge noch als erwachsener Mensch ein Streber, aber wie die Fliege zum Licht, zog es ihn von früher Jugend an zu den Begünstigten des Lebens; er eignete sich deren Manieren, deren Lebensanschauungen an und

unterhielt mit ihnen freundschaftliche Beziehungen. Die Spiele der Kindheit und Streiche der Jugend hinterließen in ihm keine tieferen Spuren: auch er war wie seine Kameraden verliebt, war ein Stutzer und später in den oberen Klassen liberal gewesen, aber alles in ganz bestimmten Grenzen, die ihm sein Taktgefühl wies.

In der Rechtsschule hatte er mancherlei Streiche begangen, die er früher für große Gemeinheiten ansah und die auch zur Zeit, da er sie beging, in ihm Widerwillen gegen sich selbst erregten; später aber, als er sah, daß auch hochstehende Personen solche Streiche machten und sie nicht für schlecht ansahen, hielt auch er sie zwar nicht gerade für gut, aber er vergaß sie und dachte nicht mehr mit Ärger an sie zurück.

Als Iwan Iljitsch die Rechtsschule verließ, um als Beamter in die zehnte Rangklasse eingereiht zu werden, und vom Vater Geld empfing zur Adjustierung, bestellte er sich die Uniform bei Charmeur, hing eine Medaille mit der Inschrift: ›respice finem‹ an seine Uhrkette, verabschiedete sich vom Prinzen und von seinem Erzieher, aß mit seinen Kameraden zusammen bei Donon, und mit neuen modischen Koffern, neuer Wäsche, neuen Kleidern, Rasier- und Toilettegegenständen und einem Plaid, die er alle in den ersten Geschäften bestellt und gekauft hatte, fuhr er in die Provinz, wo ihm der Vater den Posten eines Beamten für besondere Aufträge beim Gouverneur verschafft hatte.

In der Provinz richtete Iwan Iljitsch sein Leben gleich ebenso angenehm und bequem ein wie in der Rechtsschule. Er versah den Dienst, machte Karriere und amüsierte sich dabei auf heitere und doch auch schickliche Art. Zuweilen mußte er Dienstreisen ins Innere der Provinz machen, und da verstand er es, Haltung zu zeigen, sowohl den Vorgesetzten als auch den Untergebenen gegenüber, und entledigte sich seiner Aufträge, vor allem in den Angelegenheiten der Sektierer, mit einer Gewissenhaftigkeit und Unbestechlichkeit, auf die er stolz war.

In Dienstsachen war er trotz seiner Jugend und seinem Hang zur Fröhlichkeit außerordentlich zurückhaltend, sachlich, ja streng; doch in der Gesellschaft zeigte er sich oft ausgelassen und witzig; dabei blieb er aber stets gutmütig, wohlerzogen und durchaus ›bon enfant‹, wie sein Chef und dessen Frau sagten, bei denen er wie das Kind im Hause war.
In der Provinz hatte er auch ein Liebesverhältnis mit einer Dame, die sich dem eleganten jungen Beamten selbst aufgedrängt hatte; er hielt auch eine Modistin aus; es gab auch Trinkgelage mit neuangekommenen Flügeladjutanten und Fahrten in gewisse entlegene Gäßchen nach dem Souper; es fehlte auch nicht hier und da an besonderen Aufmerksamkeiten dem Chef oder dessen Frau gegenüber; aber das alles hielt sich so sehr in den Grenzen des guten Tons, daß man es gar nicht schlecht nennen konnte; es geschah unter dem bekannten Motto: ›Il faut que la jeunesse se passe.‹ Alles das geschah mit sauberen Händen, in sauberer Wäsche, mit französischen Ausdrücken und vor allem in der feinsten Gesellschaft, also auch mit voller Zustimmung aller vornehmen Leute.
So war Iwan Iljitsch fünf Jahre lang tätig; dann trat eine Änderung in seinen Dienstverhältnissen ein. Die Gerichtsreform wurde durchgeführt, und man brauchte überall neue Leute.
Iwan Iljitsch war einer von diesen neuen Männern.
Ihm wurde der Posten eines Untersuchungsrichters angetragen, und er nahm ihn an, obgleich der Posten in einem anderen Gouvernement war und Iwan Iljitsch jetzt alle seine Beziehungen abbrechen und neue aufnehmen mußte. Seine Freunde begleiteten ihn zur Bahn, sie ließen eine Gruppenaufnahme machen und überreichten ihm eine silberne Zigarettendose, und Iwan Iljitsch fuhr auf seinen neuen Posten.
Iwan Iljitsch war als Untersuchungsrichter genauso comme il faut und anständig wie als Beamter für besondere Aufträge des Gouverneurs und wußte seine dienstlichen Pflichten nach wie vor von seinem Privatleben zu trennen und Achtung ein-

zuflößen. Das Amt des Untersuchungsrichters hatte für Iwan Iljitsch viel mehr Interesse und Anziehungskraft. In seiner früheren Stelle war es ja ganz angenehm gewesen, leichten Schrittes in der Charmeurschen Uniform an den zitternden und wartenden Bittstellern und den ihn beneidenden Beamten vorbei in das Zimmer des Gouverneurs zu gehen und dort mit ihm Tee zu trinken und Zigaretten zu rauchen; aber Leute, die direkt von ihm abhingen, gab es eigentlich wenig: schließlich waren es nur ein paar Polizeihauptleute auf dem Lande und dann die Sektierer, wenn er gerade in deren Angelegenheiten hinausgeschickt wurde; und er hatte es gern, mit Leuten, die von ihm abhingen, höflich, ja kameradschaftlich umzugehen; er ließ sie gerne fühlen, daß er, der sie zermalmen könnte, so einfach, ja freundschaftlich ihnen gegenüber sei. Solcher Leute gab es damals, wie gesagt, noch wenig. Jetzt aber als Untersuchungsrichter war Iwan Iljitsch sich bewußt, daß alle, alle ohne Ausnahme, daß die angesehensten und selbstsichersten Leute eigentlich in seinen Händen seien und daß es nur weniger Worte auf einem Blatt Papier mit einer gewissen Überschrift bedürfe, um so einen selbstsicheren angesehenen Herrn als Angeklagten oder als Zeugen vor ihm erscheinen zu lassen; und wenn Iwan Iljitsch ihm nicht erlaubte, sich zu setzen, mußte er stehend alle Fragen beantworten. Iwan Iljitsch mißbrauchte diese seine Macht niemals, im Gegenteil: er bemühte sich, sie so wenig wie möglich fühlen zu lassen; aber gerade das Bewußtsein dieser Macht und die Möglichkeit, milde zu sein, bedeuteten für ihn das Hauptinteresse und waren von besonderem Reiz in der neuen Stellung. Im Dienst selber, besonders bei Untersuchungen, nahm Iwan Iljitsch die Gewohnheit an, alles fernzuhalten, was nicht zum Dienst gehörte, und auch die komplizierteste Sache so zu vereinfachen, daß nur der äußere Hergang auf dem Papier stand und jede persönliche Stellungnahme ausgeschlossen war, vor allem aber die Form genau eingehalten wurde. Das war damals

noch neu. Und er war einer der ersten, der die Gerichtsordnung vom Jahre 1864 in die Tat umsetzte.
Da Iwan Iljitsch als Untersuchungsrichter in eine neue Stadt übersiedelte, machte er natürlich auch neue Bekanntschaften, knüpfte neue Beziehungen an, suchte sich von neuem in der Gesellschaft zu behaupten und wechselte ein wenig auch seinen Ton. Er suchte sich in einer gewissen würdevollen Distanz von der Machtsphäre des Gouverneurs zu halten, wählte für seinen gesellschaftlichen Verkehr den besten Kreis aus Gerichtsbeamten und dem reichen Adel, der in der Stadt lebte, und eignete sich den Ton einer leichten Unzufriedenheit mit der Regierung an, den Ton eines mäßigen, vornehmen bürgerlichen Liberalismus. Zudem hörte er auf sich zu rasieren und ließ den Bart wachsen, wo dieser wollte – ohne natürlich etwas an der Eleganz seiner Toilette zu ändern.
Das Leben des Iwan Iljitsch in der neuen Stadt war wiederum sehr angenehm: die gegen den Gouverneur frondierende Gesellschaft war durchaus vornehm und hielt fest zusammen; das Gehalt war größer, und keine geringe Annehmlichkeit brachte auch der Whist, den Iwan Iljitsch um diese Zeit zu spielen anfing; er war am Kartentisch immer heiter, kombinierte schnell und fein und gewann daher auch fast immer.
Nach zwei Jahren Dienst in der neuen Stadt begegnete Iwan Iljitsch zum ersten Mal seiner zukünftigen Frau. Praskowja Fjodorowna Michel war das anziehendste, klügste, glänzendste Mädchen in dem Kreise, in dem Iwan Iljitsch verkehrte. Unter die Rubrik Zeitvertreib und Erholung von den Mühen eines Untersuchungsrichters setzte er nun auch seinen leichten Flirt mit Praskowja Fjodorowna.
Als Beamter für besondere Aufträge des Gouverneurs gehörte Iwan Iljitsch noch zu den Tänzern; für den Untersuchungsrichter war das Tanzen nur noch eine Ausnahme. Wenn er jetzt noch ab und zu tanzte, so sollte das bedeuten: ›Ich stehe zwar im Dienste der neuen Justiz und bin in der fünften Rangklasse, doch wenn es zum Tanzen kommt, so

will ich wenigstens zeigen, daß ich das noch immer besser verstehe als die anderen.‹ So tanzte er auch ab und zu gegen Schluß einer Soiree mit Praskowja Fjodorowna, und gerade als Tänzer hatte er das Herz der jungen Dame erobert. Sie verliebte sich in ihn. Iwan Iljitsch hatte zwar nicht die klare und bestimmte Absicht zu heiraten, doch als er des Mädchens Liebe sah, stellte er sich die Frage: ›Und warum soll ich eigentlich nicht heiraten?‹

Praskowja Fjodorowna war aus guter Familie, hübsch und hatte auch ein kleines Vermögen. Iwan Iljitsch hätte wohl auf eine glänzendere Partie rechnen können, doch war Praskowja Fjodorowna immerhin keine schlechte. Iwan Iljitsch hatte sein Gehalt, sie würde, so hoffte er, ebensoviel mitbekommen. Sie hatte einflußreiche Verwandte und war selber lieb, hübsch und wohlerzogen. Wer behaupten wollte, Iwan Iljitsch habe darum geheiratet, weil er sich in seine Braut verliebt und bei ihr Verständnis für seine Lebensanschauung gefunden hätte, würde ebenso irren wie der, welcher behaupten wollte, Iwan Iljitsch habe nur darum geheiratet, weil sein Kreis diese Partie billigte. Iwan Iljitsch heiratete unter zwei Vorstellungen: indem er diese Frau nahm, tat er das, was ihm angenehm war, und er tat damit zugleich etwas, das die Höhergestellten für richtig hielten.

Iwan Iljitsch heiratete also.

Die Hochzeit und die erste Zeit der Ehe mit den Liebkosungen der Gattin, den neuen Möbeln, dem neuen Geschirr, der neuen Wäsche verlief bis zur Schwangerschaft der Frau sehr gut. Deshalb war Iwan Iljitsch der Ansicht, die Heirat habe dazu beigetragen, daß der Charakter eines leichten, angenehmen, heiteren, durchaus schicklichen und von der Gesellschaft gebilligten Lebens – Eigenschaften, in denen Iwan Iljitsch das Eigentümliche des Lebens überhaupt sah – nicht zerstört, sondern nur noch vertieft wurde. Doch plötzlich, von den ersten Monaten der Schwangerschaft der Frau an, kam in dieses Leben etwas Neues, Unerwartetes, Unangenehmes, Schweres, Unschickliches, worauf Iwan Iljitsch durchaus nicht gefaßt war und wovon er sich auf keine Weise befreien konnte.

Seine Frau begann, nach seiner Meinung ganz ohne Veranlassung, ›de gaieté de cœur‹, wie er sich ausdrückte, die Annehmlichkeit und Bequemlichkeit des Lebens zu zerstören: ganz ohne Ursache wurde sie eifersüchtig, verlangte, daß er immerfort um sie sei, fand an allem etwas auszusetzen und machte ihm peinliche und rohe Szenen.

Anfangs hoffte Iwan Iljitsch sich vom Unangenehmen dieser Lage durch seine leichte und korrekte Beziehung zum Leben überhaupt, die ihm schon früher geholfen hatte, zu befreien; er versuchte die Gemütsverfassung seiner Frau zu ignorieren, fuhr fort, so leicht und angenehm zu leben wie früher: er lud seine Freunde zu einer Whistpartie ein, ging auch selbst aus, in den Klub und zu Freunden. Doch da zankte ihn seine Frau einmal so grob und heftig aus und fuhr fort, ihm jedesmal, sooft er nicht alle ihre Wünsche erfüllte, so derb ihre Meinung zu sagen, offenbar fest entschlossen, nicht eher nachzugeben, bis er sich ihr in allem füge, das heißt zu Hause sitze und gleich ihr ein grämliches Gesicht mache, daß Iwan Iljitsch ganz entsetzt war. Er sah ein, daß das Leben mit einer Frau – zum mindesten mit seiner – nicht unbedingt zur Annehmlichkeit und zum Behagen beitrage, ja im Gegenteil dieses zerstöre und daß es darum notwendig sei, sich gegen diese Angriffe zu schützen. Und Iwan Iljitsch suchte nach einem Mittel, sich zu schützen. Sein Dienst war das einzige, was Praskowja Fjodorowna imponierte. Iwan Iljitsch spielte also den Dienst und die sich aus diesem Dienst ergebenden Pflichten gegen seine Frau aus, indem er hier seine Welt, die Welt seiner Unabhängigkeit, abgrenzte.

Mit der Geburt eines Kindes, den Nährversuchen und den Mißerfolgen dabei, mit den wirklichen und eingebildeten Krankheiten der Mutter und des Säuglings, für die Iwan Iljitsch Teilnahme zeigen mußte und von denen er nichts

verstand, wurde für Iwan Iljitsch die Notwendigkeit, sich eine Welt außerhalb der Familie zu schaffen, nur noch dringender.
Je reizbarer und anspruchsvoller seine Frau wurde, um so bewußter verlegte Iwan Iljitsch den Schwerpunkt seiner Existenz in den Dienst. Er begann den Dienst liebzugewinnen und wurde auch ehrgeiziger, als er bisher gewesen war.
Sehr bald, nicht länger als ungefähr ein Jahr nach der Hochzeit, wußte Iwan Iljitsch, daß das Eheleben, trotz einiger Bequemlichkeiten, in der Hauptsache eine sehr komplizierte und durchaus schwierige Sache sei, und um darin seine Pflicht zu erfüllen, das heißt, um ein schickliches und von der Gesellschaft gebilligtes Leben zu führen, mußte er sein Verhältnis zur Ehe ebenso klarlegen, wie er sein Verhältnis zum Dienst klargelegt hatte.
Und Iwan Iljitsch legte sich sein Verhältnis zur Ehe zurecht. Er verlangte von der Ehe nur noch jene Vorteile, die sie ihm gewähren konnte: Essen, Führung der Wirtschaft, Bett, vor allem aber die Wahrung der äußeren Formen, die von der öffentlichen Meinung ein für allemal festgesetzt waren. Im übrigen suchte er in der Ehe Heiterkeit und Komfort, und wenn er diese fand, war er dankbar. Stieß er aber auf Widerstand und mürrisches Wesen, so zog er sich eiligst in die abgegrenzte Welt des Dienstes zurück und fand dort, was er brauchte.
Iwan Iljitsch wurde als guter Beamter geschätzt und nach drei Jahren zum Zweiten Staatsanwalt ernannt. Neue Verpflichtungen, ihre Wichtigkeit, die Möglichkeit, jeden in den Anklagezustand zu versetzen und ins Gefängnis zu stekken, die Reden vor der Öffentlichkeit, der Erfolg, den er damit hatte – alles das fesselte ihn immer mehr an den Dienst.
Kinder kamen, die Frau wurde immer mürrischer und gereizter, aber das von Iwan Iljitsch genau festgesetzte Verhältnis zum häuslichen Leben bewirkte, daß nichts bis zu Iwan Iljitsch durchdrang.

Nach siebenjähriger Tätigkeit in dieser Stadt wurde Iwan Iljitsch als Erster Staatsanwalt in ein anderes Gouvernement versetzt. Man zog um, das Geld reichte nicht, und der Frau mißfiel der neue Wohnort. Zwar bezog Iwan Iljitsch nun ein höheres Gehalt, aber das Leben war hier teurer. Außerdem starben zwei Kinder, und das Familienleben wurde Iwan Iljitsch noch unangenehmer.

Praskowja Fjodorowna machte ihren Mann für alle Miseren des neuen Lebens verantwortlich. Fast alle Gespräche zwischen Mann und Frau, vor allem über die Erziehung der Kinder, brachten sie auf Fragen, die in sich die Erinnerung an einen Streit bargen, und die Streitigkeiten konnten auf diese Weise jeden Augenblick wieder ausbrechen. Es blieben ihnen nur noch die seltenen Perioden der Verliebtheit, die plötzlich über die Gatten kamen, doch die dauerten nicht lange. Sie glichen Inseln, auf welchen sie sich für eine Zeit niederließen, aber sehr bald stießen sie wiederum hinaus ins Meer heimlicher Feindschaft. Und diese Feindschaft und Entfremdung hätten Iwan Iljitsch wohl betrüben können, wenn er der Ansicht gewesen wäre, daß dies so nicht sein sollte; doch hielt er jetzt dieses Verhältnis nicht nur für normal, sondern auch für das Ziel seiner Wirksamkeit innerhalb seiner Familie. Dieses Ziel lag für ihn darin, sich immer mehr und mehr von diesen Unannehmlichkeiten zu befreien und ihnen den Charakter des Unschädlichen und des guten Tons zu geben; und das erreichte er damit, daß er seine Zeit immer weniger in der Familie zubrachte, und wenn er dennoch dazu gezwungen war, so bemühte er sich, seine Lage durch die Anwesenheit anderer zu erleichtern. Die Hauptsache war, daß Iwan Iljitsch den Dienst hatte. Auf diese Welt des Dienstes konzentrierte sich nun sein ganzes Interesse. Es nahm ihn völlig in Anspruch. Das Bewußtsein seiner Macht, die Möglichkeit, jeden Menschen zu vernichten, den er vernichten wollte, sein würdevolles Gebaren auch in Äußerlichkeiten, auf dem Wege ins Gerichtsgebäude, bei der Begegnung mit Untergebenen, sein Erfolg bei Vorgesetzten und Untergebenen und hauptsächlich die Meisterschaft, mit der er seiner Meinung nach einen Prozeß führte – alles das machte ihm Freude und erfüllte zusammen mit Festen, Diners und Whistpartien durchaus sein Leben. Und so verlief dieses Leben auch weiter so, wie es nach der Ansicht von Iwan Iljitsch verlaufen mußte: angenehm und in den Grenzen des guten Tons.

So verbrachte er noch sieben Jahre. Die ältere Tochter war inzwischen sechzehn Jahre geworden, ein weiteres Kind war gestorben, und so war nur noch ein Junge übriggeblieben, der ins Gymnasium ging und zu manchem ehelichen Zwist Anlaß bot. Iwan Iljitsch wollte ihn in die Rechtsschule bringen, Praskowja Fjodorowna aber gab ihn aus Widerspruch ins Gymnasium. Die Tochter wurde zu Hause erzogen und entwickelte sich gut. Auch der Junge lernte nicht schlecht.

3

So ging das Leben des Iwan Iljitsch hin, siebzehn Jahre lang seit der Hochzeit. Er war inzwischen ein alter Staatsanwalt geworden, hatte schon mehrere Versetzungen abgelehnt und wartete auf einen besseren Posten, als ganz unerwartet ein höchst unliebsames Ereignis eintrat, das durchaus die Ruhe seines Lebens störte. Iwan Iljitsch hatte die Stelle eines Gerichtspräsidenten in einer Universitätsstadt erwartet; doch Hoppe kam ihm aus irgendeinem Grunde zuvor. Iwan Iljitsch war verärgert, machte Hoppe Vorwürfe und verzankte sich schließlich mit ihm und seinem nächsten Vorgesetzten. Man wurde kühl gegen ihn und überging ihn bei der nächsten Ernennung abermals.

Das war im Jahre 1880, dem schwersten Jahr in Iwan Iljitschs Leben. In diesem Jahre wurde es einerseits ganz klar, daß sein Gehalt zu klein sei, andererseits aber auch, daß alle ihn eigentlich vergessen hatten und daß dem, was ihm als die größte und grausamste Ungerechtigkeit erschien, von den anderen nicht die geringste Bedeutung beigemessen wurde. Sogar sein Vater hielt sich nicht für verpflichtet, ihm hier zu helfen. Iwan Iljitsch fühlte, daß alle ihn damit im Stich ließen, daß sie seine Lage mit dreitausendfünfhundert Rubel Gehalt für durchaus normal, ja für glücklich hielten. Er allein wußte, daß mit dem Bewußtsein der erlittenen Ungerechtigkeit, mit den ewigen Quälereien der Frau, mit den Schulden, die er zu machen gezwungen war, da er über seine Mittel lebte – er allein wußte, daß seine Lage eben ganz und gar nicht normal war.

Im Sommer nahm er Urlaub und fuhr, um zu sparen, mit der Familie aufs Land, zum Bruder seiner Frau.

Hier auf dem Lande, ohne Arbeit, fühlte Iwan Iljitsch das erste Mal in seinem Leben nicht nur Langweile, sondern auch einen unerträglichen Kummer und war mit sich eins, daß er so nicht weiterleben könne und unbedingt irgendwelche entschiedene Maßregeln ergreifen müsse.

Nach einer schlaflosen Nacht, die er auf der Veranda auf und ab gehend verbracht hatte, beschloß Iwan Iljitsch, nach Petersburg zu fahren, sich dort um eine Stelle zu bemühen und sich in ein anderes Ministerium versetzen zu lassen, um die zu strafen, welche ihn nicht zu schätzen wußten.

Die Frau und der Schwager redeten ihm davon ab; doch Iwan Iljitsch fuhr am nächsten Tag nach Petersburg.

Er fuhr nur um das eine: eine Stelle mit fünftausend Rubel Gehalt. Er legte gar kein Gewicht auf das Ministerium oder den Kreis und die Art der Tätigkeit. Er brauchte nur einen neuen Posten, einen mit fünftausend Rubel Gehalt, in der Verwaltung, in einer Bank, bei der Eisenbahn, im Fürsorgewesen, selbst bei der Zolladministration, gleichviel, nur mußten es fünftausend Rubel sein, und er mußte aus dem Ministerium heraus, wo sie ihn nicht zu schätzen wußten.

Iwan Iljitschs Reise war mit wunderbarem, unerwartetem Erfolg gekrönt. In Kursk stieg F. S. Iljin, ein Bekannter von ihm, in den Zug ein und teilte ihm den Inhalt einer eben vom Gouverneur erhaltenen Depesche mit, nach welcher im Ministerium demnächst ein Wechsel stattfinden sollte: an Stelle von Peter Iwanowitsch wurde Iwan Semjonowitsch ernannt.

Dieser Wechsel hatte neben seiner Bedeutung für ganz Rußland noch eine besondere für Iwan Iljitsch darum, weil durch ihn eine neue Person, Peter Petrowitsch, und zugleich gewiß auch dessen Freund Sachar Iwanowitsch in den Vordergrund gerückt wurde, und das war für Iwan Iljitsch im höchsten Grade günstig, denn Sachar Iwanowitsch war ein Schulkamerad und Freund von Iwan Iljitsch.

In Moskau wurde die Nachricht bestätigt. In Petersburg angekommen, suchte Iwan Iljitsch sofort Sachar Iwanowitsch auf, und Sachar Iwanowitsch versprach ihm auch den richtigen Posten in seinem bisherigen Justizministerium.

Nach einer Woche telegraphierte er seiner Frau: »Sachar Nachfolger Müllers. Nach erstem Bericht erhalte Ernennung.«

Iwan Iljitsch erhielt also dank diesem Personenwechsel ganz unerwartet in seinem bisherigen Ministerium eine Stelle, in der er um zwei Rangstufen über seinen Kollegen stand: fünftausend Rubel Gehalt, dreitausendfünfhundert Rubel Zulage. Sein Ärger über seine Feinde und das ganze Ministerium war vergessen und Iwan Iljitsch glücklich.

Iwan Iljitsch kehrte aufs Land zurück, so heiter und zufrieden, wie er es schon lange nicht gewesen war. Auch Praskowja Fjodorowna kam in gute Laune, und zwischen ihnen wurde Friede geschlossen. Iwan Iljitsch erzählte, wie ihm alle in Petersburg entgegengekommen seien, wie sich seine Feinde blamiert hätten und nun bemüht gewesen seien, sich bei ihm einzuschmeicheln, wie ihn jetzt alle beneideten und hauptsächlich, wie beliebt er in Petersburg sei.

Praskowja Fjodorowna hörte zu, tat, als glaubte sie ihm alles, widersprach ihm in nichts, sondern machte nur Pläne für eine neue Einrichtung. Und Iwan Iljitsch sah mit Freu-

den, daß ihre Pläne auch die seinen waren, daß sie also hier zusammengingen und daß sein ins Stocken geratenes Leben wiederum den wahren, ihm eigenen Charakter der heiteren Bequemlichkeit und des guten Tones annehmen würde.
Iwan Iljitsch war nur für kurze Zeit gekommen. Am zehnten September mußte er seine neue Stelle antreten, und außerdem brauchte er Zeit, am neuen Ort eine Wohnung zu suchen, aus der Provinz dahin zu übersiedeln, vieles noch einzukaufen und zu bestellen, mit einem Wort: sich so einzurichten, wie es in seinem Geiste schon feststand und beinahe so, wie es auch Praskowja Fjodorowna für sich beschlossen hatte.
Und jetzt, da sich alles so glücklich fügte und beide dasselbe Ziel hatten und zudem noch einander nur selten sahen, wurden sie so freundschaftlich zueinander, wie sie es seit den ersten Jahren ihrer Ehe nicht mehr gewesen waren. Iwan Iljitsch wollte erst die Familie gleich mitnehmen; doch die Vorstellungen der Schwägerin und des Schwagers, die auf einmal überaus liebenswürdig wurden und die Verwandten hervorkehrten, bewogen Iwan Iljitsch, allein zu fahren.
Iwan Iljitsch fuhr weg, und die gute Laune, die sein Erfolg und das Einvernehmen mit seiner Frau hervorgerufen hatten, verließ ihn die ganze Zeit über nicht. Er fand eine entzückende Wohnung, genau die, von der er mit seiner Frau geträumt hatte. Die Empfangszimmer geräumig, hoch, im alten Stil; das Arbeitszimmer gut gelegen und sehr vornehm, die Zimmer für die Frau und die Tochter, das Schulzimmer für den Jungen – alles war wie für sie geschaffen. Iwan Iljitsch übernahm selber das Einrichten, suchte die Tapeten aus, kaufte die Möbel, wenn es ging, alte, stilvolle, und den Überzug, und alles wuchs und wurde und näherte sich ganz dem Ideal, das er sich von einer Wohnung gebildet hatte. Als die Einrichtung zur Hälfte fertig war, übertraf sie schon seine Erwartung. Er konnte jetzt schon den eleganten, vornehmen, nicht banalen Charakter feststellen, der alles

kennzeichnen mußte, wenn es einmal ganz fertig sein würde. Vor dem Einschlafen stellte er sich gern den Saal vor, wie er einmal sein würde. Ging er durch den Salon, der noch nicht fertig war, so sah er schon den Kamin, den Ofenschirm, die Etagere und die kleinen Stühle, einen hier, einen dort, und die Schüsseln und Teller an den Wänden, die Bronzefiguren an Ort und Stelle. Er freute sich nicht wenig bei dem Gedanken, wie Pascha und Lisa, die auch für solche Dinge Sinn hatten, überwältigt sein würden. Sie erwarteten ja nichts dergleichen. Besonders war es ihm gelungen, einige alte Sachen billig zu kaufen, die dem Ganzen einen besonders vornehmen Charakter verleihen sollten. In seinen Briefen stellte er alles absichtlich schlechter dar, als es war, um sie zu überraschen. Das Einrichten nahm ihn so in Anspruch, daß ihn sogar sein neuer Dienst, den er doch so liebte, weniger beschäftigte, als er erwartet hatte. Bei den Sitzungen war er nicht selten zerstreut, denn er überlegte, was für Stangen er zu den Gardinen nehmen solle, gerade oder gebogene. Er war so bei der Arbeit, daß er oft selber Hand anlegte, die Möbel aufstellte und die Gardinen aufhing. Einmal stieg er sogar auf eine Leiter, um dem Tapezierer, der ihn nicht verstand, zu zeigen, wie er die Drapierung haben wolle, glitt dabei aus und fiel; doch kräftig und geschickt, wie er war, gelang es ihm noch sich zu halten, und er schlug nur mit der Seite an einen Fenstergriff. Es tat weh, doch der Schmerz verging bald. Iwan Iljitsch fühlte sich in diesen Tagen besonders frisch und gesund. Er schrieb nach Hause: ›Mir ist, als wäre ich um fünfzehn Jahre jünger.‹ Er glaubte im September fertig zu sein, doch es zog sich noch bis Mitte Oktober hin. Dafür war aber die Wohnung entzückend; nicht nur er, sondern alle, die sie sahen, sagten es ihm.

In Wirklichkeit aber war es genauso, wie es bei allen nicht sehr reichen Leuten ist, die es so haben wollen wie die ganz reichen und es doch nur so haben, wie ihresgleichen es hat: Plüschportieren, Ebenholz, Blumen, Teppiche, Bronzen, alles dunkel, glänzend, Sachen, die alle Leute aus einer gewissen Klasse sich anschaffen, damit sie es nur genauso haben wie alle Leute ihrer Klasse. Bei Iwan Iljitsch war es allem andern so ähnlich, daß es einem weiter gar nicht aufgefallen wäre; doch ihm erschien das alles als etwas ganz Besonderes. Als er die Seinen vom Bahnhof abholte, brachte er sie gleich in die hellerleuchtete Wohnung. Der Diener mit weißer Krawatte öffnete die Tür nach dem mit Blumen geschmückten Vorzimmer, und von da gingen sie ins Speisezimmer, ins Arbeitszimmer – alle riefen ›Ah!‹ vor Entzükken, Iwan Iljitsch war selig, führte sie dahin und dorthin, berauschte sich am Lob und strahlte vor Wonne. Am selben Abend, als Praskowja Fjodorowna ihn beim Tee unter anderem fragte, wie er eigentlich gefallen sei, lachte er nur und machte es ihnen vor, wie er nur geflogen sei und den Tapezierer erschreckt habe.

»Ich mache nicht umsonst täglich meine Turnübungen. Ein anderer hätte sich den Hals gebrochen. Ich habe mich nur hier angeschlagen; wenn man es berührt, tut es noch weh. Doch das wird bald vergehen. Es ist nur ein blauer Fleck.«

Sie begannen also in der neuen Wohnung und mit dem neuen Gehalt zu leben; natürlich hätte man gerade ein Zimmer mehr gebraucht und natürlich hätte das Gehalt, wie das so immer ist, um eine Kleinigkeit – um fünfhundert Rubel – größer sein sollen, dann wäre alles gut gewesen. Am schönsten war es in der ersten Zeit, als sie mit der Einrichtung noch nicht ganz fertig waren und es immer noch etwas zu kaufen, zu bestellen, umzurücken, auszugleichen gab. Wiewohl Mann und Frau in einigen Dingen nicht übereinstimmten, so waren doch beide zufrieden, und es gab so viel zu tun, daß schließlich alles ohne großen Streit fertig wurde. Und als es nichts mehr einzurichten gab, war es wohl ein wenig langweilig, und dies und jenes fehlte, doch inzwischen hatte man schon Bekanntschaften gemacht, hatte sich eingelebt, und das Leben war ausgefüllt.

Iwan Iljitsch brachte den Morgen im Gericht zu, kam zum Mittagessen zurück, und die ganze erste Zeit hindurch war er guter Laune, obwohl er eigentlich ein wenig unter dieser Wohnung litt. (Jeder Fleck auf dem Tischtuch, auf den Möbelstoffen, eine abgerissene Gardinenschnur ärgerten ihn; er hatte so viel Mühe auf die Einrichtung verwendet, daß ihm jede Zerstörung wehtat.) Doch im ganzen und großen verlief das Leben jetzt so, wie nach seiner Ansicht das Leben verlaufen soll: leicht, angenehm und anständig. Er stand um neun Uhr auf, trank Kaffee, las die Zeitung, zog die Uniform an und fuhr ins Gericht. Dort hing schon das Joch bereit, in dem er nun zu ziehen hatte; im Nu war er drin. Bittsteller, Auskünfte, die Kanzlei, Sitzungen, öffentliche und im Ausschuß. In allem mußte alles Rauhe, Lebensvolle ausgeschaltet werden, das den regelmäßigen Lauf der amtlichen Geschäfte stets hindert: zu allen Leuten waren nur dienstliche Beziehungen erlaubt; auch der Anlaß zu etwaigen Beziehungen sollte nur ein dienstlicher sein. Da kommt zum Beispiel einer herein und wünscht etwas zu erfahren. Iwan Iljitsch kann als Privatmann keinerlei Beziehungen zu diesem Menschen haben; steht aber dieser selbe Mensch zu ihm als einem Mitglied des Gerichtshofs in Beziehung und kann diese Beziehung sogar zu Papier (mit Überschrift) gebracht werden, dann tut Iwan Iljitsch in den Grenzen dieser Beziehung alles, aber auch alles, was sich irgendwie tun läßt, und beobachtet dabei noch die Höflichkeit, dieses Surrogat wahrer menschlicher Beziehungen. Mit der dienstlichen Beziehung hört natürlich jede andere sofort auf. Diese Kunst, das Dienstliche zu trennen und mit dem Persönlichen nicht zu vermengen, beherrschte Iwan Iljitsch in höchstem Maße, und in langer Übung und durch sein Talent hatte er es so weit gebracht, daß er sich zuweilen im Bewußtsein seiner Virtuosität erlaubte, gleichsam zum Spaß die menschlichen und die dienstlichen Beziehungen zu vermengen. Er erlaubte sich das nur darum, weil er in sich die

Kraft fühlte, jederzeit, wenn die Notwendigkeit es forderte, nur das Dienstliche herauszuheben und das Menschliche wegzuschieben. Jede Dienstsache ging Iwan Iljitsch leicht von der Hand, er handhabte sie stets vornehm, ja mit einer gewissen Virtuosität. In den Pausen rauchte er, trank Tee, sprach ein wenig über Politik, ein wenig von allgemeinen Dingen, ein wenig von den Karten, am meisten von Ernennungen. Und müde, doch mit dem Gefühl des Virtuosen, der als einer der ersten Geiger im Orchester seinen Part glänzend heruntergespielt hat, kehrte er nach Hause zurück. Dort waren Tochter und Mutter entweder ausgefahren, oder irgend jemand war bei ihnen zu Besuch, der Sohn war im Gymnasium oder arbeitete mit seinem Repetitor und lernte gewissenhaft alles, was man eben im Gymnasium zu lernen hat. Alles ging also gut. Wenn keine Gäste da waren, las Iwan Iljitsch nach dem Essen in einem Buch, über das man gerade überall sprach. Abends setzte er sich an die Arbeit, das heißt er las Akten, schlug im Gesetzbuch nach, verglich die Aussagen. Das war weder langweilig noch heiter. Freilich hätte er statt dessen Whist spielen können; doch wenn es keine Partie gab, so war Aktenlesen immer noch besser als allein oder mit der Frau zusammenzusitzen. Am meisten Vergnügen machten ihm wohl kleine Diners, zu denen er Herren und Damen von Einfluß bat, und Unterhaltungen mit diesen Herrschaften, die allen anderen Unterhaltungen solcher Leute genauso glichen, wie sein Salon den anderen Salons glich.

Einmal gab es bei ihnen sogar eine Soiree, es wurde getanzt. Iwan Iljitsch war guter Dinge, und alles wäre sehr gut gewesen, wenn es nicht wegen der Torten und des Konfekts einen Streit mit der Frau gegeben hätte. Praskowja Fjodorowna hatte ihren Plan, Iwan Iljitsch bestand aber darauf, die Torten beim teuersten Konditor zu nehmen, und er hatte sehr viele gekauft, und der Zank war ausgebrochen, weil Torten übriggeblieben waren und die Rechnung fünfundvierzig

Rubel betrug. Der Streit war böse und peinlich, Praskowja Fjodorowna nannte ihren Mann schließlich Narr und Waschlappen. Iwan Iljitsch faßte sich beim Kopf und sagte im Zorn sogar etwas von Scheidung. Doch der Abend selbst verlief glänzend. Die beste Gesellschaft war geladen, Iwan Iljitsch tanzte mit der Fürstin Trufonowa, deren Schwester durch die Gründung des Vereins ›Trage du meinen Schmerz!‹ bekannt war. Die Freuden des Dienstes waren Freuden des Ehrgeizes, die Freuden der Gesellschaft waren Freuden der Eitelkeit; Iwan Iljitschs wahre Freuden waren aber die Freuden einer Partie Whist. Er gestand sich selber, daß nach allen unerfreulichen Ereignissen und Zuständen seines Lebens die einzige Freude, die einer Kerze gleich länger brannte und anhielt als alle anderen, die war, sich mit guten Spielern und Partnern, die keinen Lärm machten, zu einem Whist zu vieren zu setzen (bei einer Partie zu fünf war das Austreten immer sehr schmerzlich, wenn man auch so tat, als hätte man das sehr gern), ein kluges, ernstes Spiel zu machen (die Karten müssen natürlich gut sein), schließlich zu soupieren und ein Glas Wein zu trinken. Und dann ins Bett. Iwan Iljitsch legte sich nach einer Partie Whist stets in besonders guter Laune schlafen, erst recht wenn ein kleiner Gewinn dabei war (ein großer ist eigentlich nicht angenehm).

So lebten sie. Ihr Kreis war der beste, es kamen Leute von Rang, und es kamen auch junge Leute zu ihnen.

In ihrer Anschauung über ihren Bekanntenkreis waren Mann, Frau und Tochter eins, und ohne erst viel darüber zu reden, wußten sie sich allerlei Freunde und obskure Verwandte, die mit glühenden Liebesbeteuerungen in den Salon mit den japanischen Tellern an den Wänden gestürmt kamen, vom Leibe zu halten. Sehr bald hörten diese kompromittierenden Freunde auf, den Salon zu stürmen, und bei Golowins verkehrte nur noch die beste Gesellschaft. Junge Leute machten Lisa den Hof, und der Untersuchungsrichter Petrischtschew, ein Sohn von Peter Iwanowitsch Petrischtschew und der einzige Erbe des väterlichen Vermögens, war so hinter ihr her, daß Iwan Iljitsch schon mit Praskowja Fjodorowna davon sprach, ob man nicht eine Schlittenpartie unternehmen oder gar eine Liebhaberaufführung veranstalten sollte. So lebten sie also ohne irgendwelche Veränderungen, und alles war sehr gut.

4

Alle waren gesund. Man konnte doch nicht von Krankheit reden, wenn Iwan Iljitsch zuweilen klagte, daß er einen merkwürdigen Geschmack im Munde habe und ihm in der linken Magengegend etwas weh tue.

Doch dieses unangenehme Gefühl wurde ärger und ging mit der Zeit wenn auch noch nicht in Schmerz über, so doch in das Bewußtsein einer dauernden Schwere in der linken Seite und in schlechte Gemütsverfassung. Und die schlechte Stimmung nahm täglich zu und begann die Annehmlichkeit eines leichten und bequemen Lebens, die den Golowins zur Gewohnheit geworden war, merklich zu beeinträchtigen. Mann und Frau zankten sich immer häufiger, Leichtigkeit und Annehmlichkeit waren bald ganz verschwunden, und man konnte nur noch mit Mühe den guten Ton aufrechterhalten. Es gab wiederum oft Szenen. Und wiederum gab es nur noch hier und dort kleine Inseln, auf denen sich Mann und Frau aufhalten konnten, ohne daß es Kampf und Streit gab. Und Praskowja Fjodorowna sagte jetzt nicht ohne Grund, daß ihr Mann einen schwierigen Charakter habe. Mit dem ihr eigenen Hang zur Übertreibung meinte sie, daß er schon seit jeher diesen schrecklichen Charakter gehabt und daß es ihrer ganzen Güte bedurft habe, um das zwanzig Jahre lang zu ertragen. Die Wahrheit war, daß die Streitigkeiten jetzt von *ihm* ausgingen. Gewöhnlich begannen sie vor dem Essen, oder wenn er sich zu Tisch setzte, bei der Suppe. Da hatte die Schüssel einen Sprung, oder das

Essen war nicht so, wie es sein sollte; der Sohn hatte den Ellbogen auf dem Tisch; die Tochter war nicht gut frisiert. Und an allem war Praskowja Fjodorowna schuld. Anfangs widersprach sie und sagte ihm unangenehme Dinge, aber da bekam er zweimal beim Essen einen solchen Wutanfall, daß sie einsah, hier handele es sich um einen krankhaften Zustand, den die Nahrungsaufnahme in ihm hervorrufe, und nachgab; sie widersprach nicht mehr und beeilte sich, mit dem Essen fertig zu werden. Diese Versöhnlichkeit rechnete Praskowja Fjodorowna sich als ein großes Verdienst an. Und da sie zu der Erkenntnis gekommen war, daß ihr Mann einen schrecklichen Charakter habe und das Unglück ihres Lebens sei, empfand sie großes Mitleid mit sich selbst. Und je eifriger sie sich selbst bedauerte, um so mehr haßte sie ihren Mann. Sie wünschte, daß er sterbe; doch eigentlich durfte sie das nicht wünschen, denn nach seinem Tode bekam sie ja kein Gehalt mehr. Und das brachte sie noch mehr gegen ihn auf. Sie hielt sich also für furchtbar unglücklich, gerade deshalb, weil nicht einmal sein Tod ihr helfen konnte, und sie wurde gereizt und verbarg es, und diese verborgene Gereiztheit brachte ihren Mann noch mehr auf.

Nach einer solchen Szene, in der Iwan Iljitsch besonders ungerecht gewesen war und nach der er erklärt hatte, daß er infolge seiner Krankheit tatsächlich sehr reizbar sei, erwiderte ihm die Frau, wenn er krank sei, so müsse er sich eben kurieren lassen, und sie bestehe darauf, daß er sofort zu einem bekannten Arzt fahre.

Er fuhr hin. Alles war genauso, wie er es erwartet hatte, genauso, wie es immer geschieht. Zuerst das Warten, dann der Doktor, wichtig tuend, aufgeblasen – Iwan Iljitsch kannte das von sich selbst, er war genauso bei Gericht –, dann das Abklopfen, das Abhorchen, die Fragen, auf die ganz bestimmte und offenkundig unnütze Antworten erfolgten, der bedeutungsvolle Blick, der ihm sagte: ›Haben Sie nur Vertrauen zu uns, wir werden es schon machen, wir wissen ganz genau, wie alles gemacht werden muß: alles auf ein und dieselbe Art und Weise bei jedem Menschen!‹ Es war genauso wie im Gericht. So wie er dort den Angeklagten ansah, genauso sah ihn hier der berühmte Arzt an.

Er sagte: »Das und das zeigt, daß Sie das und das haben; sollte sich das nach der und der Untersuchung als unrichtig erweisen, so sind wir gezwungen, bei Ihnen das oder das anzunehmen. Nehmen wir nun das oder das an, so und so weiter, und so weiter.« Für Iwan Iljitsch war nur die eine Frage wichtig: Ist mein Zustand gefährlich oder nicht? Der Doktor jedoch ignorierte diese unpassende Frage. Vom Standpunkt des Doktors aus war diese Frage müßig und überhaupt nicht zu erörtern; er hatte nur die größere Wahrscheinlichkeit abzuwägen zwischen Wanderniere, chronischem Katarrh oder Blinddarm. Es handelte sich hier durchaus nicht um das Leben von Iwan Iljitsch, sondern um Wanderniere oder Blinddarm. Und diesen Wettstreit entschied der Doktor vor den Augen von Iwan Iljitsch auf eine glänzende Art zugunsten des Blinddarms mit der Einschränkung, daß eine Harnuntersuchung vielleicht neue Beweisstücke liefern könnte und die ganze Angelegenheit dann revidiert werden müßte. Das war Punkt für Punkt genauso, wie es Iwan Iljitsch selbst tausendmal schon mit den Angeklagten gemacht hatte. Genauso glänzend machte der Doktor sein Resümee und sah den Verurteilten triumphierend und sogar heiter über die Brille hinweg an. Aus diesem Resümee zog Iwan Iljitsch den Schluß, daß es mit ihm schlecht stehe, daß dies dem Doktor und wahrscheinlich allen anderen zwar gleichgültig sei, daß es ihm aber schlecht gehe. Und diese Schlußfolgerung warf ihn nieder, er hatte Mitleid mit sich selber und war wütend auf den Doktor, dem diese so wichtige Frage vollkommen gleichgültig schien.

Doch sagte er nichts, stand auf, legte das Geld auf den Tisch, und mit einem Seufzer sprach er nur: »Wir Kranken stellen Ihnen gewiß oft Fragen, die gar nicht am Platze sind.

Aber ganz allgemein gesprochen: ist die Krankheit gefährlich oder nicht?«

Der Doktor sah ihn streng mit einem Auge durch seine Brille an, als wollte er ihm sagen: ›Angeklagter, wenn Sie nicht in den Grenzen der an Sie gerichteten Fragen bleiben, so bin ich gezwungen, Sie aus dem Gerichtssaal entfernen zu lassen.‹

»Ich habe Ihnen schon gesagt, was ich für notwendig und richtig fand; alles Weitere wird die Untersuchung zeigen.« Und der Doktor verneigte sich.

Iwan Iljitsch ging langsam hinaus, setzte sich ganz gebeugt in den Schlitten und fuhr nach Hause. Während der Fahrt ging er noch einmal alles durch, was der Doktor gesagt hatte, und versuchte die verwickelten, unklaren Fachausdrücke des Doktors in eine einfachere Sprache zu übersetzen und in dieser Sprache die Antwort auf die Frage zu lesen: ›Steht es schlecht, sehr schlecht mit mir, oder ist es noch nichts?‹ Und der Sinn alles dessen, was der Doktor zu ihm geredet hatte, schien ihm zu sein: ›Es steht sehr schlecht.‹ Alles auf der Straße erschien Iwan Iljitsch jetzt traurig: die Kutscher, die Häuser, die Fußgänger, die Läden. Der Schmerz, dieser dumpfe, nagende Schmerz, der nicht für eine Sekunde nachließ, erhielt jetzt in Verbindung mit den unklaren Reden des Doktors eine andere, viel ernstere Bedeutung. Iwan Iljitsch verfolgte ihn von nun an mit einem neuen schweren Gefühl.

Er kam nach Hause und erzählte alles seiner Frau. Sie hörte ihm zu, doch mitten in der Erzählung kam die Tochter im Hut herein; sie wollte mit der Mutter ausfahren. Nur gezwungen setzte sie sich dazu, um die langweilige Geschichte mit anzuhören; doch sie hielt es nicht lange aus, und auch die Mutter hörte ihn nicht zu Ende an.

»Ich bin sehr froh, Gewißheit zu haben«, sagte sie. »Du, nimm nur fleißig die Medizin! Gib mir das Rezept, ich werde Gerasim in die Apotheke schicken!« Und sie ging hinaus, um sich anzuziehen.

Er hatte in ihrer Gegenwart kaum zu atmen gewagt. Als sie hinaus war, seufzte er schwer auf. »Na ja«, sagte er, »vielleicht ist es wirklich noch nichts.«
Er nahm seine Medizin und hielt sich peinlich an die Vorschriften des Arztes, die im übrigen nach der Harnuntersuchung geändert wurden. Nun stimmte aber in dieser Untersuchung und den Verordnungen, die sich daran knüpften, irgend etwas nicht ganz. An den Doktor selber konnte man sich nicht wenden; aber die Folge war, daß das nicht geschah, was der Doktor ihm verordnet hatte – dieser mußte etwas vergessen oder gelogen oder verheimlicht haben.
Doch Iwan Iljitsch fuhr trotzdem fort, genau die Vorschriften des Arztes zu erfüllen, und fand darin fürs erste eine gewisse Erleichterung.
Die Hauptbeschäftigung von Iwan Iljitsch bestand seit dem Besuch beim Doktor in der genauen Erfüllung der Vorschriften des Doktors in bezug auf Hygiene und Arznei und in der Beobachtung des Schmerzes und aller Verrichtungen des Organismus.
Von allergrößtem Interesse waren für Iwan Iljitsch von nun an die Krankheiten anderer Leute und überhaupt deren Gesundheitszustand. Wenn in seiner Gegenwart von einem Kranken gesprochen wurde oder von einem Sterbenden oder irgend jemand, der von einer Krankheit genesen war, die seiner glich, dann hörte er, wie sehr er sich auch bemühte, seine Erregung zu verbergen, aufmerksam zu, stellte Fragen und verglich das Gehörte mit seinem Zustand.
Der Schmerz ließ nicht nach, aber Iwan Iljitsch zwang sich, selber zu glauben, daß es ihm besser gehe. Der Betrug gelang ihm auch so lange, als ihn nichts aufregte. Bei dem ersten Streit mit der Frau jedoch, bei einer Unannehmlichkeit im Dienst, bei schlechten Karten fühlte er sofort die ganze Macht des Schmerzes. Manchmal ertrug er alle diese Mißhelligkeiten und wartete auf das nächste Mal: ›da werde ich es wieder ausgleichen, ich werde kämpfen, der Erfolg muß

kommen, der große Schlemm kann nicht ausbleiben.‹ Jetzt aber machte ihn jeder Mißerfolg mutlos, und er war gleich ganz verzweifelt. Er sagte sich jetzt: ›Kaum daß es anfing mir besser zu gehen, kaum daß die Arznei zu wirken begann, kommt da dieses verfluchte Unglück, diese Dummheit...‹ Und er wurde ganz erbost auf diesen unglücklichen Zufall und die Leute, die ihm diese Unannehmlichkeit bereiteten und ihn auf die Weise mordeten, und er fühlte, wie sein eigener Zorn ihn morde, und konnte sich trotzdem nicht von ihm befreien. Er hätte doch einsehen müssen, daß der Ärger über die unglücklichen Zufälle oder die Menschen seinen Zustand nur verschlimmern konnte und daß er gerade darum solchen unangenehmen Ereignissen keine Beachtung schenken durfte; doch nein: er tat genau das Gegenteil; er sagte sich, er brauche vor allem Ruhe, und war nun jedem Ding auf der Spur, das diese Ruhe stören konnte, und bei der geringsten Störung wurde er gereizt. Sein Zustand wurde auch dadurch noch schlimmer, daß er medizinische Bücher las und Ärzte zu Rate zog. Die Verschlimmerung ging so gleichmäßig vor sich, daß er sich wohl von einem Tag auf den andern betrügen konnte – der Unterschied war da nicht sehr groß. Doch sooft er einen Arzt konsultierte, kam es ihm jedesmal vor, als ob es mit ihm schlimmer würde, und zwar sehr schnell. Und trotzdem verhandelte er immer wieder mit Ärzten.

In diesem Monat war er bei einer anderen Kapazität gewesen, und diese andere Kapazität sagte ihm beinahe dasselbe, was die erste gesagt hatte; nur stellte sie die Fragen anders. Und die Konsultation dieser Kapazität vertiefte nur den Zweifel und die Angst des Iwan Iljitsch. Ein Freund eines seiner Freunde, ein sehr bekannter Arzt, stellte überhaupt eine ganz andere Diagnose, und obgleich er Heilung versprach, verwirrte er mit seinen Fragen und Vorschlägen den Kranken nur noch mehr und bestärkte ihn in seinen Zweifeln. Ein Homöopath hatte natürlich seine eigene Diagnose und gab eine Medizin, die Iwan Iljitsch eine Woche lang einnahm, ohne daß die anderen davon erfuhren. Doch nach dieser Woche fühlte er ebensowenig Erleichterung, verlor er den Glauben an die früheren Arzneien ebensosehr wie an diese neue und war nur noch gedrückter. Einmal erzählte eine Dame aus seinem Bekanntenkreis von einer Heilung durch Heiligenbilder. Iwan Iljitsch ertappte sich dabei, daß er gespannt zuhörte und für den Augenblick daran glaubte. Er erschrak vor sich selber. ›Ist mein Kopf schon so schwach geworden?‹ fragte er sich. ›Das ist ja alles Unsinn. Man soll sich nicht dem Zweifel hingeben, vielmehr bei *einem* Arzt bleiben und sich an dessen Vorschriften halten. So will ich es von nun an machen. Schluß! Ich werde gar nicht mehr grübeln und mich bis zum Sommer streng an die Kur halten. Man wird dann schon klarer sehen. Schluß jetzt mit dem ewigen Schwanken!‹

Doch das war leicht gesagt und schwer getan. Der Schmerz in der Seite quälte ihn weiter, wurde heftiger, andauernder, auch der Geschmack im Munde wurde immer merkwürdiger; ihm kam vor, als röche er ganz widerwärtig aus dem Munde; auch der Appetit und die Kräfte ließen nach. Er konnte sich nichts mehr vormachen: etwas Schreckliches, Neues, Bedeutsames, das mit nichts anderem in seinem Leben zu vergleichen war, ging in ihm vor. Und er allein wußte darum; in seiner Umgebung hatten sie nicht begriffen oder wollten es nicht begreifen und waren der Ansicht, daß alles in der Welt jetzt genauso sei wie früher. Das schmerzte Iwan Iljitsch mehr als alles andere.

Seine Hausgenossen, vor allem seine Frau und Tochter, die ganz von ihren gesellschaftlichen Pflichten in Anspruch genommen waren, begriffen nichts von allem – er sah es deutlich –, ärgerten sich nur, daß er ewig schlecht aufgelegt und anspruchsvoll war, und taten, als wäre er selbst schuld an allem. So sehr sie sich auch bemühten, es zu verbergen, er fühlte doch, daß er ihnen im Wege war und seine Frau sich ein ganz bestimmtes Verhalten seiner Krankheit gegenüber ausgearbeitet hatte und sich gar nicht daran kehrte, was er sagte und tat. Ihr Verhalten war dieses: »Sie wissen«, sagte sie zu Bekannten, »Iwan Iljitsch kann sich eben nicht streng an die Kur halten wie so andere. Heute nimmt er Tropfen, ißt nur, was ihm erlaubt ist, und geht zeitig zu Bett. Morgen aber, wenn ich nicht aufpasse, hat er die Tropfen vergessen zu nehmen, ißt Sterlett (der ihm nicht erlaubt ist) und sitzt bis um ein Uhr nachts beim Whist.«

»Wann denn?« sagte Iwan Iljitsch ärgerlich, »ein einziges Mal bei Peter Iwanowitsch.«

»Und gestern bei Schebeks.«

»Es ist alles eins. Ich kann vor Schmerz doch nicht schlafen.«

»So wirst du aber nicht gesund werden und uns nur immer quälen.«

Praskowja Fjodorowna sah die Krankheit von Iwan Iljitsch so an, als hätte Iwan Iljitsch selber schuld daran und als wäre sie nur eine neue Unannehmlichkeit, die er seiner Frau bereite. Iwan Iljitsch fühlte, daß sie das ganz unwillkürlich tat, aber das machte ihm seinen Zustand nicht erträglicher.

Im Gericht bemerkte Iwan Iljitsch bei den Kollegen dasselbe merkwürdige Verhalten oder glaubte es zu bemerken. Es kam ihm vor, als sähen ihn dort alle an wie einen, der bald Platz machen wird. Dann wieder begannen sich die Kollegen über seine Hypochondrie lustig zu machen, als wäre das Furchtbare, Schreckliche, Unerhörte, das in ihm vorging und unaufhörlich an ihm nagte, ihn unaufhaltsam irgendwohin trieb, der beste Gegenstand für ihre Witze. Besonders Schwarz reizte ihn mit seiner Frivolität, seiner guten Laune und seiner Eleganz, die Iwan Iljitsch immer daran erinnerten, daß er selber vor zehn Jahren genauso war.

Die Freunde kamen zur Kartenpartie. Man setzte sich an den Tisch, gab Karten, nahm sie auf, legte Karo zu Karo. Iwan Iljitsch hat sieben Karo. Der Partner sagt: »Grandissimo!« und bedient zweimal mit Karo. Was kann man noch mehr wünschen? Iwan Iljitsch fühlt sich frisch und heiter, es gibt sicher Schlemm. Da plötzlich fühlt er wieder den nagenden Schmerz in der Seite, den Geschmack im Munde, und es kommt ihm ganz ungeheuerlich vor, daß er sich dabei noch über einen Schlemm zu freuen vermag.

Er sieht Michail Michailowitsch an, seinen Partner, wie er lebhaft mit der Hand auf den Tisch schlägt und höflich und nachsichtig darauf verzichtet, die Stiche einzustecken, sie vielmehr Iwan Iljitsch zuschiebt, damit dieser noch das Vergnügen habe sie einzustecken, ohne sich anzustrengen, ohne die Hand weit auszustrecken. ›Er glaubt, ich sei so schwach, daß ich nicht die Hand ausstrecken kann‹, denkt Iwan Iljitsch, vergißt den Trumpf, spielt einen Trumpf falsch aus und verliert den Schlemm mit drei Unter – und was das entsetzlichste ist: er sieht, wie Michail Michailowitsch leidet und ihm selber das ganz gleichgültig ist. Und es ist furchtbar, daran zu denken, warum ihm alles gleichgültig ist.

Alle sehen, daß ihm nicht gut ist, und sie sagen: »Wir können ja das Spiel abbrechen, wenn Sie müde sind. Sie müssen sich ausruhen.« – »Ausruhen? Nein!« Er ist gar nicht müde. Sie spielen den Robber zu Ende. Alle sind finster und schweigsam. Iwan Iljitsch fühlt, daß er daran schuld ist und daß er sie nicht aufheitern kann. Sie soupieren und fahren dann weg, und Iwan Iljitsch bleibt zurück mit dem Bewußtsein, daß sein Leben für ihn vergiftet sei, daß er das Leben anderer vergifte und daß dieses Gift nicht seine Kraft verliere, sondern mehr und mehr sein ganzes Wesen durchdringe.

Und mit diesem Bewußtsein, mit dem körperlichen Schmerz, mit der qualvollen Angst muß er zu Bett gehen und kann meist vor Schmerzen den größten Teil der Nacht nicht schlafen. Und am Morgen muß er wieder aufstehen, sich anziehen, ins Gericht fahren, sprechen, schreiben, und wenn er nicht ausfährt, zu Hause sitzen, vierundzwanzig Stunden lang, von denen jede eine Qual ist! Und so muß er am Rande des Grabes leben, allein, ohne einen einzigen Menschen, der ihn versteht und Mitleid mit ihm hat.

5

So ging es einen Monat und zwei. Vor Neujahr kam der Schwager vom Lande und stieg bei ihnen ab. Iwan Iljitsch war im Gericht, Praskowja Fjodorowna einkaufen gefahren. Als er zurückkam und in sein Arbeitszimmer ging, fand er dort den Schwager, einen gesunden Sanguiniker, der gerade seinen Koffer auspackte. Der Schwager hob den Kopf, als er die Schritte Iwan Iljitschs hörte, und sah ihn eine Sekunde schweigend an. Dieser Blick enthüllte Iwan Iljitsch alles. Der Schwager öffnete den Mund, um seinem Erstaunen Ausdruck zu geben, bezwang sich aber noch rechtzeitig. Das bekräftigte alles.

»Was, habe ich mich so verändert?«

»Ja, du hast dich verändert.«

Und so sehr Iwan Iljitsch auch später versuchte, den Schwager in ein Gespräch über sein Aussehen zu ziehen – der Schwager schwieg. Praskowja Fjodorowna kam zurück, der Schwager ging zu ihr. Iwan Iljitsch verschloß die Tür und begann sich im Spiegel zu betrachten. Erst von vorn, dann von der Seite; er nahm sein früheres Bild mit der Frau und verglich es mit dem, das er im Spiegel sah. Der Unterschied war ungeheuer. Dann entblößte er den Arm bis zum Ellbogen, sah ihn an, ließ den Ärmel herunter, setzte sich auf die Ottomane, und in ihm war es schwärzer als die Nacht.

›Es kann nicht sein, es kann nicht sein‹, sagte er zu sich, sprang auf und ging zum Schreibtisch, nahm die Akten vor, wollte lesen und konnte nicht. Er schloß die Tür auf und ging in den Saal; die Tür zum Speisezimmer war offen. Er schlich auf den Zehenspitzen hin und horchte.

»Nein, du übertreibst«, sagte Praskowja Fjodorowna.

»Wie kann ich übertreiben? Du siehst es nicht, aber er ist ein toter Mann. Sieh seine Augen an! Es ist kein Licht mehr in ihnen. Was fehlt ihm nur?«

»Niemand weiß es. Nikolajew (das war der andere Doktor) sagte etwas, aber ich verstehe es nicht. Leschtschetizkij (das war die Kapazität) behauptet das Gegenteil.«
Iwan Iljitsch schlich davon, ging in sein Zimmer, legte sich aufs Sofa und begann zu denken. Die Niere! Eine ›Wanderniere‹! Er dachte an das zurück, was ihm die Doktoren gesagt hatten, wie die sich losreißt und zu wandern beginnt. Und er bemühte sich, diese wandernde Niere zu fassen und zum Stehen zu bringen, sie festzuhalten. Das konnte doch gar nicht so schwierig sein. ›Nein, ich fahre noch einmal zu Peter Iwanowitsch.‹ (Das war der Freund, der wiederum den Doktor zum Freund hatte.) Er läutete, ließ anspannen und zog sich an.
»Wohin, Jean?« fragte seine Frau mit einem besonders traurigen und ungewohnt freundlichen Ausdruck. Dieser ganz ungewohnt freundliche Ausdruck ärgerte ihn. Er sah sie finster an.
»Ich muß zu Peter Iwanowitsch.«
Er fuhr zu dem Freund, dessen Freund der Doktor war, und mit diesem zum Doktor. Er traf ihn zu Hause und beriet sich lange mit ihm. Er dachte lange über die anatomischen und physiologischen Vorgänge nach, um die es sich nach der Meinung des Arztes bei ihm handelte, und er begriff alles.
Mit dem Blinddarm war irgend etwas nicht in Ordnung, doch konnte es wieder gut werden, man brauchte nur die Energie des einen Organs zu heben, die Tätigkeit des anderen zu vermindern, alles würde sich aufsaugen und wieder gut werden. Er kam ein wenig zu spät zum Essen. Er aß, sprach heiter und brachte es lange nicht über sich, an die Arbeit zu gehen. Endlich ging er in sein Zimmer und setzte sich an den Schreibtisch. Er las Akten durch und schrieb, aber das Bewußtsein, daß da in ihm selber noch ein anderer, beiseite gelegter, sehr wichtiger, ihm sehr am Herzen liegender Akt sei, den er erledigen müsse, verließ ihn nicht. Als er mit den Gerichtsakten fertig war, fiel ihm ein, daß

dieser andere ihm am Herzen liegende Akt eben seine Gedanken über den Blinddarm waren. Doch gab er sich diesen Gedanken noch nicht hin, sondern ging ins Speisezimmer Tee trinken. Es waren Gäste da, sie unterhielten sich, spielten Klavier und sangen; auch der Untersuchungsrichter, der sehr erwünschte Bewerber um die Tochter, war gekommen. Iwan Iljitsch verbrachte den Abend, wie Praskowja Fjodorowna bemerkte, in besserer Stimmung als gewöhnlich, doch vergaß er auch nicht eine Minute, daß er noch an wichtige beiseite geschobene Fragen über den Blinddarm zu denken hatte. Um elf Uhr verabschiedete er sich und ging in sein Zimmer. Seit dem Beginn seiner Krankheit schlief er allein in dem kleinen Raum neben dem Arbeitszimmer. Er ging hinein, zog sich aus, nahm einen Roman von Zola, las ihn aber nicht, sondern dachte nach. Und in seiner Phantasie ging nun die gewünschte Besserung mit dem Blinddarm tatsächlich vor sich. Es wurde aufgesogen, ausgeschieden, die richtige Tätigkeit wiederhergestellt. ›Ja, so ist es‹, sagte er zu sich, ›man muß nur der Natur helfen.‹ Er erinnerte sich der Arznei, stand auf, nahm davon, legte sich auf den Rücken und paßte nun auf, wie diese Arznei wohltätig zu wirken und den Schmerz zu stillen begann. ›Nur regelmäßig nehmen und alle schädlichen Einflüsse vermeiden! Ich fühle mich jetzt schon ein wenig besser, sehr viel besser.‹ Er begann die Seite zu betasten: es tat ihm nicht weh. ›Ja, ich fühle nichts mehr, wirklich, es ist schon viel besser‹, und er blies die Kerze aus und legte sich auf die Seite. Der Blinddarm begann also zu heilen... Plötzlich fühlte er wieder den alten, dumpfen, nagenden Schmerz, hartnäckig und ernst. Und im Munde denselben widerwärtigen Geschmack. Sein Herz stand still, die Sinne schwanden ihm. ›Mein Gott, mein Gott‹, sagte er, ›wieder, wieder, und niemals wird es aufhören!‹ Und plötzlich sah er die Sache von einer ganz anderen Seite. ›Der Blinddarm! Die Niere!‹ sagte er zu sich. ›Es handelt sich weder um die Niere noch um den Blinddarm, sondern um Leben und... Tod. Ja, das Leben war da und verläßt mich, und ich kann es nicht halten. Warum betrüge ich mich? Sehen es nicht alle außer mir, daß ich ein Sterbender bin und daß es sich nur noch um Wochen und Tage handelt? Jetzt, in diesem Augenblick, kann es schon aus sein. Es war Licht da, und nun ist es finster. Ich war hier gewesen und werde jetzt dort sein. Wo?‹ Und Kälte umfing ihn, und sein Atem stand still. Er hörte nur die Schläge des Herzens.

›Ich werde nicht mehr sein, was wird aber dann sein? Nichts wird sein. Wo werde ich denn sein, wenn ich nicht mehr sein werde? Ist das der Tod? Nein, ich will nicht sterben...‹ Er sprang auf, wollte eine Kerze anzünden, suchte mit zitternden Händen, warf die Kerze mit dem Leuchter herunter und fiel wieder zurück in die Kissen. ›Wozu? Es ist alles eins‹, sprach er zu sich, mit offenen Augen in die Finsternis starrend. ›Der Tod. Ja, der Tod. Und sie wissen nichts und wollen nichts wissen und haben kein Mitleid. Sie spielen.‹ Er hörte von weitem hinter der Tür die laute Stimme einer Sängerin und ein Ritornell. ›Ihnen ist alles gleich. Aber sie werden auch sterben, die Narren. Ich früher und sie später. Aber auch sie werden sterben. Und jetzt freuen sie sich, das Rindvieh!‹ Der Zorn drohte ihn zu ersticken. Und ihm war unsagbar, unerträglich schwer. ›Es kann doch nicht sein, daß alle zu diesem entsetzlichen Grauen verdammt sind?‹ Er richtete sich auf.

›Es kann nicht sein. Ich muß mich beruhigen, ich muß noch einmal alles von Anfang an durchgehen.‹ Und seine Gedanken begannen von neuem. ›Ja, das war der Anfang der Krankheit. Ich erhielt den Stoß in die Seite und war genauso wie immer, heute und gestern, es tat ein bißchen weh, dann mehr, dann kam der Doktor, dann die Schwäche, der Ärger, dann wieder der Doktor, und ich kam dem Abgrund immer näher, immer näher; die Kraft nahm ab. Immer näher, näher. Und jetzt bin ich ausgemergelt, es ist kein Licht mehr in meinen Augen. Das ist der Tod, und ich denke an den Blinddarm. Ich denke daran, wie man den Darm in Ordnung bringt, und der Tod ist da. Ist es wirklich der Tod?‹ Wieder kam die Angst über ihn. Ihm war es zum Ersticken, er bückte sich, suchte die Streichhölzer und stieß mit dem Ellbogen an das Nachtschränkchen. Es war ihm im Wege, und der Stoß tat ihm weh. Er wurde böse, stieß noch heftiger daran und warf das Schränkchen um. Verzweifelt, außer Atem, fiel er auf den Rücken zurück und wartete auf den Tod, jetzt...

Die Gäste nahmen gerade Abschied, Praskowja Fjodorowna begleitete sie ins Vorzimmer. Sie hörte den Fall und kam herein.

»Was hast du?«

»Nichts, ich habe nur etwas umgeworfen.«

Sie ging hinaus und brachte eine Kerze. Er lag schwer und schnell atmend da wie ein Mensch, der eine Werst gelaufen ist, und blickte sie starr an.

»Was hast du, Jean?«

»Nichts, ich habe das Nachtschränkchen umgeworfen.« – ›Was soll ich ihr sagen, sie versteht mich doch nicht!‹ dachte er.

Sie verstand ihn wirklich nicht, sie stellte das Schränkchen auf, zündete ihm die Kerze an und ging eilig hinaus. Sie mußte sich noch von einem Gast verabschieden. Als sie zurückkam, lag er noch immer auf dem Rücken und starrte nach oben.

»Wie ist dir? Schlechter?«

»Ja!«

Sie schüttelte den Kopf und setzte sich zu ihm.

»Weißt du, Jean, ich denke mir, wir sollten Leschtschetitzkij kommen lassen?«

Das hieß also: den berühmten Doktor ins Haus bitten und nicht auf das Geld sehen. Er lächelte giftig und sagte nein. Sie saß noch eine Zeitlang da, stand endlich auf, ging zu ihm und küßte ihn auf die Stirn.

Er haßte sie mit allen Kräften seiner Seele, als sie ihn küßte, und tat sich Gewalt an, sie nicht wegzustoßen.

»Gute Nacht! Gott gebe, daß du schlafen kannst!«

»Ja!«

6

Iwan Iljitsch sah, daß er sterben müsse, und war in ununterbrochener Verzweiflung.

In der Tiefe seiner Seele wußte Iwan Iljitsch, daß er sterben müsse, aber er hatte sich nicht nur nicht an diesen Gedanken gewöhnt, sondern begriff ihn einfach nicht und konnte ihn nicht begreifen.

Jener bekannte Syllogismus, den er in der Logik Kiesewetters gelernt hatte: Cajus ist ein Mensch, alle Menschen sind sterblich, also ist auch Cajus sterblich –, war ihm sein ganzes Leben lang sehr richtig in bezug auf Cajus erschienen, in keinem Falle aber in bezug auf sich selber. Cajus – das war der Mensch, der Mensch im allgemeinen, und da war gegen diesen Schluß nichts einzuwenden. Aber er war gar nicht Cajus und durchaus nicht der Mensch im allgemeinen, sondern er war immer ein ganz und gar besonderes, von allen anderen verschiedenes Geschöpf. Er war Wanja und hatte seine Mama, den Papa, die Brüder Mitja, Wolodja, seine Spielsachen, den Kutscher, die Amme, später auch Katinka, er hatte alle Freuden, Schmerzen, Entzückungen der Kindheit und der Jugend. Hatte vielleicht Cajus den Geruch eines Lederballes auch so gerne wie Wanja? Küßte vielleicht Cajus die Hand seiner Mutter so wie er? Hat für Cajus das Seidenkleid der Mutter ebenso gerauscht wie für Wanja? Hat Cajus vielleicht in der Rechtsschule wegen der Kuchen protestiert? War Cajus so verliebt gewesen wie er? Konnte Cajus eine Sitzung so führen wie er?

Cajus ist sterblich, und es ist ganz in der Ordnung, daß Cajus stirbt; aber ich, Wanja, Iwan Iljitsch, mit all meinen Gedanken und Gefühlen – das ist eine ganz andere Sache, es kann nicht sein, daß auch ich sterben muß. Das wäre zu schrecklich.

So fühlte er.

›Wenn ich sterben müßte wie Cajus, so würde ich es doch irgendwie wissen, so müßte eine innere Stimme es mir sagen, aber nichts dergleichen geschieht in mir. Ich und alle meine Freunde, wir wußten, daß es mit uns ganz und gar nicht so ist wie mit Cajus. Und jetzt auf einmal!‹ sagte er zu sich. ›Es kann nicht sein, und es ist doch wahr. Wie ist das mög-
ich, wie soll ich das nur verstehen?‹

Und er konnte es nicht verstehen und bemühte sich, den Gedanken als verkehrt, irrig, krankhaft zu verjagen und ihn durch andere, richtige, gesunde Gedanken zu verdrängen. Aber dieser Gedanke war eben nicht Gedanke, sondern war Wirklichkeit und kam immer wieder und blieb bei ihm.

Und an Stelle dieses Gedankens suchte er eine Reihe von anderen Gedanken in sich zu erwecken, weil er hoffte, in ihnen eine Stütze zu finden. Er versuchte, zu den alten Gedankengängen zurückzukehren, die ihm früher diesen einzigen Gedanken an den Tod schon verdeckt hatten. Aber merkwürdig: alles das, was vorhin noch den Gedanken an den Tod verdeckt, verborgen, vernichtet hatte, blieb jetzt ganz ohne Wirkung. In der letzten Zeit hatte Iwan Iljitsch den größten Teil des Tages mit solchen Versuchen zugebracht, Empfindungen und Vorstellungen, die ihn über den Tod hinwegtäuschten, in sich wachzurufen. Er sagte sich: ›Ich muß mich meinem Amt widmen, ich habe doch darin ganz gelebt.‹ Und er ging ins Gericht, alle Zweifel von sich wegjagend. Dort unterhielt er sich mit seinen Kollegen, setzte sich, sah die Leute nach alter Gewohnheit zerstreut und versonnen an, stützte sich mit seinen beiden abgemagerten Händen auf die Armlehnen des eichenen Stuhles, lehnte sich zu seinem Kollegen hinüber, flüsterte ihm etwas ins Ohr, die Akten von sich wegschiebend; dann blickte er mit einem Mal auf, richtete sich im Sessel gerade, sprach die bekannten Worte und eröffnete die Verhandlung. Doch plötzlich begann mittendrin der Schmerz in der Seite, ohne sich im geringsten um den Verlauf des Prozesses zu kümmern, seine bohrende Tätigkeit. Iwan Iljitsch merkte auf, jagte den Gedanken von sich, doch der Schmerz setzte seine Tätigkeit fort, und Er kam herzu und stellte sich gerade vor ihm auf und sah ihn an, und er wurde starr, das Feuer in seinen Augen erlosch, und er begann sich wieder zu fragen: ›Ist Er die einzige Wahrheit?‹ Und die Kollegen und Untergebenen sahen mit Staunen und Ärger, daß er, dieser so glänzende, so kluge Richter, verwirrt war und Fehler machte. Er raffte sich auf, suchte sich zu beherrschen und brachte irgendwie die Sitzung zu Ende; er kehrte nach Hause zurück mit dem traurigen Bewußtsein, daß seine richterliche Tätigkeit nicht mehr imstande sei, das vor ihm zu verbergen, was sie verbergen sollte, daß sie ihn nicht vor Ihm schützen konnte. Und was ärger als alles war: Er lenkte ihn ab und zog ihn an sich, nicht damit er etwas tue, sondern nur damit er Ihn sehe, Ihm gerade ins Auge blicke und, ohne irgend etwas zu tun, sich unsagbar quäle.

Und Iwan Iljitsch suchte eine andere Erleichterung, andere Schutzwände. Er fand sie und war für kurze Zeit wie befreit. Aber plötzlich waren diese Schutzwände wie durchsichtig geworden, als ob Er durch alles dringe und Ihn nichts mehr zu verdecken vermöchte.

Da trat er etwa in den Salon, den er eingerichtet hatte, in das Zimmer, in dem er gefallen war, für dessen Einrichtung er – es kam ihm zugleich bitter und lächerlich vor, daran zu denken – sein Leben geopfert hatte, denn er wußte jetzt, daß seine Krankheit von jenem Fall herrührte; er ging hinein, und da fiel ihm auf dem lackierten Tischchen ein Kratzer auf. Er suchte nach der Ursache und sah, daß der Kratzer von dem Album mit dem Bronzeverschluß herrührte. Er nahm das kostbare Album, das er mit so viel Liebe zusammengestellt hatte, und ärgerte sich über die Unachtsamkeit seiner

Tochter und ihrer Freundinnen: da war etwas zerrissen, dort waren Bilder umgedreht. Er brachte alles mit Mühe in Ordnung und bog den Verschluß des Albums wieder zurecht.
Da kam ihm der Gedanke, dieses ganze Arrangement mit den Alben in eine andere Ecke zu den Blumen zu stellen. Er rief den Diener; die Tochter und die Frau kamen, um ihm zu helfen. Sie waren nicht damit einverstanden, widersprachen ihm, er stritt, wurde erregt. Aber alles das war gut, weil er jetzt nicht an Ihn dachte, weil Er jetzt nicht zu sehen war.
Doch da sagte die Frau plötzlich, als er den Tisch selber wegtragen wollte: »Laß doch, die Leute werden es machen, du wirst dir wieder schaden.« Und sofort sah er Ihn hinter der Schutzwand auftauchen. Er hatte Ihn erblickt, aber er hoffte noch, Er werde wieder verschwinden; doch unwillkürlich faßte er sich an die Seite – da saß es immer noch, nagte und saugte, und er konnte es nicht wieder vergessen, und Er lauerte hinter dem Blumentisch. Wozu das alles?
›Es ist wahr, daß ich hier bei dieser Gardine, wie beim Sturm auf eine Festung, mein Leben verloren habe! Ist so etwas möglich? Wie furchtbar und wie dumm! Es kann nicht sein, es ist nicht möglich, und es ist doch wahr.‹ Und er ging wieder in sein Zimmer, legte sich hin und blieb allein mit Ihm, Auge in Auge mit Ihm. Mit Ihm war nichts anderes zu machen als Ihn ansehen und erstarren.

7

Wie das nun im dritten Monat der Krankheit des Iwan Iljitsch schon so weit gekommen war, läßt sich nicht sagen, weil es allmählich kam, ohne daß man es merkte. Aber es war schon so weit gekommen, daß die Frau, die Tochter, der Sohn, die Dienstboten, die Bekannten, die Ärzte und vor allem er selber wußten: das ganze Interesse an ihm bestand für die anderen nur noch darin, ob er nun endlich bald seinen

Posten verlassen, die Lebenden von dem Zwang, der von seiner Gegenwart ausging, und sich selber von seinen eigenen Leiden befreien werde.
Er schlief weniger und weniger, man gab ihm Opium und spritzte ihm Morphium ein, doch das brachte ihm keine Erleichterung. Den dumpfen Schmerz, den er im halbschlummernden Zustand spürte, empfand er nur zu Beginn als Linderung, da er noch neu war; später aber wurde er ebenso quälend, ja heftiger als der offene Schmerz.
Man bereitete besondere Speisen für ihn, nach Vorschrift der Ärzte. Aber diese Speisen schmeckten ihm von Tag zu Tag schlechter und riefen zuletzt nur noch Ekel hervor.
Für seine Ausleerungen wurden auch besondere Einrichtungen getroffen, und jedesmal war das für ihn eine Qual. Die Qual lag für ihn in der Unreinlichkeit, der Unanständigkeit, dem üblen Geruch und in dem Bewußtsein, daß ein anderer Mensch ihm dabei helfen mußte.
Aber gerade mit dieser so peinlichen Sache war für Iwan Iljitsch auch ein gewisser Trost verbunden, denn es kam dann immer der Küchendiener Gerasim zu ihm ins Zimmer, um den Leibstuhl hinauszutragen.
Gerasim war ein sauberer, frischer, junger Bauer, dem die städtische Kost sehr gut bekam. Er war immer heiter und unbefangen. Anfangs quälte es Iwan Iljitsch, diesen immer so reinlich, auf russische Bauernart angezogenen Menschen eine so ekelhafte Arbeit verrichten zu sehen.
Als er einmal vom Leibstuhl aufgestanden war und nicht die Kraft hatte, sich die Hosen anzuziehen, sank er in den weichen Lehnsessel und sah mit Schrecken auf seine nackten, kraftlosen Lenden mit den scharf hervortretenden Muskeln.
Da kam mit leichtem, kräftigem Schritt Gerasim herein, in hohen Stiefeln, den angenehmen Geruch von Teer und der frischen Winterluft um sich verbreitend, mit reiner Schürze aus Hanfleinwand und einem frischen Kattunhemd, die Ärmel auf den nackten, starken, jungen Armen aufgestreift,

und ging, ohne Iwan Iljitsch anzublicken, offenbar um den Kranken nicht zu verletzen, seine über das ganze Gesicht strahlende Lebensfreude zurückhaltend, zum Leibstuhl.

»Gerasim!« sagte Iwan mit schwacher Stimme.

Gerasim fuhr zusammen, offenbar weil er fürchtete, einen Fehler gemacht zu haben, und kehrte mit schneller Bewegung sein frisches, gutes, einfaches, junges Gesicht, auf dem eben der Bart zu wachsen begann, dem Kranken zu.

»Was befiehlt der Herr?«

»Ich glaube, dir ist das da unangenehm. Verzeih mir, ich kann nicht anders!«

»Aber ich bitte Sie!« Gerasims Augen glänzten, und er zeigte seine jungen weißen Zähne. »Warum soll ich das nicht tun? Sie sind doch krank!«

Und er tat mit geschicktem, festem Griff seine gewöhnliche Arbeit und ging, leise auftretend, hinaus. Nach fünf Minuten kam er ebenso leise wieder zurück. Iwan Iljitsch saß noch in derselben Lage im Lehnstuhl.

»Gerasim!« sagte er, nachdem dieser den reinen, gewaschenen Leibstuhl wieder an Ort und Stelle gebracht hatte. »Hilf mir, bitte! Komm her!« Gerasim kam zu ihm. »Heb mich auf, ich kann nicht allein aufstehen, Dmitrij habe ich weggeschickt.«

Gerasim faßte ihn, ohne ihm weh zu tun, mit starken Armen an, hob ihn geschickt auf, hielt ihn sanft, zog mit der anderen Hand die Hose unter ihm hinauf und wollte ihn wieder in den Lehnstuhl setzen. Aber Iwan Iljitsch bat, ihn zum Sofa zu führen. Gerasim führte ihn ohne die geringste Mühe und ohne ihn zu stoßen zum Sofa, er trug ihn beinahe, und setzte ihn nieder.

»Danke! Wie gut und geschickt du alles machst!«

Gerasim lächelte wieder und wollte hinausgehen. Aber es tat Iwan Iljitsch so gut, mit ihm zusammen zu sein, daß er ihn nicht gehen lassen wollte.

»Bring mir, bitte, diesen Stuhl dort her! – Nein, den da, unter die Füße, mir ist wohler, wenn ich die Füße hoch habe.«

Gerasim brachte den Stuhl, stellte ihn, ohne damit aufzustoßen, mit einem Griff auf den Boden und legte Iwan Iljitschs Füße darauf. Iwan Iljitsch war es, als fühlte er sich leichter, als Gerasim seine Füße hochhob.
»Mir ist viel besser, wenn meine Füße hoch liegen«, sagte Iwan Iljitsch. »Leg mir, bitte, dieses Kissen unter!«
Gerasim tat es. Er hob wieder die Füße und legte sie aufs Kissen. Wiederum tat es Iwan Iljitsch wohl, als Gerasim seine Füße hielt. Da er sie wieder losließ, fühlte er sich schlechter.
»Gerasim«, sagte er zu ihm, »hast du etwas zu tun?«
»Nein, nichts weiter«, sagte Gerasim, der bei den städtischen Leuten gelernt hatte, mit Herrschaften zu sprechen.
»Was hast du noch alles zu tun?«
»Was ich noch alles zu tun habe? Ich bin mit allem fertig, nur muß ich noch Holz spalten für morgen.«
»So halte mir doch die Füße hoch, wenn es geht!«
»Warum nicht, das kann ich schon.« Gerasim hob die Füße hoch, und Iwan Iljitsch kam es vor, als fühle er in dieser Lage überhaupt keine Schmerzen.
»Und das Holz?«
»Das werden wir schon machen.«
Iwan Iljitsch bat nun Gerasim, sich zu setzen und seine Füße zu halten; und dabei unterhielt er sich mit ihm. Und merkwürdig: ihm schien wirklich, als sei ihm besser, wenn Gerasim seine Füße hielt.
Seitdem ließ Iwan Iljitsch Gerasim oft zu sich rufen und sich von ihm die Füße auf den Schultern halten, und es machte ihm Freude, dabei mit ihm zu sprechen. Gerasim tat das leicht, gern, einfach und mit einer Güte, die Iwan Iljitsch mit Rührung erfüllte. An allen anderen Leuten beleidigten Iwan Iljitsch die Gesundheit, die Kraft, der Lebensmut; Gerasims Kraft und Lebensfreude jedoch taten ihm nicht weh, sondern wirkten beruhigend auf ihn.
Die Hauptqual für Iwan Iljitsch lag in der Lüge, in der von allen anerkannten Lüge, daß er nur krank und nicht ein Ster-

bender sei, daß er sich nur ruhig verhalten und die Medizin nehmen solle und alles dann wieder gut werde. Was immer sie ihm eingaben – er wußte, daß für ihn nichts anderes daraus folgen würde als noch quälendere Leiden und der Tod. Und ihn peinigte diese Lüge, ihn peinigte es, daß sie nicht offen bekennen wollten, was sie wußten und was er wußte, sondern ihn belogen und ihn selber zwangen, an dieser Lüge teilzuhaben. Die Lüge, die Lüge, die sich an seinem Sterbebett breitmachte, mit der sie immer wieder den furchtbaren, feierlichen Akt seines Todes ihren Gesellschaften, Fenstervorhängen und Diners mit Fischspeisen gleichstellten – diese Lüge war furchtbar quälend für Iwan Iljitsch. Und merkwürdig: wenn sie ihm wieder eine dieser Komödien vorspielten, war er oft nahe daran aufzuschreien: ›Hört doch auf zu lügen! Ihr wißt und ich weiß, daß ich sterbe. Hört wenigstens auf zu lügen!‹ Aber er hatte niemals den Mut, das zu sagen. Der furchtbare, schreckliche Akt seines Sterbens, das sah er, wurde von allen in seiner Umgebung wie eine der vielen zufälligen Unannehmlichkeiten, ja Taktlosigkeiten des Lebens behandelt (in der Art, wie man mit einem Menschen umgeht, der im Salon einen unangenehmen Geruch um sich verbreitet), und dieses Verhalten gründete sich auf jene Anschauung von ›Anstand‹, der er sein ganzes Leben lang gehuldigt hatte. Er sah, daß niemand mit ihm Mitleid hatte, weil niemand seine Lage begreifen wollte; nur Gerasim begriff seine Lage und hatte Mitgefühl mit ihm. Und darum war Iwan Iljitsch nur wohl mit Gerasim. Ihm tat es wohl, wenn Gerasim manchmal die ganze Nacht hindurch seine Beine hielt und nicht weggehen wollte, sondern sagte: »Sorgen Sie sich nur nicht um mich, Iwan Iljitsch, ich werde schon schlafen!« oder plötzlich zum Du übergehend, hinzufügte: »Du bist doch krank, da muß ich dich doch pflegen.« Nur Gerasim log nicht. Aus allem konnte man erkennen, daß er allein begriff, worum es sich hier handelte, und es nicht für notwendig hielt, es zu verbergen, und ganz einfach mit seinem kranken, entkräfteten Herrn Mitgefühl hatte. Einmal, als Iwan Iljitsch ihn wegschicken wollte, sagte er geradezu: »Wir alle müssen einmal sterben, warum soll ich nicht was für Sie tun?« Und damit drückte er aus, daß er sich nicht belästigt fühle, weil er es für einen Sterbenden tat, und hoffte, daß auch ihm einst, wenn seine Zeit komme, ein Mensch helfen werde.

Außer dieser Lüge, oder infolge dieser Lüge, war nichts so bitter für Iwan Iljitsch, als daß niemand ihn so bemitleidete, wie er bemitleidet werden wollte. Iwan Iljitsch hatte zuweilen nach langen Leidensstunden Sehnsucht danach – und er schämte sich nicht, sich das zu gestehen –, daß jemand mit ihm Mitleid habe wie mit einem kranken Kinde. Er sehnte sich danach, daß man in liebkose, ihn küsse, über ihn weine, wie man Kinder liebkost und tröstet. Er wußte, daß er ein würdiges Mitglied des Gerichtshofs war und einen grauen Bart hatte und darum alles das unmöglich war, aber er wollte es trotzdem. Und in seinem Verhältnis zu Gerasim war etwas davon, und darum tröstete es ihn. Iwan Iljitsch wollte weinen wie ein Kind, er wollte, daß man ihn liebkose wie ein Kind und über ihn weine, und da kam dann plötzlich sein Kollege Schebek, und anstatt zu weinen und geliebkost zu werden, machte Iwan Iljitsch ein ernstes, strenges, tiefsinniges Gesicht und äußerte, dem Gesetz der Trägheit folgend, seine Meinung über die Bedeutung des Urteils, das der Kassationsgerichtshof gefällt hatte, und unterstützte es noch hartnäckig.

Diese Lüge um ihn und in ihm vergiftete mehr als alles andere die letzten Lebenstage von Iwan Iljitsch.

8

Es war Morgen geworden. Es war Morgen, weil Gerasim hinausgegangen war und Peter, der Kammerdiener, hereinkam, die Kerzen auslöschte, eine Gardine öffnete und leise aufzuräumen begann. Ob es Morgen oder Abend, Freitag oder Sonntag war, war ja ganz gleich; es war immer ein und dasselbe: der nagende, auch nicht einen Augenblick aussetzende, quälende Schmerz, das hoffnungslose Bewußtsein, daß das Leben zu Ende gehe, aber noch nicht zu Ende sei, daß der furchtbare, gehaßte Tod, das einzig Wirkliche, immer näher komme, und dazu immer dieselbe Lüge. Was bedeuten da Tage, Wochen, Stunden?

»Befiehlt der Herr nicht Tee?«

›Für den muß Ordnung sein. Am Morgen soll der Herr Tee trinken‹, dachte er und sagte nur: »Nein.«

»Will der gnädige Herr sich nicht auf den Diwan setzen?«

›Er muß jetzt das Schlafzimmer in Ordnung bringen, und ich bin ihm im Wege. Ich bin die Unreinlichkeit, die Unordnung‹, dachte er und sagte nur: »Nein, laß mich!«

Der Diener machte sich wieder im Zimmer zu schaffen. Iwan Iljitsch streckte die Hand aus, Peter kam dienstbeflissen herbei.

»Was befiehlt der gnädige Herr?«

»Die Uhr!«

Peter nahm die Uhr, die dicht neben Iwan Iljitsch lag, und gab sie ihm.

»Halb neun. Sind die drüben noch nicht aufgestanden?«

»Noch nicht. Wasilij Iwanowitsch« (das war der Sohn des Hauses) »sind ins Gymnasium gegangen, Praskowja Fjodorowna haben befohlen, sie zu wecken, wenn der gnädige Herr nach ihr frage. Befiehlt der gnädige Herr?«

»Nein! Es ist nicht nötig.« – ›Soll ich nicht doch etwas Tee probieren?‹ dachte er. »Ja – bring mir Tee!«

Peter ging zur Tür. Iwan Iljitsch fürchtete sich allein zu bleiben. ›Womit soll ich ihn nur zurückhalten? Ja, die Medizin.‹

»Peter, gib mir die Medizin! Vielleicht hilft sie doch.« Er nahm einen Löffel davon. ›Nein, sie hilft nicht. Alles das ist Unsinn, Betrug‹, dachte er, als er den bekannten ekelhaften Geschmack im Munde spürte. ›Ich kann an nichts mehr glauben. Aber warum nur der Schmerz, dieser entsetzliche Schmerz? Wenn er nur für einen Augenblick nachließe!‹ Und er stöhnte auf. Peter kam zurück. »Nein, geh, bring mir Tee!«

Peter ging hinaus. Iwan Iljitsch stöhnte nicht vor Schmerzen, obwohl diese Schmerzen furchtbar waren, sondern aus Gram. Immer ein und dasselbe. Ewig diese endlosen Tage und Nächte. Wenn es nur schneller käme! Was soll schneller kommen? Der Tod, die Finsternis. Nein, nein, alles ist besser als der Tod! Peter kam mit dem Tee auf dem Tablett. Iwan Iljitsch sah ihn lange zerstreut an und wußte nicht, wer er war und was er wollte. Peter wurde verwirrt durch diesen Blick. Da erkannte ihn Iwan Iljitsch. »Ah!« sagte er, »Tee, gut, setz ihn her; nun hilf mir beim Waschen und gib mir ein reines Hemd!«

Iwan Iljitsch begann sich zu waschen. Er wusch sich schweratmend die Hände, das Gesicht, putzte die Zähne, begann sich zu kämmen und sah dabei in den Spiegel. Er erschrak, er erschrak vor allem davor, wie sein Haar sich flach auf die blasse Stirn legte. Als er das Hemd wechselte, wußte er, daß ihm der Anblick seines Körpers noch schrecklicher sein werde. Er sah ihn darum nicht an. Doch jetzt war er fertig. Er zog den Schlafrock an, hüllte die Beine in den Plaid ein und setzte sich in den Lehnsessel zum Tee. Eine Minute lang fühlte er sich erfrischt. Doch kaum hatte er Tee getrunken – wieder der Geschmack, wieder der Schmerz! Er zwang sich den Tee auszutrinken, legte sich hin und streckte die Beine aus. Er lag da und entließ Peter.

Immer dasselbe. Ein Tropfen Hoffnung in einem Meer von Verzweiflung! Und immer wieder der Schmerz, der Gram und immer ein und dasselbe. Er fürchtet sich allein zu bleiben, er will jemand rufen und weiß schon im voraus, daß es ihm mit anderen noch schlechter sein wird. ›Ach, vielleicht nehme ich wieder Morphium, ich kann dann wieder vergessen, ich werde ihm sagen, dem Doktor, daß er sich irgend etwas anderes ausdenken muß, so kann es nicht weitergehen.‹

Eine Stunde, zwei Stunden vergingen. Die Glocke im Vorzimmer. ›Ist es vielleicht der Doktor?‹ Ja, es ist der Doktor, frisch, munter, fett, heiter, mit einer Miene, die zu sagen scheint: ›Sie haben sich wieder einmal geängstigt, aber wir werden es schon machen.‹ Der Doktor weiß, daß diese Miene hier nicht mehr wirkt, aber er hat sie nun einmal angenommen und kann sie nicht mehr lassen, ebensowenig wie ein Mensch den Frack, den er in der Frühe anzieht, um Visiten zu machen.

Der Doktor reibt sich munter und vergnügt die Hände.

»Ich bin ganz kalt. Eine eisige Kälte draußen. Lassen Sie mich erst ein wenig warm werden«, sagt er mit einem Ausdruck, als brauche Iwan Iljitsch nur ein wenig zu warten, bis er warm geworden sei, und dann müsse alles in Ordnung kommen.

»Nun, wie gehts?«

Iwan Iljitsch fühlt, daß der Doktor gern gesagt hätte: ›Nun, wie geht das Geschäft?‹ Doch auch er begreift, daß man so schließlich doch nicht reden darf, und fragt darum: »Wie haben Sie die Nacht verbracht?«

Iwan Iljitsch sieht den Doktor an, als wollte er ihn fragen: ›Wirst du dich niemals schämen, so zu lügen?‹

Aber der Doktor will die Frage nicht verstehen. Und Iwan Iljitsch sagt: »Schlecht, der Schmerz geht nicht weg, läßt nicht nach, auch nicht für einen Augenblick!«

»Ihr Kranken seid nun einmal so. Jetzt bin ich ganz warm geworden, selbst die empfindliche Praskowja Fjodorowna hätte nichts mehr gegen meine Temperatur einzuwenden. – Na also, guten Morgen!« Der Doktor drückt ihm die Hand.

Der Spaß wird nun beiseite gelassen, und der Doktor beginnt ihn mit ernstem Gesicht zu untersuchen, den Puls, die Temperatur, er beklopft und behorcht ihn.

Iwan Iljitsch weiß ganz genau, daß dies alles Unsinn und leerer Betrug ist. Aber der Doktor braucht nur hinzuknien und sich über ihn zu beugen, ihn oben und unten zu behorchen und mit bedeutender Miene allerlei gymnastische Übungen an ihm zu machen, und Iwan Iljitsch läßt sich von alledem ebenso betören, wie er sich früher von den Reden der Advokaten betören ließ, wiewohl er auch hier noch besser wußte, daß sie und warum sie logen.

Der Doktor kniet noch auf dem Sofa und klopft noch ein wenig an ihm herum, als in der Tür das Seidenkleid von Praskowja Fjodorowna rauscht, und man hört, wie sie Peter Vorwürfe macht, daß er ihr die Ankunft des Doktors nicht gemeldet habe.

Sie tritt ein, küßt ihren Mann und beginnt sofort zu erklären, daß sie schon lange aufgestanden und nur durch ein Mißverständnis bei der Ankunft des Doktors nicht gleich gekommen ist.

Iwan Iljitsch sieht sie an von oben bis unten; ihre weiße Haut, ihr fetter Körper, ihre reinen Hände, ihr Hals, der Glanz ihrer Haare und ihrer Augen, die voll Leben sind, alles das ärgert ihn. Er haßt sie mit allen Kräften seiner Seele. Und jede Berührung mit ihr bringt diesen Haß zum Überfließen.

Ihr Verhalten zu ihm und seiner Krankheit ist immer dasselbe. Gleichwie der Doktor sich ein Verhalten zu dem Kranken ausgearbeitet hat, bei dem es nun ein für allemal bleibt, so hat auch sie ihr bestimmtes Verhalten: er tut nicht das, was er tun soll, und er ist selber schuld an allem, und sie muß ihn darum – wenn auch sehr liebevoll – schelten. Und auch sie kann dieses Verhalten nicht mehr ändern.

»Er folgt eben nicht und nimmt die Medizin nicht zur rechten Zeit. Und dann das Neueste: wie er jetzt immer daliegt, die Beine hoch, das muß ihm doch schaden.«

Und sie erzählt, wie er sich von Gerasim die Beine hochhalten läßt. Der Doktor lächelt, halb verächtlich, halb zärtlich: »Was soll man da tun? Diese Kranken denken sich manchmal solche Sachen aus. Aber das ist durchaus verzeihlich.«

Als die Untersuchung zu Ende ist und der Doktor auf die Uhr sieht, gesteht Praskowja Fjodorowna ihrem Mann, er

könne sagen, was er wolle, aber für heute habe sie den berühmten Doktor hergebeten, und er werde zusammen mit Michail Danilowitsch (so hieß ihr Hausarzt) ihn untersuchen und ein Konsilium abhalten.
»Du darfst mir diesmal nicht widersprechen. Bitte! Ich tue es für mich«, sagte sie ironisch, als wollte sie ihm damit zu fühlen geben, daß sie ja alles, alles für ihn tue und ihm nur dadurch das Recht verweigere, nein zu sagen. Er schwieg und runzelte die Stirn. Er fühlte, daß die Lüge, die ihn umgab, alles so durchsetzt hatte, daß es schwierig geworden war, irgend etwas von ihr zu trennen.
Alles, was seine Frau für ihn tat, tat sie nur um ihrer selbst willen, und sie sagte es ihm auch ganz offen, aber in einem Ton, der diese Behauptung als so unglaublich erscheinen ließ, daß er sie im entgegengesetzten Sinn auffassen mußte.
Wirklich, um halb zwölf kam die Kapazität. Wieder das Ausfragen und das bedeutsame Gerede über Niere und Blinddarm zuerst vor ihm und dann im Nebenzimmer; alle die Fragen und Antworten mit einer so bedeutsamen Miene, daß abermals an Stelle der wirklichen Frage um Leben und Tod, die ihn jetzt ausschließlich beschäftigte, die Frage nach der Niere und nach dem Blinddarm trat, die nicht so arbeiteten, wie sie arbeiten sollten, und über die jetzt Michail Danilowitsch und die Kapazität herfallen wollten und sie zwingen, sich zu bessern.
Die Kapazität verabschiedete sich mit einer ernsten, aber nicht hoffnungslosen Miene. Und auf die schüchterne Frage, die Iwan Iljitsch mit vor Furcht und Hoffnung glänzenden Augen an ihn richtete, ob noch eine Möglichkeit vorhanden sei, daß er gesund werde, antwortete er: man könne ja für nichts einstehen, aber die Möglichkeit sei vorhanden. Der Blick der Hoffnung, mit dem Iwan Iljitsch den Doktor begleitete, war so kläglich, daß Praskowja Fjodorowna die Tränen nicht zurückhalten konnte, als sie aus dem Zimmer ging, um der Kapazität das Honorar zu geben.

Iwan Iljitschs zuversichtliche Stimmung, in die ihn die hoffnungsvollen Worte des Doktors versetzt hatten, dauerte nicht lange. Dasselbe Zimmer, dieselben Bilder, die Gardinen, die Tapeten, die Arzneiflaschen und derselbe schmerzende, leidende Körper. Und Iwan Iljitsch begann zu stöhnen; sie gaben ihm eine Einspritzung, und er ließ sich betäuben.

Als er erwachte, war es Abend. Man brachte ihm das Essen. Er trank mit Mühe etwas Bouillon. Und wieder kam die Nacht.

Nach dem Diner um sieben Uhr kam Praskowja Fjodorowna in sein Zimmer, in Gesellschaftstoilette, die fetten Brüste starr zusammengepreßt und mit Spuren von Puder im Gesicht. Sie hatte schon am Morgen erwähnt, daß sie heute ins Theater gehen wollten; Sarah Bernhardt gab ein Gastspiel, und sie hatten eine Loge. Er selber hatte darauf bestanden, daß man sie nehme. Jetzt hatte er das vergessen, und ihr Putz beleidigte ihn. Doch er verbarg es, da ihm einfiel, daß er ja selber darauf bestanden hatte, daß sie die Loge nähmen und hingingen. Es sei gut für die Erziehung der Kinder und zugleich ein ästhetischer Genuß.

Praskowja Fjodorowna trat selbstzufrieden ein, aber doch als fühlte sie sich schuldig. Sie setzte sich zu ihm, fragte ihn nach seinem Befinden, nur um zu fragen, wie er merkte, und nicht, um wirklich zu erfahren, wie es ihm ging, denn sie wußte ja, daß es da nichts zu erfahren gab. Und sie redete, wie unter diesen Umständen geredet werden mußte: daß sie um nichts in der Welt ins Theater gefahren wäre, aber die Loge sei nun einmal genommen, Helene ginge auch und ihre Tochter und Petrischtschew (der Untersuchungsrichter, der Bräutigam der Tochter), und es sei unmöglich, sie allein zu lassen. Sie würde viel lieber bei ihm sitzen, er solle sich aber auch ohne sie jetzt an die Vorschriften des Arztes halten.

»Ja, Fjodor Petrowitsch (der Bräutigam) wollte dich auch begrüßen. Darf er? Und Lisa?«

»Laß sie nur kommen.«

Die Tochter kam herein, in Abendtoilette, den jungen Körper entblößt. Sein Körper brachte ihm so viel Leiden, und sie stellte den ihren zur Schau! Sie war stark, gesund, offenkundig verliebt und unzufrieden mit der Krankheit, dem Leiden und dem Tod, die ihr Glück störten.
Auch Fjodor Petrowitsch kam herein, im Frack, frisiert à la Capoul, mit einem langen, sehnigen Hals, eng eingeschlossen in einen weißen Kragen, mit ungeheurer weißer Brust und starken, in die engen schwarzen Hosen eingepreßten Schenkeln, den einen weißen Handschuh in der Hand, den anderen angezogen, den Claque unterm Arm.
Hinter ihm schlich unbemerkt auch der Gymnasiast herein, er hatte die neue Uniform an. Ein armes Kerlchen, in Handschuhen und mit schrecklichen blauen Ringen unter den Augen, deren Bedeutung Iwan Iljitsch kannte.
Der Sohn tat ihm immer leid. Sein scheuer und mitleidsvoller Blick erschreckte ihn. Außer Gerasim, schien es Iwan Iljitsch, dachte nur noch Wolodja an ihn und hatte Mitleid mit ihm.
Alle setzten sich und erkundigten sich nach seinem Befinden. Darauf Schweigen. Lisa fragte die Mutter nach dem Opernglas. Es folgte ein Streit zwischen Mutter und Tochter, wer es zuletzt gehabt hätte und wo es sein könnte. Es war peinlich.
Fjodor Petrowitsch fragte Iwan Iljitsch, ob er Sarah Bernhardt schon einmal gesehen habe. Iwan Iljitsch verstand anfangs nicht, was sie ihn fragten, und sagte dann: »Nein! Haben Sie sie schon gesehen?«
»Ja, in Adrienne Lecouvreur.«
Praskowja Fjodorowna meinte, sie sei in einer gewissen Rolle besonders gut. Die Tochter widersprach, und es entspann sich ein Gespräch über die Eleganz und den Realismus ihres Spiels, ein Gespräch, das überall gleich lautet.
Mitten im Gespräch sah Fjodor Petrowitsch Iwan Iljitsch an und verstummte. Auch die anderen sahen ihn an und verstummten. Iwan Iljitsch blickte mit glänzenden Augen vor

sich hin, offenbar unwillig und gereizt: der Fehler mußte gutgemacht werden. Aber das ging nicht mehr. Einer mußte das Schweigen brechen. Niemand entschloß sich dazu. Und alle fürchteten sich davor, daß plötzlich irgendwie die gewohnte Lüge aufgedeckt und allen alles klarwerden könnte. Lisa wagte es zuerst, das Schweigen zu brechen. Sie wollte das verbergen, was alle jetzt fühlten, aber sie sprach es aus.

»Wenn wir fahren wollen, so ist es Zeit«, sagte sie, auf die Uhr blickend – ein Geschenk des Vaters –, und sah mit einem kaum merklichen, bedeutsamen, ihnen allein verständlichen Lächeln den jungen Mann an. Dann stand sie auf, mit dem Kleide rauschend.

Alle standen auf, verabschiedeten sich und gingen hinaus.

Als sie draußen waren, schien es Iwan Iljitsch, als sei ihm besser. Die Lüge war nicht mehr da, sie war mit ihnen hinausgegangen, aber der Schmerz war geblieben. Dieser ewige Schmerz, diese ewige Furcht bewirkten, daß ihm um nichts schwerer und um nichts leichter war. Es ging nur weiter abwärts mit ihm.

Wieder kamen und gingen Minuten, kamen und gingen Stunden. Immer dasselbe und kein Ende, und furchtbarer als alles das unentrinnbare Ende.

»Ja, schicke Gerasim herein!« antwortete er auf die Frage Peters.

9

Spät in der Nacht kam die Frau zurück. Sie trat auf den Zehenspitzen ein, aber er hörte sie, öffnete die Augen und schloß sie sofort wieder. Sie wollte Gerasim hinausschicken und selber bei ihm sitzen bleiben. Er sah sie an und sagte:

»Nein, gehe du!«

»Du hast große Schmerzen?«

»Es ist alles eins.«

»Nimm Opium!«

Er sagte ja, nahm die Arznei, und sie ging hinaus.

Bis drei Uhr war er in qualvoller Bewußtlosigkeit. Ihm schien es, als ob man ihn unter großen Schmerzen in einen engen, tiefen, schwarzen Sack stopfe und immer tiefer hineindrücken wolle, aber er könne nicht hinein. Und das ist furchtbar für ihn. Ihm wird angst, er will selber hinein und strengt sich an und hilft mit. Doch plötzlich reißt er sich los und fällt und wacht auf. Da sitzt Gerasim zu seinen Füßen auf dem Bett und träumt still und geduldig vor sich hin. Und er liegt da, seine mageren Füße in Strümpfen auf den Schultern des Bauern. Die Kerze mit dem Schirm brennt. Derselbe nicht nachlassende Schmerz.

»Geh jetzt, Gerasim!« flüstert er.

»Ich bleibe gern noch bei Ihnen.«

»Nein, geh nur, geh nur!«

Er nahm die Füße von den Schultern, legte sich auf die Seite, und er hatte Mitleid mit sich selber. Er wartete nur, bis Gerasim hinausgegangen war, dann konnte er sich nicht mehr halten und begann zu schluchzen wie ein Kind. Er weinte über seine Hilflosigkeit, er weinte über seine schreckliche Einsamkeit, er weinte über die Grausamkeit der Menschen, die Grausamkeit Gottes, er weinte darüber, daß es keinen Gott gebe.

›Warum hast du das alles gemacht? Warum hast du mich bis dahin gebracht? Warum, warum quälst du mich so furchtbar?‹

Und er wartete auf keine Antwort und weinte darüber, daß es darauf keine Antwort gebe, keine Antwort geben könne. Der Schmerz brach wieder aus. Aber er regte sich nicht und rief nicht. Er sagte zu sich selbst: ›Und wenn schon, schlag nur, schlag nur! Aber warum? Was habe ich dir getan? Warum?‹

Dann wurde er still, hörte auf zu weinen, hörte auf zu atmen und horchte, nicht auf eine Stimme, die in Silben sprach, sondern auf die Stimme der Seele, auf den Gang der Gedanken, die sich in ihm regten.

Was willst du?‹ war der erste, klare, mit Worten auszudrückende Satz, den er hörte. ›Was willst du? Was willst du?‹ wiederholte er. ›Was? Nicht leiden, leben!‹ antwortete er. Und wieder war er ganz Ohr und so gespannt, daß ihn nicht einmal der eigene Schmerz ablenkte.

›Leben? Wie leben?‹ fragte die Stimme der Seele.

›Ja, so leben, wie ich bisher gelebt habe: gut und angenehm.‹

›Und wie war das: gut und angenehm?‹ fragte die Stimme. Und er begann in der Erinnerung die besten Augenblicke dieses seines angenehmen Lebens durchzugehen. Und merkwürdig, diese Augenblicke des angenehmen Lebens schienen ihm jetzt ganz und gar nicht das zu sein, wofür er sie bisher gehalten hatte. Alle – mit Ausnahme der ersten Kindheitserinnerungen. Damals, in der Kindheit, da war noch etwas wirklich Angenehmes, mit dem man leben könnte, wenn es wiederkehren wollte! Aber der Mensch, der dieses Angenehme erfahren hatte, der war nicht mehr. Es war gleichsam die Erinnerung an einen anderen Menschen.

Da aber das begann, dessen Ergebnis er jetzt war, der Iwan Iljitsch von heute, da schmolz alles, was ihm einst Freude zu sein schien, vor seinen Augen zusammen und verwandelte sich in etwas Nichtiges und oft Widerwärtiges.

Und je weiter sie von der Kindheit entfernt waren, je mehr sie sich seinem jetzigen Zustande näherten, um so nichtiger und zweifelhafter wurden die Freuden. Das begann schon in der Rechtsschule. Damals war wohl noch manches Gute da. Damals gab es Freuden, gab es Freundschaft, gab es Hoffnung. Aber schon in den höheren Klassen wurden diese guten Augenblicke seltener. Später, in den ersten Dienstjahren beim Gouverneur, gab es wieder gute Augenblicke. Es war die Erinnerung an Frauenliebe. Später verwirrte sich aber auch das, und des Guten gab es noch weniger und immer weniger. Und je weiter er kam, um so weniger.

Die Heirat... und dann so plötzlich die Enttäuschung. Der Geruch aus dem Munde der Frau, die Sinnlichkeit, die Heuchelei! Und dieser geisttötende Dienst, und diese Sorgen um das Geld, und so ein Jahr, zwei Jahre, zehn Jahre, zwanzig Jahre, immer ein und dasselbe. Und je weiter er kam, um so geisttötender. ›Es ist, als wäre ich einen Berg heruntergegangen und hätte mir eingebildet, ich ginge ihn hinauf. So war es auch. In der Meinung der Gesellschaft ging ich den Berg hinauf, und gerade unter mir weg floh das Leben. Jetzt bin ich zu Ende... Jetzt stirb!‹

›Wie ist das nur? Warum? Es ist nicht möglich. Es ist nicht möglich, daß das Leben so sinnlos, so ekelhaft ist! Und wenn es wirklich so ekelhaft und sinnlos ist, warum sterben, warum unter diesen Leiden sterben? Etwas ist da nicht richtig.‹

›Vielleicht habe ich nicht so gelebt, wie ich leben sollte?‹ kam ihm plötzlich in den Sinn. »Aber ich habe doch alles getan, was man tun soll«, sagte er sich und wies diese einzige Lösung des ganzen Rätsels von Leben und Tod von sich fort, als wäre das ganz und gar unmöglich.

»Was willst du jetzt? Leben? Wie leben? Leben, wie du im Gerichtssaal lebst, wenn der Gerichtsdiener verkündet: ›Das Gericht kommt!‹ Das Gericht kommt!« wiederholte er. »Das ist das Gericht. Ja, aber ich bin nicht schuldig«, schrie er im Zorn. »Wofür?« Und er hörte auf zu weinen, kehrte das Gesicht zur Wand und dachte immer nur an das eine: ›Warum, wofür dies Entsetzliche?‹

Doch wieviel er auch nachdachte, er fand keine Antwort. Und wenn ihm der Gedanke kam – er kam ihm immer wieder –, daß alles davon komme, daß er nicht richtig gelebt habe, fiel ihm sofort ein, daß sein Leben doch ganz in der Ordnung gewesen wäre, und er wies diesen sonderbaren Gedanken abermals von sich.

10

Wieder waren zwei Wochen vergangen. Iwan Iljitsch stand nicht mehr vom Sofa auf. Er wollte nicht mehr im Bett liegen und legte sich auf das Sofa. Das Gesicht fast immer zur Wand gekehrt, litt er ununterbrochen ein und denselben untilgbaren Schmerz und dachte ununterbrochen ein und denselben unauflösbaren Gedanken: ›Warum? Ist es wahr, daß das der Tod ist?‹ Und eine innere Stimme antwortete: ›Ja, es ist wahr.‹ – ›Warum diese Qual?‹ Und die innere Stimme antwortete: ›Darum, um nichts und wieder nichts.‹ Außer diesem, über dieses hinaus gab es nichts.

Seit Beginn seiner Krankheit, seitdem er zum ersten Mal zum Doktor gefahren war, hatte sich sein Leben in zwei widersprechende Stimmungen geteilt, die einander ablösten. Bald war er verzweifelt und wartete auf den ihm unbegreiflichen, furchtbaren Tod. Dann hatte er wieder Hoffnung und beobachtete gespannt die Tätigkeit seines Körpers, sah nur die Niere und den Blinddarm, die es für einige Zeit ablehnten, ihre Pflicht zu erfüllen. Dann plötzlich wieder der unbegreifliche, furchtbare Tod, vor dem er sich nicht retten konnte.

Diese zwei Stimmungen lösten einander seit Beginn der Krankheit ab. Doch je mehr die Krankheit vorwärts schritt, um so zweifelhafter und unwahrscheinlicher wurden Niere und Blinddarm, und um so wirklicher das Bewußtsein des kommenden Todes.

Er brauchte sich nur daran zu erinnern, wie er vor drei Monaten noch gewesen war und wie er jetzt war, er brauchte nur daran zu denken, wie sein Weg immer tiefer bergab geführt hatte, um alle Hoffnung zu verlieren.

In diesen letzten Tagen der Einsamkeit, in der er sich befand, mit dem Gesicht gegen die Rücklehne des Sofas gekehrt, in dieser Einsamkeit inmitten der volkreichen Stadt, seiner zahlreichen Bekannten, seiner Familie, in der Einsamkeit, die nirgends vollkommener sein konnte, weder auf dem Meere noch auf der Erde, in den letzten Tagen dieser furchtbaren Einsamkeit lebte Iwan Iljitsch nur noch in den Gedanken an die Vergangenheit. Ein Bild nach dem andern trat vor seine Seele. Es begann immer mit einem zeitlich nahen, und von da zog es ihn weit zurück in die Kindheit, und dort in der Kindheit blieb er dann. Wenn Iwan Iljitsch an die abgekochten Dörrpflaumen dachte, die man ihm heute angeboten hatte, fielen ihm sofort die rohen, zusammengeschrumpften französischen Dörrpflaumen ein, die er in seiner Kindheit gegessen hatte, ihr eigentümlicher Geschmack und die Menge von Speichel, die sich bildete, wenn man endlich beim Kern angekommen war. Und an diese Geschmackseindrücke knüpfte sich eine lange Reihe anderer Erinnerungen aus dieser Zeit: die Amme, die Brüder, die Spielsachen. ›Oh, ich will nicht daran denken, es tut mir weh‹, sagte Iwan Iljitsch und ging wieder zur Gegenwart über. Der Knopf an der Lehne des Sofas und die Falten im Saffian. ›Der Saffian war teuer und hat nicht gehalten. Wir haben uns seinetwegen gestritten. Da war aber einmal ein anderer Saffian, und es gab da auch einen Streit, als wir Kinder die Brieftasche aus Saffian, die dem Vater gehörte, zerrissen hatten und dafür gestraft wurden; Mama brachte uns dann Kuchen.‹ Und wieder war er bei seiner Kindheit, und wiederum tat es Iwan Iljitsch weh, er bemühte sich, die Gedanken zu verjagen und an etwas anderes zu denken.

Und zusammen mit dieser Gedankenreihe ging durch seine Seele eine andere: die Erinnerung daran, wie seine Krankheit wuchs und schlimmer wurde. Je weiter er zurückblickte, desto mehr Leben sah er. Das Leben hatte mehr Gutes, und darum war auch mehr Leben da. Eins war mit dem anderen verschmolzen. ›Wie die Qualen immer ärger und ärger wurden, so wurde auch das Leben immer ärger und ärger‹, dachte er. Nur ein lichter Punkt war da: weit zurück, zu Beginn des Lebens, und dann wurde es immer schwärzer und schwärzer und ging schneller und schneller. ›Im umgekehrten Verhältnis zum Quadrat der Entfernung vom Tode‹, dachte Iwan Iljitsch. Und dieses Bild des Steines, der mit wachsender Geschwindigkeit fällt, verließ ihn nicht mehr. Das Leben, eine Reihe immer wachsender Leiden, fliegt immer schneller dem Ende zu, diesem furchtbarsten aller Leiden. ›Ich fliege...‹ Er zitterte, wurde unruhig, wollte sich wehren, doch er wußte schon, daß man sich nicht dagegen wehren konnte. Und wieder blickte er mit Augen, die vom Sehen müde waren, aber dennoch auf das schauen mußten, was vor ihm war, auf die Rücklehne des Sofas und wartete – wartete auf den fürchterlichen Fall, auf den Stoß, auf die Vernichtung. ›Man kann nichts dagegen tun‹, sagte er sich. ›Aber wenn ich nur wenigstens wüßte warum! Auch das darf man nicht. Alles würde mir klar, wenn ich mir eingestünde, daß ich nicht so gelebt habe, wie ich hätte leben sollen, aber das kann ich unmöglich zugeben‹, sagte er zu sich, indem er an die Korrektheit, an die Ordnung und an die Anständigkeit seines Lebens dachte. ›Das zuzugeben ist unmöglich‹, sagte er zu sich, mit den Lippen lächelnd, als ob irgend jemand dieses Lächeln sehen und dadurch getäuscht werden könnte. ›Es gibt keine Erklärung dafür, alles ist Qual, Tod... Warum?‹

11

So vergingen wieder zwei Wochen. In dieser Zeit geschah für Iwan Iljitsch und seine Frau das so erwünschte Ereignis: Petrischtschew hielt um die Hand der Tochter an. Das war am Abend gewesen. Am nächsten Tage ging Praskowja Fjodorowna zu ihrem Mann und überlegte, wie sie ihm davon Mitteilung machen solle. Doch gerade in dieser Nacht war eine neue Wendung zum Schlechten mit Iwan Iljitsch eingetreten. Praskowja Fjodorowna fand ihn auf dem Sofa in einer neuen Lage. Er lag platt auf dem Rücken, stöhnte und blickte starr vor sich hin.

Sie begann von der Arznei zu sprechen. Er wandte den Blick nach ihr hin. Sie sprach den Satz nicht zu Ende, den sie begonnen hatte, so böse war der Blick, mit dem er sie ansah.
»Um Christi willen, laß mich doch ruhig sterben!« sagte er.
Sie wollte hinausgehen, aber da kam die Tochter und wollte guten Morgen sagen. Er sah die Tochter mit demselben Blick an und antwortete ihr auf die Frage nach seinem Befinden trocken, daß er sie alle bald von sich befreien werde. Beide schwiegen, setzten sich hin und gingen dann hinaus.
»Als ob wir etwas dafür könnten«, sagte Lisa zur Mutter. »Wir sind doch nicht schuld daran. Mir tut Papa ja leid, aber warum quält er uns?«
Zur gewohnten Stunde kam der Doktor. Iwan Iljitsch antwortete ihm: Ja – Nein, ohne seinen erbosten Blick von ihm zu wenden, und zuletzt sagte er zu ihm: »Sie wissen doch selber, daß Sie mir nicht helfen können. Lassen Sie mich also in Ruhe!«
»Wir können die Leiden wenigstens erleichtern«, sagte der Doktor.
»Auch das können Sie nicht. Lassen Sie mich in Ruhe!«
Der Doktor ging ins Speisezimmer und teilte Praskowja Fjodorowna mit, daß es dem Kranken sehr schlecht gehe und es nur noch ein Mittel gebe für ihn – Opium, um die Schmerzen zu lindern, die jetzt furchtbar sein müßten. Der Doktor sprach von den körperlichen Schmerzen und hatte recht. Aber noch furchtbarer als die körperlichen Schmerzen waren die seelischen, und in ihnen lag für Iwan Iljitsch die große Qual.
Die seelischen Leiden bestanden darin, daß ihm in dieser Nacht, als er Gerasims schlaftrunkenes, gutmütiges Gesicht mit den starken Backenknochen ansah, plötzlich der Gedanke gekommen war: ›Und wenn wirklich mein ganzes Leben, mein bewußtes Leben nicht das richtige gewesen ist?‹
Ihm kam der Gedanke, daß das, was ihm bisher noch als vollkommen unmöglich erschienen war: er hätte so gelebt, wie er

nicht hätte leben sollen – daß das die Wahrheit sei. Ihm kam der Gedanke, daß die von ihm kaum bemerkten Neigungen, sich gegen das zu wehren, was von den Hochgestellten des Lebens für gut gehalten wurde, jene kaum merkbaren Neigungen, die er stets sofort unterdrückt hatte, wirklich berechtigt waren und daß alles andere nichts war: sein Dienst, seine Lebensgestaltung, seine Familie, die Interessen der Gesellschaft und des Dienstes – alles das war vielleicht nichts, nichts. Er versuchte wohl noch, es vor sich selber in Schutz zu nehmen, doch plötzlich fühlte er die Schwäche alles dessen, was er in Schutz nehmen wollte. Da war überhaupt nichts in Schutz zu nehmen.

›Und wenn das wirklich so ist‹, sagte er zu sich, ›und ich aus dem Leben gehe mit dem Bewußtsein, alles verdorben zu haben, was mir gegeben wurde, und ich es nicht mehr gutmachen kann, was dann?‹ Er legte sich auf den Rücken und begann von neuem sein ganzes Leben durchzugehen. Als er am Morgen den Diener sah, dann seine Frau, dann die Tochter, dann den Doktor, da war jede ihrer Bewegungen, jedes ihrer Worte ihm eine Bestätigung der furchtbaren Wahrheit, die sich ihm in der Nacht enthüllt hatte. Er sah in ihnen sich selber, alles das, wofür er gelebt hatte, und er sah klar, daß das gar nichts, daß das alles ein furchtbarer, ein ungeheurer Betrug war, der Leben und Tod verdeckte. Dieses Bewußtsein vergrößerte, verzehnfachte seine körperlichen Leiden. Er stöhnte auf, warf sich hin und her, riß die Kleider von sich, als wollten sie ihn ersticken. Dafür haßte er sie jetzt alle.

Man gab ihm eine große Dosis Opium, und er schlief ein. Doch zu Mittag begann dasselbe. Er jagte alle von sich und warf sich im Bett hin und her.

Die Frau kam und sagte zu ihm: »Jean, mach es doch für mich, es kann nichts schaden und hilft oft. Es bedeutet ja nichts, und die Gesundheit ...« Er öffnete seine Augen weit: »Was? Das Abendmahl nehmen? Warum? Nein. Übrigens ...«

Sie weinte.

»Ja, mein Lieber. Ich will unseren Pfarrer holen lassen, er ist so freundlich.«

»Gut, gut«, sagte er.

Als der Geistliche kam und ihm die Beichte abnahm, wurde Iwan Iljitsch weicher und fühlte etwas wie Erleichterung von den Leiden, Erleichterung von seinen Zweifeln und infolgedessen auch von seinen Leiden. Über ihn kam für einen Augenblick lang Hoffnung. Er begann wiederum an den Blinddarm zu denken und an die Möglichkeit, ihn zu heilen. Er nahm das Abendmahl mit Tränen in den Augen.

Als sie ihn nachher umlegten, war ihm für einen Augenblick leicht, und wieder erschien die Lebenshoffnung. Er dachte an die Operation, die sie ihm vorgeschlagen hatten. ›Leben, leben‹, sagte er zu sich. Die Frau kam zu ihm, ihm Glück zu wünschen. Sie sagte den üblichen Segensgruß und fügte hinzu: »Nicht wahr, jetzt ist dir doch besser?«

Er antwortete, ohne sie anzusehen: »Ja!«

Ihre Kleidung, ihre Haltung, der Gesichtsausdruck, der Klang ihrer Stimme, alles das sagte ihm nur eines: ›Das ist es nicht. Alles, wovon du gelebt hast und lebst, ist Lüge, ist Betrug und verdeckt dir Leben und Tod.‹ Und sowie ihm dieser Gedanke kam, stieg in ihm der Haß auf und zugleich mit dem Haß der körperliche Schmerz und mit diesem das Bewußtsein des unvermeidlichen nahen Endes. Etwas ging in ihm vor, was früher nicht war. Etwas bohrte und riß in ihm, und die Atemnot wurde beklemmender.

Der Ausdruck seines Gesichts, als er zu ihr ›Ja‹ sagte, war entsetzlich. Und dann sah er ihr noch einmal gerade ins Gesicht, drehte sich für seine Schwäche ungewöhnlich schnell um und schrie: »Geht hinaus! Geht hinaus! Laßt mich in Ruh!«

12

Von diesem Augenblick an begann jenes drei Tage lang ohne Unterbrechung währende Schreien, das so furchtbar war, daß man es hinter zwei Türen nicht ohne Entsetzen hören konnte. In dem Augenblick, wo er seiner Frau die Antwort gegeben hatte, war ihm klargeworden, daß er verloren sei, daß es keine Rückkehr mehr gebe, daß das Ende da sei, daß der Zweifel nicht gelöst sei und darum in ihm zurückbleibe. »Uh! Uh! Uh!« schrie er in den verschiedensten Tonarten. Er hatte angefangen: »Laßt mich in Ruh!« und zog nun diesen einen Laut in die Länge.

In diesen drei Tagen, in deren Verlauf die Zeit für ihn aufgehört hatte, warf er sich in jenem schwarzen Sack herum, in den ihn eine unsichtbare, unüberwindliche Kraft hineinstieß. Er schlug um sich, wie ein zum Tode Verurteilter in den Händen des Scharfrichters sich wehrt, und doch wußte er, daß er nicht zu retten sei. In jedem Augenblick fühlte er, daß er trotz aller Kraftanstrengungen dem immer näher und näher komme, was ihn mit Entsetzen erfüllte. Er fühlte, daß die Pein sowohl darin lag, daß er in dieses schwarze Loch gestoßen wurde, und noch mehr darin, daß er nicht hineinkam. Denn daran hinderte ihn noch der Gedanke, daß sein Leben gut war. Diese Rechtfertigung seines Lebens hielt ihn noch fest und ließ ihn nicht weiter und quälte ihn mehr denn alles andere.

Plötzlich stieß ihn irgendeine geheimnisvolle Kraft in die Brust, in die Seite, benahm ihm noch mehr den Atem. Er drang in das Loch hinein, und dort am Ende des Loches leuchtete etwas auf. Ihm ging es so, wie es einem in der Eisenbahn geht: man glaubt vorwärts zu fahren und fährt rückwärts, und dann plötzlich weiß man die Richtung.

›Ja, es war alles nichts‹, sagte er zu sich, ›doch das hat nichts zu bedeuten. Aus dem Nichts kann ein Etwas werden. Wie soll aber dieses Etwas sein?‹ fragte er sich und wurde plötzlich still.

Das war am Ende des dritten Tages, eine Stunde vor seinem Tode. Um diese Zeit hatte sich der Gymnasiast leise zum Vater hereingestohlen und war an sein Bett getreten. Der Sterbende schrie verzweifelt und schlug mit den Händen um sich. Seine Hand fiel auf das Haupt des Gymnasiasten. Der Knabe faßte sie, drückte sie an seine Lippen und weinte.
In diesem selben Augenblick war Iwan Iljitsch ins Loch hineingefallen und sah das Licht, und ihm war offenbar, daß sein Leben nicht so war, wie es hätte sein sollen, aber daß er es noch gutmachen könne. Er fragte sich: ›Was ist denn gut?‹ und war still und horchte. Da fühlte er, daß jemand seine Hand küßte. Er öffnete die Augen und sah seinen Sohn. Er tat ihm leid. Seine Frau kam zu ihm. Er sah sie an, sie blickte ihn mit verzweifelter Miene an. Ihr Mund stand offen, Tränen rannen ihr auf die Nase und die Backen. Sie tat ihm leid.
›Ja, ich quäle sie‹, dachte er. ›Ich tue ihnen leid, aber ihnen wird besser sein, wenn ich gestorben bin.‹
Er wollte ihnen das sagen, aber es ging über seine Kräfte. ›Warum auch sprechen, tun muß man es‹, dachte er. Er sah die Frau an mit einem Blick auf seinen Sohn und sagte: »Führe ihn hinaus... er tut mir leid... auch du.« Er wollte noch sagen: ›Verzeih mir!‹ und versprach sich und hatte nicht mehr die Kraft, sich zu verbessern, und er winkte nur mit der Hand ab, denn er wußte, daß der, auf den es ankam, ihn verstehen werde.
Und plötzlich war ihm klar, daß das, was ihn quälte und nicht aus ihm heraus wollte, auf einmal herausging von zwei Seiten, von zehn Seiten, von allen Seiten. Sie taten ihm leid, er mußte etwas tun, daß sie nicht mehr zu leiden brauchten; er mußte sie retten und sich selber von den Leiden retten. ›Wie gut und wie einfach!‹ dachte er. ›Und der Schmerz?‹ fragte er sich. ›Wo soll der hin? Ja, wo ist denn der Schmerz?‹ Und er horchte auf. ›Ja, da ist er. Nun, meinetwegen.‹
›Und der Tod? Wo ist der Tod?‹ Und er suchte seine frühere

Todesangst und fand sie nicht. ›Wo ist sie? Wo ist der Tod?‹ Die Angst war nicht mehr da, weil auch der Tod nicht mehr da war. An Stelle des Todes war ein Licht da.

»Das ist es also!« sagte er laut. »Welche Freude!«

Für ihn vollzog sich das alles in einem Augenblick. Und die Bedeutung dieses Augenblicks wechselte nicht mehr. Für die, welche an seinem Bett standen, dauerte der Todeskampf zwei Stunden. In seiner Brust brodelte es, sein ausgezehrter Körper bebte. Dann wurde das Brodeln und Röcheln immer seltener.

»Es ist zu Ende«, sagte jemand über ihm.

Er hörte diese Worte und wiederholte sie in seiner Seele.

›Der Tod ist zu Ende‹, sagte er sich, ›er ist nicht mehr.‹

Er schöpfte Luft, blieb mitten im Atemzug stecken, streckte sich aus und starb.

DIE KREUTZERSONATE

Ich aber sage euch: Wer ein Weib ansieht, ihrer zu begehren, der hat schon mit ihr die Ehe gebrochen in seinem Herzen. Matthäus 5, 28
Da sprachen die Jünger zu ihm: »Steht die Sache eines Mannes mit seinem Weibe also, so ists nicht gut, ehelich werden.« Er sprach aber zu ihnen: »Das Wort faßt nicht jedermann, sondern denen es gegeben ist.«
Matthäus 19, 10. 11

Es war im Frühling. Wir waren schon den zweiten Tag unterwegs. Allerlei Reisende, die nur kurze Strecken zu fahren hatten, betraten und verließen den Eisenbahnwagen; nur drei Personen hatten gleich mir die Reise von der Ausgangsstation an mitgemacht: eine häßliche, nicht mehr junge Dame, die sehr viel rauchte, mit einem müden, gequälten Gesicht, in einem Mantel, dessen Schnitt an einen Herrenpaletot erinnerte, und einem Pelzmützchen; ein Bekannter von ihr, ein sehr redseliger Herr von etwa vierzig Jahren, mit ganz neuen, sehr gut gehaltenen Koffern und Reisetaschen, und noch ein Herr, der sich abseits hielt, klein, mit hastigen Bewegungen, noch nicht alt, aber mit offenbar vorzeitig ergrautem, krausem Haar und mit auffallend blitzenden Augen, die mit großer Geschwindigkeit von einem Gegenstand zum andern liefen. Er hatte einen abgetragenen, doch offenbar von einem sehr guten Schneider stammenden Mantel mit einem Persianerkragen an und eine hohe Pelzmütze auf dem Kopfe. Wenn er den Mantel aufknöpfte, sah man darunter eine Poddiowka[1] und ein russisches Hemd mit bunten

1. Leibrock.

Stickereiborten. Eine Eigentümlichkeit dieses Herrn war, daß er hin und wieder seltsame Töne ausstieß, die halb wie ein Hüsteln, halb wie ein abgebrochenes Lachen klangen. Dieser Herr ging während der ganzen Fahrt jeder Unterhaltung und Bekanntschaft mit den Reisenden geflissentlich aus dem Wege. Auf die Anreden seiner Nachbarn antwortete er kurz und scharf; er las entweder und rauchte, oder er sah aus dem Fenster oder trank Tee und aß von dem Mundvorrat, den er aus seinem alten Reisesack nahm.

Und doch schien mir, als quäle ihn seine Einsamkeit, und ich dachte ein paarmal daran ihn anzureden, aber jedesmal, wenn unsere Blicke sich begegneten – was recht oft geschah, da er mir schräg gegenübersaß –, wandte er sich ab und nahm sein Buch vor oder sah aus dem Fenster.

Als der Zug am Abend des zweiten Tages längere Zeit auf einer größeren Station hielt, stieg der nervöse Herr aus, holte sich heißes Wasser und brühte sich frischen Tee auf. Der Herr mit dem eleganten Reisegepäck – ein Advokat, wie ich später erfuhr – ging mit seiner Nachbarin, der rauchenden Dame, in die Bahnhofsrestauration, um dort Tee zu trinken.

In der Abwesenheit des Herrn und der Dame betraten einige neue Personen den Wagen, darunter ein hochgewachsener alter Mann mit glattrasiertem, runzligem Gesicht, allem Anschein nach ein Kaufmann, in einem Iltispelz und einer Tuchmütze mit mächtigem Schirm. Er setzte sich auf den freien Platz gegenüber der Dame und dem Advokaten und knüpfte sofort ein Gespräch mit einem jungen Mann an, der wie ein Handlungsgehilfe aussah und ebenfalls auf dieser Station eingestiegen war.

Ich saß ihm schräg gegenüber und konnte, da der Zug hielt, in den Augenblicken, wo niemand durch den Wagen ging, Bruchstücke ihres Gesprächs hören. Der Kaufmann teilte erst mit, daß er auf ein Gut reise, das nur eine Station von hier entfernt sei; dann redete man wie immer zuerst von den Preisen, von Geschäften, von dem Handel in Moskau und

endlich von der Messe in Nischnij Nowgorod. Der Handlungsgehilfe erzählte von den Zechgelagen, die ein überall bekannter reicher Kaufmann auf der Messe veranstaltete, der Alte ließ ihn aber nicht zu Ende reden, sondern erzählte selber von den Zechereien in Kunawino, an denen er in jungen Jahren teilgenommen hatte. Er war offenbar sehr stolz darauf und erzählte mit unverhohlener Freude, wie er mit einem seiner Bekannten in Kunawino einen tollen Streich gemacht habe, den man nur mit gedämpfter Stimme erzählen konnte. Der Handlungsgehilfe brach in ein schallendes Gelächter aus, das im ganzen Wagen widerhallte, und auch der Alte lachte laut und ließ dabei zwei lange gelbe Zähne sehen.
Da ich nicht erwarten konnte, etwas Interessantes zu hören, stand ich auf, um bis zum Abgang des Zuges auf dem Bahnsteig auf und ab zu gehen. In der Tür stieß ich auf den Advokaten und die Dame, die sich lebhaft unterhielten.
»Sie kommen zu spät«, sagte der redselige Advokat zu mir, »gleich wird das zweite Glockenzeichen gegeben.«
Und in der Tat: ich war kaum den Zug entlanggegangen, da ertönte die Glocke. Als ich wieder einstieg, fand ich die Dame und den Advokaten immer noch in lebhaftem Gespräch. Der alte Kaufmann saß ihnen schweigend gegenüber, sah streng vor sich hin und machte mit ungehaltener Miene langsame Kaubewegungen.
»Dann erklärte sie ihrem Gatten geradeheraus«, erzählte der Advokat lächelnd, während ich an ihm vorüberging, »sie könnte und sie wollte nicht mit ihm leben, denn ...«
Und er erzählte weiter; ich konnte es aber nicht mehr hören. Zugleich mit mir kamen noch einige andere Fahrgäste, ein Schaffner ging durch den Wagen, ein Gepäckträger kam gelaufen, und eine Zeitlang ging es so laut her, daß das Gespräch völlig übertönt wurde. Erst als alles still geworden war, hörte ich wieder die Stimme des Advokaten. Man sprach nicht mehr von Einzelfällen, sondern erging sich in allgemeinen Erwägungen.

Der Advokat sprach davon, daß die Frage der Ehescheidung jetzt die öffentliche Meinung in ganz Europa beschäftige und daß sich auch bei uns Fälle in der Art des geschilderten häuften. Als er merkte, daß er ganz allein sprach, brach er seine Rede ab und wandte sich an den alten Kaufmann, der ihm gegenübersaß.
»In der guten alten Zeit kam so etwas nicht vor, was?« sagte er mit liebenswürdigem Lächeln.
Der Alte wollte etwas erwidern, aber in diesem Augenblick setzte sich der Zug in Bewegung, und der Alte nahm die Mütze ab, schlug ein Kreuz und flüsterte ein Gebet. Der Advokat blickte zur Seite und wartete taktvoll. Als der Alte sein Gebet beendet und sich zum Schluß noch dreimal bekreuzigt hatte, setzte er seine Mütze wieder auf, schob sie gerade und tief in die Stirn, rückte sich auf seinem Platz zurecht und fing an zu reden.
»Früher hat es das auch gegeben, Herr, aber seltener«, sagte er. »In der heutigen Zeit kann das aber gar nicht anders sein. Die Leute sind gar zu gebildet geworden.«
Der Zug lief immer schneller und ratterte immer lauter, so daß ich die Redenden nur mit Mühe verstehen konnte. Da das Gespräch mich aber interessierte, setzte ich mich näher. Mein Nachbar, der nervöse Herr mit den blitzenden Augen, schien auch interessiert und horchte auf, ohne aber seinen Platz zu verlassen.
»Was haben Sie denn gegen die Bildung?« fragte die Dame und lächelte kaum merklich. »Ist es denn besser, wenn man so heiratet wie in der alten Zeit, wo Braut und Bräutigam einander vor der Hochzeit überhaupt nicht zu sehen bekamen?« fuhr sie fort, indem sie nach der Gewohnheit vieler Damen nicht auf die Worte ihres Partners antwortete, sondern auf das, was er ihrer Meinung nach sagen würde. »Sie wußten nicht, ob sie einander lieben, ob sie sich jemals liebgewinnen könnten; man heiratete den ersten besten und quälte sich dann sein Leben lang. War das Ihrer Meinung

nach besser?« sagte sie und wandte sich mehr an mich und den Advokaten als an den alten Kaufmann, mit dem sie sich anfangs unterhalten hatte.

»Sehr gebildet sind die Leute geworden«, wiederholte der Kaufmann, sah die Dame verächtlich an und ließ ihre Frage unbeantwortet.

»Es wäre interessant zu erfahren, wie Sie den Zusammenhang zwischen Bildung und Uneinigkeit in der Ehe erklären«, sagte der Advokat mit einem kaum merklichen Lächeln.

Der Kaufmann wollte etwas sagen, aber die Dame fiel ihm ins Wort.

»Nein, diese Zeit ist schon vorüber«, sagte sie. Doch nun ließ der Advokat sie nicht weiterreden.

»Lassen Sie doch den Herrn seine Meinung sagen!«

»Von der Bildung kommen nur Dummheiten, weiter nichts«, sagte der Alte in bestimmtem Ton.

»Erst verheiratet man Leute miteinander, die sich nicht lieben, und dann wundert man sich, daß sie nicht in Einigkeit leben«, beeilte sich die Dame zu sagen und blickte dabei auf den Advokaten und mich, ja sogar auf den Handlungsgehilfen, der sich von seinem Platz erhoben hatte und, auf die Rücklehne der Bank gestützt, dem Gespräch lächelnd zuhörte.

»Man kann doch nur Tiere so paaren, wie es dem Besitzer gefällt, Menschen aber haben ihre Neigungen, ihre Sympathien«, sagte die Dame, augenscheinlich in der Absicht, dem Kaufmann einen Stich zu versetzen.

»Das sagen Sie mit Unrecht, meine Dame«, sagte der Alte, »das Tier ist ein Vieh, dem Menschen aber ist das Gesetz gegeben.«

»Wie soll man aber mit einem Menschen leben, wenn keine Liebe da ist?« beeilte sich die Dame wieder ihre Meinung vorzubringen, die sie anscheinend für ganz neu hielt.

»Darum kümmerte man sich früher nicht«, sagte der Alte in überlegen-belehrendem Tone, »das ist erst heutzutage Mode

geworden. Kaum ist der Frau was nicht recht, so sagt sie: ›Ich geh weg von dir!‹ Sogar bei den Bauern ist diese Mode aufgekommen. ›Da‹, sagt sie, ›da hast du deine Hemden und Hosen; ich gehe jetzt zum Wanka, der hat krauseres Haar als du.‹ Was soll man mit den Leuten reden? Eine Frau muß man vor allem in Furcht halten.«
Der Handlungsgehilfe sah der Reihe nach den Advokaten, die Dame und mich an, offensichtlich ein Lächeln unterdrückend und bereit, über die Worte des Kaufmanns zu lachen oder ihnen beizustimmen, je nachdem wie wir sie aufnehmen würden.
»Was heißt Furcht?« sagte die Dame.
»Es steht geschrieben: das Weib sei untertan ihrem Manne. Das heißt Furcht.«
»Nun, Verehrtester, diese Zeit dürfte wohl vorbei sein«, sagte die Dame nicht ohne eine gewisse Erbitterung.
»Nein, meine Dame, diese Zeit geht nie vorbei. Wie die Eva, das Weib, aus der Rippe des Mannes geschaffen wurde, so wird es auch bleiben bis zum Ende der Welt«, sagte der Alte und schüttelte so streng und siegesbewußt den Kopf, daß der Handlungsgehilfe ihn sofort als Sieger anerkannte und laut zu lachen anfing.
»Ja, so denkt ihr Männer«, sagte die Dame, die sich nicht ergeben wollte, und sah sich nach uns um; »euch selbst gönnt ihr alle Freiheit, und die Frauen wollt ihr in Kemenaten einsperren. Und euch selbst erlaubt ihr alles.«
»Erlauben tut niemand was; der Unterschied ist nur, daß der Mann nichts ins Haus hineinbringt, die Frau und Gattin aber ein zerbrechliches Gefäß ist«, predigte der Kaufmann weiter. Sein lehrhafter Ton schien auf die Zuhörer zu wirken, sogar die Dame fühlte sich in die Enge getrieben, wollte aber doch noch nicht nachgeben.
»Gewiß. Aber Sie werden doch zugeben müssen, daß die Frau auch ein Mensch ist und ebenso empfindet wie der Mann. Was soll sie denn machen, wenn sie ihren Mann nicht liebt?«

»Nicht liebt?« wiederholte der Kaufmann grimmig und zog die Augenbrauen zusammen. »Sie wird das Lieben schon lernen!«

Dieses unerwartete Argument gefiel dem Handlungsgehilfen ganz besonders, und er drückte durch ein behagliches Grunzen seine Zustimmung aus.

»Nein, das lernt sie nicht«, sagte die Dame; »wenn keine Liebe da ist, so kann sie auch nicht erzwungen werden.«

»Nun, und wenn die Frau dem Mann untreu wird, was dann?« fragte der Advokat.

»Das darf nicht sein«, sagte der Alte, »da muß man aufpassen.«

»Und wenn es doch geschieht, was dann? Es kommt doch vor.«

»Bei anderen Leuten kommts vor, bei uns nicht«, sagte der Alte.

Alle schwiegen. Der Handlungsgehilfe rückte näher und begann lächelnd, um nicht hinter den anderen zurückzubleiben:

»Ja, bei einem von unseren jungen Leuten hat es neulich auch Krach gegeben. Es ist wirklich schwer, die Sache richtig zu beurteilen. Die Frau war auch so eine leichtsinnige Person und trieb es ganz toll. Der Mann aber hielt auf Ehre und Würde und war auch recht gebildet. Erst hatte sie's mit dem Schreiber. Da redete der Mann ihr noch gut zu. Aber es half nichts. Sie machte immer neue Geschichten, fing an, ihm sein Geld zu mausen. Geprügelt hat er sie auch. Aber es wurde nur noch schlimmer mit ihr. Schließlich hat sie, mit Verlaub zu sagen, mit einem ungetauften Juden ein Techtelmechtel angefangen. Was sollte der Mann machen? Er hat sie laufen lassen. Und nun lebt er als Junggeselle, und sie treibt sich herum.«

»Ein Dummkopf ist er«, sagte der Alte. »Hätte er von Anfang an nicht lockergelassen, sondern sie ordentlich stramm gehalten, so wäre sie heute noch bei ihm. Man muß ihnen gleich von vornherein die Flügel stutzen. Trau keinem Pferd im Felde und keinem Weib im Hause!«

In diesem Augenblick kam der Schaffner und sammelte die Fahrkarten der Reisenden ein, die bei der nächsten Station aussteigen wollten. Der Alte gab seine Karte ab.

»Jawohl, man muß das Weibervolk rechtzeitig in seine Schranken weisen, sonst geht alles schief.«

»Aber Sie haben ja selbst erzählt, wie sich die Ehemänner auf der Messe in Kunawino amüsieren«, konnte ich mich nicht enthalten zu sagen.

»Das ist eine Sache für sich«, sagte der Kaufmann und sprach von da an kein Wort mehr.

Als der Pfiff der Lokomotive ertönte, stand er auf, zog seinen Sack unter der Bank hervor, schlug die Enden seines Pelzes übereinander, lüftete die Mütze und ging auf die Plattform hinaus.

2

Als der Alte draußen war, redeten alle durcheinander.

»Ein altväterischer Herr«, sagte der Handlungsgehilfe.

»Ein lebender Domostroj[1]«, sagte die Dame. »Was für eine barbarische Vorstellung von Weib und Ehe!«

»Ja, von der europäischen Anschauung über die Ehe sind wir noch weit entfernt«, sagte der Advokat.

»Vor allem können diese Leute eins nicht begreifen«, fing die Dame wieder an, »daß eine Ehe ohne Liebe keine Ehe ist, daß nur die Liebe die Ehe heiligt und daß eine Ehe nur dann eine wahre Ehe ist, wenn die Liebe durch sie geheiligt wird.«

Der Handlungsgehilfe hörte lächelnd zu, augenscheinlich bemüht, möglichst viel von den klugen Reden zu behalten, um sie später anzubringen.

Mitten in der Rede der Dame vernahm ich hinter mir einen Ton, der wie ein verhaltenes Lachen oder Schluchzen klang; alle wandten sich um und erblickten meinen Nachbarn, den

1. Eine Art Hauskunde des sechzehnten Jahrhunderts, in der die uneingeschränkte Gewalt des Hausherrn über Weib, Kind und Gesinde gepredigt wird.

grauhaarigen, einsamen Herrn mit den blitzenden Augen. Er war während des Gesprächs, das ihn offenbar interessierte, leise herangekommen und stand nun da, die Arme auf die Rücklehne der Bank gestützt und anscheinend sehr erregt: sein Gesicht war stark gerötet, und auf der Wange zuckte ein Muskel.

»Was ist denn das für eine Liebe ... die die Ehe heiligt?« fragte er stotternd.

Als die Dame seine Erregung sah, bemühte sie sich, ihm eine möglichst milde und eingehende Antwort zu geben.

»Die wahre Liebe. Ist eine solche Liebe zwischen Mann und Weib vorhanden, so ist auch eine Ehe möglich«, sagte sie.

»Jawohl. Aber was versteht man unter wahrer Liebe?« fragte der Herr mit den blitzenden Augen, verlegen lächelnd.

»Jeder weiß, was Liebe ist«, sagte die Dame, die augenscheinlich nicht den Wunsch hatte, sich mit ihm in ein Gespräch einzulassen.

»Ich weiß es nicht«, sagte der Herr. »Es muß festgestellt werden, was Sie darunter verstehen.«

»Was? Das ist doch sehr einfach«, sagte die Dame, stockte aber und dachte nach. »Liebe? Liebe ist die ausschließliche Bevorzugung eines oder einer vor allen anderen«, sagte sie endlich.

»Bevorzugung für wie lange, einen Monat, zwei Tage oder eine halbe Stunde?« fragte der grauhaarige Herr und lachte.

»Nein, erlauben Sie, Sie reden wohl von etwas anderem ...«

»Nein, durchaus nicht ...«

»Die Dame meint«, mischte sich nun der Advokat ein, »daß die Ehe vor allem auf gegenseitige Zuneigung, oder nennen wir es Liebe, gegründet sein muß, und nur wenn Liebe da ist, erscheint die Ehe als etwas sozusagen Heiliges. Ferner bedeutet eine Ehe, die sich nicht auf der Grundlage der natürlichen Zuneigung, der Liebe aufbaut, keine sittliche Bindung. Habe ich Sie richtig verstanden?« wandte er sich an die Dame.

Die Dame gab durch Kopfnicken zu verstehen, daß sie diese Auslegung ihrer Gedanken billige.

»Ferner...« wollte der Advokat seine Rede fortsetzen, aber der nervöse Herr, dessen Augen jetzt geradezu Flammen sprühten und der sich offenbar kaum noch beherrschen konnte, ließ ihn nicht weiterreden, sondern begann: »Nein, ich meine dasselbe, die Bevorzugung eines oder einer vor allen anderen, ich frage nur: Bevorzugung für wie lange?«

»Wie lange? Sehr lange, manchmal das ganze Leben«, sagte die Dame achselzuckend.

»Das gibts doch nur in Romanen, im Leben aber niemals. Im Leben dauert eine solche Bevorzugung des einen vor allen anderen bestenfalls ein paar Jahre, häufiger nur Monate oder auch nur Wochen, Tage, Stunden«, sagte er; er schien sehr wohl zu wissen, daß er alle durch seine Anschauung in Verwunderung setzte, und war darüber sehr befriedigt..

»Ach, was Sie reden!... Nicht doch. Nein, erlauben Sie...« sagten wir alle drei zugleich. Sogar der Handlungsgehilfe gab einen mißbilligenden Laut von sich.

»Ja, ich weiß«, schrie der grauhaarige Herr, »Sie reden von dem, was als vorhanden gilt, und ich von dem, was wirklich vorhanden ist. Jeder Mann empfindet das, was Sie Liebe nennen, für jedes hübsche Frauenzimmer.«

»Ach, das ist ja entsetzlich, was Sie da reden. Aber das Gefühl, das man Liebe nennt, ist bei den Menschen doch vorhanden, und es kann nicht nur Monate und Jahre, sondern auch ein ganzes Leben lang dauern!«

»Nein, das gibt es nicht. Selbst wenn ein Mann einer bestimmten Frau für sein ganzes Leben den Vorzug geben könnte, so würde die Frau doch aller Wahrscheinlichkeit nach einen andern vorziehen – so war es immer auf dieser Welt, und so ist es heute noch«, sagte er, zog seine Zigarettentasche hervor und steckte sich eine Zigarette an.

»Das Gefühl kann aber auch wechselseitig sein«, meinte der Advokat.

»Nein, das kann es nicht«, sagte er, »ebenso wie es nicht möglich ist, daß in einer Wagenladung voll Erbsen zwei vorher bezeichnete Erbsen nebeneinander zu liegen kommen. Außerdem handelt es sich nicht nur um Wahrscheinlichkeit, sondern auch um Übersättigung. Sein Leben lang eine oder einen lieben – das ist dasselbe, wie wenn ich sagen wollte, daß eine Kerze mein ganzes Leben lang brennen könnte«, erklärte er, gierig an seiner Zigarette saugend.

»Sie reden immer nur von der körperlichen Liebe. Lassen Sie denn keine Liebe gelten, die auf der Gemeinsamkeit der Ideale, auf seelischer Verwandtschaft gegründet ist?« fragte die Dame.

»Seelenverwandtschaft! Gemeinsame Ideale!« rief er, seinen üblichen Laut hervorstoßend. »Wozu braucht man dann aber zusammen zu schlafen (verzeihen Sie den derben Ausdruck!)? Um der gemeinsamen Ideale willen müssen die Leute in einem Bett schlafen!« sagte er und lachte nervös.

»Erlauben Sie«, sagte der Advokat, »die Tatsachen widersprechen Ihren Behauptungen. Wir sehen doch, daß die Ehe besteht, daß die ganze Menschheit oder doch ihr größter Teil in der Ehe lebt und viele ihren sittlichen Pflichten in der Ehe ihr ganzes langes Leben hindurch ehrlich nachkommen.«

Der grauköpfige Herr lachte wieder.

»Erst sagen Sie, daß die Ehe sich auf der Liebe aufbaut, und wenn ich nun bezweifle, daß es eine andere Liebe außer der sinnlichen gibt, wollen Sie mir das Vorhandensein der Liebe dadurch beweisen, daß es Ehen gibt! Heutzutage ist die Ehe nichts anderes als Betrug!«

»Nein, erlauben Sie mal«, fiel der Advokat ihm ins Wort, »ich sage nur, daß die Institution der Ehe von jeher bestanden hat und heute noch besteht.«

»Besteht! Ja warum besteht sie denn? Sie bestand und besteht bei jenen Menschen, die in der Ehe etwas Mystisches sehen, ein Sakrament, das den Menschen Gott gegenüber verpflichtet. Bei diesen Menschen gibt es eine Ehe, bei uns nicht. Bei uns heiraten die Leute, ohne in der Ehe etwas anderes als den Geschlechtsverkehr zu sehen, und darum erscheint die Ehe als Betrug oder Vergewaltigung. Ist sie Betrug, so läßt sie sich noch leichter ertragen. Mann und Frau betrügen die Leute und machen ihnen vor, daß sie monogam leben, in Wirklichkeit aber leben sie beide polygam. Das ist schändlich, aber es ist noch zu ertragen. Wenn aber, wie es meistens der Fall ist, Mann und Frau die äußerliche Verpflichtung auf sich genommen haben, sich ihr ganzes Leben lang nicht zu trennen, und sich schon im zweiten Monat der Ehe hassen und wünschen auseinanderzugehen und doch beisammen bleiben, so wird die Ehe zu jener entsetzlichen Hölle, durch die der Mensch dem Trunk verfällt, zur Pistole greift, sich selbst und seinen Partner erschlägt oder vergiftet...« Er sprach immer schneller, ließ keinen andern zu Worte kommen und erhitzte sich immer mehr. Alle schwiegen, alle fühlten sich peinlich berührt.

»Ja, unzweifelhaft gibt es kritische Episoden im ehelichen Leben«, sagte der Advokat, um der bis zur Unschicklichkeit erregten Auseinandersetzung ein Ende zu machen.

»Sie haben wohl erraten, wer ich bin?« fragte der grauhaarige Herr leise und anscheinend ruhig.

»Nein, ich habe nicht das Vergnügen.«

»Das Vergnügen ist nicht groß. Ich bin Posdnyschew, der Held jener Episode, auf die Sie anspielen, der Episode, die darin bestand, daß er seine Frau ermordete«, sagte er, uns alle der Reihe nach mit hastigen Blicken musternd.

Niemand wußte, was er dazu sagen sollte, und so schwiegen alle.

»Na, es bleibt sich gleich«, sagte er, seinen charakteristischen Ton ausstoßend. »Übrigens entschuldigen Sie! Ah! ich will Sie nicht weiter belästigen.«

»Nicht doch, ich bitte Sie...« sagte der Advokat, ohne zu wissen, worum er ihn eigentlich bitten könnte.

Allein Posdnyschew drehte sich schnell um, ohne auf ihn zu hören, und setzte sich auf seinen alten Platz. Der Advokat und die Dame tuschelten miteinander. Ich saß Posdnyschew gegenüber und dachte erfolglos darüber nach, was ich ihm sagen könnte. Zum Lesen war es zu dunkel, darum schloß ich die Augen und tat, als ob ich schlafen wollte. So schwiegen wir, bis der Zug wieder hielt.
Auf dieser Station stiegen der Herr und die Dame in einen anderen Wagen um, worüber sie schon vorher mit dem Schaffner verhandelt hatten. Der Handlungsgehilfe hatte sichs auf der Bank bequem gemacht und war eingeschlafen. Posdnyschew aber rauchte immer noch und trank den auf der vorletzten Station aufgebrühten Tee.
Als ich die Augen öffnete und ihn ansah, wandte er sich plötzlich in entschiedenem und zugleich gereiztem Ton an mich:
»Es ist Ihnen vielleicht unangenehm, mir gegenüberzusitzen, weil Sie jetzt wissen, wer ich bin? Dann will ich fortgehen.«
»O nein, durchaus nicht.«
»Nun, darf ich Ihnen dann Tee anbieten? Er ist allerdings sehr stark.«
Er goß mir Tee ein.
»Da reden sie nun… und es ist doch alles Lüge«, sagte er.
»Was meinen Sie damit?« fragte ich.
»Immer dasselbe: ihre sogenannte Liebe und was damit zusammenhängt. Sie möchten wohl schlafen?«
»Durchaus nicht.«
»Darf ich Ihnen dann vielleicht erzählen, wie eben diese Liebe mich so weit gebracht hat, daß das alles geschehen ist?«
»Ja, wenn es Sie nicht bedrückt.«
»Im Gegenteil, das Schweigen bedrückt mich. Trinken Sie doch Tee… oder ist er zu stark?«
Der Tee war wirklich wie Bier. Ich trank dennoch mein Glas aus. In diesem Augenblick ging der Schaffner durch den Wagen. Posdnyschew verfolgte ihn schweigend mit bösen Blicken und fing erst zu reden an, als er draußen war.

3

»Gut, ich wills Ihnen erzählen... Aber wollen Sie es wirklich hören?«

Ich wiederholte, daß ich ihn sehr gerne anhören würde. Er schwieg einen Augenblick, rieb sich das Gesicht mit den Händen und fing an:

»Wenn ich erzählen soll, muß ich alles von Anfang an erzählen. Ich muß erzählen, wie und warum ich geheiratet habe und wie ich vor der Heirat war.

Vor der Ehe lebte ich, wie alle Männer, das heißt alle Männer unserer Kreise leben. Ich bin Gutsbesitzer, habe die Universität absolviert und war Adelsmarschall. Bis zu meiner Heirat lebte ich, wie alle leben, das heißt liederlich, und wie alle Männer unserer Kreise war ich bei meinem liederlichen Leben davon überzeugt, daß ich lebe, wie sichs gehört. Ich glaubte, daß ich ein reizender, durchaus moralischer Mensch sei. Ich war kein Verführer, hatte keine widernatürlichen Neigungen, ich sah in dem Laster nicht den Hauptzweck meines Lebens, wie das viele von meinen Altersgenossen taten, ich gab mich dem Laster mit Maß und Anstand hin, nur aus Rücksicht auf meine Gesundheit. Ich mied Frauen, die mich durch zu große Anhänglichkeit oder durch die Geburt eines Kindes hätten binden können. Vielleicht gab es auch Kinder und stärkere Neigungen, aber ich tat, als wären sie nicht vorhanden. Und ich hielt das nicht nur für moralisch, sondern war sogar stolz darauf.«

Er stockte, stieß seinen eigentümlichen Laut hervor, wie er es immer tat, wenn ihm ein neuer Gedanke kam.

»Das ist ja die größte Schweinerei!« schrie er. »Das Laster liegt ja nicht im Körperlichen; körperliche Häßlichkeit ist niemals Laster. Das Laster, das wahre Laster besteht darin, daß man sich von den sittlichen Pflichten gegenüber dem Weibe löst, mit dem man körperlich verkehrt. Und eben diese Loslösung sah ich für ein Verdienst an. Ich erinnere

mich, wie ich mich einmal quälte, weil ich nicht Zeit gehabt hatte, die Frau zu bezahlen, die sich mir hingegeben hatte, wohl weil sie mich liebte. Ich beruhigte mich erst, nachdem ich ihr das Geld geschickt und ihr damit gezeigt hatte, daß ich mich sittlich in keiner Weise an sie gebunden fühlte... Schütteln Sie nicht den Kopf, als wären Sie mit mir einverstanden!« schrie er mich plötzlich an. »Ich kenne die Geschichte! Alle – auch Sie, wenn Sie keine seltene Ausnahme sind – haben dieselben Anschauungen, wie ich sie hatte. Nun, das ist ja ganz gleich. Verzeihen Sie«, fuhr er fort, »es ist aber entsetzlich, entsetzlich, entsetzlich!«
»Was ist entsetzlich?« fragte ich.
»Dieser Abgrund von Irrtümern und Täuschungen in bezug auf die Frauen und unser Verhältnis zu ihnen, in dem wir leben. Ich kann mich nicht damit abfinden, nicht deswegen, weil ich diese ›Episode‹ erlebt habe, wie er es nannte, sondern weil mir nach jener Episode die Augen aufgegangen sind und ich alles in einem ganz anderen Licht sehe. Alles ist wie ausgetauscht, alles ist auf den Kopf gestellt.«
Er zündete sich eine Zigarette an, stützte die Hände auf die Knie und fing an zu erzählen.
Im Dunkeln konnte ich sein Gesicht nicht sehen, sondern hörte nur seine eindringliche, angenehme Stimme, die das Rattern des Eisenbahnwagens übertönte.

4

»Ja, nur weil ich mich so gequält habe, nur darum begriff ich, wo die Wurzel des ganzen Übels steckt. Ich begriff, wie es sein sollte, und deshalb erkannte ich auch das Entsetzliche, was es in Wirklichkeit ist.
Also, hören Sie mal zu: Was zu meiner Geschichte geführt hat, begann folgendermaßen. Es fing an, als ich kaum sechzehn Jahre alt war. Ich war damals noch Gymnasiast, mein älterer Bruder aber war Student im ersten Semester. Ich

kannte die Weiber noch nicht, aber ich war, wie alle unglücklichen Kinder unserer Gesellschaftsklasse, kein unschuldiger Knabe mehr; schon vor zwei Jahren war ich von meinen Kameraden verdorben worden; schon quälte mich das Weib, nicht irgendein Weib, sondern das Weib überhaupt als süßes Etwas, das Weib, jedes Weib, die Nacktheit des Weibes. Meine einsamen Stunden waren unrein. Ich quälte mich, wie sich neunundneunzig vom Hundert unserer Knaben quälen. Ich schauderte, ich litt, ich betete und fiel. Ich war schon verderbt in der Phantasie und in Wirklichkeit; aber der letzte Schritt war noch nicht getan. Ich ging allein zugrunde, hatte aber noch nicht Hand an ein anderes menschliches Wesen gelegt. Und nun machte ein Kommilitone meines Bruders, ein flotter Student, ein sogenannter braver Bursche, das heißt der größte Lump, der uns auch trinken und Karten spielen gelehrt hatte, uns nach einer Zecherei den Vorschlag, *dahin* zu fahren. Und wir fuhren hin. Mein Bruder war auch noch unschuldig und fiel in derselben Nacht. Und ich sechzehnjähriger Junge schändete mich selbst und trug zur Schändung eines Weibes bei, ohne auch nur im geringsten zu verstehen, was ich tat. Ich hatte ja von keinem Erwachsenen jemals gehört, daß das, was ich tat, schlecht wäre. Und auch jetzt wird das keiner hören. Allerdings steht es im sechsten Gebot, aber die Gebote sind nur dazu da, daß man sie in der Prüfung dem Religionslehrer hersagt, und auch da sind sie nicht sehr wichtig, jedenfalls lange nicht so wichtig wie das Gebot vom Gebrauch des *ut* in Konsekutivsätzen.

Von keinem der älteren Leute, deren Meinung ich hochschätzte, hatte ich je gehört, daß das schlecht wäre. Im Gegenteil, ich hörte von Leuten, die ich achtete, daß das etwas Gutes wäre. Ich hörte, daß meine Kämpfe und Leiden sich danach beruhigen würden, ich hörte das und las es, hörte von älteren Leuten, daß es auch der Gesundheit zuträglich wäre; von meinen Kameraden hörte ich, daß ein gewisses Verdienst, eine Art Heldentum darin stecke. Mit einem Wort, es konnte sich nur Gutes daraus ergeben. Die Gefahr der Erkrankung? Auch dafür ist gesorgt. Die fürsorgliche Regierung hat ihre Maßnahmen getroffen. Sie kontrolliert die ordnungsmäßigen Funktionen der öffentlichen Häuser und garantiert den Gymnasiasten ihre Ausschweifungen. Und Ärzte, die dafür bezahlt werden, haben die Aufsicht. So muß es auch sein. Denn sie behaupten, daß die Ausschweifungen für die Gesundheit zuträglich sind, und sorgen für Pünktlichkeit und Regelmäßigkeit bei diesen Verrichtungen. Ich kenne Mütter, die in diesem Sinne für die Gesundheit ihrer Söhne sorgen. Die Wissenschaft schickt sie in die Bordelle.«

»Wieso denn die Wissenschaft?« fragte ich.

»Was sind denn die Ärzte? Priester der Wissenschaft! Wer verdirbt die Jünglinge mit der Behauptung, daß dies für die Gesundheit nötig sei? Sie! Und dann kurieren sie mit schauerlich-würdevoller Miene die Syphilis.«

»Warum soll man sie denn nicht kurieren?«

»Weil es genügen würde, ein Hundertstel der Mühe, die man an die Behandlung der Syphilis wendet, an die Austilgung des Lasters zu wenden – und es gäbe längst keine Syphilis mehr. So aber setzt man alle Kraft nicht daran, das Laster auszutilgen, sondern es zu fördern, indem man den Gefahren, die es nach sich ziehen könnte, vorzubeugen sucht. Aber darum handelt es sich jetzt nicht. Es handelt sich vielmehr um die entsetzliche Tatsache, daß ich, wie neun Zehntel aller jungen Männer nicht nur unserer Kreise, sondern aller Stände, sogar der Bauernschaft, nicht fiel, weil ich den natürlichen Reizen einer bestimmten Frau nicht widerstehen konnte, sondern weil meine Umgebung in dem Fall überhaupt keinen Fall sah. Vielmehr sahen die einen darin eine durchaus natürliche und für die Gesundheit notwendige Verrichtung, die anderen eine ebenso natürliche und nicht nur verzeihliche, sondern sogar unschuldige Zerstreuung eines jungen Menschen. Ich sah auch gar nicht ein, daß ich gefallen war, ich gab mich ganz einfach den Zerstreuungen oder Trieben hin, die, wie man mir vorredete, einem gewissen Lebensalter zustehen, ich gab mich den geschlechtlichen Ausschweifungen ebenso hin, wie ich rauchen und trinken gelernt hatte. Und doch hatte dieser erste Fall etwas Besonderes, etwas Rührendes an sich.

Ich erinnere mich, wie mir gleich hinterher, ehe ich das Zimmer noch verlassen hatte, traurig zumute wurde, so traurig, daß ich am liebsten geweint hätte, geweint über den Verlust meiner Unschuld, über mein für alle Ewigkeit zerstörtes Verhältnis zum Weib. Ja, das natürliche, einfache Verhältnis zum Weib war zerstört für alle Zeiten. Ein reines Verhältnis zum Weib habe ich seitdem nicht mehr gehabt und konnte es nicht mehr haben. Ich war geworden, was man einen Hurer nennt. Und Hurer sein ist ein körperlicher Zustand gleich dem eines Morphinisten, eines Trinkers oder Rauchers. Wie der Morphinist, der Trinker, der Raucher kein normaler Mensch mehr ist, so ist der Mann, der mit mehreren Weibern zu seinem Vergnügen verkehrt hat, schon kein normaler, sondern ein für alle Zeiten verdorbener Mensch – ein Hurer. Wie man den Raucher und Trinker sofort am Gesicht, am Benehmen erkennt, so auch den Hurer. Der Hurer kann sich zur Enthaltsamkeit zwingen, kann mit sich kämpfen, aber ein schlichtes, klares, reines, geschwisterliches Verhältnis zum Weib findet er nie wieder. Daran, wie er ein junges Weib ansieht, erkennt man den Hurer sofort. Und ich wurde ein Hurer und blieb es, und das hat mich zugrunde gerichtet.«

5

»Ja. Und so ging es immer weiter. Natürlich gab es auch allerlei Abweichungen. Mein Gott, wenn ich an alle Scheußlichkeiten denke, die ich begangen habe, packt mich das Entsetzen! So sehe ich mich, der von den Kameraden immer für seine angebliche Unschuld verspottet wurde! Wenn man aber all die Geschichten von der jeunesse dorée, von Offizieren, von Parisern zu hören bekommt! Und all diese Herren, ich mitten drunter, diese dreißigjährigen Lüstlinge, die Hunderte von verschiedenen entsetzlichen Verbrechen, an Frauen begangen, auf dem Gewissen haben – wenn wir, schön sauber gewaschen, glatt rasiert, parfümiert, in sauberer Wäsche, in Frack oder Uniform in einen Salon oder einen Ballsaal treten – dann sind wir das Symbol der Reinheit und Tugend! Entzückend!

Überlegen Sie doch, was sein sollte und was tatsächlich ist. Wenn in der Gesellschaft ein solcher Kavalier sich meiner Schwester oder meiner Tochter nähert, so müßte ich, der ich sein Leben kenne, von Rechts wegen an ihn herantreten, ihn beiseite ziehen und leise zu ihm sagen: ›Mein Lieber, ich weiß, wie du lebst, wie und mit wem du deine Nächte verbringst. Du hast hier nichts zu suchen. Hier sind nur reine, unschuldige Mädchen. Hinaus mit dir!‹ So sollte es sein. In Wirklichkeit ist es aber anders. Wenn so ein Herr erscheint und mit meiner Schwester oder Tochter tanzt und dabei seinen Arm um sie legt, dann jubeln wir, wofern er reich ist und gute Beziehungen hat. Vielleicht würdigt er nach irgendeiner Nana auch meine Tochter seiner Liebe. Wenn auch irgendwelche Krankheitsspuren zurückgeblieben sind – tut nichts! Heute läßt sich das alles sehr schön kurieren. Jawohl! Ich kenne einige junge Mädchen aus der vornehmen Gesellschaft, die von ihren Eltern an Männer verheiratet wurden, die an einer gewissen Krankheit litten. Oh, wie scheußlich! Wann endlich kommt die Zeit, da all diese Scheußlichkeit und Verlogenheit an den Pranger gestellt wird!«

Er stieß wieder ein paar seltsame Töne hervor und griff dann nach seiner Teekanne. Der Tee war sehr stark, und es war kein Wasser mehr da, ihn zu verdünnen. Ich fühlte, daß die zwei Gläser, die ich getrunken, meine Nerven sehr stark erregt hatten. Auch auf ihn schien der Tee zu wirken, denn er wurde immer hitziger. Seine Stimme klang melodischer und eindringlicher. Er änderte alle Augenblicke seine Haltung,

nahm die Mütze ab, setzte sie wieder auf, und sein Gesichtsausdruck wechselte seltsam in dem Halbdunkel, in dem wir einander gegenübersaßen.
»Nun ja, so lebte ich also bis zu meinem dreißigsten Jahre, ohne je den Gedanken aufzugeben, zu heiraten und mir ein ideales, reines Familienleben zu schaffen. Zu diesem Zweck sah ich mich überall nach einem geeigneten Mädchen um«, fuhr er fort. »Ich wälzte mich im Schmutz des Lasters und sah mich gleichzeitig nach Mädchen um, die in ihrer Reinheit meiner würdig gewesen wären.
Viele lehnte ich deswegen ab, weil sie mir nicht rein genug erschienen; endlich fand ich eine, die meiner würdig zu sein schien. Es war eine von den zwei Töchtern eines Gutsbesitzers aus dem Gouvernement Pensa, der einmal sehr reich gewesen, nun aber so gut wie ruiniert war.
Eines Abends, als wir im Mondschein von einer Ruderpartie heimkehrten und ich neben ihr saß und mich an ihrer schlanken Gestalt in der engen Jerseybluse und ihren Locken weidete, kam ich plötzlich zu dem Beschluß, daß sie die rechte sei. An diesem Abend glaubte ich, daß sie alles, alles verstand, was ich dachte und fühlte, und daß sie lauter erhabene Dinge dachte und fühlte. In Wirklichkeit war es nichts anderes, als daß die Bluse und die Locken ihr sehr gut zu Gesicht standen und daß nach diesem Tag, den ich in ihrer Nähe verbracht hatte, mich das Verlangen nach noch größerer Nähe ergriff.
Es ist erstaunlich, wie der Mensch sich so ganz der Täuschung hingeben kann, daß das Schöne auch das Gute sei. Eine schöne Frau redet dummes Zeug, man hört ihr zu, hört aber keine Dummheiten, sondern kluge Worte. Sie redet und macht Gemeinheiten, und man sieht nichts als Liebes und Gutes. Und wenn sie weder Dummheiten noch Gemeinheiten redet, aber hübsch ist, so ist man sofort überzeugt, daß sie wunderbar klug und sittenrein ist.
Ich kam ganz begeistert nach Hause und fand, daß sie das vollkommenste Geschöpf auf Erden und deshalb würdig

wäre, meine Frau zu werden, und hielt tags darauf um ihre Hand an.
So ein Durcheinander! Von tausend Männern, die eine Ehe eingehen, findet sich nicht nur in unseren Kreisen, sondern leider Gottes auch im einfachen Volke kaum einer, der vor der Ehe nicht schon zehn oder gar hundert Weiber gehabt hätte, wie Don Juan.
Allerdings gibt es jetzt, wie ich gehört und beobachtet habe, auch junge Leute mit reinen Herzen, die fühlen und wissen, daß das kein Scherz ist, sondern etwas Großes und Ernstes. Gott helfe ihnen! Aber zu meiner Zeit gab es kaum einen solchen jungen Mann unter zehntausend. Und alle wissen das und geben sich den Anschein, als wüßten sie es nicht. In allen Romanen schildert man ausführlich die Gefühle der Helden, die Teiche und Büsche, um die sie herumirren; aber wenn ihre große Liebe zu irgendeiner Jungfrau geschildert wird, findet man kein Wort über die früheren Erlebnisse des Helden; kein Wort von seinem Verkehr in gewissen Häusern, von Dienstmädchen, Köchinnen, fremden Frauen. Wenn aber so ein unanständiger Roman erscheint, wird er nicht denen in die Hand gegeben, die das vor allem wissen müßten – den jungen Mädchen.
Erst macht man den jungen Mädchen vor, daß die Ausschweifungen, die das halbe Leben unserer städtischen und sogar unserer ländlichen Bevölkerung ausmachen, gar nicht existieren. Und dann gewöhnt man sich so sehr an diese Heuchelei, daß man selbst anfängt ehrlich zu glauben, wir alle wären höchst sittliche Menschen und lebten in einer sittlichen Welt. Und die Mädchen, die Armen, die glauben das allen Ernstes. So glaubte es auch meine unglückliche Frau. Ich erinnere mich, wie ich ihr als Bräutigam mein Tagebuch zeigte, aus dem sie wenigstens etwas über meine Vergangenheit erfahren konnte, vor allem über das letzte Verhältnis, das ich gehabt hatte und von dem sie durch andere hätte hören können, weshalb ich es für nötig hielt, sie selbst

darüber zu unterrichten. Ich entsinne mich noch ihres Entsetzens, ihrer Verzweiflung und Ratlosigkeit, als sie alles erfahren und verstanden hatte. Ich sah, daß sie sich damals von mir lossagen wollte. Oh, warum hat sie es nicht getan!«
Er stieß seinen eigentümlichen Laut aus, nahm noch einen Schluck Tee und schwieg dann eine Zeitlang.

6

»Nein, übrigens, so ist es besser, viel besser!« rief er. »Ich habs verdient! Aber darauf kommt es nicht an. Ich wollte sagen, daß die Betrogenen immer nur die unglücklichen Mädchen sind.
Die Mütter aber wissen es, besonders die Mütter, die von ihren Männern erzogen sind, wissen es ganz genau. Und während sie sich den Anschein geben, als ob sie an die Reinheit der Männer glaubten, handeln sie ganz entgegengesetzt. Sie wissen, mit was für Ködern sie Männer für sich und ihre Töchter angeln müssen.
Nur wir Männer wissen das nicht, und zwar nur, weil wir es nicht wissen wollen; die Frauen aber wissen sehr genau, daß auch die erhabenste, poetischste Liebe, wie wir es nennen, nicht durch sittliche Eigenschaften hervorgerufen wird, sondern durch die körperliche Nähe und dann durch die Frisur, die Farbe und den Schnitt des Kleides. Fragen Sie eine erfahrene Kokette, die sichs zur Aufgabe gemacht hat, einen Mann zu fesseln, worauf sie es eher ankommen ließe: daß sie in Gegenwart des Mannes, den sie gewinnen will, als verlogene, grausame, lasterhafte Person entlarvt wird, oder daß sie sich ihm in einem schlecht genähten, häßlichen Kleid zeigt? Jede wird das erstere vorziehen. Sie weiß, daß all unser Gerede von hohen Gefühlen Lüge ist; wir verlangen nur nach dem Körper, und darum verzeiht ein Mann jede Schändlichkeit, nur ein häßliches, geschmackloses, unpassendes Kostüm verzeiht er nicht.

Die Kokette ist sich dessen völlig bewußt, jedes unschuldige Mädchen fühlt es unbewußt, wie die Tiere es auch fühlen. Daher diese gemeinen Jerseyblusen, diese ausgestopften Hintern, diese nackten Schultern und Arme, fast auch Brüste. Die Weiber, besonders die, die durch die Schule der Männer gegangen sind, wissen sehr wohl, daß die Gespräche über hohe Dinge eben nur Gespräche sind, daß der Mann vor allem den Leib begehrt und alles, was ihm in besonders trügerischem, aber anziehendem Lichte erscheinen mag. Und dementsprechend wird gehandelt. Wenn wir nur die Gewohnheit an all diese Scheußlichkeiten ablegen, die uns zur zweiten Natur geworden ist, und das Leben unserer höheren Gesellschaftsklasse betrachten, wie es ist, mit all seiner Schamlosigkeit, so müssen wir es als ein einziges großes Bordell bezeichnen... Sie sind anderer Meinung? Erlauben Sie mir, es Ihnen zu beweisen«, fiel er mir ins Wort. »Sie behaupten, die Frauen unserer Kreise hätten andere Interessen als die Insassinnen der Bordelle; ich sage aber, daß dies nicht der Fall ist, und kann es Ihnen beweisen. Wenn Menschen durch ihr Lebensziel und den inneren Gehalt ihres Lebens voneinander verschieden sind, so muß diese Verschiedenheit auch in ihrer äußeren Erscheinung zutage treten. Aber vergleichen Sie doch jene unglücklichen, verachteten Wesen mit den vornehmsten Damen der großen Welt: dieselben Toiletten von gleichem Schnitt, dasselbe Parfüm, die gleichen nackten Arme, Schultern, Brüste, die gleiche Art, den Leib einzuschnüren und das Hinterteil hervorzupressen, dieselbe Leidenschaft für bunte Steinchen, kostbare, glitzernde Dinge, dieselben Vergnügungen, Tanz, Musik, Gesang. Wie jene uns mit allen Mitteln an sich zu locken suchen, so auch diese. Es ist gar kein Unterschied. Will man scharf definieren, so kann man nur sagen, daß Prostituierte für eine kurze Frist gewöhnlich verachtet und Prostituierte für eine längere Frist geachtet werden.«

7

»Ja, diese Jerseys, diese Locken und diese falschen Zöpfe nahmen auch mich schließlich gefangen.

Mich zu fangen, war nicht schwer, denn ich war unter Verhältnissen aufgewachsen, unter denen, wie Gurken im Glashaus, ewig verliebte Jünglinge hochgetrieben werden. Unser Übermaß an gewürzter Nahrung bei völliger körperlicher Untätigkeit ist ja nichts anderes als ein systematisches Aufstacheln des Geschlechtstriebes. Sie können sich darüber wundern oder nicht, es ist so. Ich selbst habe es ja bis ganz vor kurzem nicht gesehen. Jetzt aber sind mir die Augen aufgegangen. Und eben darum quält es mich, daß niemand das weiß und daß so dummes Zeug geredet wird, wie es vorhin die Dame verzapfte.

Ja also, im Frühling arbeiteten in meiner Nachbarschaft Bauern am Bahndamm. Die übliche Nahrung eines Bauernburschen ist Brot, Kwaß und Zwiebeln. Der Bursche ist frisch, munter, gesund und macht leichte Feldarbeit. Nun kommt er an die Eisenbahn und bekommt als Beköstigung Grütze und ein Pfund Fleisch. Dieses Fleisch verarbeitet sein Organismus aber auch vollständig bei sechzehn Stunden Arbeit und einer Schubkarrenladung von dreißig Pud. So gleicht sich alles aus. Nun und wir, die wir zwei Pfund Fleisch, Geflügel und Fisch essen und dazu allerlei erhitzende Zuspeisen und Getränke – wo lassen wir das alles? Es tobt sich in sinnlichen Exzessen aus. Wenn das geschieht, so ist das Sicherheitsventil geöffnet, und alles ist gut; aber schließen Sie nun einmal das Ventil, wie ich es zeitweilig getan habe, und die Folge ist eine Erregung, die unter der Einwirkung unserer widernatürlichen Lebensweise sich schließlich als Verliebtheit von reinstem Wasser, oft sogar als platonische Verliebtheit, entladen muß. Und so verliebte ich mich auch, wie alle sich verlieben.

Alles war vorhanden: Entzücken, Rührung, Poesie. Im Grunde aber war diese meine Liebe ein Produkt einerseits der Bemühungen der Mama und der Schneiderinnen, anderseits des Übermaßes an Nahrung, das ich bei einem völlig müßigen Leben zu mir nahm. Hätte es einerseits keine Bootsfahrten gegeben und keine Schneiderinnen, die Kleider mit gutsitzenden Taillen zu verfertigen wissen, sondern hätte meine Frau ein unförmiges Morgenkleid getragen, und hätte ich anderseits in normalen Verhältnissen gelebt, als Mensch, der nur so viel Nahrung zu sich nimmt, wie er für seine Arbeit braucht, und wäre das Sicherheitsventil, das in der Zeit zufällig geschlossen war, geöffnet gewesen, so hätte ich mich nicht verliebt, und alles das hätte keine weiteren Folgen gehabt.«

8

»Nun, alles kam zusammen: mein Zustand und das schöne Kleid und die gelungene Kahnfahrt. Zwanzigmal war es schief gegangen, aber diesmal klappte es. Wie eine Fuchsfalle. Ich spotte nicht. Heutzutage geht es beim Heiraten genauso zu wie beim Fallenstellen. Was ist denn das Natürliche? Das Mädchen ist herangereift, es muß an den Mann gebracht werden. Das scheint doch sehr einfach, wenn das Mädchen keine Mißgeburt ist und heiratslustige Männer vorhanden sind. So wurde es in alten Zeiten auch gemacht. Hatte das Mädchen das entsprechende Alter erreicht, so sorgten die Eltern für die Verheiratung. So war es und ist es bei der ganzen Menschheit Brauch: bei Chinesen, Indern, Mohammedanern, unserm einfachen Volk; so machen es neunundneunzig vom Hundert der ganzen Menschheit. Nur das eine Hundertstel – wenn es überhaupt so viel sind –, zu dem wir Lüstlinge gehören, fand das nicht gut und dachte sich was Neues aus. Und worin besteht dieses Neue? Darin, daß die Mädchen dasitzen und die Männer wie auf dem Markt umhergehen und sich die Ware aussuchen. Die Mädchen aber warten und denken, was sie nicht auszusprechen

wagen: ›Nimm doch mich, mein Bester! Nein, mich! Nicht die da, sondern mich: sieh doch, was ich für Schultern habe und so weiter.‹ Und wir Männer gehen auf und ab, sehen uns alles an und sind höchst zufrieden. ›Ich weiß, ich weiß, aber ich lasse mich nicht einfangen.‹ Sie gehen umher, gucken sich überall um, sehr zufrieden, daß man das alles so schön für sie eingerichtet hat, aber kaum hat einer mal nicht aufgepaßt – bums! da schnappt die Falle zu!«
»Wie soll mans denn machen?« fragte ich. »Soll etwa die Frau um den Mann anhalten?«
»Das weiß ich nicht. Aber wenn Gleichheit sein soll, dann muß sie auch in allem sein. Wenn man behauptet, daß eine Ehe durch Heiratsvermittler entwürdigend ist, so müßte man auch einsehen, daß die heutige Methode tausendmal schlimmer ist. Dort sind Rechte und Chancen doch die gleichen. hier aber ist das Weib entweder eine Sklavin auf dem Markt oder ein Köder in der Falle. Sagen Sie einer Mutter oder ihrer Tochter die Wahrheit: daß sie nämlich keine andere Beschäftigung hat, als sich einen Gatten einzufangen. Mein Gott, wie gekränkt wird sie dann sein! Und doch tun sie nichts anderes und haben nichts anderes zu tun. Und es ist entsetzlich zu sehen, wie manchmal ganz junge, arme, unschuldige Mädchen sich damit beschäftigen. Und wenn das noch offen geschähe, aber nein, alles ist auf Täuschung abgesehen! ›Ach, die Entstehung der Arten – wie interessant! Ach, Lilly interessiert sich so für Malerei! Werden Sie die Ausstellung besuchen? Sie ist so lehrreich! Und Schlittenfahrten, Theateraufführungen, Sinfoniekonzerte! Ach, das ist ja großartig! Meine Lilly schwärmt so für Musik! Wie kommt es, daß Sie diese Anschauungen nicht teilen? Und was wird aus der Bootpartie?‹ Hinter allem aber verbirgt sich nur ein Gedanke: ›Nimm mich! Nimm meine Lilly! Nein, nimm mich! Willst du's nicht wenigstens versuchen?‹ Oh, wie scheußlich, wie verlogen!« schloß er, trank den letzten Tee aus und packte das Geschirr zusammen.

»Ja, wissen Sie«, fing er wieder an, während er Tee und Zukker in seine Reisetasche packte, »die Vorherrschaft der Frau, an der die ganze Welt leidet, das alles kommt von da her.«

»Vorherrschaft der Frau?« sagte ich. »Alle Vorrechte sind doch auf seiten des Mannes.«

»Ja, ja«, fiel er mir ins Wort, »eben das, was ich Ihnen sagen will, das erklärt die auffallende Tatsache, daß einerseits – da haben Sie ganz recht – das Weib aufs tiefste herabgesetzt ist, während es anderseits die Macht in den Händen hat. Es ist damit genauso wie mit den Juden: wie sie sich durch ihre Geldmacht für ihre Unterdrückung rächen, so machen die Weiber es auch. ›Ihr wollt, daß wir nur Händler sind – gut! So werden wir als Händler die Herrschaft über euch gewinnen‹, sagen die Juden. ›Ihr wollt, daß wir nur zur Befriedigung eurer Sinnenlust dienen – gut! So werden wir euch durch die Sinnenlust zu unseren Sklaven machen‹, sagen die Weiber. Die Entrechtung der Frau besteht nicht darin, daß sie nicht wählen und nicht Richter sein kann – sich mit diesen Dingen beschäftigen macht noch gar kein Recht aus –, sondern darin, daß sie im Geschlechtsverkehr dem Manne nicht gleichgestellt ist, daß sie nicht das Recht hat, nach Belieben mit dem Mann zu verkehren oder sich von ihm fernzuhalten, den Mann nach ihrem Wunsche zu wählen, statt von ihm gewählt zu werden. Sie finden das scheußlich – gut! Dann soll auch der Mann diese Rechte nicht haben. Jetzt aber ist die Frau des Rechtes beraubt, das der Mann besitzt. Und um sich dafür zu entschädigen, stachelt sie die Sinnlichkeit des Mannes an, unterjocht ihn durch die Sinnlichkeit so, daß er nur dem Anschein nach wählt, in Wahrheit aber von ihr gewählt wird. Und nachdem sie sich einmal dieses Mittels bemächtigt hat, mißbraucht sie es und gewinnt dadurch eine ungeheure Gewalt über die Menschen.«

»Worin sehen Sie denn diese ungeheure Gewalt?« fragte ich.

»Worin ich sie sehe? In allem! Gehen Sie doch einmal in einer großen Stadt durch die Kaufläden. Hier stecken Millionen; die Arbeit, die an diese Dinge gewendet worden ist, läßt sich überhaupt nicht abschätzen; aber sehen Sie sich doch neun Zehntel dieser Läden an: enthalten sie auch nur etwas, was von Männern gebraucht wird? Der ganze Luxus des Lebens wird von den Frauen gefordert und gefördert.
Betrachten Sie die vielen Fabriken. Ein großer Teil von ihnen produziert überflüssige Schmucksachen, Equipagen, Möbel, Spielzeug für Weiber. Millionen von Menschen, Generationen von Sklaven gehen an dieser Sträflingsarbeit in der Fabrik zugrunde – nur um der Laune des Weibes willen. Die Weiber halten wie Königinnen neun Zehntel der Menschheit unter dem Joch der Sklaverei und der Schwerarbeit. Und alles, weil man sie erniedrigt hat, weil man ihnen nicht gleiche Rechte mit den Männern zugestanden hat. Und sie rächen sich nun, indem sie unsere Sinnlichkeit aufstacheln und uns in ihre Netze locken. Ja, alles kommt daher.
Die Weiber haben sich zu einem so feinen Instrument der sinnlichen Erregung ausgebildet, daß ein Mann überhaupt nicht mehr ruhig mit einer Frau verkehren kann. Kaum hat der Mann sich der Frau genähert, so ist er schon von ihr berauscht und hat den Verstand verloren. Auch früher schon hatte ich immer ein peinliches, unheimliches Gefühl, wenn ich eine geputzte Dame im Ballkleid sah; jetzt aber empfinde ich geradezu ein Grauen, ich sehe etwas die Menschen Gefährdendes, den Gesetzen Zuwiderlaufendes und möchte nach der Polizei rufen, Schutz gegen die Gefahr fordern, verlangen, daß der gefährliche Gegenstand weggeschafft werde.
Sie lachen!« schrie er mich an, »ich denke gar nicht daran zu scherzen! Ich bin überzeugt, daß die Zeit noch einmal kommt und vielleicht sehr bald, wo die Menschen das verstanden haben und sich wundern werden, wie eine Gesellschaft leben konnte, in der ein solches die öffentliche Sicherheit gefährdendes Benehmen zugelassen war wie der Brauch,

den Körper in einer die Sinnlichkeit geradezu herausfordernden Weise zu schmücken, ein Brauch, der den Damen unserer Gesellschaft als etwas ganz Selbstverständliches erscheint. Das heißt ja nichts anderes, als auf öffentlichen Spaziergängen Fußangeln auslegen – nein, es ist noch viel schlimmer! Warum werden Glücksspiele verboten, während das Tragen von Kleidern und Schmucksachen, die die Sinnlichkeit aufstacheln, den Weibern nicht verboten wird? Das ist doch tausendmal gefährlicher!«

10

»So wurde ich also eingefangen. Ich war, was man verliebt nennt. Ich stellte sie mir nicht nur als das vollkommenste Wesen vor, ich hielt mich auch selbst während meines Brautstandes für das vollkommenste Wesen. Es gibt ja nicht einen einzigen Schuft, der, wenn er nur etwas sucht, nicht etliche fände, die in irgendeiner Beziehung noch schlimmer sind als er, und der das nicht zur Veranlassung nähme, großzutun und mit sich selbst zufrieden zu sein. So ging es auch mir: ich heiratete nicht um des Geldes willen – Habgier spielte hier ganz und gar nicht mit –, ich machte es nicht wie die Mehrzahl meiner Bekannten, die nur des Geldes oder guter Beziehungen wegen heirateten. Ich war reich, und sie war arm. Das war das erste. Das zweite, worauf ich stolz war, war die Erwägung, daß andere in der Absicht heirateten, auch in Zukunft ebenso polygam zu leben, wie sie es vor der Ehe getan hatten; ich aber hatte die feste Absicht, nach der Heirat der strengsten Monogamie zu huldigen, und ich war grenzenlos stolz darauf. Ja, ich war ein furchtbares Schwein und glaubte dabei ein Engel zu sein.

Der Brautstand war nur von kurzer Dauer. Wenn ich an diese Zeit zurückdenke, muß ich mich furchtbar schämen. Wie gemein! Vorausgesetzt wird ja seelische Liebe, keine sinnliche. Wenn das aber der Fall ist, wenn es sich nur um den geistigen Verkehr handelt, so müßte sich dieser Verkehr in Reden, Gesprächen, Gedankenaustausch betätigen. Aber nichts dergleichen! Es war oft furchtbar schwer zu reden, wenn wir beide allein waren. Die reine Sisyphusarbeit. Mit Mühe und Not denkt man sich aus, was man sagen soll, sagt es und schweigt dann wieder, um was Neues auszudenken. Wir hatten nichts, worüber wir hätten reden können. Alles, was vom Leben, das uns bevorstand, von der Einrichtung unserer Wohnung, von Zukunftsplänen zu sagen war, hatten wir einander gesagt – und was weiter? Wären wir Tiere gewesen, so hätten wir gewußt, daß wir nicht zu reden brauchten. Hier aber mußte geredet werden, und es gab doch nichts zu reden, denn was uns beschäftigte, kann durch Reden nicht ausgelöst werden. Und dann diese abscheuliche Sitte, Konfekt zu schenken, dieses rohe Schlemmen in Süßigkeiten und alle diese scheußlichen Vorbereitungen zur Hochzeit: das Geschwätz über Wohnung, Schlafzimmer, Betten, Morgenkleider, Schlafröcke, Wäsche, Toiletten. Begreifen Sie doch: wenn die Ehe nach dem Domostroj geschlossen wird, wie es vorhin der Alte verlangte, so sind Federpfühle, Aussteuer, Betten nur Begleiterscheinungen des großen Mysteriums. Bei uns aber, wo von zehn Heiratskandidaten kaum einer noch glaubt, daß die Ehe zwar kein Mysterium, aber doch eine gewisse Verpflichtung bedeutet, wo es unter hundert Männern kaum einen gibt, der nicht schon früher Weiber gehabt hätte, und unter fünfzig höchstens einen, der nicht von vornherein die Absicht hätte, seiner Frau bei der ersten passenden Gelegenheit untreu zu werden, wo die Mehrzahl den Gang zum Traualtar nur als besondere Vorbedingung für den Besitz einer bestimmten Frau ansieht – überlegen Sie doch, was für eine furchtbare Bedeutung alle diese Einzelheiten dann erhalten müssen. Es ergibt sich doch, daß alles nur auf diese Dinge ankommt. Es ergibt sich etwas wie ein Kaufhandel. Dem Lüstling wird ein unschuldiges Mädchen verkauft, und an den Handel knüpfen sich gewisse Formalitäten.«

11

»So heiraten alle, so heiratete ich auch, und nun begann der vielgepriesene Honigmond. Was für eine gemeine Bezeichnung!« zischte er wütend. »Ich ging einmal in Paris durch alle Schaubuden und kam auch in eine, in der es nach dem Aushängeschild eine bärtige Frau und einen Wasserhund zu sehen gab. Es erwies sich, daß die bärtige Frau ein Mann in einem dekolletierten Frauenkleid war, und der Wasserhund war ein ganz gewöhnlicher Hund, der in einem Robbenfell steckte und in einer Bütte mit Wasser herumplätscherte. Alles das war sehr wenig interessant, aber als ich die Schaubude verließ, begleitete mich der Besitzer höflich hinaus, wandte sich an das Publikum, das vor dem Eingang stand, zeigte auf mich und sagte: ›Fragen Sie diesen Herrn, ob es sich lohnt, diese Naturwunder anzusehen! Nur herein meine Damen und Herren! Ein Franc die Person!‹ Ich schämte mich zu sagen, daß es da nichts zu sehen gab, und darauf hatte der Budenbesitzer augenscheinlich gerechnet. So geht es wohl auch denen, die die ganze Scheußlichkeit des Honigmonds genossen haben und andere nicht enttäuschen wollen. Ich habe auch niemand enttäuscht, aber jetzt sehe ich nicht ein, warum ich nicht die Wahrheit sagen soll. Ich halte es sogar für notwendig, die Wahrheit darüber zu sagen. Es ist peinlich, beschämend, häßlich, jämmerlich und vor allem langweilig, unerträglich langweilig! Es erinnert an die Empfindungen, die ich hatte, als ich mir das Rauchen angewöhnte: ich war dem Erbrechen nahe, und der Speichel floß mir im Munde zusammen, aber ich schluckte ihn hinunter und gab mir den Anschein, als wäre es mir sehr angenehm. Der Genuß vom Rauchen, wie von jenem andern, kommt erst später, wenn er überhaupt kommt. Die Gatten müssen dieses Laster erst in sich großgezüchtet haben, damit es ihnen Genuß verschafft.«

»Wieso Laster?« fragte ich. »Sie reden doch von dem allernatürlichsten menschlichen Trieb.«

»Natürlich?« sagte er. »Natürlich? Nein, ich möchte im Gegenteil behaupten, daß er meiner Überzeugung nach nichts weniger als natürlich ist. Ja, ganz unnatürlich. Fragen Sie ein Kind, fragen Sie ein unverdorbenes Mädchen. Meine Schwester heiratete als ganz junges Ding einen Mann, der doppelt so alt war wie sie und ein ganz übler Lüstling. Und ich erinnere mich, wie erstaunt wir waren, als sie in der Hochzeitsnacht bleich und in Tränen nach Hause gelaufen kam und, am ganzen Leibe zitternd, erklärte, sie könne um nichts, um nichts in der Welt sagen, was er von ihr verlangt habe.

Sie sagen, das wäre natürlich! Ein natürlicher Vorgang ist das Essen. Und das Essen macht Freude, ist leicht, angenehm, man schämt sich dessen von Anfang an nicht. Jenes aber ist scheußlich, beschämend und schmerzhaft! Nein, das ist nicht natürlich! Und ein unverdorbenes Mädchen haßt es immer, davon habe ich mich überzeugt.«

»Wie aber«, fragte ich, »wie aber wäre dann eine Fortdauer des Menschengeschlechts möglich?«

»Ja, daß nur das Menschengeschlecht nicht zugrunde geht!« sagte er mit boshafter Ironie, als hätte er diesen ihm bekannten unredlichen Einwurf schon erwartet. »Predige nur Verzicht auf Kinderzeugung, damit die englischen Lords sich immer überfressen können, das ist gestattet! Predige Verzicht auf Kinderzeugung um des größeren Vergnügens willen – das darfst du auch! Aber untersteh dich nur anzudeuten, daß man aus sittlichen Gründen enthaltsam sein müsse – mein Gott! was erhebt sich da für ein Geschrei!... Das menschliche Geschlecht könnte ja zugrunde gehen, wenn ein paar Dutzend Menschen aufhören, Schweine zu sein! Doch entschuldigen Sie bitte – das Licht ist mir unangenehm! Darf ich es zudecken?« fragte er, auf die Lampe zeigend. Ich sagte, mir wäre es gleich. Da stieg er hastig, wie in seinem ganzen Tun, auf die Bank und zog die wollene Gardine vor die Lampe.

»Dennoch«, sagte ich, »wenn alle sich das zur Regel machten, müßte die Menschheit aufhören zu existieren.«
Er antwortete nicht sofort.
»Sie reden von der Fortdauer der Menschheit?« sagte er, sich wieder mir gegenübersetzend, die Beine weit auseinanderspreizend und die Ellbogen tief auf die Knie stützend. »Wozu ist sie denn so notwendig, diese Fortdauer des Menschengeschlechts?« sagte er.
»Wozu? Sonst wären wir ja auch nicht auf der Welt.«
»Wozu sollen wir denn auf der Welt sein?«
»Was heißt wozu? Um zu leben!«
»Und wozu soll man leben? Wenn kein Ziel da ist, wenn das Leben uns nur um des Lebens willen geschenkt wurde, dann hat es keinen Sinn, daß man lebt. Dann haben all die Schopenhauer und Hartmann und auch sämtliche Buddhisten vollkommen recht. Wenn aber das Leben einen Zweck hat, so ist es ganz klar, daß das Leben aufhören muß, wenn dieser Zweck erreicht ist. Und so ist es ja auch«, sagte er mit sichtlicher Erregung, augenscheinlich seinen Gedanken einen großen Wert beimessend. »So ist es ja auch. Bedenken Sie, wenn das Ziel der Menschheit das Gute, Edle, die Liebe ist – nennen Sie's, wie Sie wollen –, wenn das Ziel der Menschheit das ist, wovon die alten Weissagungen reden, daß alle Menschen sich in Liebe einen, daß Speere und Schwerter zu Sicheln umgeschmiedet werden, was hindert denn die Erreichung dieses Ziels? Die Leidenschaften! Die stärkste, bösartigste und hartnäckigste aller Leidenschaften ist aber die geschlechtliche, die fleischliche Liebe; wenn daher die Leidenschaften vernichtet sein werden, auch die letzte, stärkste von ihnen, dann werden die Weissagungen in Erfüllung gehen, dann werden die Menschen sich in Liebe einen, das Ziel der Menschheit wird erreicht sein, und es würde keinen Sinn mehr für sie haben zu leben. Solange aber die Menschheit lebt, steht ihr ein Ideal vor Augen, natürlich nicht das Ideal der Kaninchen oder Schweine, sich möglichst stark zu

vermehren, aber auch nicht das der Affen oder der Pariser, die Freuden des Geschlechtsverkehrs in möglichst verfeinerter Form zu genießen, sondern das Ideal des Guten, das durch Enthaltsamkeit und Reinheit erreicht wird. Danach haben die Menschen immer gestrebt, und danach streben sie auch jetzt noch. Und sehen Sie, was dabei herauskommt! Es erweist sich, daß die fleischliche Liebe ein Sicherheitsventil ist. Wenn das heute lebende Geschlecht der Menschen das Ziel noch nicht erreicht hat, so liegt es nur daran, daß es noch von Leidenschaften beherrscht ist; die stärkste von ihnen aber ist der Geschlechtstrieb. Solange der Geschlechtstrieb vorhanden ist, muß auch eine neue Generation entstehen; es ist also die Möglichkeit vorhanden, daß die neue Generation das Ziel erreicht. Gelingt es ihr auch nicht, so fällt die Aufgabe der folgenden Generation zu und so weiter, bis das Ziel erreicht ist, die Weissagungen erfüllt sind und die Menschen sich zu einer Gemeinde zusammengeschlossen haben. Wie könnte es denn anders sein? Gott hat die Menschen geschaffen, damit sie ein bestimmtes Ziel erreichen. Stellen wir uns nun vor, er hätte sie sterblich und ohne Geschlechtstrieb geschaffen oder sie wären unsterblich. Was würde nun geschehen, wenn sie sterblich wären und keinen Geschlechtstrieb kennten? Sie würden ihre Zeit leben und dann sterben, ohne das Ziel erreicht zu haben. Damit es erreicht werde, müßte Gott also wieder neue Menschen schaffen. Lebten sie aber ewig, so können wir annehmen – obgleich es denselben Menschen immer schwerer fällt als einer neuen Generation, ihre alten Fehler gutzumachen und sich der Vollkommenheit zu nähern –, wir können also annehmen, daß sie nach vielen tausend Jahren das Ziel erreichen. Wozu wären sie dann aber noch nötig? Wo sollten sie dann bleiben? Nein, so wie es ist, ist es am besten. – Vielleicht aber gefällt Ihnen diese Anschauung nicht, weil Sie Evolutionist sind. Aber auch dann kommt es auf dasselbe hinaus. Die höchste Tiergattung, die Menschen, müssen,

wenn sie im Kampf gegen die anderen Tiere nicht untergehen wollen, sich zusammentun wie ein Bienenschwarm, nicht aber sich bis ins Unendliche vermehren; sie müssen, ebenso wie die Bienen, geschlechtslose Wesen aufziehen, das heißt wiederum Enthaltsamkeit anstreben und nicht Aufstachelung der Sinnlichkeit, worauf sich unsere ganze gegenwärtige Lebensordnung aufbaut.«
Er schwieg einen Augenblick.
»Die Menschheit muß untergehen? Ja, gibt es denn einen Menschen, der – seine Weltanschauung mag sein, wie sie will – daran zweifelt? Das ist doch ebenso gewiß wie der Tod. Alle Kirchen lehren, daß diese Welt untergehen muß, und alle wissenschaftlichen Theorien besagen das gleiche. Warum soll es denn sonderbar sein, wenn die Sittenlehre zu demselben Ergebnis kommt?«
Nach diesen Worten schwieg er lange Zeit, trank Tee, rauchte seine Zigarette zu Ende und holte dann aus dem Reisesack ein neues Päckchen Zigaretten, die er in sein altes, schmutziges Etui steckte.
»Ich verstehe Ihren Gedanken«, sagte ich, »etwas Ähnliches behaupten die Shaker.«
»Ja, ja, und sie haben ganz recht«, sagte er. »Der Geschlechtstrieb, wo und wie er sich auch äußern mag, ist ein Übel, ein furchtbares Übel, das man bekämpfen muß und nicht fördern, wie das bei uns geschieht. Die Worte im Evangelium, daß jeder, der ein Weib ansieht, um ihrer zu begehren, mit ihr schon die Ehe gebrochen hat in seinem Herzen, beziehen sich nicht nur auf fremde Frauen, sondern hauptsächlich auf die eigene Frau.«

12

»In unsern Kreisen ist es gerade umgekehrt: wenn ein Mann als Junggeselle auch noch an Enthaltsamkeit gedacht haben mag, so ist doch nach der Heirat jeder der Ansicht, daß jegliche Enthaltsamkeit nun überflüssig ist. Diese Hochzeitsreisen, diese Einsamkeit, in die sich das junge Paar mit Erlaubnis der Eltern begibt – das alles ist doch nichts anderes als ein Freibrief für alle niederen Lüste. Aber das Sittengesetz rächt sich selbst, wenn es übertreten wird. So sehr ich mich auch bemühte, unsern Honigmond recht schön zu gestalten – es kam nichts dabei heraus. Die ganze Zeit empfand ich Ekel, Scham und Langeweile. Bald aber wurde der Zustand geradezu qualvoll. Am dritten oder vierten Tage sah ich, daß meine Frau ganz traurig dasaß, ich fragte sie, was ihr fehle, umarmte sie, denn ich glaubte, das wäre alles, was sie jetzt wünschen könnte, aber sie schob meinen Arm zurück und fing an zu weinen. Worüber? Sie wußte es nicht zu sagen. Aber es war ihr schwer und weh ums Herz. Wahrscheinlich hatten ihre gequälten Nerven sie die Wahrheit über unser ekelhaftes Verhältnis empfinden lassen, sie wußte es nur nicht zu sagen. Ich fing an sie auszufragen, sie sagte schließlich, sie habe Sehnsucht nach ihrer Mutter, oder etwas Ähnliches. Das schien mir eine Unwahrheit. Ich redete ihr freundlich zu, sagte aber kein Wort von ihrer Mutter. Ich begriff nicht, daß sie einfach traurig und die Mutter nur eine Ausrede war. Sie spielte aber sofort die Gekränkte, weil ich die Mutter nicht genannt hatte, gerade als ob ich ihr nicht geglaubt hätte. Sie sagte, sie sehe nun klar, daß ich sie nicht liebe. Ich warf ihr Launenhaftigkeit vor, und plötzlich veränderte sich ihr Gesicht vollständig; nicht mehr Kummer, sondern Ärger sprach aus ihm, und mit überaus giftigen Worten warf sie mir Egoismus und Grausamkeit vor. Ich sah sie an. Ihr ganzes Gesicht drückte eine eisige Kälte und Feindseligkeit, ja geradezu Haß gegen mich aus. Ich erinnere mich, wie entsetzt ich war, als ich das sah. ›Wie?‹ dachte ich, ›Liebe soll doch ein Seelenbündnis sein, und sieht es so damit aus? Das kann nicht sein, das ist sie gar nicht!‹ Ich versuchte sie zu besänftigen, stieß aber auf eine so unüberwindliche Mauer kalter, giftiger Feindseligkeit, daß sie selbst, ehe ich mich dessen versah, in eine gereizte

Stimmung geriet und wir einander eine Menge unangenehmehr Dinge sagten. Der Eindruck dieses ersten Streites war entsetzlich. Ich sagte: Streit, aber es war kein Streit, es war nur ein Offenbarwerden des Abgrundes, der in Wirklichkeit schon zwischen uns klaffte. Die Verliebtheit war durch die Befriedigung des sinnlichen Triebes aufgezehrt worden, und nun standen wir einander in unserem wahren Verhältnis gegenüber, das heißt: als zwei einander völlig fremde Egoisten, die voneinander möglichst viel Genuß zu gewinnen suchen. Ich nannte das, was sich zwischen uns abgespielt hatte, einen Streit, aber es war kein Streit, sondern unser wahres Verhältnis zueinander, das nun, da der sinnliche Trieb gestillt war, zutage trat. Ich begriff nicht, daß dieses kalte und feindselige Verhältnis unser normales Verhältnis war, ich begriff es nicht, weil dieses feindselige Verhältnis in der ersten Zeit sehr bald wieder verhüllt wurde durch die neu aufsteigende erhitzte Sinnlichkeit, das heißt die Verliebtheit. Und ich dachte, wir hätten uns gestritten und uns wieder versöhnt und dergleichen würde nicht wieder vorkommen. Aber in demselben Honigmond trat sehr bald wieder eine Periode der Übersättigung ein, wieder brauchten wir einander nicht mehr, und wieder gab es Streit. Dieser zweite Streit verblüffte mich noch mehr als der erste. ›Also war der erste kein Zufall, sondern es mußte so sein und wird immer so sein‹, dachte ich. Der zweite Streit überraschte mich um so mehr, als er durch eine vollkommene Nichtigkeit hervorgerufen wurde. Es handelte sich um Geld, das ich doch für meine Frau nie gespart hatte und gar nicht sparen konnte. Ich erinnerte mich nur, daß sie der Sache eine Wendung zu geben wußte, als hätte ich durch irgendeine Äußerung den Wunsch aussprechen wollen, sie durch mein Geld zu beherrschen, als wollte ich meine Vorrechte ausschließlich aus dem Geld ableiten. Kurz, etwas ganz Unmögliches, Gemeines, Dummes, was weder meinem noch ihrem Wesen entsprach. Ich wurde erregt, warf ihr Taktlosigkeit vor, sie gab mir

den Vorwurf zurück, und nun ging es wieder los! In ihren Worten, im Ausdruck ihres Gesichts und ihrer Augen erkannte ich wieder die grausame, kalte Feindseligkeit, die mich beim ersten Streit so überrascht hatte. Ich hatte mich früher wohl mit meinem Bruder, meinen Freunden, meinem Vater gezankt, aber nie bestand zwischen uns jene ganz besondere, giftige Erbitterung, die hier zutage trat. Doch verging einige Zeit, und wieder verbarg sich dieser gegenwärtige Haß hinter der Verliebtheit, das heißt der Sinnlichkeit, und ich tröstete mich mit dem Gedanken, daß es sich bei diesem zweiten Streit um Fehler handelte, die sich noch gutmachen ließen. Nun aber kam der dritte und der vierte Streit, und ich erkannte, daß das kein Zufall war, sondern daß es so sein müßte und so bleiben würde, und da packte mich das Entsetzen vor dem, was mir bevorstand. Dabei quälte mich auch noch der entsetzliche Gedanke, daß nur ich allein mich so schlecht, so ganz anders, als ich es erwartet hatte, mit meiner Frau vertrage, während das in andern Ehen nicht der Fall ist. Ich wußte damals noch nicht, daß es allen ebenso geht, daß alle glauben, das wäre ihr ganz persönliches Unglück, und dieses persönliche schmachvolle Unglück nicht nur vor den anderen, sondern sogar vor sich selbst geheimhalten, es sich selbst nicht eingestehen mögen.
In den ersten Tagen hatte es angefangen und ging nun die ganze Zeit so weiter, mit immer wachsender Erbitterung. In meinem innersten Herzen hatte ich gleich in den ersten Wochen gefühlt, daß ich verloren war, daß es anders gekommen war, als ich erwartet hatte, daß die Ehe nicht nur kein Glück ist, sondern eine sehr schwere Last. Aber wie alle wollte ich mir das nicht eingestehen – ich hätte es mir auch jetzt nicht eingestanden, wenn nicht dieses Ende gekommen wäre –, und ich verbarg es nicht nur vor den anderen, sondern auch vor mir selbst. Jetzt wundere ich mich, wie ich damals meine wahre Lage nicht erkannte. Ich hätte sie schon daran erkennen müssen, daß, wenn unser Streit zu Ende war, wir uns

gar nicht mehr erinnern konnten, was eigentlich den Anlaß dazu gegeben hatte. Der Verstand hatte keine Zeit, der dauernd zwischen uns bestehenden Feindseligkeit genügend Ursachen unterzuschieben. Noch auffälliger aber waren die unzureichenden Gründe zur Versöhnung. Manchmal gab es Worte, Erklärungen, Tränen, doch mitunter... Pfui! Der Ekel packt mich noch jetzt, wenn ich daran denke: nachdem man sich die härtesten Worte gesagt hat – plötzlich schweigende Blicke, Lächeln, Küsse, Umarmungen... Scheußlich! Wie ich bloß die ganze Schändlichkeit dieses Verhältnisses damals nicht gesehen habe...«

13

Zwei neue Fahrgäste traten ein und nahmen auf einer entfernten Bank Platz. Er schwieg, während sie sich dort einrichteten; kaum aber waren sie still geworden, so fuhr er in seiner Erzählung fort, anscheinend keinen Augenblick den Faden seiner Gedanken verlierend.

»Was vor allem so gemein ist«, fing er an, »es wird in der Theorie vorausgesetzt, die Liebe sei etwas Ideales, Erhabenes; in der Praxis aber ist die Liebe etwas Gemeines, Schweinisches; Scham und Ekel erfaßt einen, wenn man davon redet oder daran denkt. Nicht umsonst hat die Natur selbst es so eingerichtet, daß diese Vorgänge Ekel und Scham erregen. Wenn das aber so ist, muß man es auch so auffassen. Statt dessen geben die Leute sich den Anschein, als wäre das Ekelhafte und Unschickliche schön und erhaben.

Was waren denn die ersten Merkmale meiner Liebe? Ich gab mich viehischen Ausschweifungen hin und schämte mich ihrer nicht, sondern war sogar stolz darauf, daß ich die Kraft für diese körperlichen Exzesse besaß, und dachte dabei weder an ihr seelisches Leben noch an ihren physischen Zustand. Ich wunderte mich, woher unsre Erbitterung gegeneinander kam, und dabei war die Sache doch ganz klar: diese Erbitte-

rung war nichts anderes als der Protest der menschlichen Natur gegen das Tierische, von dem sie unterdrückt zu werden drohte.
Ich wunderte mich über unseren Haß gegeneinander. Das konnte aber gar nicht anders sein. Dieser Haß war nichts als der Haß, den zwei Verbrecher gegeneinander empfinden. Sie haben die Tat gemeinsam begangen, und nun wirft der eine dem andern vor, er habe ihn dazu angestiftet. War es denn kein Verbrechen, wenn sie, die Arme, gleich im ersten Monat schwanger wurde, unser schweinischer Verkehr aber trotzdem fortdauerte? Sie meinen, ich schweife ab? O nein, durchaus nicht! Ich erzähle Ihnen, wie ich meine Frau gemordet habe. Vor Gericht fragte man mich, womit, wie ich sie getötet hätte? Die Narren! Sie meinen, ich hätte sie damals, am fünften Oktober, mit dem Messer getötet! Nicht damals habe ich sie gemordet, sondern viel früher! Genauso, wie sie alle jetzt morden, alle, alle...«
»Wie denn?« fragte ich.
»Das ist ja das Erstaunliche, daß niemand das sehen will, was doch so klar und augenfällig ist, was die Ärzte wissen und predigen müßten, was sie aber verschweigen. Die Sache ist doch furchtbar einfach. Mann und Weib sind ebenso geschaffen wie das Tier; auf die Geschlechtsliebe folgt die Schwangerschaft, dann die Säugezeit – Zustände, bei denen sowohl für die Frau als für ihr Kind die geschlechtliche Liebe schädlich ist. Es gibt ebensoviel Männer wie Weiber auf der Welt. Was folgt daraus? Das müßte doch ganz klar sein. Es bedarf gar keiner großen Weisheit, um daraus den richtigen Schluß zu ziehen, den die Tiere ziehen, das heißt Enthaltsamkeit zu üben. Aber nein! Die Wissenschaft ist so weit gekommen, daß sie sogar die Leukozyten entdeckt hat, die in unserm Blut umherlaufen sollen, und noch sonst allerlei überflüssigen Kram; das aber vermag sie nicht zu begreifen. Wenigstens hört man sie nie davon reden.
Und so gibt es für das Weib nur zwei Auswege: erstens – sich

selbst zum Krüppel machen, die Fähigkeit, Weib, das heißt Mutter zu sein, für immer oder zeitweilig, je nach Bedarf, in sich zu ersticken, damit der Mann ruhig und jederzeit seinem Genuß frönen kann; oder der zweite Ausweg, der eigentlich gar kein Ausweg ist, sondern eine einfache, grobe, unmittelbare Verletzung der Naturgesetze, wie wir sie in allen sogenannten ehrbaren Familien beobachten können: die Frau muß gegen ihre Natur, während sie mit dem Kind schwanger geht oder es stillt, gleichzeitig auch dem Mann zur Verfügung stehen, das heißt etwas tun, wozu nicht ein einziges Tier herabsinkt. Da können die Kräfte nicht ausreichen. Daher die Hysterie und die Nervenleiden in unseren Kreisen und die Besessenen auf dem Lande. Und beachten Sie das, bitte: unter den Besessenen findet man keine Mädchen, sondern nur Weiber, und zwar Weiber, die mit ihren Männern leben. So ist es bei uns, und so ist es auch in Europa. Alle Krankenhäuser sind voll von hysterischen Weibern, die gegen die Gesetze der Natur verstoßen. Aber die Besessenen und die Patientinnen eines Charcot, das sind doch die ganz Verstümmelten; von halb verstümmelten Weibern aber ist die ganze Welt voll. Wenn man sich bloß vorstellt, was für große Dinge im Weibe vorgehen, wenn es gesegneten Leibes ist oder wenn es das neugeborne Kind nährt! Es wächst, was uns fortsetzen, uns ersetzen soll! Und dieses heilige Werk wird gestört – wodurch? Entsetzlich zu denken! Und da redet man von Freiheit, von Rechten der Frau! Es ist genauso, wie wenn Kannibalen ihre Gefangenen mästeten, um sie später zu essen, und dabei behaupten wollten, sie sorgten für ihre Freiheit und ihre Rechte!«
Alles das war mir neu und überraschend.
»Wenn das so ist«, sagte ich, »dann dürfte man also seine Frau nur einmal in zwei Jahren lieben, während doch der Mann…«
»Der Mann ohne das nicht auskommen kann?« fiel er ein. »Das haben die lieben Priester der Wissenschaft allen vorge-

predigt. Ich möchte allen diesen Hexenmeistern vorschlagen, das Amt jener Weiber zu übernehmen, die nach ihrer Meinung den Männern unentbehrlich sind – was würden sie dann wohl sagen? Man rede dem Menschen ein, daß er ohne Branntwein, Tabak, Opium nicht auskommen kann, und er wird alle diese Dinge unentbehrlich finden. Es erweist sich also, daß der liebe Gott nicht wußte, was nötig ist, und es schlecht gemacht hat, weil er die Hexenmeister nicht um Rat gefragt hat! Sehen Sie doch, die Sache stimmt nicht! Der Mann muß – so haben diese Herren entschieden – seinen Geschlechtstrieb befriedigen; nun aber kommen Schwangerschaft, Geburt und Stillen des Kindes dazwischen und hindern ihn, seinen Trieb zu befriedigen. Was ist da zu machen? Man wende sich an die Hexenmeister, die werden es schon einrichten. Und sie haben es eingerichtet: O Gott, wann wird man diese Schufte und Betrüger endlich entthronen? Es ist längst Zeit! Bedenken Sie, wie weit es schon gekommen ist: die Leute werden verrückt und schießen sich tot, und alles aus demselben Grunde. Wie kann es denn anders sein? Die Tiere ahnen instinktiv, daß der Nachwuchs ihre Gattung erhalten muß, und halten sich in dieser Beziehung an gewisse Gesetze. Nur der Mensch weiß das nicht und will das nicht wissen. Er ist nur darum bemüht, sich möglichst viel Vergnügen zu schaffen. Und wer ist das? Der Herr der Schöpfung, der Mensch! Beachten Sie doch: die Tiere paaren sich nur, wenn sie Nachkommenschaft erzeugen können, der ekelhafte Herr der Schöpfung tut es zu jeder Zeit, nur um ein Vergnügen zu haben. Und mehr noch: er macht aus dieser Affenbeschäftigung die Perle der Schöpfung, nennt sie Liebe – und im Namen dieser Liebe, das heißt Schweinerei, verdirbt er – jawohl! die Hälfte des menschlichen Geschlechts. Aus allen Frauen, die den Fortschritt der Menschen zum Wahren und Guten fördern sollten, macht er sich um seiner Lüste willen nicht Gehilfinnen, sondern Feindinnen. Sehen Sie doch – wer hindert überall die Vorwärtsentwicklung der Menschheit? Die Frauen. Und warum sind sie so? Eben deswegen! Ja, ja, ja«, wiederholte er mehrere Male und bewegte sich unruhig hin und her, nahm sich eine Zigarette und fing an zu rauchen, offenbar um seiner Erregung Herr zu werden.

14

»So lebte auch ich wie ein Schwein«, fuhr er im gleichen Ton fort. »Das Schlimmste aber war, daß ich bei dieser schändlichen Lebensweise mir einbildete, ich führte ein ehrbares Familienleben, ich wäre ein sittlicher Mensch, man könnte mir nichts vorwerfen – weil ich mich nicht von anderen Weibern verlocken ließ! Und wenn es Streitigkeiten zwischen uns gab, so lag die Schuld nicht an mir, sondern an ihr, an ihrem unglücklichen Charakter.

In Wirklichkeit aber war sie natürlich nicht schuld. Sie war ebenso wie alle, wie die Mehrheit. Sie war erzogen worden, wie es die Stellung der Frau in unserer Gesellschaft erfordert und wie deshalb alle Frauen der wohlhabenden Klassen ohne Ausnahme erzogen werden, weil man sie gar nicht anders erziehen kann. Da redet man von der neuen Frauenbildung. Alles leere Worte! Die heutige Frauenbildung ist geradeso, wie sie bei der herrschenden, ungeheuchelten, wahren, allgemeinen Anschauung von den Frauen nur sein kann.

Und die Bildung der Frauen wird immer der Anschauung entsprechen, die die Männer von den Frauen haben. Wir alle wissen ja, wie der Mann die Frau sieht: ›Wein, Weib und Gesang.‹ So sagen es auch die Dichter in ihren Versen. Nehmen Sie die ganze Dichtung, die ganze Malerei und Plastik, angefangen mit den zahllosen Liebesgedichten und den nackten Aphroditen und Phrynen: überall wird das Weib als Mittel des Genusses angesehen; so ist es in der Truba und Gratschowka[1], und so ist es auch auf den Hofbällen. Und beachten Sie, wie schlau der Teufel zu Werke geht. Handelt es sich

1. Bordellgassen in Moskau.

wirklich nur um Genuß und Vergnügen, so sollte es einem doch auch offen gesagt werden, daß das Weib ein guter Bissen ist. Aber nein! Erst versichern einem die Ritter, daß sie das Weib vergöttern (und dabei sehen sie es doch als Genußmittel an!), und heute redet man uns vor, daß man das Weib achte! Man bietet der Frau seinen Platz an, hebt ihr Taschentuch auf; andere sprechen ihr das Recht zu, alle Ämter im Staat zu bekleiden, an der Regierung teilzunehmen und so weiter. Alles das tut man, aber die Grundanschauung von der Frau ist die alte geblieben. Das Weib ist ein Genußmittel. Ihr Leib ist zu unserm Genuß da, und sie weiß das. Es ist damit nicht anders als mit der Sklaverei. Sklaverei ist ja nur die Nutznießung der erzwungenen Arbeit vieler durch einige wenige. Und wenn es keine Sklaverei geben soll, so müssen die Menschen nicht mehr wünschen, die erzwungene Arbeit anderer für sich auszunützen, sie müssen darin eine Sünde oder eine Schande sehen. Statt dessen aber wird die äußere Form der Sklaverei abgeschafft, es wird so eingerichtet, daß keine Kaufverträge über den Handel mit Sklaven abgeschlossen werden können, und dann redet man sich ein, es gäbe keine Sklaverei mehr, und sieht nicht und will nicht sehen, daß die Sklaverei ruhig weiter fortbesteht, denn die Leute haben es immer noch gern und halten es für gut und recht, von der Arbeit anderer zu leben. Und solange sie das für gut halten, werden sie immer Leute finden, die stärker oder schlauer sind als die anderen und das durchzusetzen wissen. Ebenso steht es mit der Frauenemanzipation. Die Sklaverei der Frau besteht doch nur darin, daß die Menschen danach verlangen und es gut finden, sich der Frau als eines Genußmittels zu bedienen. Und so befreit man die Frau, gibt ihr allerlei Rechte, die sie den Männern gleichstellen, sieht in ihr aber nach wie vor das Genußmittel. Man erzieht sie so von klein auf, und die öffentliche Meinung bringt es ihr ständig bei. Und so ist sie immer die gleiche erniedrigte, sittlich verdorbene Sklavin, und der Mann ist der alte, sittlich verdorbene Sklavenhalter.

Man befreit die Frau, indem man ihr Zutritt zu den Hochschulen und den Parlamenten gibt, aber man betrachtet sie nach wie vor als Objekt des Genusses. Man lehrt sie, sich selbst so zu sehen, wie sie es bei uns gelehrt wird, und sie bleibt ewig ein Wesen niederer Art. Entweder wird sie mit Hilfe der Schufte von Ärzten die Empfängnis verhindern, das heißt sie wird ganz und gar Prostituierte, die noch unter dem Tier steht, da sie nur noch Sache ist, oder sie wird das, was sie heute in den meisten Fällen auch ist ein seelenkrankes, hysterisches, unglückliches Wesen, dem jede Möglichkeit geistiger Entwicklung genommen ist.

Gymnasien und Hochschulen können nichts daran ändern. Anders werden kann das nur, wenn die Männer die Frauen und die Frauen sich selbst anders sehen. Anders werden kann es nur, wenn die Frau die Jungfräulichkeit als das Höchste ansieht, was der Mensch erreichen kann, und nicht, wie jetzt, diesen höchsten Zustand für eine Schmach und Schande hält. Solange wir aber nicht so weit sind, wird das Ideal eines jeden Mädchens, mag es noch so gebildet sein, darauf hinauslaufen, möglichst viele Männer an sich zu locken, um wählen zu können.

Dadurch, daß die eine etwas mehr von Mathematik versteht und die andere Harfe spielen kann, wird nichts geändert. Die Frau ist glücklich und gewinnt alles, was sie sich nur wünschen kann, wenn sie den Mann bezaubert. Und darum ist die wichtigste Aufgabe der Frau: zu lernen, wie man die Männer bezaubert. So war es immer, und so wird es auch bleiben. So ist es bei den Mädchen unserer Kreise, und so geht es bei den verheirateten Frauen weiter. Das Mädchen braucht diese Mittel, um den richtigen Mann wählen zu können, die verheiratete Frau, um über den Mann zu herrschen.

Das einzige, was diesen Zustand aufhebt oder ihm wenigstens eine Zeitlang entgegenwirkt, sind die Kinder, aber auch nur, wenn die Frau kein Krüppel ist, das heißt wenn sie selbst stillt. Aber hier treten wieder die Herren Ärzte auf den Plan.

Meine Frau, die selbst stillen wollte und die weitere fünf Kinder auch selbst gestillt hat, erkrankte bald nach der Geburt des ersten Kindes. Die Doktoren, die sie in zynischer Weise entkleideten und sie am ganzen Leibe betasteten, wofür ich ihnen danken und Geld zahlen mußte – diese lieben Doktoren fanden, daß sie nicht stillen dürfe, und so war sie in der ersten Zeit jenes einzigen Mittels beraubt, das sie von der Koketterie hätte heilen können. Das Kind wurde von einer Amme gestillt, das heißt wir nutzten die Armut, Not und Unwissenheit einer einfachen Frau aus, lockten sie von ihrem eigenen Kinde zu unserm herüber und setzten ihr dafür einen Kokoschnik[1] mit goldenen Borten auf. Aber nicht darum handelt es sich, sondern darum, daß in der Zeit, wo meine Frau nicht schwanger war und nicht stillte, die vorher zurückgedrängte weibliche Koketterie mit besonderer Stärke bei ihr zum Ausdruck kam. Und dementsprechend überfielen mich besonders heftige Qualen der Eifersucht, die mich während meines ganzen Ehelebens unaufhörlich peinigten, wie sie alle Ehemänner peinigen müssen, die mit ihren Frauen so leben, wie ich mit meiner lebte, das heißt unsittlich.«

15

»Während meines ganzen Ehelebens habe ich nie aufgehört, Eifersuchtsqualen zu leiden. Es gab aber Zeiten, wo ich besonders schwer darunter litt. Eine dieser Perioden trat ein, als die Ärzte ihr nach der Geburt des ersten Kindes das Stillen verboten hatten. Ich war in dieser Zeit besonders eifersüchtig, erstens, weil meine Frau die jeder Mutter eigene Unruhe empfand, die durch die grundlose Störung des regelmäßigen Lebensablaufs hervorgerufen wurde; zweitens aber, weil ich sah, wie leicht sie die sittliche Pflicht der Mutter von sich abgewälzt hatte, und daraus mit Recht, wenn auch unbewußt,

1. Kopfputz der russischen Ammen.

folgerte, es werde ihr ebenso leicht fallen, auch die Pflichten der Gattin von sich abzuwälzen – um so mehr als sie völlig gesund war und trotz des Verbots der lieben Ärzte die späteren Kinder alle selbst nährte, und zwar mit dem besten Erfolg.«

»Sie haben für die Ärzte nicht viel übrig«, sagte ich, denn der besonders boshafte Ton seiner Stimme, sobald er auf sie zu sprechen kam, war mir aufgefallen.

»Es kommt hier nicht auf viel und wenig an. Sie haben mein Leben zugrunde gerichtet, wie sie das Leben von tausend und hunderttausend Menschen zugrunde gerichtet haben, und ich kann Ursache und Wirkung nicht voneinander trennen. Ich begreife, daß sie, ebenso wie die Advokaten und alle anderen, Geld verdienen wollen, und ich überließe ihnen gerne die Hälfte meiner Einkünfte, und jeder – wenn er bloß begriffe, was sie tun – gäbe ihnen gerne die Hälfte seines Vermögens, wenn sie nur aufhören wollten, sich in unser Familienleben zu drängen und uns nie mehr nahe kommen wollten. Ich habe keine Materialien dazu gesammelt, aber ich kenne Dutzende von Fällen – ihre Zahl ist unendlich groß –, wo sie das Kind im Mutterleibe getötet haben, weil sie behaupteten, die Mutter könne nicht gebären, obgleich sie später leicht und gut geboren hat, oder wo die Mutter durch eine sogenannte Operation getötet wurde. Keiner zählt diese Morde, wie man die von der Inquisition vollzogenen Morde nicht zählte, weil ja angenommen wurde, es geschehe zum Heil der Menschheit. Man kann die von ihnen begangenen Verbrechen nicht mehr zählen; aber alle diese Verbrechen sind nichts neben der sittlichen Verderbnis durch den Materialismus, den sie – vor allem mit Hilfe der Weiber – in die Welt tragen.

Ich rede schon gar nicht davon, daß, wenn man ihren Anweisungen folgen wollte, die ewige Angst vor Infektion die Menschen nicht zur Einigung führen, sondern völlig voneinander trennen würde. Nach ihren Lehren müßte jeder in seinem Winkel sitzen und die Spritze mit Karbolsäure nicht aus dem Munde nehmen. (Übrigens hat man schon entdeckt, daß auch dieses Mittel nichts taugt.) Doch das alles ist noch nicht das Schlimmste. Das Hauptübel ist die sittliche Verderbnis der Menschen, besonders der Weiber.

Heute darf man schon nicht mehr sagen: ›Du führst ein schlechtes Leben, bessere dich!‹ Man darf das weder zu sich selbst noch zu anderen sagen. Wenn du ein schlechtes Leben führst, so sind die anomalen Funktionen deines Nervensystems daran schuld und so weiter. Darum geh zu ihnen, sie verschreiben eine Arznei, die du für fünfunddreißig Kopeken in der Apotheke bekommen kannst, und dann kannst du sie schlucken!

Du wirst noch schlechter – dann bekommst du noch mehr Arzneien, und man holt noch mehr Ärzte! Eine famose Geschichte!

Aber auch darauf kommt es nicht an. Ich rede nur davon, daß sie die Kinder ausgezeichnet nährte und daß dieses Austragen und Stillen der Kinder das einzige war, was mich vor den Qualen der Eifersucht rettete. Wäre das nicht gewesen, so hätte sich alles schon viel früher abgespielt. Die Kinder retteten mich und sie. In acht Jahren brachte sie fünf Kinder zur Welt. Und alle außer dem ersten hat sie selbst gestillt.«

»Wo sind Ihre Kinder denn jetzt?« fragte ich.

»Die Kinder?« wiederholte er erschrocken.

»Entschuldigen Sie, ich habe Ihnen vielleicht weh getan.«

»O nein, es hat nichts zu bedeuten. Meine Schwägerin und ihr Bruder haben die Kinder zu sich genommen. Sie haben sie mir nicht gelassen. Ich habe den Kindern mein ganzes Vermögen gegeben und mußte sie auch noch selbst weggeben. Ich bin ja eine Art Verrückter. Ich komme jetzt gerade von ihnen. Ich habe sie gesehen, aber sie dürfen nicht bei mir bleiben. Sonst könnte ich sie ja so erziehen, daß sie anders werden als ihre Eltern! Sie sollen aber genauso werden. Da ist nichts zu machen! Es ist ja begreiflich, daß man

sie mir nicht anvertrauen will. Ich weiß auch nicht, ob ich fähig wäre, sie zu erziehen. Ich glaube kaum. Ich bin eine Ruine, ein Krüppel. Eins nur habe ich den anderen voraus. Ich weiß! Ja, so ist es, ich weiß das, was die anderen noch nicht so bald erfahren werden.
Ja, die Kinder sind am Leben und wachsen als ebensolche Wilde auf wie alle in ihrer Umgebung. Ich habe sie gesehen, dreimal. Ich kann nichts für sie tun, nichts. Ich fahre jetzt heim, in den Süden. Dort habe ich ein Häuschen und einen kleinen Garten.
Ja, die Menschen werden noch nicht so bald erfahren, was ich weiß. Wieviel Eisen auf der Erde vorhanden ist und was für Metalle in der Sonne und den Sternen enthalten sind, das kann man schnell erfahren. Aber erkennen, was wir für Schweine sind, das ist schwer, furchtbar schwer.
Sie hören mir wenigstens zu, und ich bin Ihnen schon dafür von Herzen dankbar.«

16

»Sie erinnerten mich eben an die Kinder. Wie furchtbar wird auch über die Kinder gelogen! Kinder sind Gottessegen, Kinder sind eine Freude. Das ist ja alles Lüge. Alles das war einmal, heute aber gibt es nichts dergleichen. Kinder sind eine Qual und weiter nichts. Die meisten Mütter empfinden das auch geradezu und sprechen es manchmal unversehens auch offen aus. Fragen Sie die meisten Mütter aus unseren wohlhabenden Kreisen, und sie werden Ihnen sagen, daß sie vor Angst, ihre Kinder könnten krank werden und sterben, lieber gar keine Kinder haben möchten, daß sie die Kinder, die sie nun einmal zur Welt gebracht haben, nicht stillen wollen, um sie nicht liebzugewinnen und nicht darunter zu leiden. Die Freude, die ihnen das Kind durch seinen Liebreiz bereitet, durch seine Händchen, seine Beinchen, seinen ganzen kleinen Körper, ist geringer als die Leiden, die ihnen nicht nur Krankheit oder gar der Verlust des Kindes verursacht, sondern die bloße Angst vor der Möglichkeit einer Erkrankung oder des Todes. Wenn man Vorteile und Nachteile gegeneinander abwägt, so erweist es sich, daß Kindersegen unvorteilhaft und daher nicht wünschenswert ist. Sie sagen das ganz frei und kühn heraus, weil sie sich einbilden, diese Gefühle kämen von ihrer Liebe zu den Kindern, einer guten und lobenswerten Empfindung, auf die sie stolz sind. Sie merken gar nicht, daß sie mit dieser Behauptung die Liebe einfach verneinen und nur ihren Egoismus bejahen. Der Liebreiz des Kindes bietet ihnen weniger Freuden, als die Furcht um das Kind sie leiden macht, darum möchten sie das Kind, das sie zu sehr lieben würden, gar nicht haben. Sie opfern sich nicht für das geliebte Wesen, sondern opfern das Wesen, das sie lieben könnten, ihrer Selbstsucht.

Denn es ist Selbstsucht und keine Liebe, das ist klar. Aber man findet auch nicht den Mut, diese Mütter aus wohlhabenden Familien für ihren Egoismus zu verurteilen, wenn man sich alles vergegenwärtigt, was sie für die Gesundheit ihrer Kinder zu erleiden haben – wiederum dank den Herren Ärzten, die in unserem herrschaftlichen Leben so viel zu sagen haben. Wenn ich, sogar jetzt noch, an das Leben und den Zustand meiner Frau in der ersten Zeit denke, als drei, vier Kinder im Hause waren und sie ganz in ihnen aufging, dann packt mich das Entsetzen! Das war überhaupt kein Leben mehr. Das war ein ewiges Schweben in Todesgefahr, Rettung aus dieser Gefahr, neue Gefahren, neue verzweifelte Anstrengungen und Rettung – immer eine Situation wie auf einem sinkenden Schiff. Manchmal glaubte ich, das geschähe absichtlich, sie gäbe sich den Anschein, als wäre sie um die Kinder in Sorge, nur um über mich Macht zu gewinnen. Das löste ja in so verlockender, so einfacher Weise alle Fragen zu ihren Gunsten. Es schien mir zuweilen, als ob sie alles, was sie in solchen Fällen tat und sagte, nur zum Spaß tat und sagte. Aber nein! Sie quälte sich selbst entsetzlich mit den

Kindern, um ihre Gesundheit und ihre Krankheiten. Es war eine Marter für sie und für mich auch. Und sie mußte sich ja quälen. Sie hatte den Trieb zu den Kindern, das tierische Bedürfnis, sie zu nähren, zu liebkosen, zu schützen, wie es die meisten Frauen haben; aber sie hatte auch noch etwas, was die Tiere nicht haben: Phantasie und Verstand. Die Henne hat keine Furcht vor dem, was ihrem Küchlein widerfahren könnte, sie weiß nichts von all den Krankheiten, von denen es betroffen werden könnte, sie kennt all die Mittel nicht, mit denen die Menschen sich vor Krankheit und Tod retten zu können glauben. Darum sind die Kinder für sie, für die Henne, keine Qual. Sie tut für ihr Küchlein nur das, was ihrer Natur entspricht und ihr Freude macht; Kinder sind ihr eine Lust. Wenn ein Küchlein krank wird, weiß sie genau, was sie zu tun hat: sie wärmt es und füttert es. Und wenn sie das tut, weiß sie, daß sie alles tut, was nötig ist. Stirbt das Küchlein, so fragt sie sich nicht, warum es gestorben ist, wohin es gegangen ist, sie gackert eine Zeitlang, hört dann auf und lebt weiter, wie sie früher gelebt hat. Bei unseren unglücklichen Frauen aber und auch bei meiner Gattin lagen die Dinge anders. Von den Krankheiten und ihrer Behandlung ganz abgesehen – auch darüber, wie man die Kinder erziehen muß, hatte sie eine Unmenge der verschiedenartigsten und einander widersprechenden Ratschläge und guten Lehren gehört und gelesen. Man soll den Kindern dies und das zu essen geben... Nein, dies nicht, sondern nur das! Für Kleidung, Getränke, Bäder, Schlafen, Spazierengehen, Kälte und Wärme erfuhren wir, vor allem sie, jede Woche neue Verhaltungsmaßregeln. Als ob die Menschen erst seit gestern Kinder zur Welt brächten! Und hatte man dem Kinde einmal nicht das richtige Essen gegeben, es nicht zur richtigen Zeit gebadet und wurde es dann krank, so waren wir daran schuld, weil wir nicht das getan hatten, was wir hätten tun sollen.

Es war eine Qual, auch wenn die Kinder gesund waren.

Wurde aber erst eins krank, dann war im Haus eine wahre Hölle. Es wird vorausgesetzt, daß man Krankheiten heilen könne, daß es eine Wissenschaft darüber gebe und Leute, die in dieser Wissenschaft beschlagen sind: die Herren Ärzte. Nicht alle wissen wirklich Bescheid, wohl aber die besten unter ihnen. Und wenn nun ein Kind erkrankt ist, so gilt es, eben den Richtigen, den Besten ausfindig zu machen, der helfen kann; dann ist das Kind gerettet. Erwischt man jedoch diesen Doktor nicht oder wohnt man nicht in der Stadt, wo dieser Doktor wohnt, dann ist das Kind verloren. Das glaubte sie nicht allein, diesen Glauben teilten alle Frauen ihres Kreises, und von allen Seiten hörte sie nichts anderes als: ›Katerina Semjonowna hat zwei Kinder verloren, weil nicht rechtzeitig nach Iwan Sacharowitsch geschickt worden war; dagegen ist Maria Iwanownas ältestes Töchterlein von Iwan Sacharowitsch gerettet worden; bei Petrows ist die Mutter auf den Rat des Doktors rechtzeitig mit einem Teil der Kinder ins Gasthaus übergesiedelt – und sie sind am Leben geblieben; anderswo hat man sie nicht getrennt, und da sind alle gestorben. Noch eine hatte ein sehr schwächliches Kind; da ist sie auf den Rat des Doktors in den Süden gereist, und das Kind hat sich erholt.‹ Wie soll sie sich hier nun nicht ihr ganzes Leben lang quälen und aufregen, wenn das Leben der Kinder, an denen sie mit animalischer Liebe hängt, davon abhängt, daß sie rechtzeitig erfährt, was Iwan Sacharowitsch dazu zu sagen hat! Was aber Iwan Sacharowitsch sagen wird, weiß kein Mensch, am wenigsten er selbst, denn er weiß sehr gut, daß er nichts weiß und gar nicht helfen kann und sich bloß dreht und windet, damit man nur nicht aufhört zu glauben, er wisse etwas. Wäre sie ganz Tier gewesen, so hätte sie sich nicht so gequält; wäre sie ganz Mensch gewesen, so hätte sie an Gott geglaubt und geredet und gedacht wie die gläubigen Menschen und die Bauernweiber: ›Gott hat es gegeben, Gott hat es genommen, Gottes Hand entgehst du nicht.‹ Sie hätte geglaubt, daß Le-

ben und Tod aller Menschen, also auch ihrer Kinder, nicht in der Hand eines Menschen, sondern einzig in Gottes Hand liegt, und dann hätte sie der Gedanke nicht quälen können, daß es in ihrer Macht gewesen wäre, Krankheit und Tod der Kinder zu verhüten, und daß sie das nicht getan habe. So aber war ihre Lage folgende: diese zarten, gebrechlichen, unzähligen Gefahren ausgesetzten Wesen waren in ihre Hand gegeben. An diesen Wesen hing sie mit einer leidenschaftlichen, animalischen Liebe. Nun aber waren diese Wesen ihr zwar anvertraut, doch die Mittel, sie zu schützen und zu erhalten, waren ihr verborgen und ganz fremden Menschen offenbart, deren Dienste und Ratschläge man nur für teures Geld erhalten konnte, und auch das nicht immer.
Wie sollte sie sich da nicht quälen? Sie quälte sich denn auch unausgesetzt. Kaum hatten wir uns nach irgendeiner Eifersuchtsszene oder nach einem Streit beruhigt und glaubten nun, friedlich leben, lesen und denken zu können, kaum hatte man irgendeine Arbeit vorgenommen, da wurde gemeldet, daß Wasja sich erbrochen habe oder daß Mascha eine blutige Ausleerung gehabt habe oder daß bei Andrjuscha sich Ausschlag gezeigt habe – und gleich war alles aus, an Leben nicht mehr zu denken. Wo soll man hinrennen, welchen Doktor soll man holen, wie soll man die Gesunden von den Kranken trennen? Und dann kommen die Klistiere, Temperaturmessungen, Mixturen und Doktoren. Kaum ist man mit dem einen fertig, so fängt ein anderes an. Von einem regelmäßig verlaufenden, festgegründeten Familienleben konnte keine Rede sein. Es war, wie ich Ihnen schon sagte, ein ewiges Bangen vor eingebildeten oder wirklichen Gefahren. Und so ist das heutzutage in den meisten Familien. In meiner Familie fiel das nur besonders auf. Meine Frau hing sehr an ihren Kindern und war sehr leichtgläubig.
So wurde unser Leben durch die Kinder nicht nur nicht gebessert, sondern erst recht vergiftet. Außerdem waren die Kinder für uns ein neuer Anlaß zu Zwistigkeiten. Seit die

Kinder da waren und je älter sie wurden, um so öfter waren sie Mittel und Objekt unserer Streitigkeiten. Und nicht nur Zankobjekt, sondern auch Kampfmittel waren uns die Kinder. Wir schlugen gewissermaßen mit den Kindern aufeinander los. Jeder hatte seinen Liebling, der ihm als Schutz- und Angriffswaffe diente. Ich schlug meist mit Wasja drein, sie mit Lisa. Als dann die Kinder größer wurden und ihre Charaktere sich immer schärfer entwickelten, wurden sie uns auch noch zu Bundesgenossen, die jeder von uns beiden im Kampf auf seine Seite zu ziehen bemüht war. Sie litten furchtbar darunter, die Armen, aber bei unserm ununterbrochenen Krieg hatten wir keine Zeit, an sie zu denken. Das Mädchen gehörte zu meiner Partei, der älteste Junge jedoch, ihr Liebling, der ihr auch äußerlich ähnlich sah, war mir oft geradezu verhaßt.«

17

»So lebten wir also. Das Verhältnis wurde immer gespannter, die Feindseligkeit wuchs, und endlich waren wir so weit, daß die Feindseligkeit nicht durch die Meinungsverschiedenheiten geweckt wurde, sondern daß die Feindseligkeit zu Meinungsverschiedenheiten führte. Was sie auch sagen mochte – ich war schon im voraus nicht mit ihr einverstanden, und genauso ging es ihr.

Im vierten Jahre waren beide Parteien ganz von selbst zu der Erkenntnis gelangt, daß wir uns nicht verstehen, nicht einigen können. Daher gaben wir die Versuche auf, eine Diskussion zu völligem Abschluß zu bringen. Über die gewöhnlichsten Dinge, besonders wenn es sich um die Kinder handelte, blieb jedes unentwegt bei seiner eigenen Meinung. Wie ich mich jetzt erinnere, waren die Anschauungen, die ich verteidigte, mir keineswegs so teuer, daß ich sie nicht hätte aufgeben können; aber sie war anderer Meinung – und ihr nachgeben hieß sich vor ihr demütigen. Das aber konnte ich nicht und sie ebensowenig. Sie glaubte wahrscheinlich, daß sie mir gegenüber immer im Recht wäre, und ich selbst war in meinen eigenen Augen geradezu ein Heiliger für sie. Wenn wir miteinander allein waren, waren wir fast zu völligem Schweigen verdammt oder mußten uns mit Gesprächen begnügen, wie sie meiner Ansicht nach auch die Tiere untereinander führen können. ›Wieviel Uhr ist es?... Es ist Zeit schlafen zu gehen... Was gibt es heute zum Mittagessen?... Wo fahren wir hin?... Was steht in der Zeitung?... Man muß den Arzt holen. Mascha hat Halsschmerzen...‹ Es genügte, nur um Haaresbreite aus diesem unglaublich engen Kreise von Gesprächsstoffen herauszutreten, und sofort flammte der Zwist auf. Es kam zu Zusammenstößen und Haßausbrüchen wegen des Kaffees, des Tischtuchs, des Wagens, einer falsch ausgespielten Karte im Whist – lauter Dinge, die weder für den einen noch für den andern irgendwelche Bedeutung hatten. In mir wenigstens kochte ein fürchterlicher Haß gegen sie! Ich sah manchmal, wie sie sich Tee eingoß, mit dem Fuß wippte, den Löffel an den Mund setzte, die Flüssigkeit einschlürfte – und ich haßte sie dafür wie für das schlimmste Verbrechen. Ich bemerkte damals noch, daß die Perioden der Erbitterung bei mir ganz regelmäßig und pünktlich eintraten, abwechselnd mit Perioden dessen, was wir Liebe nannten. Eine Periode der Liebe – eine Periode der Erbitterung; eine heftige Periode der Liebe – eine längere Periode der Erbitterung; eine schwächere Periode der Liebe – eine kürzere Periode der Erbitterung. Damals begriffen wir nicht, daß es sich um das gleiche tierische Gefühl handelte, nur von verschiedenen Seiten erfaßt. Es wäre entsetzlich gewesen, so zu leben, wenn wir unsre Lage begriffen hätten; aber wir begriffen und sahen sie nicht. Darin liegt zugleich die Rettung und die Strafe des Menschen: wenn er verkehrt lebt, dann kann er sich etwas vortäuschen, um das Furchtbare seiner Situation nicht zu sehen. So machten wir es auch. Sie suchte sich zu vergessen, indem sie sich immer neue an-

strengende, eilige Arbeit schaffte: sie sorgte für den Haushalt, die Wohnungseinrichtung, ihre Toiletten und die Kleidung der Kinder, den Unterricht und die Gesundheit der Kinder. Ich suchte Vergessen im Rausch: im Rausch des Berufs, der Jagd, des Kartenspiels. Beide waren wir unausgesetzt beschäftigt. Je mehr wir beschäftigt waren, desto erbitterter wurde unsere Feindschaft; das fühlten wir beide. ›Du hast gut Fratzen schneiden‹, sagte ich, ›du hast mich die ganze Nacht mit deinen Szenen geplagt, und ich habe morgen eine Sitzung.‹ – ›Du hast es gut‹, dachte sie nicht nur, sondern sagte es auch, ›ich aber habe die ganze Nacht wegen des Kindes nicht geschlafen.‹ All diese neuen Lehren von Hypertonie, Geisteskrankheiten, Hysterie sind keine gewöhnliche, sondern eine schädliche, gemeine Dummheit. Von meiner Frau hätte Charcot bestimmt gesagt, daß sie hysterisch wäre; von mir aber hätte er gesagt, daß ich anomal wäre, und hätte uns beiden vielleicht eine Kur verordnet. Aber es war an uns nichts zu kurieren.
So lebten wir in einem ewigen Nebel, ohne die Lage zu erkennen, in der wir uns befanden. Und wenn das nicht gekommen wäre, was schließlich gekommen ist, so hätte ich bis in mein hohes Alter so weitergelebt und noch auf meinem Sterbebett gedacht, ich hätte ein ganz gutes Leben hinter mir, zwar nicht durchweg gut, aber auch nicht schlecht, ein Leben, wie alle es leben. Ich hätte den Abgrund von Unglück und schändlicher Liebe, in dem ich zappelte, nie erkannt.
Wir waren zwei Sträflinge, die an eine Kette geschmiedet sind, einander hassen, sich gegenseitig das Leben vergiften und sich bemühen, das nicht zu sehen. Ich wußte damals noch nicht, daß von hundert Ehepaaren neunundneunzig in der gleichen Hölle lebten wie ich und daß es nicht anders sein konnte. Damals wußte ich das weder von den anderen noch von mir.
Es ist erstaunlich, wie gewisse Dinge immer zusammentreffen, gleichviel ob man ein normales oder ein anomales Leben

führt! Gerade zu der Zeit, wo den Eltern das Zusammenleben völlig unerträglich wird, erfordert die Erziehung der Kinder die Übersiedlung in die Stadt.«

Er brach ab und stieß zwei- oder dreimal seine eigentümlichen Töne hervor, die jetzt schon vollkommen wie verhaltenes Schluchzen klangen. Der Zug fuhr in einen Bahnhof ein.

»Wieviel Uhr ist es?« fragte er.

Ich sah nach. Es war zwei Uhr nachts.

»Sind Sie nicht müde?« fragte er.

»Nein. Aber Sie sind müde.«

»Ich habe Atembeschwerden. Wenn Sie gestatten, gehe ich hinaus und trinke ein Glas Wasser.«

Und er ging schwankend durch den Wagen. Ich saß allein und ließ alles, was er mir gesagt hatte, noch einmal an mir vorübergehen. Ich war so in meine Gedanken vertieft, daß ich gar nicht merkte, wie er von der entgegengesetzten Seite hereinkam.

18

»Ja, ich lasse mich immer hinreißen«, fing er wieder an. »Ich habe viel darüber nachgedacht. Viele Dinge sehe ich anders als die meisten, und das alles möchte ich gern aussprechen. Wir lebten also jetzt in der Stadt. In der Stadt lebt es sich für Unglückliche leichter. In der Stadt kann der Mensch hundert Jahre leben, ohne zu merken, daß er schon längst gestorben und verfault ist. Man hat keine Zeit, sich mit sich selbst zu beschäftigen, alles ist ausgefüllt. Geschäfte, gesellschaftliche Verpflichtungen, Gesundheitspflege, Kunst, das Befinden der Kinder, ihre Erziehung. Bald muß man diesen oder jenen Besuch empfangen, diese oder jene Leute aufsuchen, bald diese Künstler sehen, jenen Sänger hören. In der Stadt befindet sich ja in jedem beliebigen Augenblick eine Berühmtheit oder auch zwei oder gar drei zugleich, die man gesehen oder gehört haben muß. Bald muß man sich selbst oder diesen oder jenen kurieren, bald hat man mit

Lehrern, Hofmeistern, Gouvernanten zu verhandeln und merkt nicht, wie leer und hohl das Leben ist. So lebten wir und fühlten die Qual des Zusammenlebens nicht mehr so stark. Außerdem hatten wir in der ersten Zeit eine köstliche Beschäftigung: man mußte sich in der neuen Stadt, der neuen Wohnung einrichten; dazu kam dann jedes Jahr der Umzug aus der Stadt aufs Land und vom Lande in die Stadt.
So verbrachten wir einen Winter; im zweiten Winter trat der folgende, anscheinend ganz geringfügige Umstand ein, den niemand beachtete, der aber alles Weitere verursachte.
Sie war krank gewesen, und die Ärzte verboten ihr, noch einmal zu gebären, und gaben ihr auch ein Mittel, das zu verhüten. Mir war das höchst widerlich. Ich kämpfte dagegen, aber sie bestand in leichtfertigem Eigensinn darauf, und ich fügte mich. Die letzte Rechtfertigung unseres Schweinelebens – die Kinder – war damit hinfällig geworden, und das Leben wurde noch gemeiner.
Der Bauer, der Arbeiter braucht Kinder. Wenn es ihm auch schwerfällt, sie aufzuziehen, so braucht er sie doch, und dadurch wird sein Verhältnis zum Weibe gerechtfertigt. Wir aber, die wir schon Kinder haben, brauchen keine mehr. Sie bedeuten für uns neue Sorgen und Ausgaben, Zersplitterung des Vermögens, Beschwerden und Lasten. Und so gibt es für uns gar keine Rechtfertigung unseres Schweinelebens. Wir verhüten also durch künstliche Mittel die Geburt der Kinder, oder wir sehen die Kinder als ein Unglück an, als die Folge unserer Unvorsichtigkeit, und das ist noch scheußlicher.
Eine Rechtfertigung gibt es nicht. Wir sind aber sittlich so tief gesunken, daß wir eine Rechtfertigung nicht einmal für nötig halten.
Die Mehrzahl der gebildeten Menschen von heute gibt sich diesem Laster hin, ohne auch nur die geringsten Gewissensbisse zu empfinden.
Was sollte sie auch büßen, da unsere Zeit doch überhaupt kein Gewissen kennt, außer dem Gewissen der öffentlichen

Meinung und des Strafgesetzes – wenn man hierauf die Bezeichnung ›Gewissen‹ anwenden darf. In diesem Fall aber wird keines von beiden verletzt. Vor der Gesellschaft braucht man sich nicht zu schämen, denn alle machen es so: Marja Pawlowna, Iwan Sacharowitsch und so weiter. Wozu auch Bettler aufziehen oder sich der Möglichkeit berauben, in der Gesellschaft zu leben? Sich vor dem Strafgesetz zu schämen oder zu fürchten, hat man ebensowenig Anlaß. Häßliche Bauernmädchen und Soldatenweiber werfen ihre Kinder in Teiche und Brunnen – die müssen ins Gefängnis gesteckt werden; bei uns aber ist alles hübsch ordentlich und sauber.
So lebten wir noch zwei Jahre. Das Mittel dieser Schufte von Doktoren schien zu wirken: sie war voller und hübscher geworden – Hochsommerschönheit! Sie fühlte das sehr wohl und beschäftigte sich sehr viel mit sich selbst. Damals hatte sich eine gewisse herausfordernde Schönheit in ihr entwikkelt, die die Leute unruhig machte. In ihr war die ganze verführerische Kraft eines dreißigjährigen, gutgenährten und erregten Weibes, das keine Kinder mehr zur Welt bringt. Ihr Anblick wirkte aufreizend. Wenn sie sich unter Männern zeigte, zog sie alle Blicke auf sich. Sie war wie ein gutgenährtes, in den Wagen gespanntes Pferd, das lange gestanden hat und dem man den Zaum abgenommen hat. Ein Zaum war nicht vorhanden, wie er bei neunundneunzig Prozent unserer Frauen nicht vorhanden ist. Und ich fühlte das, und mir wurde bange.«

19

Er stand plötzlich auf und setzte sich dicht ans Fenster.
»Entschuldigen Sie!« sagte er, richtete den Blick starr auf das Fenster und saß etwa drei Minuten schweigend da. Dann seufzte er schwer und setzte sich mir wieder gegenüber. Sein Gesicht hatte sich ganz verändert, die Augen blickten traurig, und es zuckte seltsam, fast wie ein Lächeln,

um seinen Mund. »Ich bin etwas müde, aber ich will es Ihnen doch erzählen. Wir haben Zeit genug, es ist noch nicht Morgen. Ja, also«, fing er wieder an, nachdem er sich eine Zigarette angesteckt hatte, »sie war voller geworden, seit sie keine Geburten mehr hatte, und ihr Leiden – die ewige Sorge um die Kinder – ließ nach... oder richtiger, es ließ nicht nach, sondern sie war wie aus einem Rausch erwacht, war zu sich gekommen und sah, daß die ganze schöne Gotteswelt mit ihren Freuden vor ihr lag, diese Gotteswelt, die sie vergessen hatte, in der sie nicht zu leben wußte und die sie gar nicht verstand. ›Wenn ich nur nichts versäume! Die Zeit vergeht und kehrt nicht wieder!‹ So, glaube ich, dachte sie damals oder richtiger: fühlte sie, und sie konnte auch gar nicht anders denken und fühlen: sie war in der Vorstellung erzogen worden, daß es in der Welt nur eines gibt, was der Beachtung wert ist – die Liebe. Sie hatte geheiratet, hatte etwas von dieser Liebe genossen, aber bei weitem nicht so viel, wie man ihr versprochen hatte; vielmehr hatte sie auch schwere Enttäuschungen und Leiden auf sich nehmen müssen, vor allem aber die unerwartete Qual mit den vielen Kindern. Diese Qual hatte sie ganz um ihre Kräfte gebracht. Und nun hatte sie durch die diensteifrigen Doktoren erfahren, daß man keine Kinder zu haben brauchte. Sie war hocherfreut, machte sich die Erfahrung zunutze und lebte noch einmal auf für das einzige, was ihr bekannt war – die Liebe. Aber der Liebesverkehr mit einem durch seine Eifersucht und Feindseligkeit beschmutzten Mann war nicht mehr das Rechte. Sie begann von einer anderen, neuen, sauberen Liebe zu träumen; wenigstens bildete ich mir das ein. Und sie fing an sich umzuschauen, als erwarte sie etwas. Ich sah das, und das mußte mich in Unruhe versetzen. Immer häufiger kam es vor, daß sie, wenn sie wie immer durch die Vermittlung anderer mit mir sprach, das heißt wenn sie mit einem Dritten redete, aber lauter Dinge, die für mich bestimmt waren – daß sie dann mit großer Kühnheit, ohne

daran zu denken, daß sie vor einer Stunde das Gegenteil gesagt hatte, halb im Ernst, halb scherzend behauptete, Mutterliebe sei Selbstbetrug, es habe keinen Sinn, sein ganzes Leben den Kindern zu opfern, wenn man jung sei und sein Leben noch selbst genießen könne. Sie gab sich nun weniger mit den Kindern ab, nicht mit der Verzweiflung wie früher; dafür beschäftigte sie sich immer mehr mit sich selbst, mit ihrem Äußern – wenn sie es auch nicht gern zugestand , mit ihren Zerstreuungen und sogar mit ihrer geistigen Entwicklung. Sie fing wieder an leidenschaftlich Klavier zu spielen, was sie seit Jahren nicht mehr getan hatte. Und daraus kam alles Weitere.«
Er richtete den müden Blick wieder auf das Fenster, rüttelte sich aber sofort gewaltsam auf und fuhr fort:
»Ja, da erschien nun dieser Mensch...«
Er stockte und stieß zweimal seinen eigentümlichen Ton durch die Nase aus.
Ich sah, daß es ihm Qual bereitete, diesen Menschen zu nennen, an ihn zu denken, von ihm zu reden. Aber er bezwang sich, und das Hindernis, das sich ihm in den Weg gestellt hatte, scheinbar sprengend, fuhr er energisch fort:
»Er war ein jämmerlicher Kerl – wenigstens meiner Ansicht nach. Diese Ansicht hat mit der Bedeutung, die der Mann für mein Leben gewinnen sollte, nichts zu tun; er war wirklich nichts wert. Übrigens die Tatsache, daß er so unbedeutend war, ist nur ein Beweis für ihre völlige Unzurechnungsfähigkeit. War er es nicht, so war es ein anderer, aber kommen mußte es!« Er schwieg wieder. »Ja, es war ein Musiker, ein Geiger; kein Berufskünstler, sondern ein Mann, der halb der Kunst, halb der Gesellschaft angehörte.
Sein Vater war Gutsbesitzer, ein Nachbar meines Vaters. Der Alte hatte seine Güter durchgebracht, aber für die Kinder – es waren drei Söhne – war gut gesorgt; nur der jüngste – eben dieser Mann – kam zu seiner Patin nach Paris. Dort gab man ihn aufs Konservatorium, weil er eine starke musi-

kalische Begabung hatte, er wurde dort ein tüchtiger Geiger und trat in Konzerten auf. Er war ein...« Er wollte augenscheinlich etwas Häßliches sagen, bezwang sich jedoch und fuhr fort: »Ich weiß nicht, was er dort getrieben hat. Ich weiß nur, daß er in diesem Jahr nach Rußland kam und in meinem Haus erschien.

Mandelförmige, feuchte Augen, rote lächelnde Lippen, ein kleiner, gewichster Schnurrbart, Haartracht nach der letzten Mode, ein banales, hübsches Gesicht – was die Frauen ›nicht übel‹ nennen –, der Körperbau schwächlich, wenn auch keine ausgesprochene Mißgestalt; auffallend das stark entwickelte Hinterteil, wie bei einem Weib oder einem Hottentotten. Die sollen ja auch sehr musikalisch sein. Aufdringlich und familiär, aber mit Maß, hellhörig, bei jedem Widerstand zum Rückzug bereit, äußerlich stets seine Würde wahrend und mit jenem eigentümlichen Pariser Glanz auf den Knöpfstiefeln und den grellfarbigen Krawatten, den die Ausländer sich in Paris anzueignen wissen und der durch seine eigenartige Neuheit stets auf die Weiber wirkt. Im Benehmen eine gekünstelte äußerliche Heiterkeit. Sie kennen wohl diese Manieren, immer nur in Andeutungen und abgebrochenen Sätzen zu reden, als wüßte der andere schon alles und könnte es leicht selber ergänzen.

Er mit seiner Musik war an allem schuld. Vor Gericht wurde die Sache so dargestellt, als wäre alles aus Eifersucht geschehen. Nichts dergleichen! Das heißt: nicht etwa, daß gar keine Eifersucht mitgespielt hätte, aber die Hauptsache war das nicht. Das Gericht entschied, daß ich als betrogener Ehegatte den Mord begangen habe, um meine geschändete Ehre zu rächen – so nennt man das doch in ihrer Sprache –, und darum wurde ich freigesprochen. Ich versuchte vor Gericht den Sinn der Vorgänge aufzudecken, aber sie verstanden das so, als hätte ich die Ehre meiner Frau rehabilitieren wollen.

Ihr Verhältnis zu jenem Musiker – gleichviel wie es geartet

sein mochte – hatte für mich gar keinen Sinn und für sie auch nicht. Sinn hat nur das, was ich Ihnen erzählt habe, das heißt meine Schweinerei. Alles kam daher, weil zwischen uns der entsetzliche Strudel kochte, von dem ich Ihnen gesprochen habe, jener furchtbar angespannte Haß gegeneinander, bei dem der erste beste Anlaß eine Krisis entfesseln konnte. Unsere Streitigkeiten waren in der letzten Zeit geradezu grauenhaft geworden und erscheinen um so ungeheuerlicher, als sie mit ebenso heftigen Ausbrüchen tierischer Leidenschaften wechselten.

Wäre er nicht erschienen, so wäre ein anderer gekommen. Hätte nicht die Eifersucht den Vorwand abgegeben, so hätte sich ein anderer Vorwand gefunden. Ich bleibe dabei, daß alle Männer, die so leben, wie ich lebte, entweder liederlich werden müssen oder sich von ihren Frauen trennen müssen oder sich selbst oder die Frau töten müssen, wie ich es getan habe. Wenn das einem nicht widerfahren ist, dann bildet er eine seltene Ausnahme. Ehe ich so endete, wie ich geendet habe, stand ich einige Male hart vor dem Selbstmord, und auch sie hatte einmal einen Versuch gemacht, sich zu vergiften.«

20

»Ja, das war der Fall, und zwar kurz vor jenem Ereignis. Zwischen uns schien eine Art Waffenstillstand eingetreten zu sein, und es lag gar kein Grund vor, ihn zu brechen. Da entspann sich eines Tages ein Gespräch darüber, daß irgendein Hund auf der Ausstellung eine Medaille erhalten habe. Das behauptete ich, sie aber widersprach mir und sagte, es wäre keine Medaille, sondern nur ein Ehrendiplom gewesen. So kamen wir wieder in Streit. Man sprang von einem Gegenstand zum andern hinüber und erging sich in den üblichen Vorwürfen: ›Ja, ja, das kennt man, so bist du immer‹... ›Du hast aber gesagt‹... ›Nein, das habe ich nicht gesagt‹... ›Also lüge ich?!‹ Ich fühle, daß es gleich zu jenem entsetzlichen Zank kommen muß, der in mir immer das Verlangen weckt, mich oder sie zu töten. Ich weiß, daß es gleich losgehen muß, und fürchte mich davor wie vor Feuer und möchte an mich halten, aber die Wut hat sich meiner ganzen Person bemächtigt. Sie ist in der gleichen, ja einer noch schlimmeren Lage, mißdeutet absichtlich jedes meiner Worte, indem sie ihm einen falschen Sinn unterschiebt; jedes ihrer Worte ist von Gift durchtränkt, sie weiß, wo sie mich am empfindlichsten treffen kann, und schlägt gerade dorthin. Und je weiter, desto schlimmer. Ich schreie: ›Schweig still!‹ oder etwas Ähnliches.

Sie stürzt aus dem Zimmer und läuft in die Kinderstube. Ich suche sie zurückzuhalten, um meine Rede zu beenden, mein Recht zu beweisen, und fasse sie am Arm. Sie gibt sich den Anschein, als hätte ich ihr weh getan, und schreit: ›Kinder, euer Vater schlägt mich!‹ Ich schreie: ›Lüge nicht!‹ Sie schreit zurück: ›Das ist ja nicht das erste Mal!‹ oder etwas Ähnliches. Die Kinder kommen gelaufen. Sie beruhigt sie. Ich sage: ›Spiele keine Komödie!‹ Sie antwortete: ›Bei dir ist alles Komödie. Du kannst einen Menschen umbringen und dazu sagen, er spiele Komödie. Jetzt habe ich dich verstanden. Eben das willst du!‹ – ›Daß du krepieren möchtest!‹ schreie ich. Ich erinnere mich noch heute, wie entsetzt ich selbst über diese furchtbaren Worte war. Ich hätte nie erwartet, daß ich imstande wäre, so furchtbare, grobe Worte auszustoßen, und ich wundere mich, wie sie mir entfahren konnten. Nachdem ich die furchtbaren Worte gesagt habe, laufe ich in mein Arbeitszimmer, setze mich und zünde eine Zigarette an. Ich höre sie im Vorzimmer, sie will ausgehen. Ich frage sie: ›Wohin?‹ Sie antwortet nicht. ›Na, dann scher dich zum Teufel!‹ sage ich, gehe in mein Zimmer zurück, lege mich aufs Sofa und rauche weiter. Tausend verschiedene Pläne, wie ich mich an ihr rächen, wie ich sie loswerden könnte, wie ich alles wieder in Ordnung bringen und so einrichten könnte, als wäre nichts geschehen, gehen mir durch den Kopf. Ich denke über all das nach und rauche, rauche, rauche. Ich denke, ob ich nicht fliehen sollte, weit fort von ihr, nach Amerika. Ich komme schließlich so weit, daß ich mir ausmale, wie ich mich von ihr befreien werde und wie schön das sein wird, wie ich dann eine andere, schöne, ganz neue Frau finden werde. Ich befreie mich von ihr durch ihren Tod oder durch eine Scheidung – und ich überlege, wie das zu verwirklichen wäre. Endlich sehe ich, daß meine Gedanken sich verwirren, daß ich in sinnlosen Phantasien schwelge, aber um das nicht zu sehen, rauche ich noch stärker.

Im Hause aber geht das Alltagsleben weiter. Die Gouvernante erscheint und fragt, wo Madame wäre, ob sie bald zurückkäme. Der Diener fragt, ob er den Tee servieren solle. Ich gehe ins Speisezimmer: die Kinder, besonders die älteren wie Lisa, die schon alles versteht, sehen mich fragend und unfreundlich an. Wir trinken schweigend unsern Tee. Sie ist immer noch nicht da. So vergeht der ganze Abend; sie erscheint nicht, und zwei Gefühle wechseln in meiner Seele: die Wut gegen sie, die mich und ihre Kinder durch ihre Abwesenheit quält – ihre Abwesenheit, die doch damit enden wird, daß sie zurückkommt –, und die Furcht, sie könnte nicht zurückkommen und sich etwas antun. Ich würde sie gern suchen, aber wo? Bei ihrer Schwester? Es wäre doch zu dumm, wenn ich plötzlich dort erscheinen und nach meiner Frau fragen würde. Und es bleibt sich ja gleich; wenn sie uns quälen will, so soll sie sich auch selbst quälen. Denn sie wartet ja nur darauf, daß ich sie hole. Und nächstes Mal wird es dann noch schlimmer. Wie aber, wenn sie nicht bei der Schwester ist und sich etwas antut oder schon angetan hat?... Es wird elf, zwölf Uhr. Ich gehe nicht ins Schlafzimmer – es wäre zu lächerlich, dort allein zu liegen und zu warten –, sondern lege mich im Arbeitszimmer auf das Sofa. Dann versuche ich mich mit etwas zu beschäftigen, einen Brief zu schreiben, zu lesen, ich bringe es aber nicht fertig. Ich sitze allein im Arbeitszimmer, quäle mich, ärgere

mich und horche. Es schlägt drei, vier Uhr, sie ist immer noch nicht da. Gegen Morgen schlafe ich ein. Als ich erwache, ist sie immer noch nicht da.
Alles geht im Hause seinen gewohnten Gang, aber alle sind verwundert und alle sehen mich fragend und vorwurfsvoll an, als meinten sie, ich wäre schuld. In mir aber wogt immer noch der alte Kampf zwischen dem Ärger über das, was sie mir angetan hat, und der Angst und Sorge um sie.
Gegen elf Uhr kommt ihre Schwester als Abgesandte. Sie fängt an wie immer: ›Sie ist in einer entsetzlichen Verfassung! Was soll denn das bedeuten? Es ist doch gar nichts geschehen.‹ Ich rede von der Unerträglichkeit ihres Charakters und sage, daß ich nichts verbrochen hätte.
›Es kann doch aber nicht so bleiben!‹ sagt die Schwester.
›Das ist ihre Sache und nicht die meine‹, sage ich. ›Ich tue den ersten Schritt nicht. Müssen wir auseinandergehen, so wollen wir es auch wirklich tun.‹
Meine Schwägerin geht unverrichtetersache wieder weg. Ich habe stolz erklärt, ich würde den ersten Schritt nicht tun; aber wie sie nun fort ist und ich die betrübten, erschreckten Kinder sehe, da bin ich schon bereit, den ersten Schritt zu tun. Ich würde ihn gern tun, wenn ich nur wüßte wie. Wieder gehe ich auf und ab, rauche, trinke zum Frühstück Schnaps und Wein und erreiche, was ich unbewußt anstrebe: ich sehe die Dummheit, die Gemeinheit meiner Lage nicht mehr.
Gegen drei Uhr kommt sie. Als ich sie begrüße, sagt sie kein Wort. Ich bilde mir ein, sie hätte sich gefügt, und fange an davon zu reden, daß sie mich durch ihre Vorwürfe gereizt hätte. Sie antwortet mit dem gleichen strengen und furchtbar gequälten Gesicht, sie sei nicht gekommen, um sich auszusprechen, sondern um die Kinder abzuholen; wir könnten nicht mehr zusammen leben. Ich fange wieder davon an, daß ich nicht schuld wäre, daß sie mich aus der Fassung gebracht hätte. Sie sieht mich streng und feierlich an und sagt dann:

›Rede nicht weiter, du wirst es bereuen.‹ Ich sage, daß ich jede Komödie verabscheue. Da schreit sie mir etwas zu, was ich nicht verstehe, und läuft in ihr Zimmer. Ich höre den Schlüssel klirren; sie hat sich eingeschlossen. Ich klopfe an die Tür, keine Antwort. Wütend gehe ich weg. Nach einer halben Stunde kommt Lisa gelaufen, ganz in Tränen gebadet. ›Was gibts? Ist etwas geschehen?‹ – ›Wir hören Mama gar nicht.‹ Ich gehe mit ihr hin, reiße mit aller Kraft an der Tür. Der Riegel oben ist schlecht vorgeschoben, und beide Flügel gehen mit einem Mal auf. Ich trete an das Bett. Sie liegt angekleidet, in hohen Stiefeletten, in unbequemer Stellung, auf dem Bett. Auf dem Tischchen ein leeres Fläschchen, in dem Opium war. Wir bringen sie zur Besinnung. Tränen und endlich Versöhnung. Nein, keine Versöhnung: in beider Seele ist die alte Erbitterung gegen den andern geblieben; dazu ist nun aber noch der Ärger über den Schmerz gekommen, den dieser Streit verursacht hat und den jeder auf Rechnung des andern setzt. Aber man muß doch irgendwie Schluß damit machen, und das Leben geht nun seinen alten Gang weiter. Derartige Zwiste und noch viel schlimmere gab es unausgesetzt, manchmal jede Woche, manchmal nur jeden Monat, mitunter aber auch täglich. Und immer dasselbe. Einmal hatte ich mir schon einen Auslandspaß verschafft – der Streit dauerte zwei Tage. Aber dann kam wieder eine halbe Aussprache, eine halbe Versöhnung – und ich blieb.«

21

»In diesem Verhältnis standen wir zueinander, als jener Mensch auftauchte. Er kam nach Moskau – sein Name war Truchatschewskij – und machte mir an einem Vormittag einen Besuch. Ich empfing ihn. Wir waren einmal Duzfreunde gewesen. Er suchte durch Vermeidung der direkten Anrede das alte ›Du‹ beizubehalten, aber ich redete ihn ohne weiteres mit ›Sie‹ an, und er fügte sich sofort. Er mißfiel mir gleich auf den ersten Blick. Aber seltsam! Eine eigentümliche, verhängnisvolle Kraft trieb mich, ihn nicht abzuweisen, nicht zu entfernen, sondern im Gegenteil ihn heranzuziehen. Was wäre einfacher gewesen, als ganz kühl mit ihm zu reden und ihn abzufertigen, ohne ihn meiner Frau vorgestellt zu haben. Doch nein! Ich begann wie absichtlich von seiner Musik zu reden, sagte, ich hätte gehört, daß er das Geigenspiel aufgegeben hätte. Er antwortete, das wäre nicht der Fall; im Gegenteil, er spiele jetzt viel mehr als früher. Er nannte die Stücke, die ich früher gespielt hatte. Ich sagte, ich spielte jetzt überhaupt nicht mehr, meine Frau aber wäre eine ausgezeichnete Klavierspielerin. Sonderbar! Mein Verhältnis zu ihm war am ersten Tage, in der ersten Stunde unserer Begegnung genauso, wie es eigentlich nur nach dem, was später geschah, hätte sein können. Es war etwas Gespanntes in meinem Verhältnis zu ihm: ich achtete auf jedes Wort, jede Redewendung von ihm und von mir und schrieb ihnen große Bedeutung zu.

Ich stellte ihn meiner Frau vor. Das Gespräch kam sofort auf die Musik, und er schlug ihr vor, mit ihm zu musizieren. Meine Frau war, wie in dieser letzten Zeit immer, sehr elegant und verlockend, aufreizend schön. Er gefiel ihr anscheinend auf den ersten Blick. Außerdem freute sie sich auf das Vergnügen, mit einem Geiger spielen zu können; sie hatte das so gern, daß sie schon mehrmals einen Geiger aus dem Theaterorchester dazu engagiert hatte. Ihre Freude malte sich auf ihrem Gesicht. Aber als ihr Blick mich traf, begriff sie sofort, was in mir vorging, und änderte den Ausdruck ihres Gesichts. So begann wieder die alte Lügenkomödie. Ich lächelte liebenswürdig und tat, als wäre mir das sehr angenehm. Er sah meine Frau an, wie unsittliche Männer schöne Frauen ansehen, tat, als interessierte ihn nur der Gegenstand des Gesprächs, also das, was ihn in Wahrheit gar nicht interessierte. Sie bemühte sich, gleichgültig zu scheinen, aber das ihr so wohlbekannte heuchlerische

Lächeln des Eifersüchtigen auf meinem Gesicht und sein geiler Blick erregten sie offensichtlich. Ich hatte gleich bei der ersten Begegnung ihre Augen seltsam aufblitzen sehen, und wohl infolge meiner Eifersucht entstand zwischen ihm und ihr sofort eine Art elektrischer Strom, der beide in gleicher Weise lächeln und blicken ließ. Wenn sie errötete, errötete er auch; wenn sie lächelte, lächelte er ebenfalls. Man sprach über Musik, von Paris, von allerlei nichtigen Dingen. Er erhob sich, um sich zu verabschieden, und lächelnd, den Hut an der leise zuckenden Lende, stand er da und sah bald mich, bald sie an, als wartete er darauf, was wir nunmehr tun würden. Ich entsinne mich dieses Augenblicks so gut, weil ich es nur nötig gehabt hätte, ihn nicht einzuladen, und alles, was weiter kam, wäre nicht geschehen. Aber ich sah ihn an und sah sie an. ›Bilde dir nur nicht ein, daß ich eifersüchtig bin‹, sagte ich in Gedanken zu ihm, und ich forderte ihn auf, einmal abends seine Geige mitzubringen und mit meiner Frau zu musizieren. Sie sah mich erstaunt an, wurde rot und fing an wie erschrocken abzuwehren, indem sie behauptete, sie spiele nicht gut genug. Diese Weigerung reizte mich nur, und ich forderte ihn nun erst recht auf. Ich erinnere mich noch des seltsamen Gefühls, mit dem ich seinen Nacken und seinen weißen Hals betrachtete, der sich scharf von dem schwarzen, in der Mitte gescheitelten Haar abhob, als er mit seinem hüpfenden, an einen Vogel erinnernden Schritt hinausging. Ich konnte mir nicht verhehlen, daß die Anwesenheit dieses Menschen mich quälte. ›Von dir hängt es ab‹, sagte ich zu mir, ›es so einzurichten, daß du ihn nie wiedersiehst. Aber das so einrichten heißt eingestehen, daß ich ihn fürchte. Ich fürchte ihn aber nicht. Das wäre eine zu große Erniedrigung‹, sagte ich zu mir. Und weil ich wußte, daß meine Frau mich hörte, bat ich im Vorzimmer noch einmal dringend, er möchte noch heute abend mit seiner Geige kommen. Er sagte zu und fuhr ab.

Am Abend kam er mit seiner Geige, und sie spielten. Aber es

wollte lange Zeit mit dem Spiel nicht recht klappen; die Noten, die sie brauchten, waren nicht da, und nach denen, die vorhanden waren, konnte meine Frau nicht unvorbereitet spielen. Ich liebte Musik sehr und zeigte große Teilnahme für ihr Spiel, stellte ihm das Notenpult zurecht und wandte die Seiten um. Ein paar Stücke spielten sie auch: einige ›Lieder ohne Worte‹ und eine Sonate von Mozart. Er spielte ausgezeichnet; sein Strich hatte im höchsten Maße das, was man Ton nennt. Dazu kam ein sehr vornehmer, feiner Geschmack, der gar nicht zu seinem Charakter paßte.
Er konnte natürlich viel mehr als meine Frau und half ihr öfter; zugleich aber lobte er ihr Spiel mit größter Höflichkeit. Er hielt sich überhaupt vortrefflich. Meine Frau schien nur von der Musik gefesselt und benahm sich sehr schlicht und natürlich. Ich gab mir zwar auch den Anschein, als interessierte ich mich nur für die Musik, wurde aber den ganzen Abend ununterbrochen von Eifersucht geplagt.
Vom ersten Augenblick an, als seine Blicke und die meiner Frau sich trafen, sah ich, daß das Tier, das in beiden saß, über alle gesellschaftlichen Konventionen hinweg fragte: ›Darf ich?‹ Und die Antwort lautete: ›Gewiß!‹ Ich sah, daß er gar nicht erwartet hatte, in meiner Frau, einer Moskauer Dame, ein so anziehendes Weib zu finden und daß er sehr froh darüber war. Denn Zweifel an ihrem Einverständnis hatte er überhaupt keine. Die ganze Frage war nur, wie man von dem lästigen Ehemann unbehelligt bleiben könnte. Wäre ich selbst rein gewesen, so hätte ich das alles nicht verstanden, aber ich hatte vor meiner Heirat ebenso über die Frauen gedacht wie die Mehrheit, und darum las ich in seiner Seele wie in einem aufgeschlagenen Buch. Am meisten quälte mich der Umstand, daß ich deutlich sah, daß sie mir gegenüber nichts anderes empfand als eine beständige Gereiztheit, die nur hin und wieder durch Anfälle des gewohnten sinnlichen Triebes unterbrochen wurde, während dieser Mensch, dank seiner äußeren Eleganz, der Neuheit seiner

Erscheinung und vor allem dank seiner unzweifelhaft großen musikalischen Begabung, der Annäherung, die durch das gemeinsame Musizieren ganz von selbst entstehen mußte, dem Einfluß, den die Musik, besonders Geigenspiel auf empfängliche Naturen ausübt, ihr nicht bloß gefallen mußte, sondern auch ganz sicher, ohne das geringste Zögern und Schwanken, sie besiegen, niederrennen, fesseln, einen Strick aus ihr drehen, alles aus ihr machen würde, was ihm einfiel. Ich mußte das sehen, und ich litt entsetzlich. Aber trotzdem oder vielleicht gerade deswegen trieb mich eine fremde Gewalt wider meinen Willen dazu, nicht nur besonders höflich, sondern sogar freundlich zu ihm zu sein. Ob ich es meiner Frau wegen oder seinetwegen tat, um zu zeigen, daß ich ihn nicht fürchte, oder um meiner selbst willen, um mich zu betrügen – das weiß ich nicht; aber ich war vom ersten Zusammensein an ihm gegenüber nicht unbefangen. Ich mußte freundlich zu ihm sein, um meinen Wunsch, ihn sofort umzubringen, unterdrücken zu können. Ich bewirtete ihn beim Abendbrot mit teuren Weinen, äußerte mich entzückt über sein Spiel, lächelte besonders freundlich, wenn ich mit ihm sprach, und forderte ihn auf, am nächsten Sonntag zu Mittag zu kommen und mit meiner Frau zu musizieren. Ich sagte ihm, ich würde noch einige Bekannte, große Musikfreunde, einladen, damit sie ihn auch hören könnten. Ja, so ging es auf das Ende zu.«

Posdnyschew änderte in starker Erregung seine Stellung und stieß wieder seinen eigentümlichen Ton aus.

»Seltsam, wie die Gegenwart dieses Menschen auf mich wirkte«, fing er wieder an, sich gewaltsam zur Ruhe zwingend. »Zwei oder drei Tage später komme ich von der Ausstellung nach Hause, trete ins Vorzimmer und fühle plötzlich, wie etwas Schweres, gleich einem großen Stein, auf mein Herz fällt. Ich kann mir keine Rechenschaft geben, was das ist. Es war aber nichts anderes, als daß ich beim Durchschreiten des Vorzimmers etwas bemerkt hatte, was mich an ihn erinnerte. Erst im Arbeitszimmer wurde mir klar, was es gewesen war, und ich ging ins Vorzimmer zurück, um mich zu vergewissern. Ja, ich hatte mich nicht geirrt, es war sein Mantel. Wissen Sie, so ein moderner Mantel. (Alles, was sich auf ihn bezog, bemerkte ich mit außerordentlicher Schärfe, obwohl ich mir keine Rechenschaft darüber gab.) Ich fragte nun die Dienstboten. Jawohl, er war da. Ich ging nicht durch das Wohnzimmer, sondern durch die Kinderstube in den Saal. Lisa, mein Töchterchen, saß mit einem Buch da, und die Kinderfrau stand mit dem Kleinsten vor dem Tisch und drehte irgendeinen Pappdeckel. Die Tür zum Saal war geschlossen, ich hörte von da ein gleichmäßiges Arpeggio und seine und ihre Stimme. Ich horchte auf, konnte aber nichts verstehen.

›Vielleicht ist das Absicht, vielleicht soll das Klavier ihre Worte, ihre Küsse übertönen...‹ Mein Gott, was nun in mir vorging! Was ich mir ausmalte! Wenn ich jetzt an das Tier denke, das damals in mir steckte, so packt mich das Entsetzen! Mein Herz zog sich plötzlich zusammen, stockte und fing danach an heftig zu pochen wie ein Hammer. Das vorherrschende Gefühl, wie bei jeder zornigen Erregung, war Mitleid mit mir selbst. ›In Gegenwart der Kinder! Der Kinderfrau!‹ dachte ich. Ich muß furchtbar ausgesehen haben, denn sogar Lisa blickte mich mit ganz seltsamen Augen an. ›Was soll ich denn tun?‹ fragte ich mich. ›Eintreten? Ich kann nicht; ich tue dann Gott weiß was. Aber ich kann auch nicht fortgehen.‹ Die Kinderfrau sieht mich so an, als verstehe sie meine Situation. ›Nein, ich muß eintreten‹, sagte ich zu mir und öffnete schnell die Tür. Er saß am Klavier und nahm die Arpeggien mit seinen nach oben gekrümmten, langen weißen Fingern. Sie stand in der Ausbuchtung des Flügels, über ein aufgeschlagenes Notenheft gebeugt. Sie sah oder hörte mich zuerst und wandte sich nach mir um. Ob ich sie nun erschreckt hatte und sie sich den Anschein gab, als wäre das nicht der Fall, oder ob sie sich wirklich

nicht erschreckt hatte – sie zuckte nicht zusammen, rührte sich nicht, sondern errötete nur, und auch das erst später.
›Wie schön, daß du gekommen bist; wir haben schon die Stücke ausgesucht, die wir am Sonntag spielen wollen‹, sagte sie in einem Ton, in dem sie mit mir nicht geredet hätte, wenn wir allein gewesen wären. Dieser Ton und dieses ›wir‹ empörte mich. Ich begrüßte ihn schweigend.
Er drückte mir die Hand und begann sofort mit einem Lächeln, das mir geradezu spöttisch erschien, zu erklären, er hätte die Noten für Sonntag gebracht, und da sei eine Meinungsverschiedenheit entstanden über das zu wählende Stück: sollte man etwas Schwierigeres, Klassisches nehmen, etwa eine Beethovensche Sonate für Geige und Klavier, oder ein paar leichtere, kürzere Sachen? Alles war so einfach und natürlich, daß ich an nichts Anstoß nehmen konnte, und doch sah ich und war überzeugt, daß das alles gelogen war, daß sie beratschlagt hatten, wie sie mich am besten betrügen könnten.
Zu den größten Martern für den Eifersüchtigen – und in unseren gesellschaftlichen Verhältnissen sind alle eifersüchtig – gehören gewisse gesellschaftliche Konventionen, die eine große und gefährliche Intimität des Verkehrs zwischen den Geschlechtern gestatten. Man würde sich zum Gespött der Leute machen, wenn man dieser Intimität beim Tanz, bei der ärztlichen Untersuchung, bei der Beschäftigung mit Kunst, mit Malerei und vor allem mit Musik entgegentreten wollte. Zwei Menschen geben sich der edelsten Kunst, der Musik, hin; das bedingt eine gewisse Intimität des Umgangs, und diese Intimität ist in keiner Weise anstößig, und nur ein dummer, eifersüchtiger Ehemann kann sich darüber aufregen. Und dabei wissen alle, daß gerade diese Beschäftigung, vor allem die Musik, einen großen Teil der Schuld an den vielen Ehebruchsfällen in unserer Gesellschaft trägt.
Ich machte sie offenbar durch meine eigene Verlegenheit verlegen; sie konnte lange Zeit kein Wort herausbringen.

Ich war wie eine umgestürzte Flasche, aus der kein Wasser fließt, weil sie zu voll ist. Ich wollte sie ausschimpfen, ihn hinauswerfen, aber ich fühlte, daß ich wieder höflich und liebenswürdig zu ihm sein mußte. Und das war ich auch. Ich gab mir den Anschein, als ob ich alles billigte, und folgte wieder dem eigentümlichen Gefühl, das mich trieb, ihn um so freundlicher zu behandeln, je qualvoller mir seine Gegenwart war. Ich sagte ihm, daß ich mich auf seinen guten Geschmack verließe und ihr dasselbe riete. Er blieb noch so lange, wie notwendig war, um den unangenehmen Eindruck zu verwischen, den mein plötzliches Erscheinen mit dem erschreckten Gesicht und mein anfängliches Schweigen hervorgerufen hatten, und verabschiedete sich dann mit einer heuchlerischen Miene, die zeigen sollte, sie wären sich nun klar darüber, was sie morgen spielen würden, und er hätte daher hier nichts mehr zu tun. Ich aber war vollkommen überzeugt, daß im Vergleich zu dem, was sie wirklich beschäftigte, die Frage, was gespielt werden sollte, für sie nicht die geringste Bedeutung hatte.

Ich begleitete ihn mit besonderer Zuvorkommenheit bis ins Vorzimmer. (Wie soll man einen Menschen nicht hinausbegleiten, der gekommen ist, unsere Ruhe zu stören und das Glück einer ganzen Familie zu vernichten!) Ich drückte seine weiße, weiche Hand ganz besonders kräftig und freundschaftlich.«

22

»An diesem ganzen Tage sprach ich kein Wort mit ihr – ich konnte nicht. Ihre Nähe erfüllte mich mit solchem Haß, daß ich vor mir selbst Angst hatte. Am Mittagstisch fragte sie mich in Gegenwart der Kinder, wann ich abreisen würde. Ich mußte in der kommenden Woche zu einem Kongreß in die Provinz. Ich nannte ihr den Tag. Sie fragte, ob ich nichts für die Reise nötig hätte. Ich gab keine Antwort, schwieg während des ganzen Mittagessens und ging dann schwei-

gend in mein Arbeitszimmer. In der letzten Zeit war sie nie mehr in mein Zimmer gekommen, besonders um diese Stunde. Ich liege auf dem Sofa und ärgere mich. Plötzlich höre ich den bekannten Schritt. Und mir kommt der furchtbare, abscheuliche Gedanke, daß sie, gleich dem Weib des Urias, ihre schon begangene Sünde verbergen will und darum zu so ungewöhnlicher Zeit in mein Zimmer kommt. ›Will sie wirklich zu mir?‹ denke ich und horche auf ihre nahenden Schritte. ›Wenn sie wirklich zu mir kommt, habe ich recht.‹ Und in meiner Seele steigt ein unaussprechlicher Haß gegen sie auf. Die Schritte kommen immer näher. ›Wird sie wirklich nicht vorbei, in den Saal gehen?‹ Nein, die Tür knarrt, und in der Tür erscheint ihre hohe, schöne Gestalt; im Gesicht, in den Augen sehe ich Angst und Flehen. Sie will es zwar verbergen, ich sehe es aber doch und weiß, was es bedeutet. Ich wäre fast erstickt, so lange hatte ich den Atem angehalten. Sie immer noch anstarrend, griff ich nach meiner Zigarettendose und steckte mir eine Zigarette an.
›So bist du nun‹, sagte sie, ›ich möchte ein bißchen bei dir sitzen, und du steckst dir eine Zigarette an.‹ Sie setzte sich zu mir auf das Sofa und lehnte sich an mich. Ich rückte ab, um sie nicht zu berühren.
›Ich sehe, du bist unzufrieden, weil ich Sonntag spielen will‹, sagte sie.
›Ich bin durchaus nicht unzufrieden‹, erwiderte ich.
›Aber ich sehe es doch!‹
›Dann muß ich deinen Scharfblick bewundern. Ich meinerseits sehe nichts, als daß du dich wie eine Kokotte benimmst... Bloß ist dir jede Gemeinheit angenehm, mir aber entsetzlich.‹
›Wenn du schimpfen willst wie ein Droschkenkutscher, dann gehe ich lieber.‹
›Geh nur, aber merke dir: dir ist die Ehre der Familie nichts wert, mir aber bist du zwar nichts wert (hol dich der Teufel!), um so höher aber steht mir die Ehre der Familie!‹

›Was redest du bloß?‹

›Scher dich weg, um Gottes willen!‹

Stellte sie sich nun, als ob sie nicht verstände, was ich meinte, oder verstand sie mich wirklich nicht – genug, sie fühlte sich gekränkt und wurde böse. Sie stand auf, ging aber nicht hinaus, sondern blieb mitten im Zimmer stehen.

›Du bist wirklich ganz unerträglich geworden‹, fing sie an. ›Du hast einen Charakter, mit dem es auch ein Engel nicht aushielte.‹ Und wie immer, um mich möglichst schmerzhaft zu treffen, erinnerte sie mich an mein Verhalten gegenüber meiner Schwester. Es hatte nämlich einmal einen Auftritt zwischen mir und meiner Schwester gegeben, wobei ich aus der Fassung kam und meiner Schwester eine Menge Grobheiten sagte. Sie wußte, daß die Erinnerung daran mir weh tat, und darum traf sie mich gerade an dieser Stelle. ›Danach kann mich bei dir nichts mehr wundern‹, sagte sie.

›Jawohl! Mich beleidigen, erniedrigen, schänden und zu guter Letzt noch mich als den Schuldigen hinstellen!‹ dachte ich, und plötzlich packte mich eine so furchtbare Wut, wie ich sie bisher noch nie empfunden hatte.

Zum ersten Mal verlangte mich danach, dieser Wut durch eine körperliche Handlung Ausdruck zu geben. Ich sprang auf und ging auf sie zu; aber im selben Augenblick, wie ich aufsprang – ich entsinne mich dessen noch! –, wurde ich meiner Wut bewußt und fragte mich: ›Ist es recht, wenn ich mich diesem Gefühl hingebe?‹ Und sofort antwortete ich mir selbst, es sei gut, es werde ihr Furcht einjagen, und sofort, statt die Wut zu dämpfen, schürte ich sie noch und freute mich, daß sie immer stärker in mir aufloderte.

›Scher dich hinaus, oder ich schlage dich tot!‹ schrie ich, trat dicht an sie heran und packte ihren Arm. Ich übertrieb absichtlich den Ausdruck der Wut in meiner Stimme, als ich das rief. Und ich muß furchtbar gewesen sein, denn sie erschrak so sehr, daß sie nicht einmal die Kraft fand hinauszugehen, sondern nur sagte: ›Wasja, was ist dir? Was hast du?‹

›Hinaus!‹ brüllte ich noch lauter. ›Du kannst mich rasend machen! Ich stehe für mich nicht ein!‹
Nachdem ich einmal meiner Wut freien Lauf gelassen hatte, schraubte ich mich an ihr hoch; ich wollte noch etwas ganz Außerordentliches tun, um zu zeigen, daß meine Raserei den Höhepunkt erreicht hätte. Ich hatte furchtbare Lust, sie zu schlagen, sie zu töten, doch ich wußte, daß das unmöglich war. Um aber nun doch meine Wut auszutoben, ergriff ich einen auf dem Tisch liegenden Briefbeschwerer, schrie noch einmal: ›Hinaus!‹ und warf ihn an ihr vorbei auf den Fußboden. Ich hatte sehr scharf vorbeigezielt. Da ging sie hinaus, blieb aber in der Tür stehen, und nun, solange sie das noch sehen konnte (ich tat es mit Absicht, damit sie es sah), fing ich an allerlei Sachen vom Tisch zu nehmen – Leuchter, Tintenfaß und so weiter – und sie auf den Boden zu werfen. Dabei schrie ich immer wieder: ›Hinaus! Pack dich! Ich stehe für nichts ein!‹ Sie ging hinaus, und ich hörte sofort auf.
Nach einer Stunde kam das Kindermädchen und meldete, daß meine Frau einen Weinkrampf habe. Ich ging zu ihr: sie schluchzte, lachte, konnte kein Wort herausbringen und zitterte und zuckte am ganzen Leibe. Sie verstellte sich nicht, sie war wirklich krank.
Gegen Morgen beruhigte sie sich, und wir versöhnten uns unter der Einwirkung jenes Gefühls, das wir Liebe nannten.
Als ich ihr am Morgen nach der Versöhnung gestand, daß ich auf Truchatschewskij eifersüchtig wäre, wurde sie gar nicht verlegen und lachte ganz harmlos: so seltsam erschien ihr, wie sie behauptete, auch nur die bloße Möglichkeit, daß sie für einen solchen Menschen Neigung empfinden könnte.
›Kann denn eine anständige Frau für einen solchen Mann etwas anderes empfinden außer dem Vergnügen, das seine Musik gewährt? Wenn du willst, bin ich bereit, ihn nie mehr zu sehen… auch am Sonntag nicht, obgleich wir schon alle eingeladen haben. Schreibe ihm, ich sei krank, und abgemacht! Eins nur ist unangenehm: es könnte jemand, vor

allen Dingen er selbst, denken, er wäre wirklich gefährlich. Und ich bin zu stolz, um zulassen zu können, daß jemand so denkt.‹

Sie log nicht, sie glaubte wirklich an ihre eigenen Worte. Sie hoffte durch diese Worte bei sich selbst Verachtung gegen ihn zu wecken und sich gegen ihn zu schützen; aber das sollte ihr nicht gelingen. Alles hatte sich gegen sie verschworen, vor allem diese verfluchte Musik. So war für diesmal alles erledigt, und am Sonntag hatten wir Besuch, und die beiden spielten wieder zusammen.«

23

»Ich glaube, es ist überflüssig, besonders zu erwähnen, daß ich sehr eitel war. Wenn man bei unserer Lebensweise nicht eitel ist, hat das Leben überhaupt keinen Sinn. Am Sonntag machte ich mich also mit viel Behagen an die Vorbereitungen zum Diner und zur musikalischen Abendunterhaltung. Ich hatte selbst allerlei Eßwaren eingekauft und die Einladungen an die Bekannten verschickt.

Um sechs Uhr abends versammelten sich die Gäste. Er erschien im Frack mit geschmacklosen Brillanthemdknöpfen. Er benahm sich sehr ungeniert, antwortete sofort auf jede Frage mit einem Lächeln, das Zustimmung und Verständnis ausdrücken sollte; wissen Sie, jener besondere Ausdruck, der besagt, daß alles, was Sie sagen oder tun, eben das wäre, was er erwartet hätte. Alles, was unfein an ihm war, bemerkte ich jetzt mit besonderem Vergnügen, denn alles das mußte mich beruhigen und mir beweisen, daß er für meine Frau auf einer so tiefen Stufe stand, zu der sie, wie sie sich ausdrückte, nie herabsinken könnte. Ich erlaubte mir jetzt nicht eifersüchtig zu sein. Erstens hatte ich schon so viel darunter gelitten und mußte mich erholen; zweitens wollte ich den Beteuerungen meiner Frau glauben und glaubte ihnen. Aber obgleich ich nicht eifersüchtig war, war mein

Verhalten ihm und ihr gegenüber unnatürlich, und während des Essens und bis zum Beginn der musikalischen Darbietungen verfolgte ich unausgesetzt ihre Bewegungen und ihre Blicke.

Das Diner war wie alle Diners, langweilig, verlogen. Die Musik begann ziemlich früh. Oh, wie genau erinnere ich mich aller Einzelheiten dieses Abends; ich erinnere mich, wie er die Geige brachte, den Kasten öffnete, die Decke abnahm, die ihm eine Dame gestickt hatte, das Instrument hervorzog und zu stimmen begann. Ich erinnere mich, wie meine Frau sich mit heuchlerisch-gleichgültigem Blick, hinter dem, wie ich wohl sah, sich eine große Angst verbarg – vor allem um ihr musikalisches Können –, wie sie sich ans Klavier setzte und wie nun in der üblichen Weise das A angeschlagen, ein Pizzikato auf der Geige versucht, das Notenheft zurechtgeschoben wurde. Ich erinnere mich weiter, wie sie einander anblickten, nach den Zuhörern sahen, die noch nicht alle Platz genommen hatten, wie sie dann einander etwas sagten und endlich die Musik begann. Er griff die ersten Akkorde. Sein Gesicht wurde ernst, streng, sympathisch, und auf seine eigenen Töne lauschend, zupfte er mit vorsichtigen Fingern an den Saiten. Das Klavier gab Antwort. Und er fing an...«

Posdnyschew stockte und brachte ein paarmal hintereinander seine charakteristischen Töne hervor. Dann wollte er weiterreden, zog aber plötzlich die Luft geräuschvoll durch die Nase und stockte wieder.

»Sie spielten die Kreutzersonate von Beethoven«, fuhr er endlich fort. »Kennen Sie das erste Presto? Sie kennen es?!« rief er. »Huhuhu! Ein furchtbares Werk ist diese Sonate. Und gerade dieser Teil. Und die Musik überhaupt ist etwas Furchtbares! Was ist sie? Ich verstehe es nicht. Was ist die Musik? Was bewirkt sie? Und warum wirkt sie so, wie sie wirkt? Man sagt, die Musik wirke erhebend auf die Seele. Das ist nicht wahr, das ist Unsinn! Sie wirkt, sie wirkt

furchtbar – ich rede aus eigner Erfahrung –, aber keineswegs erhebend. Sie erhebt die Seele nicht, sie zerrt sie herab, sie stachelt sie auf. Wie soll ich das ausdrücken? Die Musik zwingt mich, mich selbst, meine wahre Lage zu vergessen; sie bringt mich in eine andere, mir freundliche Lage; unter der Einwirkung der Musik scheint es mir, als fühlte ich etwas, was ich eigentlich gar nicht fühle, als verstünde ich, was ich nicht verstehe, als könnte ich, was ich nicht kann. Ich erkläre mir das dadurch, daß die Musik ähnlich wirkt wie Gähnen oder Lachen: ich bin gar nicht schläfrig, aber ich gähne, weil ich andere gähnen sehe; es gibt nichts zum Lachen, aber ich lache, weil ich andere lachen höre.
Die Musik versetzt mich mit einem Mal, unmittelbar, in jene Seelenverfassung, in der sich der Tondichter befand. Meine Seele verschmilzt mit der seinen, und mit ihm zusammen gerate ich aus einem Zustand in einen andern; warum ich das aber tue, weiß ich nicht. Der Mann, der etwa die Kreutzersonate schuf – also Beethoven –, der wußte, warum er sich in einem solchen Zustand befand. Dieser Zustand trieb ihn zu gewissen Taten, darum hatte dieser Zustand für ihn einen Sinn, den er für mich nicht hat. Darum stachelt die Musik nur auf, aber löst nichts aus. Gut, man spielt einen Militärmarsch, die Soldaten marschieren dazu; wenn sie am Ziel sind, ist die Musik zu Ende. Man spielt einen Reigentanz, ich tanze mit allen anderen; mit dem Tanz hört auch die Musik auf. Man singt eine Messe, ich empfange das Abendmahl, und die Musik ist aus. Sonst aber gibt sie nur den Reiz; das aber, was man auf diesen Reiz hin tun soll, zeigt sie nicht. Und darum wirkt die Musik mitunter so furchtbar, so entsetzlich. In China ist die Musik eine staatliche Angelegenheit. Und so muß es auch sein. Ist es denn gestattet, daß jeder, dem es einfällt, einen andern oder viele andere hypnotisiert und dann mit den Leuten macht, was er will? Und vor allem: darf denn der erste beste sittenlose Mensch dieser Hypnotiseur sein?

Und nun ein so furchtbares Mittel in der Hand eines jeden beliebigen Menschen! Nehmen Sie bloß die Kreutzersonate, das erste Presto – darf das denn im Salon vor dekolettierten Damen gespielt werden? Erst wird das Presto gespielt, dann wird Beifall geklatscht, dann ißt man Gefrorenes und unterhält sich über die neueste Skandalaffäre! Solche Stücke darf man nur bei bestimmten, wichtigen, bedeutsamen Gelegenheiten spielen, nur dann, wenn es gilt, gewisse Taten zu vollbringen, die dieser Musik entsprechen. Erst spielen und dann tun, wozu einen diese Musik treibt. Aber dieses weder dem Ort noch der Zeit entsprechende Erregen von Energien, von Empfindungen, die sich durch nichts äußern dürfen, wirkt nur verderblich. Auf mich wenigstens wirkte dieses Werk entsetzlich: vor mir taten sich scheinbar ganz neue Empfindungen auf, neue Möglichkeiten, von denen ich bisher nichts gewußt hatte. ›Ja, so ist es: ganz anders, als ich früher gedacht und gelebt hatte‹, schien etwas in meiner Seele zu sprechen. Was das Neue war, das ich erfahren hatte, darüber konnte ich mir keine Rechenschaft geben; aber das Bewußtsein dieses Neuen erfüllte mich mit großer Freude. Alle anwesenden Personen, darunter auch meine Frau und er, erschienen mir in einem anderen Licht.
Nach diesem Presto spielten sie das schöne, aber gewöhnliche, nicht neue Andante mit den banalen Variationen und das ganz schwache Finale. Dann spielten sie auf Wunsch der Gäste noch eine Elegie von Ernst und ein paar kleinere Stücke. Alles das war sehr schön, machte aber auf mich nicht den hundertsten Teil des Eindrucks, den das erste Stück auf mich gemacht hatte. Alles das hatte bereits den Eindruck des ersten Stücks als Hintergrund.
Ich fühlte mich den ganzen Abend leicht und heiter. Meine Frau aber hatte ich noch nie so gesehen, wie sie an diesem Abend war. Diese blitzenden Augen, dieser strenge, bedeutende Ausdruck während des Spiels und diese vollständige Auflösung, dieses schwache, klägliche und selige Lä-

cheln, als das Spiel zu Ende war. Ich sah das alles, schrieb ihm aber keine andere Bedeutung zu außer der, daß sie dasselbe empfand wie ich, daß auch vor ihr wie vor mir neue, unbekannte Gefühle auftauchten, gleichsam aus der Erinnerung emporstiegen. Der Abend verlief sehr harmonisch, und alle gingen befriedigt heim.

Da ich nach zwei Tagen zu einem Kongreß in die Provinz reisen mußte, sagte Truchatschewskij, der das wußte, mir beim Abschied, er hoffe bei seinem nächsten Aufenthalt in Moskau das Vergnügen des heutigen Abends wiederholen zu können. Daraus schloß ich, daß er es nicht für möglich hielt, in meiner Abwesenheit mein Haus zu besuchen, und das freute mich.

Es erwies sich, daß ich erst nach seiner Abreise zurückkehren würde, wir uns also nicht mehr sehen würden.

Zum ersten Mal drückte ich mit aufrichtigem Vergnügen seine Hand und dankte ihm für den künstlerischen Genuß. Er nahm auch endgültig Abschied von meiner Frau. Und die Art, wie das geschah, erschien mir ganz natürlich und anständig. Alles war sehr schön. Wir beide, meine Frau und ich, waren mit diesem Abend höchst zufrieden.«

24

»Zwei Tage danach reiste ich ab, in bester, friedlichster Stimmung, nachdem ich von meiner Frau Abschied genommen hatte.

In der Provinz gab es furchtbar viel zu tun. Es war dort ein ganz eigenes Leben, eine Welt für sich. An zwei Tagen war ich je zehn Stunden in der Sitzung. Am nächsten Tag wurde mir ein Brief meiner Frau in die Sitzung gebracht. Ich las ihn sofort.

Sie schrieb von den Kindern, vom Onkel, von der Wärterin, von ihren Einkäufen, dazwischen auch, wie von etwas ganz Alltäglichem, daß Truchatschewskij bei ihr gewesen wäre, die versprochenen Noten mitgebracht und vorgeschlagen hätte, noch einmal mit ihr zu musizieren, daß sie es aber abgelehnt hätte.

Ich erinnerte mich gar nicht, daß er versprochen hatte, Noten zu bringen. Es war mir, als hätte er sich damals für immer verabschiedet, und darum war ich unangenehm überrascht. Ich hatte aber so viel zu tun, daß mir keine Zeit blieb, jetzt noch darüber nachzudenken, und erst abends, als ich in meine Wohnung zurückgekehrt war, las ich den Brief noch einmal durch.

Ganz abgesehen davon, daß Truchatschewskij in meiner Abwesenheit noch einmal dagewesen war, erschien mir der ganze Ton des Briefs unecht. Das wilde Tier der Eifersucht knurrte in seinem Käfig und wollte herausspringen, ich fürchtete das Tier aber und schloß es schnell ein. ›Was für eine scheußliche Leidenschaft ist die Eifersucht‹, sagte ich mir. ›Was kann natürlicher sein als die Dinge, von denen sie schreibt?‹

Und ich legte mich zu Bett und dachte an die Geschäfte, die mir morgen bevorstanden. Bei diesen Kongressen, in der ungewohnten Umgebung, schlief ich nachts meist lange nicht ein; diesmal aber schlief ich schnell ein. Und wie das manchmal vorkommt, wissen Sie: es ist, als bekäme man plötzlich einen elektrischen Schlag, und man fährt auf. So erwachte auch ich ganz plötzlich, und zwar mit dem Gedanken an sie, an meine fleischliche Liebe zu ihr und an Truchatschewskij und daran, daß zwischen ihr und ihm alles zu Ende war. Entsetzen und Wut preßten mir das Herz zusammen. Aber ich suchte mich selbst zur Vernunft zu bringen. ›Was für ein Unsinn‹, sagte ich zu mir, ›du hast gar keine Ursache, es ist nichts und war auch nichts. Und wie kann ich mich und sie so herabwürdigen, indem ich so entsetzliche Dinge annehme! Ein Mann, der nicht viel besser ist als ein bezahlter Musikant, der als liederlicher Mensch bekannt ist, und eine ehrbare Frau, eine geachtete Familienmutter, *meine* Frau! Was für ein Unsinn!‹ So sah die Sache von der einen Seite aus. – ›Warum könnte es denn aber nicht sein?‹ zeigte sich mir sofort auch die andere Seite. Wie sollte jenes so ganz Einfache und Verständliche nicht vorhanden sein, um dessentwillen ich sie einst geheiratet hatte, um dessentwillen ich mit ihr lebte, was ich allein von ihr verlangte und wonach daher auch andere verlangen mußten, auch dieser Musikant? Er war unverheiratet, ein gesunder Mensch (ich erinnere mich, wie der Knorpel am Kalbskotelett unter seinen Zähnen knackte und wie gierig er seine roten Lippen an das Glas mit Wein drückte), satt und glatt, und nicht nur ohne Grundsätze, sondern ganz gewiß dem Grundsatz ergeben, daß man sich keinen Genuß versagen soll, den man haben kann. Und als Band zwischen ihnen die Musik, das raffinierteste sinnliche Lock- und Reizmittel. Was konnte ihn zurückhalten? Nichts! Im Gegenteil, alles mußte ihn locken. Sie? Was war sie denn? Sie war mir immer ein Rätsel gewesen und war es heute noch. Ich kannte sie nicht. Ich kannte nur das Tier in ihr. Ein Tier aber kann und darf durch nichts zurückgehalten werden.

Jetzt erst entsann ich mich ihrer Gesichter an jenem Abend, als sie nach der Kreutzersonate ein leidenschaftliches Stück spielten, ich weiß nicht mehr von wem, ein bis zur Geilheit sinnliches Stück. ›Wie konnte ich nur verreisen?‹ fragte ich mich, als ich an ihre Gesichter dachte. ›War es denn nicht klar, daß an jenem Abend alles zwischen ihnen zur Entscheidung kam? Sah man denn nicht deutlich, daß schon an diesem Abend keine Schranke mehr zwischen ihnen bestand, sondern daß alle beide, vor allem sie, eine gewisse Scham über das empfanden, was mit ihnen geschehen war?‹ Ich erinnere mich doch noch, wie sie schwach, kläglich und selig lächelte, als sie den Schweiß von ihrem geröteten Gesicht wischte, während ich zum Klavier trat. Sie vermieden es schon damals, sich anzusehen, und erst beim Abendessen, als er ihr Wasser eingoß, sahen sie einander an und lächelten kaum merklich. Ich gedachte jetzt mit Entsetzen dieses

Blicks mit dem kaum merklichen Lächeln, den ich aufgefangen hatte. ›Da, nun ist alles aus‹, sagte mir eine Stimme, und sofort sagte eine andere Stimme das Gegenteil: ›Du bist von einem Wahn betört, das kann doch gar nicht sein!‹ So sprach die andere Stimme. Mir wurde unheimlich, so im Dunkeln zu liegen; ich zündete ein Streichholz an, und ein Grauen packte mich vor diesem kleinen Zimmer mit der gelben Tapete. Ich nahm eine Zigarette und tat, was ich immer tat, wenn mein Geist sich in dem ewigen Kreis unlösbarer Widersprüche drehte: ich rauchte. Ich rauchte eine Zigarette nach der anderen, um mich zu betäuben und die Widersprüche nicht zu sehen.

Ich schlief die ganze Nacht nicht. Um fünf Uhr morgens kam ich zu dem Beschluß, daß ich diese Spannung nicht weiter ertragen könnte und sofort abreisen müßte. Ich stand auf, weckte den Diener und befahl ihm, einen Wagen zu bestellen. An den Vorsitzenden schrieb ich, ich müßte in einer außerordentlichen Angelegenheit sofort nach Moskau, daher möchte eines der Ausschußmitglieder mich vertreten. Um acht Uhr stieg ich in den Wagen und fuhr ab.«

25

Der Schaffner ging durch den Wagen, bemerkte, daß unsere Kerze ausgebrannt war, löschte sie aus, steckte aber keine neue mehr ein, denn draußen begann es schon zu dämmern. Posdnyschew schwieg und seufzte die ganze Zeit schwer, bis der Schaffner hinausgegangen war. Dann erst nahm er seine Erzählung wieder auf. In dem halbdunklen Wagen hörte man nur noch das Klirren der Fensterscheiben und das gleichmäßige Schnarchen des Handlungsgehilfen. Im Dämmerschein konnte ich Posdnyschew kaum noch sehen. Ich vernahm nur seine immer erregter, immer schmerzlicher klingende Stimme.

»Ich hatte fünfunddreißig Werst mit Pferden und acht

Stunden mit der Bahn zu fahren. Die Wagenfahrt war herrlich. Es war in der Zeit der ersten Herbstfröste bei hellem Sonnenschein. Wissen Sie, das ist die Zeit, wo die Wagenreifen klare Abdrücke auf der wie eingefetteten Landstraße hinterlassen. Die Straßen waren glatt, die Sonne schien hell, und die Luft wirkte erfrischend und aufmunternd. Im Tarantas[1] fuhr es sich gut. Als ich mich in der Morgendämmerung auf den Weg machte, war mir ganz leicht ums Herz. Ich sah auf die Pferde, die Felder, die vorübergehenden Leute und vergaß, wohin ich fuhr. Manchmal hatte ich das Gefühl, daß ich eine ganz gewöhnliche Reise machte, und alles, was mich zur beschleunigten Abfahrt gezwungen hatte, schien gar nicht zu existieren. Und es war mir eine besondere Wonne, mich so zu vergessen. Wenn ich mich aber wieder darauf besann, wohin ich fuhr, sagte ich zu mir: ›Das wird sich später schon zeigen, denke jetzt nicht daran.‹ Auf halbem Wege hatte ich auch noch ein Mißgeschick, das mich aufhielt und noch mehr zerstreute: der Tarantas ging entzwei und mußte wieder instand gesetzt werden. Dieser Zwischenfall gewann dadurch besondere Bedeutung, daß ich seinetwegen statt um fünf Uhr, wie ich beabsichtigt hatte, erst um zwölf Uhr nachts nach Moskau kam und in meine Wohnung erst gegen eins, da ich den Schnellzug nicht mehr erreichte und mit dem Personenzug fahren mußte. Ein Bauernwagen wurde geholt, der Reisewagen wurde repariert, dann die Abrechnung mit dem Stellmacher, das Teetrinken in der Dorfschenke, das Gespräch mit dem Wirt – alles das zerstreute mich noch mehr. Gegen Abend war alles in Ordnung, und ich setzte meinen Weg fort. Nachts fuhr es sich noch schöner als bei Tage. Der junge Mond stand am Himmel, es war leichter Frost, der Weg ausgezeichnet, die Pferde desgleichen, der Kutscher war ein lustiger Bursche, und so fuhr ich dahin und war guter Dinge und dachte fast gar nicht an das, was mich erwartete. Oder ich war vielleicht gerade

1. Reisewagen ohne Federn.

deshalb so vergnügt, weil ich wußte, was mich erwartete, und von den Freuden des Lebens Abschied nahm. Aber dieser Zustand der Ruhe, diese Fähigkeit, mein Gefühl zu unterdrücken, hörte mit der Wagenfahrt auf. Kaum betrat ich den Eisenbahnwagen, so wurde alles ganz anders. Diese achtstündige Eisenbahnfahrt war entsetzlich; ich vergesse sie in meinem ganzen Leben nicht. Ob es nun daher kam, daß ich, nachdem ich im Eisenbahnwagen Platz genommen hatte, mir schon lebhaft vorstellte, wie ich ankommen würde, oder daher, daß die Fahrt auf der Eisenbahn überhaupt die Nerven stark erregt – jedenfalls hatte ich von dem Augenblick an, da ich in den Eisenbahnwagen stieg, keine Gewalt mehr über meine Phantasie, und sie malte nun unaufhörlich, in außerordentlich grellen Farben lauter Bilder, die meine Eifersucht anfeuerten, eins nach dem andern, eines zynischer als das andere, und alle das gleiche darstellend; wie es zu Hause ohne mich zugegangen und wie sie mir untreu geworden war. Ich verging vor Empörung und Wut: zugleich aber hatte mich das Gefühl eines gewissen Schwelgens in meiner Schmach ergriffen; ich betrachtete diese Bilder und konnte mich von ihnen nicht losreißen; ich mußte sie anschauen, konnte sie nicht auslöschen, mußte sie hervorrufen. Mehr noch: je länger ich diese Phantasiebilder betrachtete, desto fester glaubte ich an ihre Wirklichkeit. Die Deutlichkeit, mit der ich sie sah, war mir gleichsam ein Beweis dafür, daß das, was ich sah, Wirklichkeit war. Irgendein Teufel dachte gegen meinen Willen die entsetzlichsten Dinge aus und flüsterte sie mir zu. Mir fiel ein Gespräch ein, das ich vor langer Zeit mit Truchatschewskijs Bruder geführt hatte, und mit einer Art Begeisterung zerfleischte ich mir das Herz durch diese Erinnerung, indem ich sie auf Truchatschewskij und meine Frau bezog.

Es war sehr lange her, aber es fiel mir jetzt plötzlich ein. Auf die Frage, ob er Bordelle besuche, antwortete der Bruder Truchatschewskijs, ein anständiger Mensch ginge nicht in

Lokale, wo man sich Krankheiten holen könnte, wo es außerdem schmutzig und ekelhaft wäre; man könnte ja jederzeit eine anständige Frau haben. Und nun hatte sein Bruder meine Frau gefunden. Sie ist freilich nicht mehr ganz jung, ein Zahn fehlt ihr, und ihr Körper ist etwas füllig – so dachte ich für ihn –, aber was soll man machen? Man muß sich mit dem begnügen, was man kriegt. ›Ja, er erweist ihr eine Gnade, wenn er sie zu seiner Geliebten macht‹, dachte ich weiter. ›Zudem schädigt sie seine werte Gesundheit nicht... Nein, das ist unmöglich!‹ sagte ich entsetzt zu mir selbst. ›Nichts dergleichen ist geschehen, nichts. Ich habe nicht den geringsten Grund, etwas derartiges vorauszusetzen. Hat sie mir nicht gesagt, daß der bloße Gedanke, ich könnte auf ihn eifersüchtig sein, ihr als Erniedrigung erscheine? Ja, aber sie lügt, sie lügt!‹ rief ich – und fing wieder von vorne an. Im Abteil waren nur zwei Reisende: eine alte Frau mit ihrem Mann, beide sehr wortkarg. Auch sie stiegen bald aus, und nun blieb ich allein. Ich war wie ein Tier im Käfig; bald sprang ich auf, trat ans Fenster, ging schwankend auf und ab, als könnte ich den Lauf des Wagens beschleunigen; aber der Wagen mit seinen Bänken und Fenstern zitterte in der gleichen Weise wie unsrer hier.«

Posdnyschew sprang auf, machte ein paar Schritte und setzte sich wieder.

»Ach, ich fürchte sie so, ich fürchte diese Eisenbahnwagen, ein wahres Entsetzen faßt mich immer wieder. Jawohl, Entsetzen!« fuhr er fort. »Ich sagte zu mir: ›Du mußt an andre Dinge denken! Sagen wir, an den Wirt der Herberge, wo du Tee getrunken hast.‹ Und nun taucht vor meinem inneren Blick der langbärtige Wirt mit seinem Enkel auf, einem Jungen, der ebenso alt ist wie mein Wasja. Mein Wasja? Der sieht nächstens, wie der Musiker seine Mutter küßt. Was wird in seiner armen Seele vorgehen? Was kümmert es sie! Sie liebt ja... Und wieder war alles da. Nein, nein... Ich dachte nun an die gestrige Besichtigung des Krankenhauses.

Wie der Kranke sich über den Arzt beschwerte. Der Arzt hatte einen Schnurrbart, ganz wie Truchatschewskij. Und wie frech hat er... haben sie beide mich betrogen, als er sagte, er wollte verreisen. Und wieder fing es an. Alles, woran ich dachte, hatte irgendwelche Beziehungen zu ihm. Ich litt furchtbar. Die Hauptqual war die Ungewißheit, der Zweifel, der Zwiespalt, die Unentschiedenheit, ob ich sie nun lieben oder hassen müßte. Ich litt so sehr, daß mir der verlockende Gedanke kam, auszusteigen, auf den Bahndamm zu gehen, mich auf die Schienen unter die Räder zu legen und so allem ein Ende zu machen. Dann wären wenigstens alle Zweifel erledigt. Das einzige, was mich daran hinderte, war das Mitleid mit mir selbst, das sofort wieder einen verstärkten Haß gegen sie entfesselte. Ihm gegenüber empfand ich ein ganz seltsames Gefühl des Neides, verbunden mit dem Bewußtsein meiner eigenen Demütigung und seines Sieges; mein Gefühl gegen sie aber war reiner, furchtbarer Haß. ›Ich kann mich nicht töten und sie unangetastet lassen; sie muß wenigstens etwas leiden, muß wenigstens begreifen, wie ich gelitten habe‹, sagte ich zu mir. Ich stieg auf allen Stationen aus, um mich zu zerstreuen. Auf einer Station sah ich, wie die Leute am Büfett tranken, und trank sofort selbst ein Gläschen Branntwein. Neben mir stand ein Jude und trank auch. Er knüpfte ein Gespräch mit mir an, und um nur nicht allein in meinem Abteil zu bleiben, folgte ich ihm in den schmutzigen, vollgerauchten, mit Schalen von Sonnenblumenkernen vollgestreuten Wagen dritter Klasse. Ich setzte mich neben ihn, und er schwatzte unausgesetzt und erzählte allerlei Anekdoten. Ich hörte ihm zu, verstand aber nicht, was er redete, denn ich fuhr fort, an meine Angelegenheit zu denken. Er bemerkte das und verlangte mehr Aufmerksamkeit von mir; da stand ich auf und ging wieder in meinen Wagen. ›Ich muß mir klarwerden‹, sagte ich mir, ›ob das, was ich denke, richtig ist und ob ich Grund habe, mich so zu quälen.‹ Ich setzte mich, um ruhig zu überlegen;

aber sofort wurde die Überlegung, wie vorher, durch Bilder und Vorstellungen verdrängt. ›Wievielmal habe ich mich schon so gequält‹, sagte ich zu mir (ich erinnerte mich an frühere ähnliche Eifersuchtsanfälle), ›und dann lief alles auf nichts heraus. So ist es vielleicht auch jetzt, ganz gewiß; ich werde sie ruhig schlafend vorfinden; sie wird erwachen, wird sich über meine Ankunft freuen, und aus ihren Worten, ihrem Blick werde ich erkennen, daß nichts gewesen ist und daß das alles Unsinn ist. Oh, wie schön, wenn das so wäre!‹ – ›Aber nein! Das ist zu oft gewesen, und darum kann es jetzt nicht wieder sein!‹ sagte mir eine Stimme, und dann fing alles wieder von vorne an. Ja, das war die eigentliche Marter! Nicht in ein Krankenhaus für Syphilitiker würde ich einen jungen Menschen führen, um ihn von dem Verlangen nach dem Weibe zu heilen, sondern in meine Seele – die Teufel sollte er sehen, die sie zerfleischten! Das Entsetzlichste war, daß ich mir das unbeschränkte, unanfechtbare Recht auf ihren Körper zusprach, als wäre es mein eigener Körper, und zugleich doch fühlte, daß ich über diesen Körper keine Gewalt habe, daß er nicht mir gehört, daß sie über ihn verfügen kann, wie sie will, und daß sie über ihn nicht so verfügt, wie ich es wünsche. Und ich kann weder ihm noch ihr etwas antun. Er wird wie der Schließer Wanka im Volksbuch noch vor dem Galgen sein Liedchen singen, wie er den süßen Mund geküßt hat, und so weiter. Und so behält er doch die Oberhand. Ihr aber kann ich noch viel weniger antun. Wenn sie es noch nicht getan hat, sondern es erst tun will, und ich weiß, daß sie es will, dann ist es noch schlimmer: sie hätte es lieber tun sollen, dann hätte ich gewußt, woran ich war, dann wäre diese Ungewißheit weggefallen. Ich hätte in dem Augenblick nicht sagen können, was ich eigentlich wollte. Ich wollte, daß sie nicht wollen sollte, was sie wollen mußte. Das war der vollkommene Wahnsinn!«

26

»Auf der vorletzten Station, als der Schaffner kam, um die Fahrkarten einzusammeln, nahm ich meine Sachen zusammen, ging auf die Plattform hinaus, und das Bewußtsein, daß die Entscheidung nun unmittelbar bevorstand, erhöhte meine Erregung noch. Ich fror, und meine Kinnbacken zitterten so, daß meine Zähne hörbar klapperten. Ganz mechanisch verließ ich mit der Menge das Bahnhofsgebäude, nahm eine Droschke, stieg ein und fuhr in meine Wohnung. Aus dem Wagen blickte ich auf die wenigen Fußgänger und Nachtwächter in den Straßen, auf die Schatten, die die Laternenpfähle und mein Wagen bald vorne, bald hinten warfen, und dachte an nichts. Als ich etwa eine halbe Werst gefahren war, fühlte ich, daß meine Füße kalt geworden waren, und ich erinnerte mich, daß ich im Eisenbahnwagen die wollenen Überstrümpfe ausgezogen und in die Reisetasche gesteckt hatte. Wo war denn die Tasche geblieben? Ich hatte sie doch mit? Richtig, da lag sie! Und wo war der Koffer? Mir fiel ein, daß ich ganz vergessen hatte, das große Gepäck abzuholen, aber nachdem ich schon den Gepäckschein aus der Tasche gezogen hatte, entschied ich, es lohne sich nicht, deswegen umzukehren, und fuhr weiter.

So sehr ich mich auch bemühe – ich kann mich nicht auf meinen damaligen Seelenzustand besinnen. Was ich dachte, was ich wollte, weiß ich nicht mehr. Ich erinnere mich nur noch, daß ich deutlich das Bewußtsein hatte, es sei etwas Furchtbares und für mein Leben höchst Wichtiges im Gange. Ob dieses Bewußtsein nun daher kam, weil ich so dachte oder weil ich wirklich etwas ahnte, das weiß ich nicht. Vielleicht auch haben nach dem, was geschehen ist, alle vorhergegangenen Augenblicke in meiner Erinnerung diese finstere Färbung angenommen. Der Wagen hielt vor meiner Wohnung. Es war fast ein Uhr nachts. Ein paar Droschken hielten vor dem Hause, dessen erleuchtete Fenster erwarten ließen, daß bald jemand herauskommen und einen Wagen verlangen würde. Das Licht kam aus den Fenstern meiner Wohnung, dem Saal und dem Wohnzimmer. Ohne über die Frage nachzudenken, warum in unseren Fenstern so spät noch Licht sei, ging ich mit demselben Gefühl der Erwartung von etwas Furchtbarem die Treppe hinauf und klingelte. Der Diener, ein gutmütiger, fleißiger und sehr dummer Alter namens Jegor, machte mir auf. Das erste, was mir in die Augen fiel, war ein Herrenmantel, der im Vorzimmer am Kleiderständer hing. Ich hätte darüber erstaunt sein müssen, aber ich wunderte mich nicht, denn ich hatte das erwartet. ›Es stimmt!‹ sagte ich mir, als ich Jegor gefragt hatte, wer der Gast sei, und er Truchatschewskij nannte. Ich fragte ihn, ob noch jemand da sei. Er verneinte. Ich erinnere mich, daß er das mit einem Tonfall sagte, als wollte er mich damit erfreuen und meine Zweifel, daß noch jemand da sein könnte, endgültig zerstreuen. ›So, so –‹ sagte ich halb für mich. ›Und die Kinder?‹ – ›Die sind gottlob wohlauf. Sie schlafen schon lange.‹

Ich konnte nicht Atem holen, konnte den klappernden Kinnbacken nicht zum Stillstand bringen. ›Es ist also doch nicht so, wie ich gedacht hatte. Früher hatte ich gedacht, es wäre ein Unglück, und dann erwies es sich, daß alles gut war, wie es immer gewesen ist. Jetzt aber ist es nicht so, wie es gewesen ist; jetzt ist alles eingetroffen, was ich mir vorgestellt hatte; ich hatte immer geglaubt, ich stellte mir das bloß vor, und nun ist es wirklich so. Nun ist alles in Erfüllung gegangen...‹

Ich wäre fast in Tränen ausgebrochen, aber sofort flüsterte der Teufel mir zu: ›Weine nur, spiele den Empfindsamen, und inzwischen gehen sie ruhig auseinander, du hast keine Beweise und kannst dich dein Leben lang quälen und zweifeln.‹ Und sofort war meine Rührung verschwunden; an ihre Stelle trat ein seltsames Gefühl – Sie werden es nicht glauben! –, ein Gefühl der Freude, daß meine Qual nun ein Ende

haben mußte, daß ich sie strafen, mich von ihr befreien, meiner Wut freien Lauf lassen konnte. Und ich ließ meiner Wut freien Lauf – ich wurde ein Tier, ein wildes und schlaues Tier. ›Laß nur, laß‹, sagte ich zu Jegor, der ins Wohnzimmer gehen wollte, ›ich brauche dich zu etwas anderem: nimm sofort eine Droschke und fahr zum Bahnhof... da ist mein Gepäckschein, bring mir meinen Koffer. Vorwärts!‹ Er ging durch den Korridor seinen Mantel holen. Aus Furcht, daß er sie aufschrecken könnte, begleitete ich ihn bis zu seiner Kammer und wartete, bis er sich angezogen hatte. Aus dem Wohnzimmer, das durch ein zweites Zimmer von dem Korridor getrennt war, drang das Klappern von Tellern und Messern herüber. Sie waren beim Essen und hatten mein Klingeln nicht gehört. ›Wenn sie nur jetzt nicht herauskommen‹, dachte ich. Jegor hatte seinen Mantel mit dem Astrachankragen angezogen und kam aus seiner Kammer. Ich ließ ihn hinaus und schloß hinter ihm ab. Mir wurde unheimlich zumute, als ich mir bewußt wurde, daß ich nun ganz allein geblieben war und sofort handeln mußte. Wie – das wußte ich noch nicht. Ich wußte nur, daß jetzt alles zu Ende war, daß an ihrer Schuld nicht mehr zu zweifeln war, daß ich sie gleich strafen und mein Verhältnis zu ihr für immer lösen würde.
Früher hatte ich noch Zweifel gehabt, ich hatte mir gesagt: ›Vielleicht ist das gar nicht wahr; vielleicht täusche ich mich.‹ Jetzt war das aber nicht mehr der Fall. Alles war unwiderruflich entschieden. Nachts mit ihm allein, hinter meinem Rücken! Das hieß doch schon sich über alles hinwegsetzen! Oder noch schlimmer: diese Frechheit, diese Kühnheit des Verbrechens entsprang der Absicht, die Frechheit selbst als Beweis für die Harmlosigkeit und Unschuld des Verhältnisses auszunutzen. Es war alles klar, kein Zweifel mehr möglich. Ich fürchtete nur eines: daß sie rechtzeitig auseinandergehen, daß sie einen neuen Betrug ersinnen und mich so der Möglichkeit berauben könnten, ihre Schuld un-

widerleglich zu beweisen. Und um sie schneller zu überraschen, ging ich auf Zehenspitzen in den Saal, wo sie aßen, aber nicht durch das Wohnzimmer, sondern durch den Korridor und die Kinderstuben.

In der ersten Kinderstube schliefen die Knaben. In der zweiten Kinderstube regte sich die Wärterin und war nahe daran aufzuwachen. Ich stellte mir vor, was sie denken würde, wenn sie alles erfahren hätte, und bei dem Gedanken ergriff mich ein so starkes Mitleid mit mir selbst, daß ich mich der Tränen nicht erwehren konnte. Um die Kinder nicht aufzuwecken, lief ich auf Zehenspitzen in den Korridor hinaus und von da in mein Arbeitszimmer, warf mich auf den Diwan und fing an zu schluchzen.

Ich, ein Ehrenmann, ich, der Sohn meiner Eltern, ich, der ich mein Leben lang vom Glück des Familienlebens geträumt hatte, ich, ein Gatte, der seiner Frau nie untreu geworden war… Und nun! Fünf Kinder hat sie – und umarmt den Musikanten, weil er rote Lippen hat!

Nein, das ist kein Mensch! Das ist eine Hündin, eine gemeine Hündin! Neben dem Zimmer ihrer Kinder, zu denen sie ihr Leben lang Liebe geheuchelt hat! Und sie konnte mir so schreiben, wie sie geschrieben hat, um sich ihm dann so frech an den Hals zu werfen! Ja, was weiß ich denn? Vielleicht war es die ganze Zeit so? Vielleicht hat sie alle die Kinder, deren Vater ich zu sein glaubte, von unseren verschiedenen Lakaien?

Und morgen wäre ich angekommen, und sie wäre mir mit ihrer Frisur, mit ihrer Taille, ihren trägen, graziösen Bewegungen (ich sah ihr ganzes reizvolles, verhaßtes Gesicht deutlich vor mir) entgegengegangen – und das wilde Tier der Eifersucht säße für alle Zeit in meinem Herzen und würde es zerfleischen. Was wird die Kinderfrau denken… und Jegor… Und die arme Lisa! Die hat ja schon etwas begriffen. Und diese Frechheit, diese Verlogenheit, diese tierische Sinnlichkeit, die ich so gut kenne!

Ich wollte aufstehen und konnte nicht. Mein Herz schlug so heftig, daß ich nicht auf den Füßen stehen konnte. Ich sterbe am Schlage. Sie ist meine Mörderin. Aber das will sie ja haben. Was kommt es ihr auf einen Mord an? Aber nein, das wäre ja vorteilhaft für sie, dieses Vergnügen mache ich ihr nicht. Ja, hier sitze ich, und dort drüben essen sie und lachen, und… Ja, wenn sie auch nicht mehr ganz frisch war, hat er sie doch nicht verschmäht; sie ist doch eine hübsche Person, und vor allem droht ihm hier keine Gefahr für seine kostbare Gesundheit. ›Warum habe ich sie damals nicht erwürgt?‹ fragte ich mich, in Erinnerung an den Augenblick, wo ich sie vor einer Woche aus meinem Zimmer gejagt und dann die Sachen von meinem Schreibtisch auf den Boden geworfen hatte. Ich vergegenwärtigte mir lebhaft den Zustand, in dem ich mich damals befunden hatte; es war keine bloße Erinnerung mehr, ich empfand dasselbe Bedürfnis zu schlagen, zu zerstören, das ich damals empfunden hatte. Ich weiß noch, daß mich damals ein lebhafter Drang erfaßte zu handeln, und alle anderen Erwägungen außer denen, die sich auf die Tat bezogen, waren verschwunden. Ich war in den Zustand geraten, in dem sich ein Tier oder ein Mensch unter der Einwirkung der physischen Erregung angesichts der Gefahr befindet. Der Mensch handelt dann sicher, ohne Hast, aber auch ohne eine Minute zu verlieren, alles dem einen Ziel unterordnend.«

27

»Das erste, was ich tat, war, daß ich meine Stiefel auszog und in bloßen Strümpfen vor die Wand trat, an der über dem Diwan meine Gewehre und Dolche hingen. Ich nahm einen krummen Damaszenerdolch, der nie gebraucht und sehr scharf war, und zog ihn aus der Scheide. Die Scheide fiel hinter den Diwan, und ich erinnere mich noch, daß ich zu mir selbst sagte: ›Ich muß sie später aufheben, sonst geht sie verloren.‹

Dann nahm ich den Mantel ab, den ich noch immer anhatte, und ging mit leisen Schritten, auf Strümpfen, dorthin.
Ich schlich ganz leise bis zur Tür und riß sie mit einem Ruck auf.
Ich kann mich des Ausdrucks ihrer Gesichter noch deutlich erinnern. Die Erinnerung ist mir geblieben, weil dieser Ausdruck mir eine qualvolle Freude bereitete. Es war der Ausdruck des Entsetzens. Und eben das wollte ich haben. Ich vergesse nie mehr den Ausdruck verzweifelten Entsetzens, der in der ersten Sekunde auf beiden Gesichtern erschien, als sie mich erblickten. Er hatte, glaube ich, am Tisch gesessen, aber als er mich sah oder hörte, sprang er auf und blieb mit dem Rücken zum Schrank stehen. Aus seinem Gesicht sprach nichts als das reinste, echteste Entsetzen. Ihr Gesicht trug denselben Ausdruck des Entsetzens, dazu kam aber noch etwas anderes. Wäre es nur Entsetzen gewesen, so wäre das, was geschah, vielleicht nicht geschehen. Aber ihr Gesicht zeigte – wenigstens schien es mir im ersten Augenblick so – auch noch Betrübnis, Unzufriedenheit darüber, daß man sie in ihrem Liebesgenuß, in ihrem Glück mit ihm gestört hatte. Sie schien nichts weiter zu wünschen, als in ihrem Glück ungestört zu sein. Dieser wie jener Ausdruck hielt sich nur einen Augenblick auf ihren Gesichtern. An Stelle des Entsetzens trat bei ihm sofort die Frage: Kann man lügen oder nicht? Wenn ja, so muß es sofort geschehen. Wenn nicht, dann fängt etwas ganz anderes an. Aber was? Er sah sie fragend an. Der Ausdruck von Ärger und Betrübnis war aus ihrem Gesicht verschwunden, sie machte sich Sorgen um ihn. So schien es mir wenigstens, als ich sah, wie sie ihn anblickte.
Ich blieb einen Augenblick in der Tür stehen, den Dolch hinter dem Rücken haltend.
In diesem Augenblick lächelte er und begann in einem geradezu lächerlich gleichmütigen Ton: ›Wir haben ein wenig musiziert …‹

›Das ist aber eine Überraschung!‹ fing sie zu gleicher Zeit an, seinen Ton aufnehmend. Aber weder er noch sie konnte zu Ende reden: dieselbe rasende Wut, die mich vor einer Woche ergriffen hatte, kam jetzt von neuem über mich. Wieder empfand ich den Drang zu zerstören, Gewalt zu üben, mich an meiner Wut zu berauschen, und ich gab ihm nach.
Sie konnten beide nicht zu Ende sprechen. Es kam das andere, das er gefürchtet hatte, das alles hinfällig machte, was sie hatten sagen wollen. Ich stürzte auf sie los, immer noch den Dolch versteckt haltend, damit er mich nicht hindern könnte, sie in die Seite unter der Brust zu treffen. Ich hatte von vornherein diese Stelle ausersehen. In dem Augenblick, da ich auf sie losstürzte, sah er den Dolch und – ich hätte das nie und nimmer von ihm erwartet – packte meine Hand und schrie: ›Was tun Sie? Kommen Sie zu sich!... Leute!‹
Ich riß meine Hand los und stürzte schweigend auf ihn zu. Unsere Blicke begegneten sich, er wurde plötzlich ganz bleich wie ein Leintuch, sogar die Lippen, seine Augen blitzten seltsam, und – auch das hatte ich nicht erwartet – er schlüpfte unter den Flügel und zur Tür hinaus. Ich wollte ihm nach, aber an meinem linken Arm hing eine schwere Last. Das war sie. Ich wollte mich losreißen. Sie klammerte sich noch fester an mich und gab mich nicht frei. Diese unerwartete Störung, die Schwere ihres Körpers und ihre Berührung, die mich mit Ekel erfüllte, brachten mich noch mehr auf. Ich fühlte, daß ich ganz rasend war und furchtbar sein mußte, und das freute mich. Ich holte mit aller Kraft mit dem linken Arm aus und traf sie mit dem Ellbogen gerade ins Gesicht. Sie schrie auf und ließ meinen Arm los. Ich wollte zuerst hinter ihm her laufen, dann aber kam mir zum Bewußtsein, wie lächerlich es aussehen würde, wenn ich dem Liebhaber meiner Frau auf Strümpfen nachliefe. Ich wollte aber nicht lächerlich sein, ich wollte schrecklich sein. Trotz der wilden Raserei, die mich erfaßt hatte, dachte ich die ganze Zeit daran, was für einen Eindruck ich auf die an-

deren machte, und dieser Eindruck bedingte zum Teil mein Handeln. Ich drehte mich nach ihr um. Sie war auf die Chaiselongue gefallen, hielt die Hand über die Augen, die mein Ellbogen getroffen hatte, und sah mich an. Auf ihrem Gesicht malte sich Angst und Haß gegen mich, gegen den Feind, wie bei einer Ratte, wenn man die Falle aufhebt, in die sie geraten ist. Ich wenigstens sah nichts in ihr außer dieser Angst und dem Haß gegen mich. Es war dieselbe Angst und derselbe Haß, die die Liebe zu einem andern in ihr wecken mußten. Und doch hätte ich mich vielleicht bezwungen und nicht getan, was ich tat, wenn sie geschwiegen hätte. Aber sie fing plötzlich an zu reden und ergriff meine Hand, die immer noch den Dolch hielt.

›Komm zu dir! Was willst du? Was ist dir? Es ist nichts, nichts, nichts... Ich schwöre es dir!‹

Ich hätte vielleicht noch gezögert, aber diese letzten Worte, aus denen ich das Gegenteil schloß, das heißt daß alles wirklich war, heischten Antwort. Und die Antwort mußte der Stimmung entsprechen, in die ich mich gebracht hatte, die sich crescendo entwickelte und sich immer weiter entwikkeln mußte. Auch die Raserei hat ihre Gesetze.

›Lüge nicht, Dirne!‹ schrie ich und packte mit der linken Hand ihren Arm, aber sie riß sich los. Da packte ich sie, ohne den Dolch loszulassen, mit der linken Hand an der Kehle, warf sie auf den Boden und fing an sie zu würgen. Was sie für einen harten Hals hatte... Sie klammerte sich mit beiden Händen an meine Arme und suchte sie von ihrer Kehle wegzureißen; auf diesen Moment aber hatte ich wohl nur gewartet, denn nun stieß ich ihr mit aller Kraft den Dolch in die linke Seite, unterhalb der Rippen.

Wenn manche Leute sagen, sie wüßten in der Raserei nicht, was sie tun, so ist das Unsinn und Lüge. Ich war mir meines Tuns völlig bewußt und vergaß mich auch nicht eine Sekunde lang. Je heißer ich meine Wut anfachte, desto heller leuchtete in mir das Licht des Bewußtseins, und ich konnte

in seinem Schein alles sehen, was ich tat. Jede Sekunde wußte ich, was ich tat. Ich will nicht behaupten, daß ich vorher gewußt hätte, was ich tun würde; aber in dem Augenblick, wo ich es tat, sogar ganz kurz vorher, war ich mir meines Tuns bewußt, wohl – so möchte ich fast sagen – damit ich es später bereuen könnte, damit ich mir sagen könnte, daß ich hätte haltmachen können. Ich wußte, daß ich sie unterhalb der Rippen traf und daß der Dolch ins Fleisch eindringen würde. In dem Augenblick, als ich es tat, wußte ich, daß ich etwas Entsetzliches tat, etwas, was ich noch nie getan hatte und was entsetzliche Folgen haben mußte. Aber diese Erkenntnis zuckte nur auf wie ein Blitz, und auf die Erkenntnis folgte sofort die Tat. Der Tat war ich mir mit außerordentlicher Klarheit bewußt. Ich fühlte deutlich einen Augenblick den Widerstand, den das Korsett und noch irgend etwas dem Dolch bot, und dann das Eindringen der Spitze in etwas Weiches. Sie griff mit den Händen nach dem Dolch, schnitt sie sich blutig, konnte aber die Waffe nicht aufhalten.
Ich habe später, im Gefängnis, als die sittliche Wandlung in mir vorgegangen war, lange über diesen Augenblick nachgedacht, mir alles, soweit es möglich war, ins Gedächtnis zurückgerufen und überlegt. Ich erinnere mich, wie ich einen Augenblick, aber nur den einen kurzen Augenblick vor der Tat, das furchtbare Bewußtsein hatte, daß ich morde, daß ich ein Weib morde, ein wehrloses Weib, mein Weib! Ich erinnere mich des Grauens, das mich bei dieser Erkenntnis erfaßte, und daraus schließe ich und glaube mich sogar dunkel daran erinnern zu können, daß ich, gleich nachdem ich den Dolch hineingestoßen hatte, ihn wieder herauszog, um das Geschehene vielleicht noch gutzumachen, um mir selbst Einhalt zu gebieten. Ich stand eine Sekunde unbeweglich da, in Erwartung dessen, was nun geschehen würde, ob man es noch gutmachen könnte.
Sie sprang auf und schrie: ›Nianja![1] Er hat mich ermordet!‹

1. Kinderfrau.

Die Kinderfrau, die den Lärm schon gehört hatte, stand in der Tür. Ich stand noch immer da, wartete und konnte es nicht glauben. Da aber strömte das Blut unter dem Korsett hervor. Nun erst begriff ich, daß es nicht mehr gutzumachen war, und kam sofort zu dem Schluß, daß es auch gar nicht nötig wäre, daß ich doch gerade dieses gewünscht hätte und daher auch gar nicht anders hätte handeln können. Ich wartete noch ab, bis sie hinfiel und die Kinderfrau mit dem Ruf: ›Herr Gott im Himmel!‹ auf sie zulief. Dann erst warf ich den Dolch fort und verließ das Zimmer.

›Jetzt keine Aufregung; ich muß wissen, was ich tue‹, sagte ich zu mir, ohne sie und die Kinderfrau anzusehen. Die Kinderfrau schrie und rief nach dem Stubenmädchen. Ich ging durch den Korridor, schickte das Stubenmädchen zu ihr und ging in mein Zimmer. ›Was habe ich jetzt zu tun?‹ fragte ich mich und begriff sofort, was zu tun sei. Als ich das Zimmer betreten hatte, ging ich auf die Wand zu, nahm den Revolver herunter, untersuchte ihn – er war geladen – und legte ihn auf den Tisch. Dann holte ich die Scheide des Dolches unter dem Diwan hervor und setzte mich auf den Diwan.

Lange saß ich so, ohne zu denken, ohne mich um etwas zu kümmern. Ich hörte, wie man drüben unruhig hin und her lief. Ich hörte, wie jemand von draußen kam, dann noch jemand. Dann hörte und sah ich, wie Jegor meinen Reisekoffer zu mir ins Zimmer brachte. Als ob jemand den noch brauchte!

›Hast du gehört, was geschehen ist?‹ fragte ich. ›Sage dem Hausknecht, er soll es der Polizei melden.‹

Er sagte kein Wort und ging hinaus. Ich stand auf, schloß die Tür, griff nach Zigaretten und Streichhölzern und fing an zu rauchen. Ich hatte meine Zigarette noch nicht ausgeraucht, als mich plötzlich der Schlaf übermannte. Ich fiel platt auf den Diwan und schlief zwei Stunden. Ich weiß noch, daß ich träumte, ich wäre wieder gut Freund mit ihr, wir hätten uns gezankt und versöhnt, irgend etwas stände zwar noch zwischen uns, aber im ganzen wäre unser Verhältnis doch sehr freundschaftlich. Ein Klopfen an der Tür weckte mich. ›Das ist die Polizei‹, dachte ich im Erwachen. ›Ich habe doch, glaube ich, einen Mord begangen. Aber vielleicht war *sie* es auch, und es ist gar nichts gewesen.‹ Es wurde wieder geklopft. Ich antwortete nicht und grübelte über die Frage nach: ›Ist es geschehen oder nicht? Ja, es ist geschehen!‹ Ich erinnerte mich, wie das Korsett Widerstand geleistet hatte, wie das Messer eindrang, und es lief mir eiskalt über den Rücken. ›Ja, es ist geschehen! Ja, ja! Und nun muß ich auch mich...‹ sagte ich zu mir. Aber ich wußte schon, daß ich mich nicht töten würde. Dennoch stand ich auf und nahm wieder den Revolver zur Hand. Aber seltsam! Ich erinnere mich, wie ich früher oft nahe daran war, Selbstmord zu begehen, wie mir heute noch im Eisenbahnwagen der Entschluß leicht vorgekommen war, leicht, weil ich dachte, sie damit zu überraschen. Jetzt war ich nicht nur außerstande, mich zu töten, sondern auch nur daran zu denken. ›Wozu sollte ich es tun?‹ fragte ich mich und fand keine Antwort. Es wurde wieder an die Tür geklopft. ›Erst muß ich wissen, wer da klopft. Ich habe noch Zeit.‹ Ich legte den Revolver auf den Tisch und bedeckte ihn mit einem Zeitungsblatt. Ich ging zur Tür und schloß auf. Es war die Schwester meiner Frau, eine gutmütige dumme Witwe.

›Wasja! Was ist geschehen?‹ fragte sie, und die Tränen, die sie stets bereit hatte, flossen über ihre Wangen.

›Was willst du?‹ fuhr ich sie an. Ich sah ein, daß es gar keinen Zweck hatte, grob gegen sie zu sein, aber ich konnte ihr gegenüber keinen andern Ton finden.

›Wasja, sie stirbt! Iwan Sacharowitsch hat es gesagt!‹

Iwan Sacharowitsch war der Doktor, ihr Hausarzt und Ratgeber.

›Ist er denn hier?‹ fragte ich, und meine ganze Erbitterung gegen sie stieg wieder in mir auf. ›Und was weiter?‹

›Wasja, geh zu ihr! Ach, es ist entsetzlich!‹ sagte sie. ›Zu ihr gehen?‹ fragte ich mich. Und ich antwortete sofort, daß ich wohl gehen müßte. Es wäre wohl allgemein so Brauch, daß der Mann, der seine Frau ermordet hat, zu ihr gehen muß. ›Wenn das so Brauch ist, muß ich gehen‹, sagte ich mir. ›Und wenn es nötig sein sollte, kann ich es ja immer noch tun‹, dachte ich über meine Absicht, mich zu erschießen. Ich folgte also meiner Schwägerin. ›Nun wird es Phrasen und Grimassen geben, aber ich lasse mich nicht betören‹, sagte ich zu mir selbst.

›Warte einen Augenblick‹, sagte ich zu der Schwägerin, ›es wäre lächerlich, auf Strümpfen zu gehen, ich muß wenigstens Pantoffeln anziehen.‹«

28

»Und wie sonderbar! Als ich aus meinem Zimmer trat und durch die wohlbekannten Räume ging, kam mir wieder die Hoffnung, daß nichts geschehen wäre. Doch der Geruch dieser medizinischen Schweinereien – Jodoform, Karbol – überraschte mich. Nein, es war alles wirklich geschehen. Als ich durch den Korridor an der Kinderstube vorbeiging, sah ich Lisa. Sie blickte mich mit erschrockenen Augen an. Es schien mir sogar, als wären alle fünf Kinder da und starrten mich an. Ich ging bis zur Tür, das Dienstmädchen öffnete mir von innen und ging hinaus. Das erste, was mir ins Auge fiel, war ihr über einen Stuhl geworfenes hellgraues Kleid, das vom Blut ganz schwarz geworden war. Auf unserem zweischläfrigen Bett, sogar auf meinem Bett, an das man bequemer herankam, lag sie mit hochgezogenen Knien. Sie lag sehr flach nur auf den Kissen in einer aufgeknöpften Nachtjacke. Auf die Wunde war irgend etwas gelegt. Das Zimmer war von schwerem Jodoformgeruch erfüllt. Vor allem und am stärksten überraschte mich ihr angeschwollenes Gesicht und die blauen Flecken über der Nase und unter den Augen. Das war eine Folge meines Stoßes mit dem Ellbogen, als sie mich zurückhalten wollte. Von Schönheit keine Spur, vielmehr war etwas Widerwärtiges an ihr, das mich abstieß. Ich blieb an der Schwelle stehen. ›Komm nur näher, komm nur zu ihr!‹ sagte meine Schwägerin. ›Sie will wohl Buße tun‹, dachte ich. ›Soll ich ihr vergeben? Ja, sie stirbt, und ich kann ihr vergeben‹, dachte ich, bemüht, den Großmütigen zu spielen. Ich trat dicht an sie heran. Sie hob mit Mühe die Augen zu mir auf, von denen eins ganz blauumrändert war, und sagte mühsam und stockend:

›Du hast es erreicht, hast mich ermordet.‹ Und aus ihrem Gesicht leuchtete durch den körperlichen Schmerz und sogar durch das Bewußtsein des nahen Todes der alte, mir so wohlbekannte, kalte, tierische Haß hindurch. ›Die Kinder... sollst du aber doch nicht haben... Sie (ihre Schwester) wird sie zu sich nehmen.‹

Von dem aber zu reden, was für mich die Hauptsache war, von ihrer Schuld, ihrem Treubruch, schien ihr überflüssig.

›Ja, weide dich an dem Anblick deiner Tat!‹ sagte sie, sah nach der Tür und schluchzte. In der Tür stand ihre Schwester mit den Kindern. ›Da, sieh, was du getan hast!‹

Ich sah auf die Kinder, auf ihr Gesicht mit den blutunterlaufenen Stellen, und zum ersten Mal vergaß ich mich, meine Rechte, meinen Stolz, zum ersten Mal sah ich in ihr den Menschen. Und so gering erschien mir alles, was mich gekränkt hatte, meine ganze Eifersucht, und so bedeutend das, was ich getan hatte, daß ich mein Antlitz an ihre Hand pressen und sie um Vergebung bitten wollte – aber ich wagte es nicht.

Sie hatte die Augen geschlossen und schwieg, weil sie offenbar nicht mehr imstande war zu reden. Dann begann ihr entstelltes Gesicht zu zucken und sich zusammenzuziehen. Sie stieß mich schwach zurück.

›Wozu das alles? Wozu?‹

›Vergib mir!‹ sagte ich.

›Vergeben? Das ist alles Unsinn!... Nur nicht sterben!‹ schrie sie, richtete sich auf, und ihre fieberglänzenden Augen starrten mich an. ›Ja, du hast es erreicht!... Ich hasse dich!... Oh! Ach!‹ schrie sie, wie vor etwas zurückschreckend, augenscheinlich schon im Fieber phantasierend. ›Nun töte mich, töte mich doch! Ich fürchte mich nicht... Alle, alle, auch ihn. Er ist fort, er ist fort!‹

Sie hatte schon die ganze Zeit phantasiert. Sie erkannte keinen mehr. Noch am selben Tage, gegen Mittag, starb sie. Mich hatte man schon früher, um acht Uhr, auf die Polizeiwache und ins Gefängnis gebracht. Dort saß ich elf Monate in Erwartung des Prozesses, überdachte meine ganze Vergangenheit und begriff sie. Zum ersten Mal dämmerte mir das Verständnis am dritten Tage nach der Tat, als man mich zu ihr führte...«

Er wollte etwas sagen, stockte aber, weil er das Schluchzen nicht mehr unterdrücken konnte. Als er sich einigermaßen gefaßt hatte, fuhr er fort.

»Ich begann es erst zu begreifen, als ich sie im Sarg sah.«

Er schluchzte auf, redete aber sofort hastig weiter.

»Erst als ich ihr totes Gesicht sah, begriff ich, was ich getan hatte. Ich begriff, daß ich, ich sie ermordet hatte, daß ich die Ursache war, daß sie lebendig, beweglich, warm gewesen war und nun starr, wächsern, kalt geworden war und daß das nie, nirgends, durch nichts gutgemacht werden konnte. Wer das nicht erlebt hat, kann es nicht begreifen... Hu! Hu! Hu!« rief er ein paarmal und verstummte...

Wir saßen lange Zeit schweigend da. Er schluchzte und zuckte krampfhaft, schwieg aber. Sein Gesicht war lang und schmal geworden, und der Mund füllte die ganze Breite des Gesichts aus.

»Ja«, sagte er endlich, »hätte ich gewußt, was ich jetzt weiß, so wäre alles ganz anders gekommen. Ich hätte sie um nichts in der Welt geheiratet... hätte überhaupt nicht geheiratet.«

Wieder schwiegen wir lange.

»Verzeihen Sie ...« Er drehte mir den Rücken zu, legte sich auf die Bank und deckte sich mit einem Plaid zu. Vor der Station, auf der ich aussteigen mußte – es war gegen acht Uhr morgens –, trat ich zu ihm heran, um mich von ihm zu verabschieden. Ob er nun schlief oder bloß so tat, jedenfalls lag er regungslos da. Ich berührte ihn mit der Hand. Er schob die Decke zurück, und nun sah ich, daß er nicht geschlafen hatte.

»Leben Sie wohl!« sagte ich und reichte ihm die Hand. Er ergriff meine Hand und lächelte schwach, aber so kläglich, daß ich hätte weinen können.

»Ja, verzeihen Sie!« wiederholte er die Worte, mit denen er seine Erzählung beendet hatte.

DER TEUFEL

Ich aber sage euch: Wer ein Weib ansieht, ihrer zu begehren, der hat schon mit ihr die Ehe gebrochen in seinem Herzen.
Ärgert dich aber dein rechtes Auge, so reiß es aus und wirfs von dir. Es ist dir besser, daß eins deiner Glieder verderbe und nicht der ganze Leib in die Hölle geworfen werde.
Ärgert dich deine rechte Hand, so haue sie ab und wirf sie von dir. Es ist dir besser, daß eins deiner Glieder verderbe und nicht der ganze Leib in die Hölle geworfen werde. Matthäus 5, 28–30

Jewgenij Irtenew konnte auf eine glänzende Laufbahn hoffen. Er besaß alles, was dazu erforderlich ist. Er hatte eine vorzügliche häusliche Erziehung genossen, hatte die juristische Fakultät der Universität Petersburg glänzend absolviert, hatte von seinem kürzlich verstorbenen Vater her ausgezeichnete Beziehungen zur vornehmsten Gesellschaft und hatte sich schon bei seinen ersten Schritten im Staatsdienst der besonderen Gunst des Ministers erfreuen können. Auch Vermögen besaß er, und zwar ein sehr großes, wenn auch nicht ganz sichergestelltes Vermögen. Der Vater hatte abwechselnd im Ausland und in Petersburg gelebt und seinen beiden Söhnen – Jewgenij und dem älteren, Andrej, der bei der Gardekavallerie war – je sechstausend Rubel jährlich zur Verfügung gestellt; er selbst hatte mit der Mutter auch auf sehr großem Fuße gelebt. Nur im Sommer war er für zwei Monate auf das Gut gekommen, hatte sich aber selbst nicht mit der Wirtschaft befaßt, sondern alles dem Inspektor überlassen, der auf dem Gut dick und faul geworden war

und sich um nichts kümmerte, aber das volle Vertrauen des Herrn genoß.
Nach dem Tode des Vaters, als die Brüder das Erbe teilen wollten, stellte sich heraus, daß die Schulden ungeheuer waren, und der Anwalt riet den Brüdern sogar, auf das Erbe ganz zu verzichten und nur das Gut der Großmutter zu behalten, das auf hunderttausend Rubel geschätzt wurde. Aber sein Nachbar, ein Gutsbesitzer, der mit dem alten Irtenew allerlei Geschäfte gehabt hatte, das heißt einen Wechsel von ihm besaß, und deswegen nach Petersburg gekommen war, sagte ihm, daß er trotz der Verschuldung die Verhältnisse regeln und noch ein großes Vermögen zurückbehalten könnte: er solle nur den Wald und einen Teil des Ödlandes verkaufen, dagegen müsse er Semjonowskoje, die ›Goldgrube‹ mit ihren viertausend Deßjatinen besten Ackerlandes, der Zuckerfabrik und zweihundert Deßjatinen Wiesenland im Überschwemmungsgebiet, behalten, sich auf dem Land niederlassen und sich ganz der Bewirtschaftung des Gutes widmen, die mit Umsicht und Sparsamkeit zu betreiben wäre.
Und so fuhr Jewgenij im Frühling (sein Vater war in der Passionswoche gestorben) auf seine Güter, besichtigte alles und beschloß aus dem Staatsdienst auszuscheiden, sich mit seiner Mutter auf dem Lande niederzulassen und seinen Besitz selbst zu verwalten, um wenigstens das größte Gut nicht zu verlieren. Mit seinem Bruder, mit dem er sich nicht sehr gut verstand, kam er folgendermaßen überein: er verpflichtete sich, ihm jährlich viertausend Rubel oder achtzigtausend Rubel auf einmal zu zahlen, woraufhin der Bruder auf seinen Erbanteil verzichtete.
So geschah es denn auch. Er ließ sich mit seiner Mutter in dem großen Herrenhaus nieder und begann sein Gut mit Eifer, aber zugleich vorsichtig und bedächtig, zu bewirtschaften.
Gewöhnlich meint man, alte Leute seien konservativ und

alle Neuerungen gingen von den Jungen aus. Das trifft aber nicht immer zu. Die eigentlichen Konservativen sind die jungen Leute, die leben möchten, aber nicht darüber nachdenken oder keine Zeit haben, darüber nachzudenken, wie man eigentlich leben muß, und die sich daher die Lebensweise früherer Zeiten zum Vorbild nehmen.

So war es auch mit Jewgenij. Als er sich auf dem Lande niederließ, waren sein Traum und sein Ideal, jene Lebensweise wiederzuerwecken, die nicht unter seinem Vater, denn der war ein schlechter Gutsherr gewesen, aber unter seinem Großvater geherrscht hatte. Und so bemühte er sich jetzt, im Hause, im Garten, in der Wirtschaft – natürlich mit gewissen, durch die neue Zeit bedingten Abweichungen – den Geist der Großvaterzeit wieder heraufzubeschwören: alles auf großem Fuß, überall Zufriedenheit, Ordnung und Wohlstand; aber um dieses Ziel zu erreichen, bedurfte es sehr vieler Arbeit. Die Forderungen der Gläubiger und der Banken mußten befriedigt werden, und darum mußte ein Teil des Landes verkauft und die Zahlungen mußten gestundet werden. Er mußte Geld beschaffen, um die große Wirtschaft in Semjonowskoje mit den vierhundert Deßjatinen Ackerland und der Zuckerfabrik aufrechtzuerhalten, zum Teil mit fest angestellten Arbeitern, zum Teil mit Tagelöhnern; er mußte auch Haus und Garten instand halten und vor Verfall bewahren.

Arbeit gab es viel, aber Jewgenij fühlte sich auch stark genug dazu, körperlich wie geistig. Er war sechsundzwanzig Jahre alt, mittelgroß, kräftig gebaut, mit strammen, durch fleißige Turnübungen gut entwickelten Muskeln, ein Sanguiniker mit roten Backen und Lippen, blanken Zähnen und nicht sehr dichtem, weichem, leicht gelocktem Haar. Sein einziger körperlicher Fehler war seine Kurzsichtigkeit, die er durch zu frühes Brillentragen zum Teil selbst verschuldet hatte; ohne Kneifer konnte er jetzt überhaupt nicht mehr auskommen, und an seinen beiden Nasenflügeln waren bereits die

Rillen deutlich sichtbar, die der Kneifer eingedrückt hatte. So war er körperlich beschaffen; seine geistige Physiognomie aber war so, daß jeder, der ihn näher kennenlernte, ihn liebgewinnen mußte. Seine Mutter hatte ihn immer über alles geliebt; jetzt, nach dem Tode ihres Gatten, widmete sie ihm nicht nur ihre ganze Zärtlichkeit, sondern ihr ganzes Leben. Aber nicht nur die Mutter hatte ihn lieb. Seine Kameraden in der Schule und auf der Universität liebten ihn nicht nur, sondern achteten ihn auch. Und so wirkte er auch auf Fremde. Wenn er etwas sagte, mußte man ihm glauben. Jeder Betrug schien bei diesem offenen, ehrlichen Gesicht, vor allem aber diesen Augen ausgeschlossen.

Seine persönlichen Eigenschaften halfen ihm auch bei der Regelung seiner Angelegenheiten. Gläubiger, die jeden anderen abgewiesen hätten, vertrauten ihm. Der Gutsinspektor, der Schulze, ein Bauer, der einen anderen betrogen und ihm ein Bein gestellt hätte, dachte an nichts dergleichen, wenn er mit diesem gütigen, liebenswürdigen und vor allem offenen und ehrlichen Menschen zu tun hatte.

Es war Ende Mai. Jewgenij hatte in der Stadt die Sache so weit geregelt, daß das Ödland hypothekenfrei geworden war und an einen Unternehmer verkauft werden konnte. Bei demselben Unternehmer lieh Jewgenij dann Geld, um sein Inventar instand zu setzen, das heißt Pferde, Stiere, Wagen zu kaufen, vor allem aber um den Bau des Vorwerks in Angriff nehmen zu können. Alles kam gut in Gang. Bauholz wurde herbeigeschafft, die Zimmerleute waren schon eifrig bei der Arbeit, und der Dünger wurde auf achtzig Wagen hinausgefahren. Aber alles stand noch immer auf des Messers Schneide.

2

Zu all diesen Sorgen und Plagen kam nun noch ein Umstand, der an sich nicht gerade bedeutend war, Jewgenij aber doch viel zu schaffen machte. Er hatte in seiner Jugend so gelebt, wie alle jungen, gesunden, ledigen Männer leben, das heißt, er hatte Beziehungen zu Frauen aller Art gehabt. Er war kein liederlicher Mensch, aber er war auch, wie er zu sich selbst sagte, kein Mönch. Er gab sich mit solchen Dingen nur so weit ab, als es für sein körperliches Wohlbefinden und seine geistige Freiheit nötig war, wie er selbst behauptete. Das hatte in seinem sechzehnten Lebensjahr angefangen und war bisher ganz glatt gegangen. Glatt in dem Sinne, als er nicht liederlich geworden, kein einziges Mal von einer wirklichen Leidenschaft erfaßt worden und nie erkrankt war. Anfangs hatte er in Petersburg eine Näherin, dann kam die Person auf Abwege, und er richtete sich anders ein. Diese Verhältnisse waren so geordnet, daß sie ihm keinerlei Sorge machten.

Nun war er aber schon bald zwei Monate auf dem Lande und wußte absolut nicht, was er machen sollte. Die unfreiwillige Enthaltsamkeit bekam ihm schlecht. Sollte er nun deswegen wirklich in die Stadt fahren? Und wohin? Wie? Das allein beunruhigte Jewgenij Iwanowitsch, und da er überzeugt war, daß er es unbedingt brauchte, so empfand er wirklich ein unbezwingliches Bedürfnis, fühlte sich nicht frei und sah unwillkürlich jedem jungen Frauenzimmer mit begehrlichen Blicken nach.

Er fand es nicht passend, sich eine Frau oder ein Mädchen aus seinem eigenen Dorf zu nehmen. Er wußte aus mancherlei Berichten, daß sowohl sein Vater als auch sein Großvater sich in dieser Beziehung völlig von den anderen Gutsbesitzern jener Zeit unterschieden hatten, daß sie im eigenen Hause sich in keinerlei Liebeleien mit Hörigen eingelassen hatten, und er hatte beschlossen, daß er es auch nicht anders halten wolle. Aber als er sich immer mehr gebunden fühlte und sich mit Entsetzen ausmalte, was er in dem kleinen Städtchen erleben könnte, kam er zu dem Schluß, daß die Sache auch hier erledigt werden könnte, zumal es sich ja nicht mehr um Leibeigene handele. ›Man muß es nur so machen, daß niemand etwas davon erfährt, und nicht aus Liederlichkeit, sondern aus Gesundheitsrücksichten‹, sagte er zu sich selbst. Und als er zu diesem Beschluß gekommen war, wurde er noch unruhiger; wenn er mit dem Schulzen, den Bauern, dem Zimmermann redete, lenkte er das Gespräch unwillkürlich auf die Weiber; kam es aber von selbst auf die Weiber, so suchte er möglichst lange bei diesem Thema zu bleiben. Und immer häufiger blieb sein Blick an den Weibern haften.

3

Aber sich innerlich entscheiden war eins und den Entschluß verwirklichen ein anderes. Selbst an eine Frau heranzutreten, war unmöglich. Welche sollte es denn sein? Wo? Er brauchte einen Vermittler, aber an wen sollte er sich wenden?
Einmal sprach er bei einem Waldhüter vor, um sich einen Trunk Wasser geben zu lassen. Der Waldhüter war früher Jäger bei Jewgenij Iwanowitschs Vater gewesen. Man kam ins Gespräch, und der Waldhüter erzählte allerlei alte Geschichten von Zechgelagen auf der Jagd. Da kam Jewgenij Iwanowitsch der Gedanke, es wäre doch schön, sich hier in der Hütte oder im Walde einzurichten. Er wußte nur nicht, wie er es machen sollte und ob der alte Danila ihm behilflich sein würde. ›Vielleicht ist er entsetzt über ein solches Angebot, und ich bin blamiert. Aber vielleicht sagt er auch einfach ja.‹ So dachte er, während er Danilas Erzählungen zuhörte. Der Alte berichtete, wie sie auf der Jagd bei einer Diakonsfrau Quartier genommen hätten und wie er dem Herrn Prianischnikow ein Weib zugeführt habe.
›Es geht‹, dachte Jewgenij.
»Ihr seliger Herr Vater hat sich nie mit solchen Dummheiten abgegeben.«
›Es geht nicht‹, dachte Jewgenij. Aber um sich zu vergewissern, fragte er:
»Wie konntest du dich denn mit so üblen Dingen befassen?«

»Was ist denn da so übel? Sie war sehr froh und mein Fjodor Sacharowitsch höchst zufrieden. Ich bekam einen Rubel. Was soll er denn machen? Er ist doch auch ein Mensch von Fleisch und Blut, trinkt Tee und Wein!«

›Ja, ich kanns ihm sagen‹, dachte Jewgenij und ging dann gleich aufs Ziel los.

»Weißt du« – er fühlte, wie er feuerrot wurde – »weißt du, Danila, ich halts kaum noch aus.«

Danila lächelte.

»Ich bin doch kein Mönch, ich bin nun mal dran gewöhnt.« Er fühlte, daß er lauter dummes Zeug redete, aber er freute sich, daß Danila ihm beistimmte.

»Nun, das hätten Sie längst sagen sollen. Das läßt sich machen«, meinte Danila; »sagen Sie nur, was es für eine Person sein soll.«

»Ach, das ist mir wirklich ganz gleich. Selbstverständlich muß sie nett aussehen und gesund sein.«

»Ich verstehe schon!« sagte Danila und überlegte. »Hm, ein feines Ding wüßte ich schon«, fing er an. Jewgenij errötete wieder. »Ein feines Ding. Sehen Sie wohl, im Herbst hat man sie verheiratet« – Danila fing an zu flüstern – »und der Mann kann nichts... Wenn die an den Rechten kommt, da läßt sich schon was machen.«

Jewgenij verzog das Gesicht vor Scham.

»Nein, nein«, sagte er. »Das brauche ich ja gar nicht. Im Gegenteil« (wo war hier das Gegenteil?), »ich möchte nur, daß sie gesund ist und daß die Sache sich leicht machen läßt – eine Soldatenfrau oder so...«

»Ich verstehe schon. Da wäre die Stepanida das Richtige. Ihr Mann arbeitet in der Stadt, sie ist also so gut wie eine Soldatenfrau. Ein hübsches, sauberes Weib. Sie werden zufrieden sein. Ich sagte ihr schon neulich: ›Du solltest doch mal hingehen‹ – und sie...«

»Also wann denn?«

»Meinetwegen morgen. Ich muß ins Dorf, Tabak kaufen, da

kann ich mit ihr reden. Und um die Mittagszeit kommen Sie hierher oder zum Badehäuschen hinter dem Gemüsegarten. Dort ist kein Mensch. Und um die Mittagszeit schlafen ja auch alle.«

»Gut.«

Eine furchtbare Erregung bemächtigte sich Jewgenijs, als er nach Hause ging. ›Was wird nun sein? Was ist ein Bauernweib? Etwas Unförmiges, Entsetzliches. Doch nein, sie sind hübsch‹, sagte er zu sich, als er an die Frauen dachte, denen er nachgeschaut hatte. ›Was soll ich aber sagen, was tun?‹

Den ganzen Tag war er aufgeregt und verstört; am Tage darauf ging er um zwölf Uhr zum Wächterhäuschen. Danila stand in der Tür und machte schweigend, bedeutungsvoll mit dem Kopf ein Zeichen nach dem Wald hin. Das Blut strömte zum Herzen Jewgenijs, er fühlte es pochen und ging zu den Gemüsebeeten. Da war niemand. Er näherte sich dem Badehäuschen – auch da niemand. Er sah hinein, kehrte wieder um und hörte plötzlich das Knacken von abgebrochenen Zweigen. Er sah sich um, sie stand im Gebüsch jenseits des Grabens. Er stürzte durch den Graben auf sie zu. Der Graben war voller Nesseln, er bemerkte sie gar nicht. Er stolperte, verlor den Kneifer und lief die gegenüberliegende Anhöhe hinauf. In weißem, gesticktem Hemd, rotbraunem Rock, grellrotem Tuch, barfuß, frisch, kräftig, schön, stand sie da und lächelte schüchtern.

»Hier führt ein Weg herum, gehen Sie doch den«, sagte sie. »Ich bin schon lange hier.«

Er ging auf sie zu, sah sich ängstlich um und berührte sie.

Nach einer Viertelstunde trennten sie sich. Er fand den verlorenen Kneifer, sprach bei Danila vor, und als dieser ihn fragte: »Sind Sie zufrieden, Herr?« gab er ihm einen Rubel und ging nach Hause.

Er war zufrieden. Scham hatte er nur im ersten Augenblick empfunden, dann war dies unangenehme Gefühl vergangen. Und alles war gut. Vor allem, weil er sich jetzt leicht, ruhig und frisch fühlte. Das Weib hatte er sich nicht einmal ordentlich angesehen. Er erinnerte sich nur, daß sie sauber, frisch, nicht häßlich und in ihrem Benehmen schlicht und natürlich gewesen war. ›Wie hat sie doch geheißen?‹ fragte er sich. ›Sagte er nicht Petschnikowa? Was kann das für eine Petschnikowa sein? Es sind zwei Familien dieses Namens im Dorf. Es ist wohl die Schwiegertochter des alten Michailo. Ja, sicher. Sein Sohn lebt ja in Moskau. Ich muß Danila einmal danach fragen.‹

Nun war die eine große Unannehmlichkeit des Landlebens beseitigt – die erzwungene Enthaltsamkeit. Jewgenij fühlte sich jetzt frei in seinem Denken und konnte ungehindert seinen Geschäften nachgehen.

Die Arbeit aber, die er zu leisten hatte, war sehr schwierig. Mitunter glaubte er, er werde es nicht schaffen und werde schließlich doch das Gut verkaufen müssen. Alle seine Mühe wäre dann verloren, vor allem würde sich dann zeigen, daß er nicht die Kraft besaß, auszuharren und das Werk zu vollenden, das er begonnen hatte. Das beunruhigte ihn am meisten. Kaum hatte er irgendein Loch zugestopft, da tat sich wieder ein neues, unvermutetes auf.

In dieser ganzen Zeit entdeckte er immer neue Schuldverpflichtungen seines Vaters, von denen er nichts gewußt hatte. Der Vater mußte in den letzten Jahren überall Geld geliehen haben, wo er nur etwas bekam. Bei der Teilung des Erbes im Mai hatte Jewgenij geglaubt, er wisse nun alles. Da bekam er mitten im Sommer einen Brief, aus dem hervorging, daß eine Witwe Jesipowa noch Anspruch auf zwölftausend Rubel hatte. Ein Wechsel war nicht vorhanden, nur ein einfacher Empfangsschein, den man, nach dem Urteil von Jewgenijs Rechtsanwalt, sehr wohl anfechten konnte. Es kam Jewgenij aber gar nicht in den Sinn, die Zahlung einer tatsächlichen Schuld seines Vaters nur deshalb zu verweigern, weil der Beleg angefochten werden konnte. Er mußte bloß erfahren, ob es sich um eine wirkliche Schuld handelte.

»Mama, wer ist Kaleria Wladimirowna Jesipowa?« fragte er seine Mutter, als sie, wie gewöhnlich, beim Mittagessen zusammengekommen waren.
»Jesipowa? Ja, das war eine Pflegetochter deines Großvaters. Wieso?«
Jewgenij erzählte von dem Brief.
»Ich wundere mich, daß sie sich nicht schämt. Dein Vater hat ihr so viel zukommen lassen.«
»Sind wir ihr nichts schuldig?«
»Ja, wie soll ich dir das sagen? Eigentliche Schulden sind nicht vorhanden, Papa hat in seiner unendlichen Güte...«
»Ja, aber Papa sah das als Schuld an?«
»Das kann ich dir wirklich nicht sagen. Ich weiß es nicht. Ich weiß, daß du es auch ohnedies sehr schwer hast.«
Jewgenij sah, daß Marja Pawlowna nicht recht mit der Sprache heraus wollte und ihn gleichsam auszuforschen suchte.
»Ich schließe daraus, daß wir zahlen müssen«, sagte der Sohn. »Morgen fahre ich zu ihr und rede mit ihr. Vielleicht läßt sich die Zahlung stunden.«
»Ach, wie du mir leid tust! Aber, weißt du, es ist doch besser so. Sage ihr, daß sie warten muß!« sagte Marja Pawlowna, augenscheinlich beruhigt und stolz auf den Entschluß ihres Sohnes.
Jewgenijs Situation war besonders schwierig, weil seine Mutter, die bei ihm wohnte, seine Lage gar nicht begriff. Sie war ihr Leben lang daran gewöhnt, auf so großem Fuße zu leben, daß sie die gegenwärtige Lage ihres Sohnes nicht begreifen konnte, das heißt, daß sich Dinge plötzlich so wenden könnten, daß sie nichts mehr besitzen würden, der Sohn alles verkaufen müßte und seinen eigenen Unterhalt und den seiner Mutter nur von seinem Beamtengehalt, also im besten Falle zweitausend Rubel, bestreiten müßte. Sie begriff nicht, daß dieses Ende nur zu verhüten war, wenn sämtliche Ausgaben eingeschränkt wurden, und dann be-

griff sie nicht, warum Jewgenij überall zu sparen suchte, für Kutscher, Gärtner, Dienstboten und sogar für das Essen nicht mehr so viel ausgeben wollte wie bisher. Zudem hegte sie, wie die meisten Witwen, vor dem Gedächtnis ihres verstorbenen Gatten eine Ehrfurcht, die im schroffsten Gegensatz zu den Gefühlen stand, die sie ihm bei seinen Lebzeiten entgegengebracht hatte, die aber den Gedanken nicht zuließ, daß etwas, was der Verstorbene getan oder eingeführt hatte, nicht gut gewesen sein könnte und geändert werden müsse. Nur mit großer Anstrengung konnte Jewgenij den Garten und die Orangerien mit ihren zwei Gärtnern und den Marstall mit den zwei Kutschern instand halten. Marja Pawlowna aber dachte ganz naiv, daß sie, wenn sie nicht über das Essen klage, das der alte Koch bereitete, und nicht darüber, daß die Wege im Park nicht alle gesäubert wurden und daß sie statt der vielen Lakaien nur noch einen jungen Burschen zur Bedienung hatten – daß sie dann alles tue, was eine Mutter, die sich für ihren Sohn opfert, tun könne.
Auch in dieser neu aufgetauchten Schuldverpflichtung, die für Jewgenij beinahe schon den letzten Schlag bedeutete, der alle seine Pläne zertrümmerte, sah Marja Pawlowna nur eine Gelegenheit für ihren Sohn, seine vornehme Gesinnung zu betätigen. Sie machte sich um die pekuniäre Lage Jewgenijs auch deshalb keine Sorge, weil sie überzeugt war, daß er eine glänzende Partie machen und so alles ins Gleichgewicht bringen werde. Gelegenheit dazu war genug vorhanden. Sie kannte ein Dutzend Familien, die glücklich gewesen wären, ihm ihre Tochter zur Frau zu geben. Und sie wünschte das möglichst bald zu arrangieren.

4

Jewgenij träumte selbst von einer Heirat, aber nicht so wie seine Mutter: der Gedanke, seine Finanzen durch eine Heirat in Ordnung zu bringen, war ihm widerwärtig. Er wollte eine ehrbare Ehe eingehen, aus reiner Liebe. Er hielt unter den jungen Mädchen, die er kannte und mit denen er verkehrte, fleißig Umschau, fragte sich, ob sie zu ihm passen würden, aber er hatte die Rechte noch nicht gefunden. Dabei aber dauerte, was er gar nicht erwartet hatte, sein Verkehr mit Stepanida fort und gewann allmählich sogar den Charakter eines dauernden Verhältnisses. Jewgenij war so wenig liederlich, es fiel ihm so schwer, sich so im geheimen mit diesen, wie er wohl fühlte, häßlichen Dingen zu befassen, daß er nichts endgültig beschlossen und sogar noch nach der ersten Zusammenkunft gehofft hatte, Stepanida nie mehr zu sehen; es erwies sich aber, daß ihn nach einiger Zeit wieder die alte Unruhe befiel, die er auf diese Ursache zurückführte. Diese Unruhe war nun aber nicht mehr gegenstandslos; deutlich sah er die wohlbekannten schwarzen, glänzenden Augen, hörte die tiefe Stimme »ein paar Stunden« sagen, spürte den Duft von etwas Frischem und Kräftigem, die hohe Brust, auf der das Hemd sich hob und senkte – und alles das in dem wohlbekannten Haselnuß- und Ahorngestrüpp, vom hellen Sonnenlicht überflutet.

So sehr er sich auch schämte – er mußte sich doch wieder an Danila wenden. Und wieder wurde eine Zusammenkunft um die Mittagszeit im Walde verabredet. Diesmal sah Jewgenij sie genauer an, und alles an ihr schien ihm anziehend. Er versuchte, sie in ein Gespräch zu ziehen und fragte nach ihrem Mann. Es war in der Tat Michailos Sohn. Er war Kutscher in der Stadt.

»Ja, aber, wie kannst du denn ...« Jewgenij wollte fragen, wie sie ihm untreu sein könne.

»Was denn?« fragte sie. Sie schien erraten zu haben, was er meinte, und überhaupt eine gescheite Person zu sein.

»Ja, wie denn ... Du kommst jetzt zu mir ...?«

»Ach was«, sagte sie lachend. »Er bummelt dort sicher auch. Warum soll ichs anders machen?«

Augenscheinlich tat sie sich auf diese Derbheit und Ungeniertheit etwas zugute. Und das gefiel Jewgenij. Dennoch bestimmte er keine neue Zusammenkunft. Auch als sie ihm vorschlug, sich ohne die Vermittlung Danilas zu treffen, gegen den sie ein gewisses Mißtrauen zu hegen schien, sagte Jewgenij nein. Er hoffte, daß diese Zusammenkunft die letzte sein werde. Sie gefiel ihm. Er dachte, ein derartiger Verkehr wäre für ihn notwendig und es wäre nichts Schlechtes dabei; aber irgendwo auf dem Grunde seiner Seele saß ein strengerer Richter, der dies Tun mißbilligte und hoffte, dieses Mal würde das letzte sein; und wenn er es auch nicht hoffte, so wollte er doch nicht selbst an der Sache teilnehmen und schon die Vorbereitungen für das nächste Mal treffen.

So verging der ganze Sommer; er kam gegen zehnmal mit ihr zusammen und immer durch die Vermittlung Danilas. Einmal konnte sie nicht erscheinen, weil ihr Mann angekommen war, und Danila schlug Jewgenij ein anderes Frauenzimmer vor. Jewgenij wies das Angebot mit Ekel zurück. Dann zog der Mann wieder weg, und die Zusammenkünfte begannen von neuem, anfangs mit Hilfe Danilas, später aber gab er ihr selbst die Zeit an, und sie kam mit der Bäuerin Prochorowa, denn eine verheiratete Frau darf nicht allein ausgehen.

Einmal, als wieder eine Zusammenkunft verabredet war, erhielt Marja Pawlowna Besuch von der Familie jenes jungen Mädchens, das sie gern als Braut Jewgenijs gesehen hätte, und Jewgenij konnte nicht fort. Als er sich endlich freigemacht hatte, ging er unter dem Vorwand, er müßte zur Tenne, auf dem schmalen Seitenweg in den Wald. Aber an der bewußten Stelle war Stepanida nicht mehr zu finden. Doch rundherum war, soweit die Hand reichte, alles geknickt und abgebrochen – Faulbaum, Haselbüsche, sogar ein junger Ahorn von beträchtlicher Dicke. Sie hatte gewartet, sich aufgeregt und geärgert und ihm schließlich dieses Andenken hinterlassen. Er stand eine Zeitlang da und ging schließlich zu Danila, den er bat, sie auf morgen zu bestellen. Sie kam und war, wie sie immer war.

So verging der Sommer. Die Zusammenkünfte fanden immer im Walde statt, nur ein einziges Mal, als es schon Herbst geworden war, in der Scheune neben der Tenne auf Stepanidas Hof.

Jewgenij dachte nicht im entferntesten daran, daß dieses Verhältnis irgendeine Bedeutung für ihn haben könnte. An Stepanida dachte er überhaupt nicht. Er gab ihr Geld und weiter nichts. Er wußte nichts davon und dachte nicht daran, daß man im ganzen Dorf schon alles wußte und sie beneidete, daß ihre Verwandten ihr das Geld abnahmen und sie zu ihrem Tun ermunterten, daß ihre Vorstellung von der Sündhaftigkeit dieses Tuns durch das Geld und die Teilnahme der Verwandten völlig zerstört wurde. Sie glaubte, wenn die Leute sie beneideten, müsse ihr Tun etwas sehr Gutes sein.

›Ich brauche es einfach meiner Gesundheit wegen‹, dachte Jewgenij; ›gewiß ist es nicht recht, und wenn auch niemand davon spricht, so wissen es doch alle oder viele. Die Frau, die sie begleitet, weiß es natürlich. Und wenn sie es weiß, hat sie es sicher auch anderen erzählt. Aber was ist da zu machen? Gewiß handele ich schlecht‹, dachte Jewgenij, ›aber wie soll ich mir sonst helfen? Und es wird ja nicht lange dauern.‹

Was Jewgenij vor allem beunruhigte, war der Gedanke an ihren Mann. Anfangs hatte er sich vorgestellt, ihr Mann müsse ein jämmerlicher Kerl sein, und darin fand er eine Art Rechtfertigung für sich. Aber als er den Mann sah, war er verblüfft: das war ein kräftiger, flotter Kerl, in keinem Fall schwächer und häßlicher, sondern viel stattlicher als er selbst. Bei der nächsten Zusammenkunft sagte er ihr, er habe ihren Mann gesehen und sich gefreut, wie stattlich er ausschaue.

»Einen zweiten wie ihn gibt es im ganzen Dorf nicht«, sagte sie stolz.

Darüber mußte sich Jewgenij wundern. Der Gedanke an den Mann quälte ihn nun noch mehr. Einmal war er bei Danila, und dieser erzählte ihm im Gespräch ohne weiteres:

»Michailo fragte mich neulich: ›Ist es wahr, daß der gnädige Herr sich mit meiner Frau abgibt?‹ Ich sagte, daß ich nichts davon wisse. ›Übrigens‹, sagte ich, ›ist es immer noch besser, sie hats mit dem gnädigen Herrn als mit einem Bauernkerl!‹«

»Nun, und er?«

»Na ja! Er sagte: ›Wart nur, wenn ichs rauskriege, geb ichs ihr tüchtig.‹«

›Ja, wenn der Mann zurückkehrt, gebe ichs auf‹, dachte Jewgenij.

Aber der Mann blieb in der Stadt, und der Verkehr wurde fortgesetzt.

›Wenn es nötig wird, mache ich Schluß, und nichts bleibt übrig‹, dachte er.

Und das schien ihm unzweifelhaft, denn im Laufe des Sommers beschäftigten ihn viele Dinge sehr stark: die Anlage eines neuen Vorwerks, die Ernte, der Bau, und vor allem die Abzahlung der Schuld und der Verkauf des Ödlandes. Alles das waren Dinge, die ihn vollauf beschäftigten, an die er unablässig, morgens beim Aufstehen und abends beim Schlafengehen, dachte. Der Verkehr mit Stepanida dagegen – er nannte ihn nicht einmal Verhältnis – war etwas ganz Nebensächliches. Wenn freilich das Verlangen, sie zu sehen, in ihm erwachte, dann erwachte es mit einer solchen Gewalt, daß er an nichts anderes denken konnte. Aber das dauerte nicht lange, man verabredete eine Zusammenkunft, und nachher dachte er Wochen, ja mitunter einen ganzen Monat lang nicht mehr an sie.

Im Herbst hatte Jewgenij häufig in der Stadt zu tun und verkehrte dort viel in der Familie Annenskij. Die Tochter war eben aus dem Pensionat zurückgekehrt. Und nun geschah es, zur größten Betrübnis von Marja Pawlowna, daß Jewgenij, wie seine Mutter es nannte, sich wegwarf, das heißt sich in Lisa Annenskaja verliebte und um ihre Hand anhielt. Von da ab hörte der Verkehr mit Stepanida auf.

5

Warum Jewgenij Lisa Annenskaja gewählt hatte, läßt sich nicht erklären, wie es sich überhaupt nie erklären läßt, warum ein Mann diese und nicht jene Frau wählt. Gründe gab es genug, sowohl positiver als negativer Art. Zu diesen Gründen gehörte, daß sie keines von den reichen Mädchen war, die seine Mutter für ihn in Aussicht genommen hatte, daß sie ihrer eigenen Mutter gegenüber so naiv und hilflos war, daß sie keine Schönheit war, die überall Aufsehen erregte, daß sie aber auch nicht häßlich war. Die Hauptsache aber war, daß die Annäherung zwischen ihnen in einer Zeit stattfand, als Jewgenij reif zur Ehe war. Er hatte sich in sie verliebt, weil er wußte, daß er heiraten müsse.

Erst gefiel Lisa Annenskaja ihm bloß; als er aber beschlossen hatte, daß sie seine Frau werden solle, fühlte er sich viel stärker zu ihr hingezogen. Er fühlte, daß er verliebt war.

Lisa war mager und lang. Alles war lang an ihr: das Gesicht, die Nase – von der Stirn abwärts gesehen –, die Finger, die Füße. Ihre Gesichtsfarbe war sehr zart, gelblich-weiß mit einem leichten rosigen Anflug; das Haar lang, blond, weich und lockig, die Augen schön, klar, sanft und zutraulich. Diese Augen vor allem hatten es Jewgenij angetan. Und wenn er an Lisa dachte, sah er immer diese hellen, sanften, zutraulichen Augen vor sich.

So war ihre äußere Erscheinung. Von ihrem inneren Wesen aber wußte er nichts, denn er sah immer nur diese Augen. Und die Augen schienen ihm alles zu sagen, was er wissen mußte. Der Sinn dieser Augen aber war folgender:

Noch im Pensionat, als Fünfzehnjährige, war Lisa in alle hübschen und interessanten Männer verliebt gewesen und nur dann lebhaft und glücklich, wenn sie verliebt war. Als sie das Pensionat verlassen hatte, verliebte sie sich ebenso in alle jungen Männer, denen sie begegnete, und natürlich auch in Jewgenij, als sie ihn kaum kennengelernt hatte. Und eben

diese Verliebtheit gab ihren Augen den eigentümlichen Ausdruck, der Jewgenij so fesselte.
In demselben Winter war sie gleichzeitig schon in zwei andere junge Männer verliebt gewesen; sie wurde rot und erregt, nicht nur wenn einer von den beiden ins Zimmer trat, sondern auch wenn bloß ihre Namen genannt wurden. Als aber ihre Mutter später Andeutungen machte, Irtenew habe anscheinend ernsthafte Absichten, nahm ihre Verliebtheit in Irtenew so sehr zu, daß die beiden anderen ihr fast gleichgültig wurden. Als Irtenew dann immer häufiger Gast in ihrem Hause war, als er auf Bällen und Gesellschaften mit ihr mehr tanzte und sprach als mit anderen Damen und augenscheinlich nur erfahren wollte, ob sie ihn liebe, da wurde ihre Verliebtheit fast zur Krankheit; sie träumte von ihm und sah ihn auch wach im dunklen Zimmer vor sich stehen; alle anderen waren für sie nicht mehr vorhanden. Und als er um sie angehalten hatte und die Eltern sie gesegnet hatten, als sie ihn geküßt hatte und seine Braut geworden war, da hatte sie keine Gedanken mehr als ihn, keine Wünsche, als bei ihm zu sein, um ihn zu lieben und von ihm geliebt zu werden. Sie war stolz auf ihn und war gerührt über ihn und sich und ihre Liebe und zerfloß und zerschmolz förmlich vor Liebe zu ihm.
Je mehr er sie kennenlernte, desto mehr gewann auch er sie lieb. Er hatte nie geglaubt, eine solche Liebe zu finden, und diese Liebe erhöhte auch sein Gefühl.

6

Im Vorfrühling kam er nach Semjonowskoje, um nach dem Gut und der Wirtschaft zu sehen, vor allem aber des Hauses wegen, das für das junge Paar hergerichtet wurde.
Marja Pawlowna war mit der Wahl ihres Sohnes unzufrieden, nicht nur weil es keine so glänzende Partie war, wie Jewgenij sie hätte machen können, sondern auch weil Warwara

Alexejewna, Lisas Mutter, ihr nicht gefiel. Ob sie gut oder böse war, wußte sie nicht und konnte sie nicht entscheiden, aber daß sie keine vornehme Dame war, nicht ›comme il faut‹, keine Lady, wie Marja Pawlowna sich ausdrückte, das hatte sie gleich bei der ersten Begegnung festgestellt, und das betrübte sie. Es betrübte sie, weil sie dieses ›comme il faut‹ gewohnheitsmäßig schätzte, weil sie wußte, daß Jewgenij sehr empfänglich dafür war, und ahnte, daß er dadurch mancherlei Unannehmlichkeiten haben werde. Das junge Mädchen selbst gefiel ihr vor allem, weil es auch ihrem Jewgenij gefiel. Lisa mußte man lieben, und Marja Pawlowna war gern und aufrichtig dazu bereit.

Jewgenij fand seine Mutter in heiterer, zufriedener Stimmung vor. Sie richtete alles im Hause ein und wollte selbst verreisen, wenn Jewgenij mit der jungen Frau käme. Jewgenij redete ihr zu, doch bei ihnen zu bleiben, und so war die Frage vorläufig unentschieden.

Abends nach dem Tee legte Marja Pawlowna wie gewöhnlich ihre Patience. Jewgenij saß neben ihr und half ihr dabei. Das war die Zeit ihrer intimsten Aussprachen. Marja Pawlowna war mit einer Patience fertig; ehe sie aber eine neue begann, sah sie Jewgenij an und sagte dann etwas stockend:

»Ich wollte dir noch etwas sagen, mein lieber Junge. Natürlich weiß ich nicht... Ich möchte dir aber auf jeden Fall raten, daß du vor deiner Heirat alle deine Junggesellenangelegenheiten ein für allemal erledigst, damit dir und – was Gott verhüten möge – deiner Frau später keine Unannehmlichkeiten daraus entstehen. Verstehst du mich?«

Und in der Tat: Jewgenij hatte sofort verstanden, daß Marja Pawlowna auf sein Verhältnis zu Stepanida anspielte, das schon im Herbst sein Ende gefunden hatte. Wie alle alleinstehenden Frauen schrieb sie diesem Verhältnis eine weit größere Bedeutung zu, als ihm in Wirklichkeit zukam. Jewgenij errötete, nicht so sehr vor Scham als vor Ärger, daß die gute Marja Pawlowna – wenn auch in bester Absicht – sich in Dinge mischte, die sie nichts angingen und die sie nicht verstand und gar nicht verstehen konnte. Er sagte, er habe nichts zu verheimlichen, und sein Verhalten sei immer so gewesen, daß sein eheliches Glück durch nichts gestört werden könne.

»Nun, das ist sehr schön, mein Junge. Und sei mir wegen meiner Frage nicht böse!« sagte Marja Pawlowna verlegen. Aber Jewgenij sah, daß sie noch nicht fertig war und nicht alles gesagt hatte, was sie sagen wollte. Und wirklich, nach einer kurzen Pause erzählte sie, daß sie in seiner Abwesenheit aufgefordert worden sei, Pate zu stehen bei – den Petschnikows.

Jetzt errötete Jewgenij, nicht vor Ärger und auch nicht vor Scham, sondern in einem seltsamen Gefühl der Wichtigkeit dessen, was er gleich hören würde. Dieses Gefühl überkam ihn ganz unwillkürlich und stand in vollem Widerspruch zu seinen Gedankengängen. Es kam auch ganz so, wie er es erwartet hatte. In einem Ton, der andeuten sollte, daß sie sich durch das Gespräch bloß zerstreuen wolle, erzählte Marja Pawlowna, daß in diesem Jahr lauter Knaben geboren würden; es werde wohl Krieg geben. Bei den Wasins sei ein Knabe geboren und bei den Petschnikows sei der Erstling der jungen Frau auch ein Knabe. Marja Pawlowna wollte das ganz beiläufig erzählen, aber sie mußte sich auch schämen, als sie sah, wie ihr Sohn rot wurde, wie er nervös mit den Fingern schnippte, den Kneifer abnahm und wieder aufsetzte und sich hastig eine Zigarette ansteckte. Da verstummte sie. Auch er schwieg und wußte nicht, wie er dieses Schweigen brechen sollte. So verstanden sie beide, daß sie sich gegenseitig verstanden hatten.

»Auf dem Lande ist Gerechtigkeit die Hauptsache. Es darf keine bevorzugten Lieblinge geben, wie das bei deinem Onkel der Fall ist.«

»Mama«, sagte Jewgenij plötzlich, »ich weiß, warum Sie das sagen. Sie machen sich ganz unnütze Sorgen. Mein künftiges

Familienleben ist mir so heilig, daß ich es nie und nimmer entweihen werde. Und was ich als Junggeselle getrieben habe, das ist ein für allemal erledigt. Ich habe mich nirgends gebunden, und niemand hat irgendwelche Rechte auf mich.«
»Das freut mich«, sagte die Mutter, »ich kenne deine vornehme Denkweise.«
Jewgenij nahm diese Worte der Mutter als etwas ganz Selbstverständliches hin und redete nicht weiter.
Am nächsten Morgen fuhr er in die Stadt, dachte an seine Braut und an alles mögliche, nur nicht an Stepanida. Aber es war, als ob das Schicksal selbst ihn an sie erinnern wollte, denn als er sich der Kirche näherte, kam ihm eine Menge Leute zu Fuß und zu Wagen entgegen. Er sah den alten Matwej und Semjon, junge Burschen und Mädchen, und endlich zwei Frauen, eine ältere und eine junge, im Sonntagsstaat, mit einem großen roten Tuch und wohlbekannten Zügen. Sie ging mit leichtem, munterem Schritt daher und trug ein Kind auf dem Arm. Als sein Wagen die Weiber erreicht hatte, grüßte die Alte, wobei sie nach altväterischer Sitte stehenblieb; die Junge mit dem Kind aber neigte nur leicht den Kopf, und unter dem Tuch blitzten die bekannten, lustig lachenden Augen hervor.
›Ja, das ist sie, aber alles ist ja zu Ende, und ich brauche sie nicht mehr anzusehen. Es ist vielleicht auch mein Kind‹, fuhr es ihm durch den Kopf. ›Ach, Unsinn! Ihr Mann ist doch dagewesen, und sie hat auch mit ihm verkehrt.‹ Er dachte nicht einmal daran, nachzurechnen. Es war ein für allemal festgestellt, daß er es um seiner Gesundheit willen hatte tun müssen; er hatte Geld dafür gezahlt, und damit gut. Irgendeine Bindung zwischen ihm und ihr gab es nicht, konnte und durfte es nicht geben. Er unterdrückte nicht etwa die Stimme des Gewissens in seiner Brust, sein Gewissen schwieg einfach. Und nach dem Gespräch mit der Mutter und dieser Begegnung dachte er überhaupt nicht mehr an sie. Er bekam sie auch nicht mehr zu Gesicht.

Am Sonntag nach Ostern fand in der Stadt Jewgenijs Hochzeit statt, und dann reiste das junge Paar sofort auf das Gut. Das Haus war so eingerichtet, wie man die Wohnungen für junge Ehepaare immer einrichtet. Marja Pawlowna wollte verreisen, aber Jewgenij und vor allem Lisa baten sie dringend zu bleiben. Sie willigte schließlich ein, siedelte aber ins Seitengebäude über.
Und so begann für Jewgenij ein neues Leben.

7

Das erste Jahr der Ehe war ein schweres Jahr für Jewgenij. Schwer war es, weil alle Geschäfte, deren Erledigung er in der Verlobungszeit hinausgeschoben hatte, nun, nach der Hochzeit, alle mit einem Mal zum Abschluß drängten.
Aus den Schulden herauszukommen erwies sich als unmöglich. Das Vorwerk war verkauft worden, die dringlichsten Schulden bezahlt, es waren aber immer noch welche übrig, und Geld war nicht vorhanden. Das Gut hatte recht viel abgeworfen, aber ein Teil der Einnahmen mußte dem Bruder geschickt werden, und die Hochzeit hatte nicht wenig gekostet. Nun war kein Bargeld mehr vorhanden, die Fabrik konnte nicht weiterarbeiten, man mußte den Betrieb einstellen. Ein Mittel, die Schulden loszuwerden, bestand darin, das Geld der Frau anzugreifen. Lisa begriff die Lage ihres Mannes und bot es ihm selbst an. Jewgenij ging darauf ein, aber nur unter der Bedingung, daß ein Kaufvertrag abgeschlossen und die Hälfte des Gutes auf den Namen der Frau übertragen werde. So geschah es auch. Er tat es natürlich nicht seiner Frau zuliebe, die sich durch seine Forderung gekränkt fühlte, sondern um der Schwiegermutter willen.
Die Geschäfte mit dem beständigen Wechsel von Erfolg und Mißerfolg waren das eine, was Jewgenij das Leben in diesem Jahr verbitterte. Als zweites kam die Krankheit seiner Frau hinzu. Im ersten Jahr der Ehe, sieben Monate nach der Hoch-

zeit, im Herbst, hatte Lisa einen Unfall. Sie war im Jagdwagen ihrem aus der Stadt zurückkehrenden Gatten entgegengefahren; das sonst ganz fromme Pferd ging durch, sie erschrak und sprang aus dem Wagen. Der Sprung war immer noch glücklich – sie hätte leicht am Rad hängenbleiben können –, aber sie war bereits schwanger; in derselben Nacht noch bekam sie Schmerzen und hatte eine Fehlgeburt, nach der sie sich lange nicht erholen konnte. Der Verlust des sehnlich gewünschten Kindes, die Krankheit der Frau, die damit verbundene Störung der gewohnten Lebensweise, vor allem aber die Anwesenheit der Schwiegermutter, die gleich nach Lisas Erkrankung eintraf, alles das machte Jewgenij das Leben in diesem Jahre noch schwerer.

Aber trotz dieser schwierigen Verhältnisse fühlte sich Jewgenij an der Wende seines ersten Ehejahres sehr wohl. Erstens ging sein Wunsch, die zerrütteten Vermögensverhältnisse zu ordnen, die Lebenshaltung der Väter in neuen Formen wieder zu beleben, zwar langsam und mühevoll, aber doch in Erfüllung. Jetzt war keine Rede mehr von einem Verkauf des ganzes Gutes zur Begleichung der Schulden. Das Gut war zwar auf den Namen der Frau übertragen worden, aber es war gerettet, und wenn nur die Rübenernte gut ausfiel und die Preise sich hielten, dann konnte im nächsten Jahr volle Zufriedenheit an Stelle der gegenwärtigen Not und Spannung treten.

Das zweite war, daß er zwar viel von seiner Frau erwartet, aber nie geglaubt hatte, alles das in ihr zu finden, was er tatsächlich fand. Es war nicht das, was er erwartet hatte, aber es war etwas viel Besseres. Liebesekstasen, Gefühlsergüsse kamen kaum vor, so sehr er sich auch bemühte, sie hervorzurufen; und wenn sie einmal vorkamen, blieben sie matt und wirkungslos. Dafür gab es etwas anderes, wodurch das Leben nicht nur heiterer und angenehmer, sondern vor allem auch leichter wurde. Er wußte nicht, woher das kam, aber es war so.

Das kam daher, weil Lisa sofort nach der Verlobung beschlossen hatte, daß unter allen Menschen dieser Welt Jewgenij Irtenew der beste, klügste, reinste, edelste sei und daß daher alle Menschen verpflichtet seien, diesem Irtenew zu dienen und ihm Angenehmes zu tun. Da man aber nicht alle dazu zwingen könne, so müsse sie wenigstens mit allen ihren Kräften danach streben. Und das tat sie auch. Darum waren alle ihre Seelenkräfte immer darauf gerichtet, zu erfahren, zu erraten, was er gern hatte, und dieses dann zu tun, gleichviel was es sei und wie schwer es ihr auch fallen mochte.

Sie besaß die Eigenschaft, die den Hauptreiz beim Verkehr mit einer liebenden Frau ausmacht: sie vermochte dank der Liebe zu ihrem Gatten in seiner Seele zu lesen. Sie spürte – wie ihm schien, besser als er selbst – jeden Zustand seiner Seele, jede Nuance seines Empfindens und handelte dementsprechend; sie tat seinem Empfinden also niemals weh, sondern linderte die schmerzlichen Gefühle und erhöhte die freudigen. Aber nicht nur seine Gefühle, auch seine Gedanken verstand sie. In Fragen der Landwirtschaft und der Fabrikführung, die ihr bisher ganz fremd gewesen waren, in der Beurteilung der Menschen fand sie sich plötzlich ganz leicht zurecht und konnte mit ihm nicht nur über alle diese Dinge reden, sondern sie war ihm auch oft, wie er selbst ihr gegenüber betonte, ein nützlicher, unschätzbarer Ratgeber. Die Dinge, die Menschen, alles in der Welt sah sie nur mit seinen Augen. Sie hatte ihre Mutter lieb, aber als sie sah, daß es Jewgenij unangenehm war, wenn die Schwiegermutter sich in die Angelegenheiten der jungen Eheleute mischte, ergriff sie sofort die Partei ihres Gatten, und zwar so energisch, daß er sie zur Mäßigung mahnen mußte.

Zu alledem besaß sie sehr viel Geschmack, Taktgefühl und vor allem Zurückhaltung. Alles, was sie tat, tat sie unauffällig; man sah nur die Ergebnisse ihres Tuns, das heißt: überall Ordnung, Sauberkeit und Eleganz. Lisa hatte sofort begriffen, was für eine Lebenshaltung ihrem Gatten als Ideal vorschwebte, und sie bemühte sich, in der ganzen Ordnung und Führung des Haushalts alles so zu gestalten, wie er es wünschte. Und das gelang ihr auch. Es fehlten nur die Kinder, aber auch diese Hoffnung brauchten sie nicht aufzugeben. Im Winter reisten sie nach Petersburg zu einem berühmten Frauenarzt, und er versicherte, daß sie ganz gesund sei und Kinder haben könne.

Auch dieser Wunsch ging in Erfüllung. Als das Jahr sich seinem Ende näherte, war Lisa wieder schwanger.

Eines nur gab es, das ihr Glück zwar nicht vergiftete, aber bedrohte: die Eifersucht, die Lisa zurückzudrängen suchte, nie zeigte, unter der sie aber doch häufig litt. Nicht nur Jewgenij durfte zu keiner anderen Frau Liebe empfinden, denn es gab auf Erden keine, die seiner würdig war (ob sie es selbst war, hatte sie sich nie gefragt), sondern es durfte aus demselben Grunde auch keine einzige Frau sich unterstehen, ihn zu lieben.

8

Ihr Leben war so eingeteilt: er stand wie immer früh auf und ging seinen Pflichten als Gutsherr nach, ging in die Fabrik, in der wieder gearbeitet wurde, manchmal auch aufs Feld. Um zehn Uhr kam er zum Kaffee, der auf der Veranda gereicht wurde und an dem Marja Pawlowna, ein Onkel, der bei ihnen wohnte, und Lisa teilnahmen. Nach oft sehr lebhaften Gesprächen beim Kaffee trennte man sich bis Mittag. Sie aßen um zwei Uhr zu Mittag, und nach dem Essen gingen oder fuhren sie spazieren. Abends, wenn er aus dem Kontor kam, wurde noch ganz spät Tee getrunken, manchmal las er vor, und sie machte eine Handarbeit, oder sie musizierten oder unterhielten sich, wenn Gäste da waren. Wenn er in Geschäften verreiste, schrieben sie einander täglich. Manchmal begleitete sie ihn auch, und das machte ihnen besonderes Vergnügen. An seinem und an ihrem Namenstag hatten sie Besuch, und es machte ihm Freude zu sehen, wie sie alles so einzurichten wußte, daß alle sich wohl fühlten. Er sah und hörte auch, daß alle ihre Freude an der jungen, liebenswürdigen Wirtin hatten, und er liebte sie dafür noch mehr.

Alles ging gut. Die Schwangerschaft machte ihr keine Beschwerden, und beide berieten sich schon, wenn auch einigermaßen zaghaft, darüber, wie sie das Kind erziehen würden. Die Erziehungsmethoden bestimmte Jewgenij, sie wollte nur seinen Willen demütig erfüllen. Jewgenij aber hatte zahlreiche medizinische Schriften gelesen und beabsichtigte, sein Kind nach allen Regeln der Wissenschaft zu erziehen. Sie sagte natürlich zu allem ja, bereitete sich vor, nähte warme und leichte Steckkissen und richtete eine Wiege ein. So kam das zweite Jahr ihrer Ehe und der zweite Frühling.

9

Es war am Sonnabend vor Pfingsten. Lisa befand sich im fünften Monat der Schwangerschaft und war bei aller Vorsicht doch sehr heiter und beweglich. Beide Mütter, seine und ihre, wohnten im Hause, gaben vor, sie zu behüten und für sie zu sorgen, und regten sie durch ihre Sticheleien nur auf. Jewgenij war besonders eifrig in seiner Wirtschaft tätig; er legte eine Zuckerrübenkultur in großem Maßstab nach neuen Grundsätzen an. Am Pfingstsamstag wollte Lisa das ganze Haus gründlich reinigen lassen, was seit Ostern nicht mehr geschehen war, und da die Dienstboten allein nicht fertig werden konnten, wurden zwei Weiber aus dem Dorf geholt, die die Fußböden und Fenster waschen, die Polstermöbel und Teppiche ausklopfen und reine Überzüge auflegen sollten. Die Weiber erschienen frühmorgens, stellten Wasserkessel auf und machten sich an die Arbeit. Eine von den beiden war Stepanida, die eben ihren Jungen entwöhnt hatte und den Gutsschreiber, mit dem sie es jetzt hielt, gebeten hatte, sie als Scheuerfrau zu empfehlen. Sie wollte sich die neue Herrin genau ansehen. Stepanida lebte, wie sie immer gelebt hatte, ohne Mann; wie früher mit dem alten Danila, der sie einmal beim Holzstehlen ertappt hatte, und nachher mit dem Gutsherrn, so hielt sie es jetzt mit dem jungen Schreiber. An den Herrn dachte sie gar nicht mehr. ›Der hat jetzt seine Frau‹, dachte sie. ›Es wäre aber doch nett, die gnädige Frau und ihr Haus einmal näher anzusehen; sie soll alles so schön eingerichtet haben.‹

Seit Jewgenij ihr damals mit dem Kind begegnet war, hatte er sie nicht mehr gesehen. Arbeit auf dem Gut nahm sie nicht, weil sie das Kind hatte, durch das Dorf aber kam er selten. An diesem Pfingstsamstag war Jewgenij ganz früh, um halb fünf, aufgestanden und auf das Brachfeld geritten, wo die ersten Versuche mit Phosphatdünger gemacht werden sollten. Er hatte das Haus verlassen, noch ehe die Weiber es betreten hatten. Sie waren noch in der Küche und setzten große Kessel mit Wasser auf den Herd.

Heiter, zufrieden, hungrig kam Jewgenij zum Frühstück. Er stieg beim Gartenpförtchen vom Pferd, übergab es dem Gärtner, der gerade vorüberkam, und ging, mit der Reitgerte gegen das hohe Gras klatschend, dem Hause zu. Dabei sagte er, wie das oft vorkommt, immer wieder denselben Satz vor sich hin. »Die Phosphate bewähren...« Aber was sie bewähren oder vor wem sie sich bewähren, wußte er selber nicht.

Auf dem Rasen vor dem Haus wurden Teppiche geklopft. Die Möbel waren alle hinausgetragen.

›Mein Gott! Lisa hat Großreinemachen...! Die Phosphate bewähren... Das ist mir eine Hausfrau! Ein Hausfrauchen! Mein Frauchen!‹ sagte er zu sich und sah sie in Gedanken vor sich in ihrem weißen Morgenkleid mit dem freudestrahlenden Gesicht, das sie fast immer zeigte, wenn er sie ansah. ›Ja, ich muß die Stiefel ausziehen, denn die Phosphate bewähren... das heißt, die Stiefel riechen nach Mist, und mein Frauchen ist in anderen Umständen. Warum in anderen? Ja, es wächst in ihr ein kleiner Irtenew, ein neuer‹, dachte er. ›Ja, die Phosphate bewähren...‹ Und, über seine eigenen

Gedanken lächelnd, wollte er die Tür zu seinem Zimmer aufstoßen.

Kaum aber hatte er die Tür berührt, so ging sie von selbst auf, und er stieß fast mit der Nase auf ein barfüßiges Weib, das mit hochgeschürztem Rock und aufgestreiften Ärmeln, einen Eimer in der Hand, ihm entgegenkam. Er trat zur Seite, um sie vorbeizulassen, sie machte ihm auch Platz und schob zugleich mit dem Rücken der nassen Hand das herabgerutschte Tuch zurecht.

»Geh nur, geh, ich gehe nicht eher hinein, als bis ihr...« fing Jewgenij an, stockte aber plötzlich, als er sie erkannte.

Nur mit den Augen lächelnd, sah sie ihn lustig an und ging, ihren Rock zurechtzupfend, zur Tür hinaus.

›Was für ein Unsinn! Was soll das bedeuten! Das kann nicht sein!‹ dachte Jewgenij, die Stirn runzelnd und sich schüttelnd, als wollte er eine lästige Fliege davonjagen. Er war sehr unzufrieden, daß er sie bemerkt hatte. Aber trotz dieser Unzufriedenheit konnte er die Augen nicht von ihr wenden, von dem etwas schaukelnden, kräftigen, sicheren Gang ihrer nackten Füße, von ihrem Leib, ihren Armen und Schultern, von den malerischen Falten des Hemdes und des roten, über den weißen Waden hochgeschürzten Rockes.

›Was starre ich ihr denn nach?‹ sagte er zu sich selbst und schlug die Augen nieder, um sie nicht zu sehen. ›Ich muß aber doch ins Zimmer hinein, meine Schuhe wechseln.‹ Und er drehte sich um und wollte ins Zimmer gehen; aber ohne zu wissen, wie er dazu kam, welche fremde Macht ihn dazu trieb, sah er sich wieder um, sie noch einmal zu erblicken. Sie bog gerade um die Ecke und sah sich in demselben Augenblick nach ihm um.

›Ach Gott, was mache ich!‹ dachte er. ›Sie könnte sich einbilden... Ja, sie glaubt es gewiß schon.‹

Er trat in sein nasses Zimmer. Die zweite Scheuerfrau, eine alte, hagere Person, war drinnen noch bei der Arbeit. Jewgenij ging auf Zehenspitzen über die Wasserlachen zu der

Wand, an der seine Stiefel standen, und wollte hinausgehen, als die Frau ebenfalls das Zimmer verließ.

›Diese geht hinaus, und die andere, die Stepanida, kommt wieder und ist dann allein hier‹, sprach plötzlich eine Stimme in seinem Innern.

›Mein Gott, was denke ich bloß, was tue ich!‹ Er ergriff die Stiefel und lief mit ihnen ins Vorzimmer. Dort zog er sie an, klopfte den Staub von seinem Anzug und ging auf die Veranda, wo die beiden Mütter schon beim Kaffee saßen. Lisa hatte offenbar auf ihn gewartet und kam zu gleicher Zeit mit ihm durch eine andere Tür auf die Veranda heraus.

›Mein Gott! Wenn sie, die mich für so ehrenhaft, so rein, so unschuldig hält, das wüßte!‹ dachte er.

Lisa empfing ihn wie immer mit strahlendem Gesicht. Sie erschien ihm aber diesmal besonders bleich, gelb, mager und schwach.

10

Am Kaffeetisch wurde, wie so häufig, eines jener eigentümlichen Damengespräche geführt, die anscheinend gar keinen logischen Zusammenhang aufweisen, aber doch irgendeinen Zusammenhang haben müssen, denn es brach auch nicht einen Augenblick ab.

Die beiden alten Damen stichelten wieder einmal, und Lisa mußte geschickt zwischen ihnen lavieren.

»Es ist mir so unangenehm, daß dein Zimmer noch nicht fertig ist«, sagte sie zu ihrem Mann. »Ich möchte aber alles gründlich säubern.«

»Wie geht es dir? Hast du noch geschlafen, nachdem ich gegangen war?«

»Ja, danke, ich habe geschlafen, mir ist ganz wohl.«

»Soweit eine Frau in ihrer Lage bei dieser Hitze sich wohl fühlen kann«, sagte Warwara Alexejewna, ihre Mutter. »Alle Fenster liegen an der Sonnenseite und haben weder Jalousien noch Markisen. Ich habe überall Markisen.«

»Aber auf dieser Seite ist doch von zehn Uhr an Schatten«, sagte Marja Pawlowna.
»Ja, davon kommt auch die Feuchtigkeit, und von der Feuchtigkeit das Fieber«, erwiderte Warwara Alexejewna, ohne zu merken, daß sie gerade das Gegenteil von dem sagte, was sie eben erst behauptet hatte. »Mein Arzt sagt immer, man könne eine Krankheit nicht feststellen, ohne den Charakter der Kranken zu kennen. Er weiß das sehr genau, denn er ist der erste Arzt in der Stadt, wir zahlen ihm hundert Rubel. Mein verstorbener Mann glaubte an die ärztliche Wissenschaft nicht, aber für mich war ihm nichts zu schade.«
»Wie soll denn einem Mann etwas zu schade sein, wenn das Leben seiner Frau und seines Kindes vielleicht nur davon abhängt, daß...«
»Ja, wenn genügend Mittel da sind, braucht die Frau vom Mann gar nicht abhängig zu sein. Eine gute Frau unterwirft sich ihrem Mann«, sagte Warwara Alexejewna, »aber Lisa ist von ihrer Krankheit noch zu angegriffen.«
»Nicht doch, Mama, ich fühle mich sehr wohl. Warum ist denn keine gekochte Sahne da?«
»Ich brauche sie nicht. Ich nehme auch rohe.«
»Ich habe Warwara Alexejewna gefragt, und sie hat gedankt«, sagte Marja Pawlowna, als wollte sie sich entschuldigen.
»Nein, wirklich, ich mag heute keine.« Und wie um dem unangenehmen Gespräch ein Ende zu machen und sich großmütig zu zeigen, wandte Warwara Alexejewna sich zu Jewgenij.
»Nun? Haben Sie Ihre Phosphate ausgeschüttet?«
Lisa lief nach der Sahne.
»Ich will nicht, ich will wirklich nicht.«
»Lisa, Lisa, nicht so schnell!« sagte Marja Pawlowna. »Diese schnelle Bewegung kann ihr schaden.«
»Nichts kann schaden, wenn die Seele ruhig ist«, sagte Warwara Alexejewna. Das klang wie eine Anspielung, aber sie wußte selbst sehr gut, daß sie auf nichts anspielen konnte.

Lisa kam mit der Sahne, Jewgenij trank seinen Kaffee und hörte mit finsterer Miene zu. Er war an diese Gespräche schon gewöhnt; heute aber ärgerte ihre Sinnlosigkeit ihn ganz besonders. Er wollte sich über sein heutiges Erlebnis klarwerden, und dies Geschwätz hinderte ihn daran. Nach dem Kaffee entfernte sich Warwara Alexejewna in offensichtlich schlechter Laune. Lisa, Jewgenij und Marja Pawlowna blieben sitzen, und es entspann sich eine schlichte, nette Unterhaltung. Aber mit dem Scharfblick der Liebe hatte Lisa sofort erkannt, daß ihren Mann etwas quälte, und sie fragte ihn, ob er irgendeine Unannehmlichkeit gehabt habe. Er war auf diese Frage nicht vorbereitet und antwortete etwas verlegen, es sei nichts vorgefallen. Die Antwort stimmte Lisa erst recht nachdenklich. Irgend etwas quälte ihn, das sah sie ebenso deutlich, wie sie die Fliege sah, die eben in die Milch gefallen war. Er sagte es ihr aber nicht. Was konnte es sein?

II

Nach dem Frühstück ging jedes seiner Wege. Jewgenij begab sich der feststehenden Ordnung gemäß in sein Arbeitszimmer. Er nahm kein Buch und keinen Brief vor, sondern setzte sich und rauchte nachdenklich eine Zigarette nach der anderen. Er war äußerst erstaunt und betrübt über dieses so unerwartet wieder erwachte häßliche Gefühl, von dem er nach seiner Heirat ganz frei geworden zu sein glaubte. Er hatte seitdem dieses Gefühl weder für sie, das Weib, das er kannte, noch für irgendeine andere Frau, außer Lisa, empfunden. Er hatte sich im stillen oft über diese seine Befreiung gefreut – und nun hatte ihm plötzlich der anscheinend so unbedeutende Zufall offenbart, daß er nicht frei war. Und ihn quälte jetzt nicht der Umstand, daß er sich wieder von diesem Gefühl hatte übermannen lassen, daß er nach ihr verlangte – daran wollte er nicht einmal denken –, sondern daß dieses Gefühl in ihm lebendig war und daß er auf der Hut sein müsse. Daß er das Gefühl unterdrücken werde, stand für ihn außer allem Zweifel.

Er hatte noch einen unbeantworteten Brief liegen und eine Eingabe, die er verfassen mußte. Er setzte sich an den Schreibtisch und machte sich an die Arbeit. Als er sie beendet und darüber ganz vergessen hatte, was ihn erregt hatte, ging er hinaus, um nach den Pferden zu sehen. Und wieder traf es sich – war es ein unglücklicher Zufall oder Absicht? –, daß in dem Augenblick, wo er aus dem Hause trat, der rote Rock und das rote Tuch um die Ecke bog, und dann ging sie, die Arme schwenkend und sich in den Hüften wiegend, an ihm vorüber. Nein, sie ging nicht, sondern lief dicht an ihm vorbei, wie spielend, und holte ihre Genossin ein.

Wieder stieg alles in seiner Erinnerung auf: die grelle Mittagssonne, die Nesseln, der Wald hinter Danilas Hütte und im Schatten der Ahornbäume ihr lächelndes Gesicht mit den grünen Blättern im Munde.

›Nein, das kann nicht so bleiben‹, sagte er zu sich, wartete ab, bis die Weiber nicht mehr zu sehen waren, und ging ins Kontor.

Es war kurz vor Mittag, und er hoffte den Inspektor noch vorzufinden. Das war auch der Fall. Der Inspektor war eben erwacht. Er stand mitten im Zimmer, reckte sich, gähnte und sah den Viehknecht an, der ihm etwas berichtete.

»Wasilij Nikolajewitsch?«

»Zu Befehl.«

»Ich muß mit Ihnen sprechen.«

»Bitte schön.«

»Erledigen Sie aber erst Ihr Geschäft!«

»Kannst du es nicht tragen?« fragte Wasilij Nikolajewitsch den Knecht.

»Es ist sehr schwer, Wasilij Nikolajewitsch.«

»Was gibts denn?« fragte Jewgenij.

»Eine Kuh hat draußen im Felde gekalbt. Nun gut, ich will

gleich einen Wagen schicken. Sag dem Nikolaj, er soll die Lysucha anspannen, meinetwegen vor die leichte Droschke.«
Der Knecht ging.
»Sehen Sie«, fing Jewgenij an und fühlte, wie er rot wurde, »sehen Sie, Wasilij Nikolajewitsch, als Junggeselle habe ich hier ein wenig gesündigt... Sie haben vielleicht gehört...«
Wasilij Nikolajewitsch lächelte mit den Augen und sagte, offensichtlich von Mitleid mit seinem Herrn erfüllt:
»Sie meinen die Stepaschka?«
»Ja, ja. Und ich möchte sehr bitten, daß Sie die Person nicht im Hause beschäftigen. Sie werden begreifen, daß es mir unangenehm ist.«
»Das hat wohl der Schreiber Iwan angeordnet.«
»Also bitte... Nun, wollen Sie die Phosphate wieder streuen lassen?« sagte Jewgenij, um seine Verlegenheit zu maskieren.
»Ja, ich fahre gleich hinaus.«
So war das erledigt. Und Jewgenij beruhigte sich in der Hoffnung, daß er sie auch in Zukunft nicht mehr sehen werde, wie er sie ein ganzes Jahr lang nicht gesehen hatte. ›Wasilij Nikolajewitsch sagt es dem Schreiber Iwan; Iwan wird es ihr sagen, und sie wird begreifen, daß ich es nicht haben will‹, dachte Jewgenij und freute sich, daß er sich ein Herz gefaßt und mit dem Inspektor gesprochen hatte, so schwer ihm das auch geworden war. ›Es ist immer besser als diese Zweifel, diese Scham.‹ Er zitterte bei der bloßen Erinnerung an seine Gedankensünde.

12

Die Überwindung, die es Jewgenij gekostet hatte, sein Schamgefühl zurückzudrängen und mit Wasilij Nikolajewitsch zu reden, hatte ihn beruhigt. Es schien ihm, als wäre nun alles erledigt. Und Lisa bemerkte sofort, daß er ganz ruhig und sogar heiterer als sonst war. ›Die Zänkereien der Mütter haben ihn wohl betrübt‹, dachte sie. ›In der Tat muß es ihm mit seinem empfindsamen, edlen Charakter schwerfallen, immer diese unfreundlichen, taktlosen Anspielungen auf alles mögliche anhören zu müssen.‹

Tags darauf war Pfingsten. Das Wetter war wunderschön, und nach alter Sitte kamen die Weiber, als sie in den Wald gingen, um Kränze zu winden, erst vor das Gutshaus und sangen und tanzten. Marja Pawlowna und Warwara Alexejewna kamen in eleganten Kleidern und Sonnenschirmen aus dem Hause und traten näher an die Tanzenden heran. Mit ihnen kam auch Jewgenijs Onkel, der diesen Sommer hier auf dem Gut verbrachte, ein alter, schwammiger Schürzenjäger und Trinker, in einem Nankingrock.

Wie immer bildete den Mittelpunkt des Ganzen ein bunter, farbenfroher Kreis von jungen Frauen und Mädchen, um ihn bewegten sich an allen Seiten, wie losgerissene, um ihren Mittelpunkt kreisende Planeten mit ihren Trabanten, hier junge Mädchen, die sich an den Händen hielten und deren neue Kattunkleider rauschten, dort Kinder, die prustend hin und her liefen und einander haschten, da wieder junge Burschen in blauen und schwarzen Leibröcken, Mützen und roten Hemden, Sonnenblumenkerne kauend und die Schalen unaufhörlich ausspuckend, endlich Hofgesinde und Fremde, die von ferne dem Reigen zusahen. Beide Damen traten dicht an den Kreis heran; ihnen folgte Lisa in einem blauen Kleid, mit blauen Bändern auf dem Kopf, mit weiten Ärmeln, aus denen ihre langen weißen Arme mit den spitzen Ellbogen hervorsahen.

Jewgenij wollte nicht hinausgehen, aber es wäre lächerlich gewesen, wenn er sich versteckt hätte. So trat auch er, die Zigarette in der Hand, auf die Freitreppe, begrüßte die Burschen und die Bauern und ließ sich mit einem von ihnen in ein Gespräch ein. Die Weiber brüllten indessen aus voller Kehle ihr Tanzlied, klatschten in die Hände, sprangen und drehten sich.

»Die gnädige Frau ruft Sie«, sagte ein Junge zu Jewgenij, der den Ruf nicht gehört hatte. Lisa wollte, daß Jewgenij sich die tanzenden Weiber ansehe, besonders eine, die ihr aus-

nehmend gefiel. Das war Stepanida. Sie hatte ein gelbes Unterkleid und eine Plüschweste an, darüber ein seidenes Tuch. Breithüftig, energisch, rotbackig, fröhlich bewegte sie sich hin und her. Sie tanzte wohl sehr gut. Jewgenij sah nichts.
»Ja, ja«, sagte er, den Kneifer abnehmend und wieder aufsetzend. »Ja, ja!« wiederholte er. ›Ich kann sie wohl nicht mehr loswerden‹, dachte er.
Er sah sie nicht an, weil er ihre Reize fürchtete, und gerade deswegen schien ihm das, was er flüchtig an ihr zu sehen bekam, besonders reizvoll. Außerdem sagte ihm ihr aufflammender Blick, daß sie ihn sah und auch sah, daß sie ihm gefiel. Er stand so lange da, wie der Anstand es erforderte, und als er sah, daß Warwara Alexejewna sie heranrief, in ungeschickter, unnatürlicher Weise mit ihr redete und sie Herzchen nannte, da drehte er sich um und ging ins Haus. Er ging fort, um sie nicht mehr zu sehen; aber als er ins obere Stockwerk gekommen war, trat er, ohne zu wissen wie und warum, ans Fenster und blieb dort die ganze Zeit stehen, solange die Weiber tanzten. Er sah auf sie und immer wieder auf sie und berauschte sich an ihrem Anblick.
Er lief unbemerkt die Treppe hinunter und ging leise auf die Veranda. Dort steckte er sich eine Zigarette an und ging, scheinbar nachlässig durch den Garten schlendernd, in der Richtung, in der sie sich entfernt hatte. Er hatte noch keine zwei Schritte in der Allee gemacht, als hinter den Bäumen die Plüschweste über dem gelben Hemd und das rote Tuch auftauchten. Sie ging mit einer anderen Frau. ›Wohin sie bloß gehen mögen?‹
Und plötzlich ergriff ihn eine leidenschaftliche Begier, sie brannte ihn wie Feuer, preßte wie mit einer kräftigen Hand sein Herz zusammen. Wie von einem fremden Willen getrieben, sah Jewgenij sich um und ging ihr nach.
»Jewgenij Iwanowitsch! Jewgenij Iwanowitsch! Ich habe mit Euer Gnaden zu reden!« ertönte plötzlich eine Stimme hinter ihm, und Jewgenij erkannte den alten Samochin, der

bei ihm den Brunnen grub. Er kam sofort zu sich, drehte sich schnell um und ging auf den Alten zu. Während er mit ihm redete, blickte er zur Seite und sah, daß die beiden Weiber den Abhang hinuntergingen. Offenbar wollten sie zum Brunnen oder taten so, als ob sie dahin wollten. Jedenfalls hielten sie sich dort nicht lange auf, sondern liefen zum Reigen zurück.

13

Nachdem er mit Samochin geredet hatte, kam Jewgenij ganz niedergeschlagen nach Hause, als hätte er ein Verbrechen begangen. Erstens hatte sie ihn verstanden; sie hatte gedacht, er wolle sie sehen, und das kam ihr erwünscht. Zweitens aber war es klar, daß die andere Frau, diese Anna Prochorowa, davon wußte.

Vor allem aber fühlte er, daß er besiegt war, daß er keinen eigenen Willen besaß, daß er von einer unbekannten Macht beherrscht wurde. Heute hatte ihn ein glücklicher Zufall gerettet, aber wenn nicht heute, so mußte er morgen oder übermorgen doch zu Fall kommen.

Ja, zu Fall kommen. Anders konnte er es nicht nennen. Seiner jungen Frau, die ihn so liebte, untreu werden, mit einem Bauernweib, vor aller Augen – war das nicht ein entsetzlicher Fall, nach dem er überhaupt nicht mehr leben konnte? Nein, nein, er mußte etwas dagegen unternehmen!

›Mein Gott, mein Gott, was soll ich denn tun? Muß ich denn wirklich zugrunde gehen?‹ fragte er sich. ›Kann ich keinerlei Maßregeln ergreifen? Ja, ich muß etwas tun! Vor allem nicht mehr an sie denken!‹ Aber sofort sah er sie wieder vor sich im Schatten des Ahorns.

Da fiel ihm ein, daß er einmal von einem heiligen Greis gelesen hatte, der ein Weib durch Handauflegen heilen sollte; und um der Versuchung nicht zu verfallen, legte er zu gleicher Zeit die andere Hand auf den glühenden Herd und verbrannte sich die Finger. Er dachte an die Geschichte und

sagte: ›Ja, lieber lasse ich meine Finger verbrennen, als daß ich mich ganz zugrunde richte.‹ Er sah sich um, ob niemand im Zimmer sei, zündete ein Streichholz an und hielt den Finger in die Flamme. ›Jetzt denke an sie!‹ sagte er spöttisch. Er empfand Schmerz, riß den schwarz angeräucherten Finger zurück, warf das Streichholz weg und lachte über sich selbst. ›Was für ein Unsinn! Damit komme ich nicht weit! Aber ich muß dafür sorgen, daß ich sie nicht sehe. Ich muß verreisen oder sie fortschicken. Ja, fortschicken! Ihrem Mann Geld anbieten, daß er in die Stadt oder in ein anderes Dorf zieht? Das wird bald bekanntwerden, man wird davon reden. Nun, und was ist dabei? Immer noch besser als diese ewige Gefahr! Ja, so muß ichs machen‹, sagte er und sah ihr die ganze Zeit nach, ohne die Augen abzuwenden. ›Wo geht sie denn hin?‹ fragte er sich plötzlich. Sie schien ihn am Fenster gesehen zu haben und faßte nun eine andere Frau unter den Arm und ging mit ihr durch den Garten, lebhaft schwatzend und den freien Arm schwenkend. Ohne zu wissen warum und wozu, immer noch im Banne seiner Gedanken, ging er ins Kontor.
Wasilij Nikolajewitsch saß in seinem guten Rock, den Kopf reichlich mit Pomade gesalbt, beim Tee mit seiner Frau und einem weiblichen Gast in buntgeblümtem Schaltuch.
»Ich möchte Sie sprechen, Wasilij Nikolajewitsch.«
»Bitte schön. Wir sind fertig.«
»Nein, kommen Sie lieber mit!«
»Gleich, ich will nur meine Mütze nehmen. Tanja, deck den Samowar zu«, sagte Wasilij mit lächelnder Miene im Hinausgehen.
Es schien Jewgenij, als wäre der Inspektor etwas angetrunken; aber vielleicht war das ganz gut; er würde dann mehr Verständnis für seine Lage zeigen.
»Ich komme noch einmal in derselben Sache, Wasilij Nikolajewitsch«, sagte Jewgenij, »wegen dieser Person.«
»Jawohl. Ich habe schon angeordnet, daß sie nicht ins Haus kommen soll.«

»Ich meine nicht das. Ich denke an etwas anderes und möchte Sie um Rat fragen. Könnte man sie nicht ganz wegschaffen, die ganze Familie?«

»Wohin denn wegschaffen?« sagte Wasilij mißvergnügt und – wenigstens schien es Jewgenij so – spöttisch.

»Ich dachte, man könnte ihnen vielleicht Geld geben oder sogar Land in Koltowskoje anbieten; sie soll nur weg von hier.«

»Wie soll man das denn machen? Sie wird doch von ihrem Hof nicht fortwollen. Und wozu denn? Was tut Sie Ihnen denn?«

»Ach, Wasilij Nikolajewitsch, Sie müssen doch begreifen, daß es für meine Frau furchtbar sein muß, wenn sie davon erfährt.«

»Wer wird es ihr denn sagen?«

»Immer in dieser Angst leben ist entsetzlich.«

»Sie machen sich ganz unnütze Sorgen. Fürs Gewesene gibt der Jude nichts. Und wir sind allzumal Sünder vor dem Herrn.«

»Es wäre aber doch besser, sie käme weg. Können Sie nicht mit dem Mann reden?«

»Was soll ich da reden? Ach, Jewgenij Iwanowitsch, lassen Sie das doch! Es ist ja alles längst vergangen und vergessen. Was kommt im Leben nicht alles vor! Und wer könnte jetzt etwas Böses von Ihnen sagen? Es sieht ja jeder, wie es bei Ihnen zugeht.«

»Reden Sie aber doch mit ihm!«

»Gut, ich wills versuchen.«

Obgleich Jewgenij im voraus wußte, daß das alles zu nichts führen würde, fühlte er sich nach diesem Gespräch doch etwas beruhigt. Vor allem wurde ihm bewußt, daß er in seiner Aufregung die Gefahr übertrieben hatte.

Ging er etwa zu einem Stelldichein mit ihr? Das war ganz unmöglich. Er hatte einfach einen Gang durch den Garten gemacht, und sie war zufällig auch dahin gekommen.

14

An demselben Pfingstsonntag ging man nach dem Mittagessen im Garten spazieren und von da weiter auf die Wiese, wo Jewgenij Lisa den Klee zeigen wollte. Beim Überschreiten eines kleinen Grabens trat Lisa fehl und fiel. Sie fiel weich, auf die Seite, schrie aber auf, und auf ihrem Gesicht sah Jewgenij nicht nur den Ausdruck des Schreckens, sondern auch körperlichen Schmerzes. Er wollte sie aufheben, aber sie schob seine Hand zurück.

»Nein, warte ein wenig, Jewgenij«, sagte sie mit schwachem Lächeln und sah von unten, wie es ihm schien, mit schuldbewußter Miene zu ihm herauf. »Ich habe mir einfach den Fuß vertreten.«

»Ich sage es ja immer«, fing Warwara Alexejewna an, »kann eine Frau in diesem Zustand denn über Gräben springen?«

»Aber nicht doch, Mama, ich stehe gleich auf.«

Sie erhob sich mit Hilfe ihres Mannes, aber im selben Augenblick wurde sie bleich, und auf ihrem Gesicht malte sich Schrecken.

»Ja, mir ist nicht gut.« Und sie flüsterte ihrer Mutter etwas zu.

»Ach, mein Gott, was habt ihr angerichtet! Ich sagte doch, ihr solltet nicht gehen!« schrie Warwara Alexejewna. »Wartet, ich hole gleich Leute. Sie darf nicht gehen. Sie muß getragen werden.«

»Fürchtest du dich nicht, Lisa, wenn ich dich trage?« sagte Jewgenij, seinen linken Arm um sie legend. »Halte dich an meinem Hals fest. So ists recht!«

Er bückte sich, faßte sie mit dem rechten Arm oberhalb der Knie und hob sie in die Höhe. Niemals konnte er später den schmerzlichen und doch seligen Ausdruck ihres Gesichts in diesem Augenblick vergessen.

»Ich bin dir zu schwer, Liebster«, sagte sie lächelnd. »Mama läuft schon hin, sag es ihr.«

Und sie neigte sich zu ihm herab und küßte ihn. Sie wollte augenscheinlich, daß auch die Mutter sehen sollte, wie er sie trug.
Jewgenij rief Warwara Alexejewna zu, sie brauche nicht so zu eilen, er könne Lisa tragen. Warwara Alexejewna blieb stehen und schrie noch lauter.
»Du läßt sie fallen, du läßt sie ganz bestimmt fallen. Du willst sie ganz zugrunde richten. Du hast kein Gewissen!«
»Ich kann sie sehr gut tragen.«
»Ich kann, ich will nicht sehen, wie du meine Tochter quälst.«
Und sie bog in die Seitenallee ein.
»Das tut nichts, es geht vorbei«, sagte Lisa lächelnd.
»Wenn es nur keine Folgen hat wie damals.«
»Nein, ich rede nicht davon. Das ist auch nicht so schlimm. Ich meine jetzt Mama. Du bist müd, ruh dich etwas aus!«
Aber obgleich es ihm sehr schwerfiel, trug Jewgenij mit stolzer Freude seine Last bis an das Haus und überließ sie nicht dem Dienstmädchen und dem Koch, die Warwara Alexejewna aufgesucht und ihnen entgegengeschickt hatte. Er trug sie ins Schlafzimmer und legte sie auf das Bett.
»Geh jetzt nur!« sagte sie, zog seine Hand zu sich heran und küßte sie, »Annuschka und ich werden jetzt schon allein fertig.«
Auch Marja Pawlowna kam aus ihrem Seitengebäude gelaufen. Lisa wurde entkleidet und zu Bett gebracht. Jewgenij saß mit einem Buch in der Hand im Salon und wartete. Warwara Alexejewna ging an ihm vorüber und machte dabei ein so vorwurfsvolles, finsteres Gesicht, daß ihm angst und bange wurde.
»Nun, wie stehts?« fragte er.
»Wie? Sie fragen noch? Es ist natürlich so gekommen, wie Sie es wahrscheinlich haben wollten, als Sie Ihre Frau zwangen, über den Graben zu springen.«
»Warwara Alexejewna!« rief er aus. »Das ist unerträglich.

Wenn Sie Ihre Mitmenschen quälen und ihnen das Leben vergiften wollen...« Er wollte sagen: ›Dann gehen Sie woanders hin‹, aber er bezwang sich. »Tut Ihnen das gar nicht weh!«
»Jetzt ist es zu spät.«
Sie schüttelte triumphierend ihre Spitzenhaube und ging hinaus.
Lisa war tatsächlich sehr unglücklich gefallen, der Fuß war eingeknickt, und man mußte befürchten, daß wieder eine Fehlgeburt die Folge sein könnte. Alle wußten, daß man jetzt nichts machen konnte, daß die Kranke nur ruhig liegen mußte; trotzdem beschloß man nach dem Arzt zu schicken.
›Sehr geehrter Nikolaj Semjonowitsch‹, schrieb Jewgenij an den Arzt, ›Sie waren immer so freundlich zu uns, daß ich wohl auf Ihren Beistand hoffen darf. Es handelt sich um meine Frau, die ...‹ und so weiter. Als er den Brief geschrieben hatte, ging er in den Pferdestall, um seine Anordnungen wegen des Wagens und der Pferde zu treffen. Zum Abholen des Arztes sollten andere Pferde angespannt werden als später zur Rückfahrt. Wo nicht auf sehr großem Fuße gewirtschaftet wird, läßt sich dergleichen nicht so ohne weiteres erledigen, sondern muß überlegt werden. Nachdem er alles angeordnet und den Kutscher abgefertigt hatte, kam er gegen zehn Uhr ins Haus zurück. Lisa lag im Bett und sagte, sie fühle sich sehr wohl und habe gar keine Schmerzen. Aber Warwara Alexejewna saß bei der Lampe, gegen deren Licht Lisa durch ein senkrecht hingestelltes Notenbuch geschützt war, und häkelte eine große rote Decke mit einer Miene, die deutlich sagte, daß nach dem Vorgefallenen an keinen Frieden zu denken sei. Und mochten die anderen tun, was sie wollten – sie für ihre Person hatte ihre Pflicht erfüllt.
Jewgenij sah das, aber um sich den Anschein zu geben, als bemerke er es nicht, spielte er den Heiteren und Sorglosen, erzählte, wie er die Pferde ausgesucht habe und wie ausgezeichnet die Stute Kawuschka als Beipferd laufe.

»Natürlich, das ist die beste Gelegenheit, die Pferde einzufahren. Sie werden wohl auch den Doktor in den Graben werfen«, sagte Warwara Alexejewna, während sie ihre Häkelarbeit dicht unter die Lampe hielt und über die Brille hinweg betrachtete.
»Ja, die Pferde mußten doch geschickt werden. Ich habs gemacht, so gut ichs konnte.«
»Ich erinnere mich noch ganz deutlich, wie Ihre Pferde hart vor der Anfahrt mit mir durchgingen.«
Diese erfundene Geschichte brachte sie immer wieder vor, und diesmal beging Jewgenij die Unvorsichtigkeit zu sagen, damals sei es doch etwas anders zugegangen.
»Ja, ja, nicht umsonst sag ich es immer wieder, auch dem Fürsten habe ich es unzählige Male gesagt: nichts ist schwerer, als mit unwahrhaftigen, unaufrichtigen Menschen zu leben. Ich kann alles ertragen, nur das nicht.«
»Wenn jemand hier am schmerzlichsten getroffen wird, so bin ich es«, sagte Jewgenij, »und Sie...«
»Ja, das merkt man.«
»Was?«
»Nichts. Ich zähle die Maschen.«
Jewgenij stand in diesem Augenblick dicht vor dem Bett; Lisa blickte ihn an, griff mit ihrer feuchten Hand, die auf der Decke lag, nach seiner Hand und drückte sie. ›Ertrage sie mir zuliebe. Sie kann uns doch nicht hindern, einander zu lieben‹, sagte ihr Blick.
»Ich will es nicht mehr tun. Du hast recht«, sagte er und küßte ihre feuchte, schmale Hand und dann ihre lieben Augen, die sie schloß, als er sie küßte.
»Ist es wirklich wieder dasselbe?« fragte er. »Was hast du für ein Gefühl?«
»Ich wage es kaum auszusprechen, weil ich mich irren kann, aber ich habe das Gefühl, daß es lebt und leben wird«, sagte sie mit einem Blick auf ihren Leib.
»Ach, es ist furchtbar, nur daran zu denken.«

Obgleich Lisa ihn immer wieder fortzuschicken suchte, blieb Jewgenij die ganze Nacht bei ihr, schlief nur für Augenblicke ein und war immer bereit, sie zu bedienen.

Aber sie verbrachte die Nacht gut, und wenn man nicht nach dem Arzt geschickt hätte, wäre sie vielleicht auch aufgestanden.

Gegen Mittag kam der Arzt und sagte natürlich, obgleich das wiederholte Auftreten gewisser Symptome auch zu Befürchtungen Anlaß geben könnte, so seien doch keinerlei positive Indizien vorhanden; da aber auch für das Gegenteil alle Indizien fehlten, so könne man einerseits wohl annehmen, müsse aber anderseits auch in Betracht ziehen, daß... Darum solle sie nur im Bett bleiben, und obgleich er durchaus kein Freund von Mixturen sei, solle sie doch dies und das nehmen, vor allem aber liegen... Außerdem hielt der Doktor Warwara Alexejewna noch einen langen Vortrag über die Anatomie des weiblichen Körpers, und Warwara Alexejewna nickte bedeutsam mit dem Kopf. Nachdem man dem Doktor das Honorar, wie üblich, in die Hand gedrückt hatte, fuhr er wieder weg, und die Kranke blieb noch eine Woche im Bett liegen.

15

Fast seine ganze freie Zeit verbrachte Jewgenij am Bett seiner Frau, er bediente sie, sprach mit ihr, las ihr vor und – was das schwerste war – ertrug ohne Murren die Sticheleien von Warwara Alexejewna, ja, er verstand sie sogar ins Scherzhafte zu wenden.

Aber er konnte nicht immer zu Hause sitzen. Erstens schickte seine Frau selbst ihn fort; sie sagte, er würde krank werden, wenn er immer bei ihr säße; zweitens verlangte die Wirtschaft immer wieder seine persönliche Anwesenheit. Er konnte nicht zu Hause sitzen, sondern war im Feld, im Wald, im Garten, auf der Tenne, und überall verfolgte ihn

nicht nur der Gedanke an Stepanida, sondern ihre lebendige Erscheinung so, daß er sie nur selten vergessen konnte. Das wäre aber noch nicht so schlimm gewesen; er hätte dieses Gefühl vielleicht überwinden können; das schlimmste war, daß er früher Monate lang gelebt hatte, ohne sie zu sehen, daß sie ihm aber jetzt unablässig in den Weg kam. Sie hatte offenbar erraten, daß er den Verkehr mit ihr wiederaufnehmen wollte, und suchte sich ihm bemerkbar zu machen. Weder er noch sie hatten ein Wort gesagt, darum gingen weder er noch sie ohne weiteres zum anderen, sondern sie waren nur bemüht, einander zufällig zu begegnen.
Ein Ort, wo man sich treffen konnte, war der Wald, in dem die Weiber mit Säcken nach Gras für die Kühe gingen. Jewgenij wußte das, und darum ging er jeden Tag an diesem Wald vorbei. Jeden Tag sagte er sich, daß er nicht mehr dahin gehen werde, und jeden Tag endete es damit, daß er doch in den Wald ging und, wenn er Stimmen vernahm, hinter einem Busch stehenblieb und mit stockendem Herzschlag lauerte, ob sie es sei.
Wozu mußte er wissen, ob sie es war? Darauf hätte er keine Antwort geben können. Wenn sie es war und wenn sie allein war, wollte er nicht zu ihr gehen; er wollte dann entfliehen. Aber sehen mußte er sie.
Einmal begegnete er ihr: als er in den Wald trat, kam sie gerade mit zwei anderen Frauen aus dem Wald heraus. Sie trug einen schweren Sack mit Gras auf dem Rücken. Eine Viertelstunde früher wäre er ihr vielleicht im Wald begegnet. Jetzt aber konnte sie wegen ihrer Begleiterinnen nicht mehr in den Wald zurückgehen. Aber obgleich er wußte, daß das unmöglich war, stand er doch noch lange Zeit wartend hinter einem Haselstrauch, ohne zu bedenken, daß er dadurch die Aufmerksamkeit der anderen Weiber auf sich ziehen konnte. Natürlich kam sie nicht zurück, aber er stand noch lange da. Und, großer Gott! wie reizvoll erschien sie ihm in seiner Einbildung. Und das war nicht das erste, son-

dern das fünfte oder sechste Mal. Und je weiter, desto schlimmer. Nie war sie ihm so verlockend erschienen. Nein, nicht nur verlockend, nie hatte sie eine so große Gewalt über ihn gehabt.

Er fühlte, daß er jede Selbstbeherrschung verlor, daß er nahe daran war, wahnsinnig zu werden. Seine Strenge gegen sich selbst war nicht geringer geworden; im Gegenteil, er war sich der ganzen Schändlichkeit seiner Wünsche, ja seiner Taten bewußt, denn sein Umherirren im Walde war eine Tat. Er wußte, daß er nur mit ihr nahe zusammenzukommen brauchte, irgendwo im Dunkeln, daß er sie, wenn es möglich wäre, nur zu berühren brauchte – und er hätte sich von seinem Gefühl hinreißen lassen. Er wußte, daß nur die Scham vor den Leuten, vor ihr, wohl auch vor sich selbst ihn zurückhielt. Und er wußte auch, daß er nach einer Gelegenheit suchte, wo er dieses Schamgefühl weniger empfinden würde: in der Dunkelheit oder bei einer Berührung, bei der das Schamgefühl durch den tierischen Trieb betäubt würde. Und darum wußte er, daß er ein gemeiner Verbrecher war, und haßte und verachtete sich selbst aus ganzer Seele. Er haßte sich, weil er sich immer noch nicht ergeben hatte. Jeden Tag betete er zu Gott, er möge ihn stärken, möge ihn vor dem Untergang retten; jeden Tag faßte er den Entschluß, von jetzt an keinen Schritt mehr zu tun, sich nicht nach ihr umzusehen, sie zu vergessen. Jeden Tag sann er auf neue Mittel, wie er sich aus diesem Bann befreien könnte, und versuchte diese Mittel.

Aber alles war vergeblich.

Eins von diesen Mitteln war ständige Beschäftigung, ein anderes angestrengte körperliche Arbeit und Fasten, ein drittes die lebhafte Vorstellung der Schmach, mit der er sich bedecken würde, wenn alle es erführen – die Frau, die Schwiegermutter, die Dienstboten. Er tat das alles, und es schien ihm, als könnte er siegen; aber wenn die Mittagsstunde kam, die Stunde ihrer einstigen Zusammenkünfte,

oder die Stunde, wo er sie mit der Graslast am Waldrande getroffen hatte – dann ging er in den Wald.
So verstrichen fünf qualvolle Tage. Er hatte sie nur von ferne gesehen und hatte sich ihr kein einziges Mal genähert.

16

Lisa erholte sich allmählich, sie hatte das Bett verlassen und war sehr beunruhigt durch die Veränderung, die mit ihrem Gatten vor sich gegangen war und die sie nicht begreifen konnte.
Warwara Alexejewna war für eine Zeitlang verreist, und der einzige Gast im Hause war der Onkel. Marja Pawlowna war wie immer daheim.
In solch einem dem Wahnsinn nahekommenden Zustand befand sich Jewgenij, als, wie so oft auf die Junigewitter, die Juniregengüsse kamen, die manchmal zwei Tage hintereinander nicht aufhörten. Der Regen machte alle Arbeiten unmöglich. Sogar der Mist wurde nicht ausgefahren, weil es zu naß und zu schmutzig war. Die Leute saßen in ihren Häusern. Die Hirten plagten sich mit dem Vieh und trieben es schließlich nach Hause. Kühe und Schafe stampften auf der Weide umher und verliefen sich auf die verschiedenen Grundstücke. Die Weiber, barfuß und in Tücher gehüllt, patschten durch den Schmutz auf der Suche nach ihren Kühen. Bäche rannen die Straßen hinab, alle Blätter, alle Grashalme waren voll Wasser, aus den Dachrinnen floß das Wasser und bildete große Pfützen mit Blasen darauf.
Jewgenij saß zu Hause mit seiner Frau, die ihm heute unerträglich schien. Sie fragte Jewgenij mehrmals nach der Ursache seiner Mißstimmung; er antwortete ärgerlich, es habe nichts zu bedeuten. Da hörte sie auf zu fragen, wurde aber sehr traurig.
Nach dem Frühstück saßen sie im Salon. Der Onkel erzählte zum hundertsten Male die alten Lügengeschichten von sei-

nen vornehmen Bekannten. Lisa strickte an einem Jäckchen und klagte seufzend über das Wetter und Schmerzen im Kreuz. Der Onkel riet ihr sich hinzulegen und bat um eine Flasche Wein. Jewgenij fand es im Hause furchtbar öde. Alle waren müde und gelangweilt. Er las in einem Buch und rauchte dazu, verstand aber kein Wort von dem, was er las.

»Ja, ich muß hinausgehen, mir die neuen Hecheln ansehen, die gestern angekommen sind«, sagte er. Er stand auf und ging hinaus.

»Nimm doch einen Schirm mit!«

»Ich habe ja die Lederjacke an. Und ich gehe auch nur bis zur Fabrik.«

Er zog Stiefel und Lederjacke an und ging zur Fabrik. Noch hatte er keine zwanzig Schritte zurückgelegt, da kam sie ihm entgegen, den Rock über den weißen Waden hochgeschürzt. Mit beiden Händen hielt sie das Tuch fest, in das ihr Kopf und ihre Schultern gehüllt waren.

»Was willst du?« fragte er, sie im ersten Augenblick gar nicht erkennend. Als er sie erkannt hatte, war es schon zu spät. Sie blieb stehen und sah ihn lange lächelnd an.

»Ich suche ein Kalb. Wo wollen Sie denn im Regen noch hin?« fragte sie, als sähe sie ihn jeden Tag.

»Komm in die Strohhütte!« sagte er plötzlich, ohne zu wissen, wie er dazu kam. Es war, als hätte jemand anders diese Worte aus seinem Innern heraus gesprochen.

Sie biß in ihr Kopftuch, blinzelte bejahend und lief dahin, wohin sie von Anfang an gewollt hatte – in den Garten zur Strohhütte. Er aber setzte seinen Weg weiter fort mit der Absicht, beim Fliederstrauch einzubiegen und ebenfalls zur Strohhütte zu gehen.

»Gnädiger Herr!« hörte er plötzlich hinter sich rufen. »Die gnädige Frau bittet Sie für einen Augenblick zu sich!«

Es war der Diener Mischa.

›Herr, mein Gott, zum zweiten Mal rettest du mich!‹ dachte

Jewgenij und kehrte sofort um. Seine Frau erinnerte ihn daran, daß er versprochen hatte, vor Mittag einer kranken Frau die Arznei zu bringen, und nun bat sie ihn, die Arznei mitzunehmen.

Bis die Arznei herausgesucht und eingepackt war, vergingen etwa fünf Minuten. Als er sich dann mit der Arznei auf den Weg machte, konnte er sich nicht entschließen, geradewegs zur Strohhütte zu gehen, weil man ihn vom Hause aus sehen konnte. Aber kaum war er aus der Sehweite verschwunden, kehrte er um und ging zur Strohhütte. Er sah sie in Gedanken schon mit schelmischem Lächeln in der Hütte stehen; aber als er die Hütte erreichte, war sie nicht da, und nichts in der Hütte ließ darauf schließen, daß sie dagewesen und wieder fortgegangen war.

Er dachte schon, sie habe vielleicht seine Worte nicht gehört oder nicht verstanden und sei deshalb nicht gekommen, denn er hatte seine Aufforderung leise in seinen Bart hinein gemurmelt, als fürchte er, daß sie es hören könnte. Vielleicht aber hatte sie auch gar nicht kommen wollen. ›Wie komme ich darauf, mir einzubilden, daß sie mir so ohne weiteres folgt? Sie hat ihren Mann; ich allein bin so ein Schuft, der eine liebe, gute Frau hat und dennoch einer anderen nachläuft.‹ So dachte er, während er in der Strohhütte saß, deren Dach an einer Stelle schadhaft war, so daß das Wasser von dem Strohgeflecht tropfte. ›Wie schön aber wäre es, wenn sie gekommen wäre. Wir beide hier allein im Regen. Nur ein einziges Mal sie umarmen, und dann mag kommen, was da will. Ach ja‹, dachte er, ›wenn sie hier gewesen wäre, müßten ihre Fußspuren zu sehen sein.‹ Und er blickte auf den ausgetretenen Weg, der zur Strohhütte führte und auf dem kein Gras wuchs. Richtig, da war die Spur eines nackten Frauenfußes, der an einer Stelle sogar ausgeglitten war. ›Ja, sie war da. Nun ist es aber zu spät. Wenn ich sie jetzt noch einmal irgendwo sehe, gehe ich zu ihr. Ich gehe nachts zu ihr.‹

Er saß noch lange in der Strohhütte und verließ sie niedergeschlagen und verzweifelt. Er brachte die Arznei zu der Kranken, kam nach Hause und legte sich in seinem Zimmer auf das Sofa, in Erwartung des Mittagessens.

17

Vor dem Essen kam Lisa zu ihm und, immer mit dem Gedanken beschäftigt, was die Ursache seiner Mißstimmung sein könnte, fing sie an davon zu reden, daß sie fürchte, es könnte ihm unangenehm sein, wenn sie ihre Niederkunft in Moskau abwarten wolle und daß sie daher beschlossen habe, hierzubleiben und auf keinen Fall nach Moskau zu fahren. Er wußte sehr gut, wie sehr sie sich vor der Niederkunft fürchtete und noch mehr davor, daß sie ein häßliches oder verkrüppeltes Kind zur Welt bringen könnte, und es rührte ihn tief, als er sah, wie leicht sie ihm zuliebe auf alles verzichtete. Alles im Hause war so schön, so heiter, so sauber; nur in seiner Seele sah es schmutzig, gemein und grauenhaft aus. Den ganzen Abend quälte sich Jewgenij mit dem Gedanken, daß trotz seines ehrlichen Abscheus vor seiner Schwäche, trotz seiner festen Absicht, ein Ende zu machen, morgen alles ebenso gehen werde wie heute.

›Nein, das ist unmöglich‹, dachte er, in seinem Zimmer auf und ab gehend, ›es muß doch irgendein Mittel dagegen geben. Mein Gott! was soll ich tun?‹

Jemand klopfte nach ausländischer Sitte an die Tür. Er wußte, daß es der Onkel war. »Herein!« rief er.

Der Onkel kam als freiwilliger Abgesandter Lisas.

»Weißt du, ich bemerke wirklich eine Veränderung in deinem Wesen«, sagte er, »und Lisa leidet darunter. Ich verstehe, daß es dir schwerfällt, dieses schöne begonnene Werk im Stich zu lassen, aber que veux-tu? Ich möchte euch doch raten zu reisen. Es wird euch beide beruhigen. Und weißt du, ich rate euch, in die Krim zu reisen. Das Klima ist herrlich, auch findet ihr dort einen ausgezeichneten Frauenarzt, und ihr kommt gerade recht zur Traubensaison.«

»Onkel«, sagt Jewgenij plötzlich, »kennen Sie mein Geheimnis? Es ist ein furchtbares, schmachvolles Geheimnis.«

»Aber ich bitte dich! Du zweifelst doch nicht an mir?«

»Onkel! Sie können mir helfen! Nicht nur helfen, mich retten!« sagte Jewgenij. Und der Gedanke, daß er sein Geheimnis dem Onkel, den er nicht achtete, gestehen werde, der Gedanke, daß er sich ihm in einem ungünstigen Licht zeigen werde, war ihm angenehm. Er fühlte sich schuldig, gemein und wollte sich selbst strafen.

»Sag es mir nur, mein Freund, du weißt, wie lieb ich dich habe«, sagte der Onkel, anscheinend sehr zufrieden damit, daß es ein Geheimnis gab, ein schmachvolles Geheimnis, und daß dieses Geheimnis ihm mitgeteilt werden sollte und daß er sich nützlich machen konnte.

»Vor allem muß ich gestehen, daß ich ein Schuft und ein Lump bin, ein Schurke – ja, ein Schurke!«

»Ach, rede doch keinen Unsinn!« sagte der Onkel, den Hals reckend.

»Ja, bin ich denn nicht ein Schurke, wenn ich, Lisas Gatte... Lisas Gatte! Man muß ihre Reinheit, ihre Liebe zu mir kennen... Wenn ich, ihr Gatte, sie mit einem Bauernweib betrügen will.«

»Was heißt das: du willst? Du hast sie also noch nicht betrogen?«

»Ach, es ist ebensogut, als hätte ich sie schon betrogen, denn daß es noch nicht so weit gekommen ist, lag nicht an mir. Ich war schon zu allem bereit. Ich wurde gestört, sonst hätte ich jetzt schon, jetzt schon... Ich weiß nicht, was ich getan hätte.«

»Aber ich bitte dich, erkläre mir doch erst...«

»Die Sache liegt so. Als ich noch Junggeselle war, beging ich die Dummheit, mich mit einem Weib aus unserem Dorf hier einzulassen... Doch was heißt einlassen? Ich kam mit ihr im Wald oder im Feld zusammen...«

»Ist sie hübsch?« fragte der Onkel.
Jewgenij runzelte die Stirn, als er diese Frage hörte, aber er fühlte sich so hilfsbedürftig, daß er tat, als hätte er nichts gehört, und fortfuhr:
»Ich hatte geglaubt, ich könnte ohne weiteres abbrechen, und dann wäre alles zu Ende. Ich hatte auch noch vor der Hochzeit Schluß gemacht und die Person fast ein ganzes Jahr lang nicht gesehen und nicht an sie gedacht.« Es berührte Jewgenij seltsam, diese Schilderung seines Zustandes aus seinem eigenen Munde zu hören. »Dann plötzlich, ich weiß nicht warum – man möchte mitunter wirklich an Liebeszauber denken –, kam sie mir wieder in den Weg, und nun schlich sich der Wurm in mein Herz hinein und nagt an ihm. Ich mache mir Vorwürfe, ich begreife, wie entsetzlich mein Tun ist, das heißt das, was ich jeden Augenblick tun möchte, und doch verlange ich danach, und wenn ich es bisher nicht getan habe, so hat nur Gott mich gerettet. Gestern war ich auf dem Wege zu ihr, als Lisa mich rufen ließ.«
»Wie? Im Regen?«
»Ja. Ich halte es nicht länger aus, Onkel; darum habe ich mich entschlossen, Ihnen alles zu gestehen und Sie um Beistand zu bitten.«
»Natürlich, so etwas auf dem eigenen Gut ist nicht schön. Wie leicht kann es jemand erfahren. Ich verstehe dich ja; Lisa ist schwächlich und muß geschont werden. Aber warum muß es hier auf deinem eigenen Gut sein?«
Wieder tat Jewgenij, als hätte er die Worte des Onkels nicht gehört, und beeilte sich auf den Kern der Sache zu kommen.
»Retten Sie mich vor mir selbst! Ich bitte Sie nur um eins. Heute wurde ich durch einen Zufall gestört. Aber morgen oder irgendeinmal später stört mich vielleicht niemand. Und ich weiß es jetzt. Lassen Sie mich nicht allein ausgehen!«
»Schon gut«, sagte der Onkel, »aber bist du wirklich so verliebt?«

»Ach, das ist ganz etwas anderes. Es ist keine Liebe, eine unbegreifliche Macht hat mich ergriffen und hält mich fest. Ich weiß nicht, was ich machen soll. Vielleicht komme ich wieder zur Vernunft...«

»Da siehst du, daß ich recht habe«, sagte der Onkel, »wir müssen eben in die Krim reisen.«

»Ja, ja, in die Krim. Aber solange ich hier bin, muß ich mit Ihnen darüber reden.«

18

Das Geständnis, das Jewgenij dem Onkel abgelegt hatte, und mehr noch die Gewissensbisse und das Schamgefühl, die ihn nach jenem Regentag gequält hatten, trugen einigermaßen zu seiner Ernüchterung bei. Es wurde beschlossen, in einer Woche nach Jalta zu reisen. In dieser Woche fuhr Jewgenij in die Stadt, um das Reisegeld zu besorgen, traf im Hause und im Kontor seine Verfügungen betreffs der Wirtschaft, wurde wieder heiter und vertraulich mit seiner Frau und lebte sichtlich auf.

Ohne Stepanida nach jenem Regentage noch einmal gesehen zu haben, reiste er mit seiner Frau nach der Krim. In der Krim verbrachten sie zwei sehr schöne Monate. Jewgenij hatte so viele neue Eindrücke, daß alles Gewesene ganz aus seiner Erinnerung verschwunden schien. In der Krim trafen sie alte Bekannte und schlossen sich ihnen ganz besonders eng an, auch machten sie neue Bekanntschaften. Das Leben in der Krim war für Jewgenij ein ewiger Feiertag; außerdem war dieser Aufenthalt auch sehr nützlich und lehrreich für ihn. Sie lernten dort den früheren Adelsmarschall ihres Gouvernements kennen, einen klugen, liberalen Herrn, der Jewgenij sehr liebgewann, ihn über vieles aufklärte und zu seinen Anschauungen bekehrte.

Ende August gebar Lisa ein hübsches, gesundes Mädchen. Die Geburt war unerwartet leicht.

Im September reisten Irtenews heim, nunmehr schon zu vieren, mit dem Kind und seiner Amme, denn Lisa konnte nicht selbst stillen. Ganz frei von seiner einstigen Angst kam Jewgenij als völlig neuer, glücklicher Mensch auf sein Gut zurück. Nachdem er alles durchgemacht hatte, was ein Ehemann bei der Niederkunft seiner Frau durchzumachen hat, liebte er Lisa noch viel mehr. Sein Gefühl für das Kind, wenn er es auf den Arm nahm, war ein lächerliches, neues, sehr angenehmes Gefühl, fast wie ein leichtes Kitzeln. Neu war in seinem Leben auch noch, daß ihn neben der eigenen Wirtschaft, dank der Freundschaft mit Dumtschin (dem früheren Adelsmarschall), nun auch die Angelegenheiten der Landesverwaltung zu interessieren begannen; zum Teil war es Ehrgeiz, zum Teil Pflichtgefühl, was ihn dazu trieb. Im Oktober sollte eine außerordentliche Sitzung stattfinden, in der er in die Verwaltung gewählt werden sollte. Nach seiner Rückkehr war er einmal in der Stadt, einmal bei Dumtschin gewesen.

An die Qualen der Versuchung und des Kampfes dachte er gar nicht mehr, und es kostete ihn Mühe, sich auch nur ein Bild davon zu machen. Es erschien ihm wie ein Wahnsinnsanfall, der plötzlich über ihn gekommen war.

Er fühlte sich so frei, daß er sogar bei der ersten Gelegenheit, als er mit dem Inspektor allein war, nach Stepanida fragte. Da er mit ihm schon über sie gesprochen hatte, brauchte er sich der Frage nicht zu schämen.

»Nun, ist der Sidor Petschnikow noch immer nicht heimgekehrt?« fragte er.

»Nein, er ist immer noch in der Stadt.«

»Und seine Frau?«

»Ach, das leichtfertige Frauenzimmer. Jetzt treibt sie sich mit dem Sinowej herum. Die ist zu nichts zu brauchen.«

›Sehr schön‹, dachte Jewgenij. ›Erstaunlich, wie kalt mich das läßt und wie ich mich verändert habe.‹

19

Es war alles so gekommen, wie Jewgenij es gewünscht hatte. Das Gut blieb in seinem Besitz, die Fabrik arbeitete, die Rübenernte versprach glänzend zu werden und viel einzubringen; die Frau war glücklich entbunden, die Schwiegermutter abgereist und Jewgenij einstimmig in die Landesverwaltung gewählt worden.

Jewgenij machte sich nach der Wahl zur Heimreise bereit. Alle gratulierten ihm, und er mußte sich erkenntlich zeigen. Er gab ein Diner und trank vier oder fünf Glas Champagner. Ganz neue Pläne beschäftigten ihn jetzt. Auf der Heimfahrt dachte er unausgesetzt daran. Es war ein schöner Spätsommer. Der Weg war glatt, die Sonne schien hell. Als er sich seinem Gut näherte, dachte Jewgenij, wie er nun infolge dieser Wahl dem Volk gegenüber eine Stellung einnehmen würde, wie sie ihm immer vorgeschwebt hatte, das heißt, er würde dem Volk nun nicht bloß dadurch dienen können, daß er ihm in seinen Betrieben Arbeit gab, sondern er würde nun auch unmittelbaren Einfluß auf das Volk gewinnen. Er malte sich aus, wie nach drei Jahren seine und fremde Bauern von ihm reden würden. ›Der da auch‹, dachte er, als er durch das Dorf fuhr und einen Bauern und ein Weib sah, die mit einem vollen Bottich dicht vor ihm die Straße überschreiten wollten. Sie blieben stehen, um den Wagen vorbeizulassen. Der Bauer war der alte Petschnikow, das Weib war Stepanida. Jewgenij sah sie an, erkannte sie und empfand voller Freude, daß er ganz ruhig blieb. Sie war immer noch so hübsch, aber das rührte ihn nicht im geringsten.

Endlich war er zu Hause. Seine Frau empfing ihn auf der Freitreppe. Es war ein herrlicher Abend.

»Nun? Kann man gratulieren?« fragte der Onkel.

»Ja, ich bin gewählt.«

»Famos! Das muß begossen werden.«

Am nächsten Morgen mußte sich Jewgenij um die Wirtschaft kümmern, die er in der letzten Zeit stark vernachlässigt hatte. Auf dem Vorwerk arbeitete eine neue Dreschmaschine. Jewgenij sah zu, wie sie arbeitete, ging zwischen den Weibern umher, bemüht, sie nicht zu bemerken. Aber trotz aller Bemühungen blieb sein Blick doch zweimal an Stepanidas schwarzen Augen und ihrem roten Tuch hängen. Sie schleppte das Stroh heran. Zweimal schielte er nach ihr hinüber und fühlte, daß sich wieder etwas in ihm regte, gab sich aber keine klare Rechenschaft darüber. Erst am nächsten Tag, als er wieder zur Tenne auf dem Vorwerk hinausgeritten war und sich dort zwei Stunden aufgehalten hatte, obgleich es da nichts für ihn zu tun gab, hatte sein Blick unverwandt an der wohlbekannten, schönen Gestalt des jungen Weibes gehangen, und da wurde ihm bewußt, daß er verloren war, rettungslos, für immer verloren. Und von neuem begann die Qual, die Angst und das Entsetzen, und nirgends war Rettung.

Was er erwartet hatte, geschah. Am nächsten Abend erschien er, ohne zu wissen wie, vor ihrem Hinterhof, gegenüber dem Heuschuppen, wo sie einmal im Herbst zusammengekommen waren. Er blieb wie zufällig stehen und steckte sich eine Zigarette an. Die Nachbarsfrau bemerkte ihn, und als er umkehrte, hörte er sie zu irgend jemand sagen: »Geh, er wartet draußen, wahrhaftiger Gott, er steht da. Geh, du Närrin!«

Er sah ein Weib – sie war es! – zum Schuppen laufen, aber er konnte nicht mehr zurück, denn es kam ihm ein Bauer entgegen, und so ging er nach Hause.

20

Als er ins Wohnzimmer trat, schien ihm alles wüst und unnatürlich. Am Morgen war er noch ganz munter aufgestanden, mit dem festen Entschluß zu verzichten, zu vergessen, nicht mehr daran zu denken. Aber ohne recht zu begreifen,

wie das kam, zeigte er den ganzen Morgen hindurch nicht nur kein Interesse für die Geschäfte, sondern war eifrig bemüht, sie sich vom Halse zu schaffen. Was ihm früher wichtig erschien, was ihm Freude gemacht hatte, war jetzt ohne Bedeutung. Unbewußt suchte er von den Geschäften wegzukommen. Es schien ihm, als müßte er sie schneller erledigen, um in aller Ruhe etwas erwägen und entscheiden zu können. Endlich hatte er alles abgewälzt und war allein geblieben. Aber kaum war er allein, so trieb es ihn, in den Garten, in den Wald zu gehen. Alle diese Stätten waren beschmutzt durch Erinnerungen, Erinnerungen, die ihn wider Willen beherrschten. Und er fühlte, daß er durch den Garten ging und sich sagte, er müsse etwas erwägen, daß er aber nichts erwog, sondern wie wahnsinnig auf sie wartete, darauf wartete, daß sie wie durch ein Wunder begreifen würde, wie sehr er nach ihr verlangte, und daß sie hierherkommen würde, hierher oder an irgendeinen Ort, wo niemand sie sehen könnte, oder daß sie nachts, wenn der Mond nicht schiene und niemand, nicht einmal sie selbst, etwas sehen könnte – daß sie in einer solchen Nacht zu ihm kommen und seinen Leib berühren würde…
›Ja, so habe ich Schluß gemacht, als ich genug hatte!‹ sagte er zu sich selbst. ›So habe ich aus Gesundheitsrücksichten mit einem sauberen, gesunden Weib verkehrt! Nein, man kann wohl nicht so mit ihr spielen. Ich glaubte, ich hätte sie genommen, in Wahrheit aber hat sie mich genommen und hält mich fest. Ich hielt mich für frei und war doch nicht frei. Ich betrog mich selbst, als ich heiratete. Alles war Unsinn, war Betrug. Als ich mit ihr zusammenkam, ergriff mich ein neues Gefühl, das echte Mannesgefühl. Ja, ich hätte mit ihr leben müssen.
Nun gibt es zwei Lebensmöglichkeiten für mich. Ich muß das Leben fortsetzen, das ich mit Lisa begonnen habe. Da ist mein Amt, meine Wirtschaft, mein Kind, die Achtung der Leute. Wenn ich dieses Leben führen soll, darf es keine Ste-

panida geben. Sie muß fortgeschickt werden, wie ich schon gesagt habe, oder vernichtet, so daß sie überhaupt nicht mehr da ist. Und dann das zweite Leben – ebenfalls hier. Ich nehme sie ihrem Mann weg, gebe ihm Geld, vergesse Scham und Schmach und lebe mit ihr. Dann aber dürfen Lisa und Mimi (das Kind) nicht mehr da sein. Nein, warum? Das Kind stört nicht, aber Lisa muß fort. Sie muß es erfahren, muß mich verfluchen und mich verlassen. Erfahren, daß ich sie für ein Bauernweib weggegeben habe, daß ich ein Betrüger, ein Schuft bin. Nein, das ist zu entsetzlich! Das geht nicht. Es kann aber auch so kommen‹, dachte er weiter, ›es kann kommen, daß Lisa krank wird und stirbt. Und dann ist alles gut!‹

›Gut? Du Schurke! Nein, wenn schon jemand sterben soll, dann sie! Wenn Stepanida stürbe, wie gut wäre das!

So vergiftet oder erschießt man doch Frauen oder Geliebte. Den Revolver nehmen, zu ihr hingehen, sie heranrufen – und dann statt der Umarmung ein Schuß in die Brust, und alles ist aus.

Sie ist ein Teufel. Ein wirklicher Teufel. Denn sie hat gegen meinen Willen Gewalt über mich gewonnen[1].

Töten? Ja. Denn es gibt nur zwei Auswege, entweder meine Frau töten oder sie. So weiter leben ist unmöglich. Unmöglich. Ich muß es mir überlegen. Bleibt alles, wie es ist, was wird dann? Ich werde mir wieder sagen, daß ich nicht will, daß ich es aufgebe, aber ich werde es nur sagen. Abends bin ich doch beim Heuschuppen – und sie weiß das –, und sie kommt. Und dann erfahren es die Leute und sagen es meiner Frau, oder ich sage es ihr selbst, denn ich kann nicht lügen, ich kann nicht so leben. Ich kann nicht. Es wird sich herumsprechen. Alle werden es erfahren, auch Parascha, auch der Schmied. Aber kann man denn so weiterleben?

Nein, es ist unmöglich. Es gibt nur den einen oder den anderen Ausweg: entweder Lisa töten oder sie. Oder…‹ –

1. Hier schließt die Variante des Schlusses an. (Siehe S. 251)

»Ach ja, es gibt noch einen dritten Ausweg: mich selbst töten!« sagte er laut, und plötzlich lief es ihm kalt über den Rücken. »Ja, mich – dann brauche ich nicht sie zu töten.« Entsetzen packte ihn, gerade weil er fühlte, daß dies der einzig mögliche Ausweg war. »Den Revolver habe ich. Werde ich mir wirklich das Leben nehmen? Nie hätte ich das gedacht. Wie sonderbar!«
Er ging in sein Zimmer zurück und öffnete sofort den Schrank, in dem der Revolver lag; aber kaum hatte er nach ihm gegriffen, da trat seine Frau ein.

21

Er warf die Zeitung über den Revolver.
»Schon wieder«, sagte sie, ihn erschrocken ansehend.
»Was wieder?«
»Derselbe furchtbare Gesichtsausdruck wie damals, als du mir nicht sagen wolltest, was dich quälte. Genja, Liebster, sag es mir jetzt. Ich sehe doch, daß du dich furchtbar quälst. Sag mirs, das wird dich erleichtern. Was es auch sein mag – es ist immer besser als diese Marter. Ich weiß doch, daß es nichts Schlechtes ist.«
»Du weißt? Vorläufig...«
»Sag es mir, sag es mir, sag es! Ich lasse dich nicht los!«
Er lächelte trüb.
›Soll ichs ihr sagen? Nein, es ist unmöglich. Und ich habe ihr auch nichts zu sagen.‹
Vielleicht hätte er es trotzdem gesagt, aber in diesem Augenblick trat die Amme ein und fragte, ob sie jetzt mit dem Kind spazierengehen solle. Lisa ging hinaus, um das Kind anzuziehen.
»Willst du mirs also sagen? Ich komme gleich wieder.«
»Ja, vielleicht...«
Sie konnte nie wieder das qualvolle Lächeln vergessen, mit dem er diese Worte sprach. Sie ging hinaus.

Hastig, sich ängstlich umschauend wie ein Räuber, ergriff er den Revolver und zog ihn aus dem Futteral. »Er ist geladen, ja, aber vor langer Zeit, und ein Schuß fehlt.«
»Nun, was kommt jetzt?« Er drückte den Lauf an die Schläfe, zuckte zurück. Aber als er wieder an Stepanida dachte, an seinen Entschluß, sie nicht mehr zu sehen, den Kampf, die Versuchung, den Fall, den neuen Kampf – da bebte er vor Entsetzen. »Nein, so ists immer noch besser!« Und er drückte ab...
Als Lisa ins Zimmer gestürzt kam – sie war sofort vom Balkon hergeeilt –, lag er zusammengekrümmt auf dem Fußboden. Schwarzes, heißes Blut strömte aus der Wunde, und der leblose Körper zuckte noch.
Es wurde eine Untersuchung eingeleitet. Keiner konnte die Ursache zum Selbstmord begreifen und erklären. Dem Onkel kam es auch nicht ein einziges Mal in den Sinn, daß dieser Selbstmord in irgendeinem Zusammenhang mit dem Geständnis stehen könnte, das Jewgenij ihm vor zwei Monaten gemacht hatte.
Warwara Alexejewna behauptete, sie hätte das längst geahnt. Man hätte ihn bloß zu beobachten brauchen, wenn er mit jemand disputierte. Lisa und Marja Pawlowna konnten beide nicht begreifen, wie das gekommen war, und glaubten den Ärzten nicht, die behaupteten, er sei geisteskrank gewesen. Sie konnten das nicht für möglich halten, denn sie wußten, daß er einen weit gesünderen Verstand besessen hatte als hundert andere, die sie gut kannten.
Und in der Tat, wenn Jewgenij Irtenew geisteskrank war, dann sind alle Menschen ebenso geisteskrank; die Kränksten sind aber unzweifelhaft jene, die bei anderen Leuten Merkmale von Irrsinn zu entdecken glauben, welche sie bei sich selbst nicht bemerken.

›Töten? Ja. Es gibt nur den einen oder den anderen Ausweg: entweder die Frau töten oder sie. Denn so kann man nicht weiterleben‹, sagte er zu sich selbst, trat an den Tisch, nahm aus dem Schubkasten seinen Revolver, betrachtete ihn genau – ein Schuß fehlte – und steckte ihn in die Hosentasche.

»Mein Gott! Was tue ich?« rief er plötzlich und fing an, mit gefalteten Händen zu beten.

»Herr, mein Gott, hilf mir, erlöse mich. Du weißt, daß ich nichts Böses will, aber allein vermag ich nichts. Hilf mir!« sagte er, sich vor dem Heiligenbild bekreuzigend.

›Ich kann mich doch noch beherrschen. Ich will etwas an die Luft gehen und überlegen.‹

Er ging ins Vorzimmer, zog den Mantel an und trat auf die Veranda. Ohne daß er es selbst merkte, ging er am Garten vorbei über den Feldweg nach dem Vorwerk. Auf dem Vorwerk rasselte immer noch die Dreschmaschine, und man hörte die Jungen schreien. Er trat in den Kornspeicher. Sie war da. Er sah sie sofort. Sie rechte das Stroh zusammen; als sie ihn erblickte, lief sie heiter, gewandt, mit lachenden Augen über das ausgebreitete Stroh hinweg und schob es geschickt zusammen. Jewgenij wollte sie nicht ansehen, konnte aber den Blick nicht von ihr wenden. Er kam erst zu sich, als sie nicht mehr sichtbar war. Der Inspektor meldete, daß jetzt noch das liegengebliebene Getreide gedroschen werden müsse; das dauere länger und sei nicht so ergiebig. Jewgenij ging zur Trommel, die ab und zu klapperte, wenn die schlecht ausgebreiteten Garben durchgingen, und fragte den Inspektor, ob die Zahl dieser liegengebliebenen Garben sehr groß sei.

»Fünf Fuhren werden es schon sein.«

»Dann möchte ich doch...« fing Jewgenij an, sprach aber den Satz nicht zu Ende. Denn Stepanida war dicht an die Trom-

mel getreten, rechte das darunterliegende Stroh zusammen und verbrannte ihn mit ihrem lachenden Blick.
Dieser Blick sprach von der frohen, sorglosen Liebe, die sie miteinander verband; er sagte ihm, daß sie wisse, wie er nach ihr verlange, wie er zu ihrer Scheune gekommen sei und daß sie wie immer bereit sei, mit ihm zu leben und sich des Lebens zu freuen, ohne Vorbehalt, ohne Gedanken an etwaige Folgen. Jewgenij fühlte sich in ihrer Gewalt, er wollte aber nicht nachgeben.
Er gedachte seines Gebetes und versuchte es zu wiederholen. Er sprach es stumm vor sich hin, aber er fühlte sofort, daß es nichts nützte. Ein Gedanke erfüllte ihn jetzt ganz: wie sollte er mit ihr eine Zusammenkunft verabreden, ohne daß die anderen es merkten?
»Wenn wir jetzt fertig werden – sollen wir dann gleich einen neuen Schober vornehmen oder erst morgen?« fragte der Inspektor.
»Ja, ja«, erwiderte Jewgenij und ging unwillkürlich auf den Strohhaufen zu, den sie mit einem andern Weib zusammenharkte.
›Kann ich mich wirklich nicht beherrschen?‹ dachte er. ›Bin ich wirklich verloren? O Gott! Nein, es gibt keinen Gott! Es gibt nur einen Teufel. Und das ist sie. Er hat Gewalt über mich. Aber ich will nicht, ich will nicht. Der Teufel, ja, der Teufel.‹
Er ging wieder auf sie zu, zog den Revolver aus der Tasche und schoß sie ein-, zwei-, dreimal in den Rücken. Sie lief ein paar Schritte vorwärts und fiel dann auf den Strohhaufen.
»Großer Gott, was ist denn das!« schrien die Weiber.
»Nein, das war kein Zufall. Ich habe sie mit Willen erschossen!« schrie Jewgenij. »Holt die Polizei!«
Er ging nach Hause, begab sich, ohne seiner Frau etwas zu sagen, in sein Arbeitszimmer und schloß sich ein.
»Komm nicht zu mir«, rief er seiner Frau durch die Tür zu, »du wirst alles erfahren!«

Nach einer Stunde klingelte er und sagte dem Diener: »Geh und erkundige dich, ob Stepanida noch am Leben ist.«
Der Diener wußte bereits alles und meldete, daß sie vor etwa einer Stunde gestorben sei.
»Sehr schön. Und jetzt laß mich allein. Wenn der Polizeihauptmann oder der Untersuchungsrichter kommt, melde es mir sofort!«
Der Polizeihauptmann und der Untersuchungsrichter kamen am nächsten Morgen, Jewgenij nahm Abschied von Weib und Kind und wurde ins Gefängnis gebracht.
Er kam vor Gericht. Damals waren die Schwurgerichte eben erst eingeführt. Man stellte fest, daß er in einer momentanen Geistesstörung gehandelt habe, und verurteilte ihn nur zu Kirchenbuße.
Er hatte neun Monate im Gefängnis gesessen und blieb dann noch einen Monat im Kloster.
Schon im Gefängnis hatte er angefangen zu trinken, im Kloster wurde es noch schlimmer damit; als körperlich geschwächter, unzurechnungsfähiger Alkoholiker kehrte er heim.
Warwara Alexejewna behauptete, sie habe das schon immer geahnt. Man hätte ihn bloß anzuschauen brauchen, wenn er mit jemand stritt. Lisa und Marja Pawlowna konnten nicht begreifen, wie das gekommen war, konnten aber den Behauptungen der Ärzte, er sei geisteskrank, trotzdem keinen Glauben schenken. Sie konnten es nicht glauben, weil sie wußten, daß er einen klareren, gesünderen Verstand hatte als Hunderte von Leuten aus ihrer Bekanntschaft.
Und in der Tat, wenn Jewgenij Irtenew geisteskrank war, als er sein Verbrechen beging, dann sind alle Menschen geisteskrank. Die eigentlich Geisteskranken aber sind unzweifelhaft jene, die bei anderen Leuten Kennzeichen von Geistesgestörtheit entdecken, die sie bei sich selbst nicht sehen.

VATER SERGIUS

In den vierziger Jahren spielte sich in Petersburg ein Ereignis ab, das allgemeines Staunen hervorrief: ein junger Fürst, ein schöner Mann, Kommandeur einer Schwadron der kaiserlichen Leibkürassiere, dem alle Welt prophezeite, er werde Flügeladjutant des Zaren Nikolaus I. werden und eine glänzende Karriere machen, quittierte einen Monat vor seiner Hochzeit mit einer bildhübschen jungen Hofdame, die sich der besonderen Gunst der Zarin erfreute, den Dienst, sagte sich von seiner Braut los, überließ sein kleines Gut seiner Schwester und zog sich in ein Kloster zurück, um Mönch zu werden.

Dieses Ereignis schien allen Leuten, die seine inneren Ursachen nicht kannten, ungewöhnlich und unbegreiflich. Für den Fürsten Stepan Kasatskij selbst aber war alles so natürlich zugegangen, daß er sich gar nicht vorstellen konnte, wie er hätte anders handeln sollen.

Der Vater von Stepan Kasatskij, Gardeoberst a. D., war gestorben, als sein Sohn erst zwölf Jahre alt war. So leid es der Mutter auch tat, den Knaben aus dem Hause zu geben, wagte sie doch nicht, gegen den Willen ihres verstorbenen Gatten zu handeln, der verfügt hatte, daß im Falle seines Todes der Sohn nicht im Hause bleiben, sondern in die Kadettenanstalt kommen sollte. Und so gab sie den Knaben in die Kadettenanstalt. Sie selbst zog mit ihrer Tochter Warwara nach Petersburg, um in derselben Stadt zu wohnen wie ihr Sohn und ihn an Feiertagen bei sich haben zu können.

Der Knabe zeichnete sich durch glänzende Fähigkeiten und einen außergewöhnlichen Ehrgeiz aus, so daß er bald der erste auf allen Gebieten war: in den Wissenschaften, besonders in der Mathematik, für die er eine ausgesprochene Neigung hatte, ebenso wie im Frontdienst und in der Reitschule. Trotz seiner außergewöhnlichen Körpergröße war er hübsch und gewandt. Außerdem wäre auch sein Betragen mustergültig gewesen, wenn er nicht so jähzornig gewesen wäre. Er trank nicht, war nicht liederlich und war außerordentlich wahrheitsliebend. Das einzige, was ihn daran hinderte, ein vollkommener Musterschüler zu werden, waren die Zornesausbrüche, bei denen er jede Selbstbeherrschung verlor und sich wie ein wildes Tier gebärdete. Einmal hätte er einen Kameraden fast aus dem Fenster geworfen, weil dieser sich über seine Mineraliensammlung lustig machte. Ein andermal hätte er fast seine ganze Zukunft verscherzt: er warf dem Küchenmeister eine ganze Schüssel mit Koteletten an den Kopf, stürzte sich auf den Offizier, der sich ins Mittel legen wollte, und es hieß sogar, er habe ihn geschlagen, weil er seine erste Behauptung zurückgenommen und ihm ins Gesicht die Unwahrheit gesagt hatte. Er wäre ganz gewiß zum gemeinen Soldaten degradiert worden, wenn der Direktor der Anstalt die ganze Geschichte nicht vertuscht und den Küchenmeister nicht entlassen hätte.
Mit achtzehn Jahren verließ er die Anstalt als Offizier und trat in ein vornehmes Garderegiment ein. Der Zar Nikolaus Pawlowitsch hatte ihn noch als Kadetten gekannt und begünstigte ihn auch im Regiment so, daß man ihm schon die baldige Ernennung zum Flügeladjutanten prophezeite. Und Kasatskij wünschte das lebhaft, nicht nur aus Ehrgeiz, sondern vor allem, weil er schon seit seiner Kadettenzeit den Zaren leidenschaftlich, ja, wirklich: leidenschaftlich liebte. Jedesmal, wenn Nikolaus die Kadettenanstalt besuchte – und er tat es oft –, wenn seine hohe Gestalt in der glänzenden Uniform, mit der vorgewölbten Brust, der Adlernase

über dem Schnurrbart und dem kurzgeschnittenen Backenbart mit festem Schritt in den Saal trat und die Kadetten mit dröhnender Stimme begrüßte, empfand Kasatskij das entzückte Gefühl eines Verliebten, wie er es auch später empfand, wenn er seine Angebetete sah. Die Begeisterung für den Zaren Nikolaus war aber noch stärker: er wollte ihm seine grenzenlose Ergebenheit beweisen, wollte ihm irgend etwas, nein – alles, sich selbst zum Opfer bringen. Und der Zar wußte, daß er diese Begeisterung hervorrief, und er suchte sie absichtlich zu entfesseln. Er spielte mit den Kadetten, umgab sich mit ihnen, behandelte sie bald kindlich schlicht, bald freundschaftlich, bald mit feierlicher Würde. Nach der letzten Geschichte, die Kasatskij mit dem Offizier gehabt hatte, sagte der Zar Kasatskij kein Wort; doch als dieser nahe an ihn herantrat, schob er ihn mit theatralischer Geste zurück und drohte ihm mit dem Finger. Beim Weggehen aber sagte er zu ihm: »Sie sollen wissen, daß mir alles bekannt ist, doch es gibt Dinge, die ich nicht wissen will. Sie sind aber hier!« Dabei zeigte er auf sein Herz.

Als die aus der Anstalt entlassenen Kadetten sich ihm vorstellten, erwähnte er den Vorfall nicht mehr, sondern sagte wie immer, sie könnten sich alle stets unmittelbar an ihn wenden, sie sollten ihm und dem Vaterlande treu dienen, und er wolle immer ihr bester Freund sein. Alle waren wie immer gerührt, und Kasatskij weinte in Erinnerung an das Vergangene heiße Tränen und gelobte dem angebeteten Zaren mit allen seinen Kräften zu dienen.

Als Kasatskij ins Regiment kam, siedelte seine Mutter mit ihrer Tochter erst nach Moskau und dann aufs Land über. Kasatskij trat seiner Schwester die Hälfte des Vermögens ab; was er zurückbehielt, reichte gerade aus, seinen Unterhalt in dem teuren Regiment zu bestreiten.

Äußerlich schien Kasatskij ein ganz gewöhnlicher junger, glänzender Gardeoffizier zu sein, der Karriere machen wollte, in seinem Innern aber vollzog sich ein ungemein schwieriger, angestrengter Arbeitsprozeß. Diese innere Arbeit, die ihn schon von Kindheit an beschäftigt hatte, schien auf die verschiedensten Ziele gerichtet, in Wirklichkeit aber handelte es sich immer um das gleiche: in allen Dingen, mit denen er in seinem Leben zu tun hatte, Vollkommenheit und Erfolg zu erringen und Lob und Bewunderung zu finden. Handelte es sich um Studium und Wissenschaft – er widmete sich ihnen und arbeitete so lange, bis man ihn lobte und anderen als Beispiel hinstellte. Wenn er eines erreicht hatte, griff er etwas anderes an. So wurde er in der Schule in allen wissenschaftlichen Fächern der erste, so hatte er noch in der Kadettenanstalt, als er einmal bemerkte, daß es ihm schwerfiel, sich französisch zu unterhalten, sich das Ziel gesetzt, die französische Sprache ebenso vollkommen zu beherrschen wie die russische – und er brachte es so weit; so hatte er es später, als er anfing, sich für das Schachspiel zu interessieren, noch als Kadett erreicht, daß er ausgezeichnet spielte.

Immer hatte er neben dem allgemeinen Lebensziel, das er im Dienst für seinen Zaren und das Vaterland sah, noch irgendeine besondere Aufgabe, und so unbedeutend sie auch sein mochte – er gab sich ihr völlig hin und lebte nur für sie, bis er sie bewältigt hatte. Kaum aber hatte er das vorgesteckte Ziel erreicht, so tauchte sofort ein anderes vor ihm auf und löste das frühere ab. Dieses Streben, sich auszuzeichnen, das vorgesteckte Ziel zu erreichen, füllte sein ganzes Leben aus. So hatte er sich nach seiner Beförderung zum Offizier die vollkommene Kenntnis aller dienstlichen Obliegenheiten zum Ziel gesetzt und wurde bald ein musterhafter Offizier, hatte aber seinen unbändigen Jähzorn immer noch nicht abgelegt und ließ sich durch ihn zu mancher schlimmen, seinem Vorwärtskommen hinderlichen Tat hinreißen. Als er sich dann einmal in einem Gespräch in der Gesellschaft seiner ungenügenden allgemeinen Bildung bewußt wurde, beschloß er sofort, die Lücken auszufüllen, setzte sich

an die Bücher und erreichte, was er wollte. Dann kam ihm der Gedanke, sich eine glänzende Stellung in der vornehmen Welt zu schaffen, er lernte ausgezeichnet tanzen und hatte es bald durchgesetzt, daß er zu allen Bällen und einigen Abendgesellschaften in den vornehmen Kreisen eingeladen wurde. Aber das befriedigte ihn nicht. Er war gewohnt, überall der erste zu sein, und hier war er es noch lange nicht.
Die vornehme Gesellschaft bestand damals und besteht wohl überall und immer, sollte man meinen, aus vier Sorten von Menschen: erstens: reichen Leuten vom Hofe; zweitens: Leuten, die nicht reich sind, aber bei Hofe geboren und aufgewachsen sind; drittens: reichen Leuten, die sich an den Hof herandrängen, und viertens: Leuten, die weder reich sind noch zum Hofe gehören, sich aber an die Leute der ersten zwei Gruppen herandrängen. Kasatskij gehörte nicht zur ersten Gruppe, war aber in der zweiten und dritten gern gesehen. Selbst als er Aufnahme in die Gesellschaft suchte, setzte er sich ein bestimmtes Ziel: ein Liebesverhältnis mit einer vornehmen Dame, und ganz unerwarteterweise erreichte er das sehr schnell. Sehr bald aber erkannte er, daß die Kreise, in denen er sich bewegte, nicht die ersten waren und daß es höhere Kreise gab. In diesen höheren Hofkreisen konnte er zwar verkehren, war in ihnen aber doch ein Fremder; man behandelte ihn höflich, gab ihm jedoch zu verstehen, daß er nur halb dazugehörte. Er aber wollte ganz dazugehören. Um das zu erreichen, mußte er entweder Flügeladjutant werden – und darauf wartete er – oder ein Mädchen aus diesen Kreisen heiraten. Und er beschloß dieses zu tun. Er wählte sich ein hübsches Mädchen, eine Hofdame, die nicht nur ganz in der Gesellschaft zu Hause war, in die er aufgenommen sein wollte, sondern um die sich auch alle bemühten, deren Stellung in den höchsten Gesellschaftskreisen völlig gefestigt und unanfechtbar war. Es war die Komtesse Korotkowa. Kasatskij bewarb sich nicht nur aus Ehrgeiz um sie; sie war ungemein anziehend, und er verliebte sich bald in

sie. Anfangs war sie ziemlich kühl gegen ihn, dann aber änderte sich plötzlich alles, sie kam ihm sehr freundlich entgegen, und besonders ihre Mutter lud ihn immer wieder ein. Kasatskij machte einen Heiratsantrag und erhielt eine Zusage. Er war erstaunt über den leichten und schnellen Erfolg, zugleich aber fiel ihm etwas Eigentümliches in dem Benehmen von Mutter und Tochter auf, was er sich nicht erklären konnte. Er war sehr verliebt und blind und ahnte nicht, was fast die ganze Stadt wußte: daß seine Braut vor einem Jahre die Geliebte des Zaren Nikolaus gewesen war.

2

Vierzehn Tage vor der Hochzeit war Kasatskij in Zarskoje Selo, dem Sommeraufenthalt seiner Braut. Es war ein heißer Maitag. Das Brautpaar hatte einen Gang durch den Garten gemacht und saß auf einer Bank in einer schattigen Lindenallee. Mary war in ihrem weißen Musselinkleid besonders schön. Sie sah aus wie die verkörperte Unschuld und Liebe. Sie saß da, bald den Kopf senkend, bald zu dem hochgewachsenen schönen Mann emporblickend, der besonders zärtlich und behutsam mit ihr sprach, als fürchtete er bei jedem Wort, jeder Bewegung sie zu kränken, ihre Engelsreinheit zu beflecken.
Kasatskij gehörte zu jenen Männern der vierziger Jahre, die heute ausgestorben sind – jenen, die für sich persönlich völlige Freiheit in geschlechtlicher Beziehung beanspruchten und darin nichts Tadelnswertes sahen, zugleich aber von den Frauen eine ideale, himmlische Reinheit verlangten, diese himmlische Reinheit bei jeder Frau und jedem Mädchen ihrer Kreise voraussetzten und sie dementsprechend behandelten. In dieser Anschauung war viel Verkehrtes und Schädliches, weil sie bei den Männern zu völliger Zügellosigkeit führte; aber in bezug auf die Frauen war diese Anschauung – die sich so schroff von der Anschauung der heu-

tigen jungen Männer, jedes Mädchen sei nur ein Geschlechtswesen, das einen Partner sucht, unterscheidet – doch sehr heilsam. Die jungen Mädchen, die sich so vergöttert sahen, bemühten sich auch wirklich Göttinnen zu sein, soweit ihnen das möglich war. Derselben Anschauung von den Frauen huldigte auch Kasatskij und sah auch seine Braut so an. Er war an diesem Tage besonders verliebt und fühlte nicht die geringste sinnliche Begierde bei ihrem Anblick – im Gegenteil, er betrachtete sie mit Rührung wie ein Wesen, das ihm ewig unerreichbar sein müßte.

Er richtete sich in seiner ganzen Größe auf und stellte sich vor sie hin, beide Hände auf den Säbel gestützt.

»Ich habe jetzt erst erfahren, wieviel Glück einem Menschen beschieden sein kann! Und Sie sind es, du bist es«, sagte er mit schüchternem Lächeln, »die mir das gegeben hat.«

Er lebte in jener Zeit, wo das ›Du‹ noch nicht zur gewohnten Anrede geworden war, und es fiel ihm schwer, diesen Engel, zu dessen sittlicher Höhe er ehrfürchtig emporblickte, ›du‹ zu nennen.

»Ich habe mich selbst verstehen gelernt durch... dich, habe erkannt, daß ich besser bin, als ich gedacht hatte.«

»Ich weiß das längst. Darum habe ich Sie ja so liebgewonnen.«

Eine Nachtigall fing an zu schmettern, das frische Laub rauschte, von einem leichten Windhauch bewegt.

Er faßte ihre Hand und küßte sie, Tränen traten ihm in die Augen. Sie verstand, daß er ihr dafür dankte, daß sie gesagt hatte, sie habe ihn liebgewonnen. Er machte ein paar Schritte, schwieg, ging zur Bank zurück und setzte sich wieder.

»Sie wissen, du weißt... Es ist ja gleich! Ich war nicht ganz uneigennützig, als ich mich dir zu nähern begann; ich wollte Beziehungen zur vornehmen Welt anknüpfen, aber nachher ... wie gering erschien mir das alles im Vergleich mit dir, als ich dich erst kennengelernt hatte. Bist du mir deswegen nicht böse?«

Sie antwortete nicht, sondern berührte nur seine Hand mit der ihren.
Er wußte, daß das bedeutete: ›Nein, ich bin nicht böse.‹
»Ja, du sagst…« Er stockte; was er sagen wollte, schien ihm zu dreist. »Du sagst, du hättest mich liebgewonnen… Vergib mir, ich glaube dir, aber es ist, scheint mir, noch etwas da, was dich beunruhigt und quält. Was ist es?«
›Jetzt oder nie!‹ dachte sie. ›Einmal erfährt er es doch. Jetzt wird er mich aber nicht verlassen. Ach, wenn er mich verließe – es wäre entsetzlich!‹ Mit liebevollem Blick musterte sie seine große, edle, mächtige Gestalt. Sie liebte ihn jetzt mehr als Nikolaus, und wäre dieser nicht der Zar gewesen, hätte sie jenen nicht für ihn hingegeben.
»Hören Sie mich an. Ich muß Ihnen gegenüber wahrhaftig sein. Ich muß alles sagen. Sie fragen, was mich quält…? Ich habe schon einmal geliebt.«
Sie legte mit flehender Gebärde ihre Hand auf die seine. Er schwieg.
»Sie wollen wissen, wen? Ihn, den Zaren.«
»Wir alle lieben ihn. Ich kann mir vorstellen, daß Sie im Pensionat…«
»Nein, später. Es war eine Leidenschaft, die wieder verging… Ich muß aber gestehen…«
»Ja, was denn?«
»Ich habe nicht bloß…«
Sie bedeckte das Gesicht mit den Händen.
»Wie? Sie haben sich ihm hingegeben?«
Sie schwieg.
»Als seine Geliebte?«
Sie schwieg.
Er sprang auf und stand bleich mit zitternden Kinnbacken vor ihr. Er erinnerte sich, wie der Zar ihm bei einer Begegnung auf dem Newskij-Prospekt freundlich Glück gewünscht hatte.
»Mein Gott! Was habe ich getan! Stiwa!«

»Rühren Sie mich nicht an! Rühren Sie mich nicht an! Oh, das tut so weh!«
Er drehte sich um und ging ins Haus.
Im Hause stieß er auf die Mutter.
»Wo kommen Sie her, Fürst? Ich...!« Sie verstummte, als sie sein Gesicht sah. Alles Blut war ihm in den Kopf gestiegen.
»Sie haben das gewußt, und ich sollte den Strohmann spielen! Wenn Sie nicht Frauen wären!« schrie er, seine Riesenfaust über ihrem Kopf schüttelnd, machte kehrt und lief davon.
Wäre der Liebhaber seiner Braut ein Privatmann gewesen, hätte er ihn getötet; nun aber war es der angebetete Zar.
Tags darauf kam er um Urlaub und seine Entlassung ein, meldete sich krank, um niemand sehen zu müssen, und reiste auf sein Gut.
Den Sommer verbrachte er auf dem Gut, um alle seine Angelegenheiten zu ordnen. Als der Sommer zu Ende war, kehrte er nicht nach Petersburg zurück, sondern ging in ein Kloster und wurde Mönch.
Seine Mutter schrieb ihm; sie riet ihm von diesem entscheidenden Schritt ab. Er antwortete ihr, daß die Berufung Gottes wichtiger sei als alle anderen Erwägungen, er aber fühle sich berufen. Nur seine Schwester, die ebenso stolz und ehrgeizig war wie er, verstand ihn.
Sie verstand, daß er Mönch wurde, um über jenen zu stehen, die ihm zeigen wollten, daß sie über ihm stünden. Und sie verstand ihn richtig. Indem er Mönch wurde, zeigte er, daß er alles verachtete, was den anderen und ihm selbst in der Zeit, als er Offizier war, so wichtig schien; er erhob sich damit zu einer neuen Höhe, von der aus er auf alle die Leute herabsehen konnte, die er bisher beneidet hatte. Doch nicht nur dieses Gefühl allein beherrschte ihn, wie seine Schwester Warenka meinte. Es war auch noch ein anderes Gefühl in ihm, ein echtes religiöses Empfinden, von dem Warenka

nichts wußte, das sich seltsam mit dem Gefühl des Stolzes und dem Wunsch, der erste zu sein, kreuzte. Die Enttäuschung über Mary (seine Braut), die er sich als reinen Engel gedacht hatte, und die Kränkung waren so groß, daß sie ihn zur Verzweiflung brachten; die Verzweiflung aber brachte ihn wohin? Zu Gott, zu seinem Kinderglauben, der nie völlig in ihm erloschen war.

3

Am Tage Mariä Schutz und Fürbitte trat Kasatskij ins Kloster ein. Der Prior war ein Adliger, ein gelehrter Schriftsteller und ein sogenannter ›Starez‹[1], das heißt: er gehörte zu jener Gruppe innerhalb des Mönchstums, deren Ursprung in der Walachei zu suchen ist und deren wesentlicher Zug darin besteht, daß jeder sich rückhaltlos dem von ihm erwählten Führer und Lehrer unterwirft. Der Prior war ein Schüler des bekannten Starez Ambrosius, eines Schülers des Makarius, der wiederum ein Schüler des Starez Leonid, eines Schülers des Paesius Welitschkowskij, war.
Diesem Prior nun unterwarf sich Kasatskij als seinem Starez und Meister. Neben dem Gefühl seiner Überlegenheit über die anderen, das Kasatskij im Kloster hatte, fand er auch hier wie in allem, was er tat, eine besondere Freude darin, die größtmögliche Vollkommenheit sowohl in äußeren Dingen als auch im rein Geistigen zu erstreben. Wie er im Regiment nicht nur ein tadelloser Offizier gewesen war, sondern einer, der immer mehr leistete, als von ihm verlangt wurde, und den Begriff der Vollkommenheit immer weiter ausbaute, so wollte er auch als Mönch vollkommen sein: immer tätig, enthaltsam, demütig, sanft, keusch, nicht nur in seinem Tun, sondern auch in seinem Denken, und gehorsam. Die letztere Eigenschaft oder Tugend machte ihm sein Leben besonders leicht. Wenn viele Forderungen des Mönchslebens in dem

1. Wörtlich: Greis.

Kloster, das nahe der Residenz gelegen war und von vielen Leuten besucht wurde, ihm nicht gefielen, ihm ein Ärgernis waren, so wurde das alles durch den Gehorsam wiedergutgemacht: ich habe nicht nachzudenken, sondern zu tun, was mir aufgetragen wird, gleichviel ob ich bei den Reliquien Wache halten oder im Kirchenchor singen oder die Rechnungen der Klosterherberge führen soll. Jede Möglichkeit eines Zweifels wurde durch die Pflicht des Gehorsams dem Starez gegenüber aufgehoben. Wäre diese Pflicht nicht gewesen, so hätte er die langen, eintönigen Gottesdienste, die unruhige Menge der Besucher, die schlechten Eigenschaften der Mönche als Last empfunden. Nun aber trug er nicht nur das alles mit Freude, sondern es war ihm auch Trost und Stütze im Leben. ›Ich weiß nicht, warum ich mehrere Male am Tage dieselben Gebete anhören muß, aber ich weiß, daß es sein muß. Und weil ich weiß, daß es sein muß, macht es mir Freude.‹ Der Starez sagte ihm, wie die materielle Nahrung zur Erhaltung des Lebens nötig sei, so die geistige Nahrung – das kirchliche Gebet -- zur Erhaltung des geistigen Lebens. Er glaubte daran, und der kirchliche Gottesdienst brachte ihm in der Tat innere Beruhigung und Freude, so schwer es ihm an manchem Morgen auch wurde, zu früher Zeit aufzustehen.

Sein Interesse am Leben bestand nicht nur in der vollständigen Unterwerfung seines Willens, in der immer größeren Selbsterniedrigung, sondern überhaupt in der Verwirklichung der christlichen Tugenden, was er in der ersten Zeit für so leicht gehalten hatte. Seinen ganzen Besitz hatte er seiner Schwester überlassen, und es war ihm nicht leid darum; Trägheit kannte er nicht; sich vor Niedrigerstehenden zu demütigen, fiel ihm nicht nur leicht, sondern machte ihm sogar Freude. Selbst die Überwindung der fleischlichen Gelüste, sowohl der Völlerei als der Hurerei, fiel ihm leicht. Der Starez warnte ihn besonders vor der letztgenannten Sünde, aber Kasatskij freute sich, daß er auch von ihr frei war.

Nur die Erinnerung an die Braut quälte ihn. Und nicht nur die Erinnerung, sondern auch die lebendige Vorstellung dessen, was hätte kommen können. Unwillkürlich gedachte er einer ihm bekannten Favoritin des Zaren, die später geheiratet hatte und eine musterhafte Gattin und Mutter geworden war. Ihr Mann aber bekleidete einen hohen Posten, besaß viel Einfluß, war allgemein geachtet und hatte eine gute Frau, die alle ihre Verfehlungen gesühnt hatte.
In guten Augenblicken ließ sich Kasatskij durch solche Gedanken nicht irremachen. Wenn er in guten Augenblicken an all diese Dinge dachte, freute er sich, daß er der Versuchung entronnen war. Es gab aber auch Augenblicke, wo alles das, wofür er jetzt lebte, trübe wurde; er hörte nicht auf, daran zu glauben, aber er sah seine Lebensaufgabe nicht mehr deutlich vor sich, konnte sich kein Bild von ihr machen, die Erinnerung hielt ihn fest, und – es war furchtbar, sich das einzugestehen – Reue über seine Bekehrung bemächtigte sich seiner Seele.
Seine Rettung in solchen Fällen war Gehorsam, Arbeit und unablässiges Gebet. Er betete wie gewöhnlich, warf sich auf die Erde, betete sogar mehr als sonst, tat es aber nur mit dem Körper, seine Seele war nicht mit dabei. Und das währte einen Tag, manchmal auch zwei, und verging dann ganz von selbst. Doch diese wenigen Tage waren entsetzlich. Kasatskij fühlte, daß er sich nicht in seiner und nicht in Gottes Gewalt befinde, sondern daß irgend etwas anderes, Fremdes ihn beherrschte. Und alles, was er in solchen Tagen tun konnte und tat, war, dem Rat des Starez zu folgen: fest an sich halten, nichts unternehmen und abwarten. Überhaupt lebte Kasatskij in dieser Zeit nicht nach seinem Willen, sondern nach dem Willen des Starez, und diese Unterwerfung war ihm eine besondere Beruhigung.
So lebte Kasatskij in dem ersten Kloster, das er aufgesucht hatte, sieben Jahre. Kurz vor Ablauf des dritten Jahres erhielt er die Weihen als Mönchspriester und den Namen Sergius.

Die Weihe war ein wichtiges seelisches Erlebnis für Sergius. Er hatte schon früher großen Trost und seelische Erhebung empfunden, wenn er das Abendmahl empfing; nun aber, wenn er selbst die Messe las, versetzte ihn der Vollzug der heiligen Handlung in eine begeisterte, gerührte Stimmung. Nach und nach aber stumpfte dieses Gefühl immer mehr ab, und als er einmal die Messe in jener niedergeschlagenen Stimmung lesen mußte, die ihn mitunter überkam, fühlte er, daß auch das vorübergehen werde. Und in der Tat, das Gefühl schwächte sich ab, aber die Gewohnheit blieb.

Überhaupt begann Sergius im siebenten Jahre seines Klosterlebens etwas wie Langeweile zu empfinden. Alles, was zu erlernen, alles, was zu erreichen war, hatte er erreicht, und es blieb ihm nichts mehr zu tun übrig.

Dafür aber schlummerten die alten Wünsche und Gedanken immer mehr ein. In dieser Zeit erfuhr er, daß seine Mutter gestorben war und Mary geheiratet hatte. Beide Nachrichten nahm er gleichgültig entgegen. Seine ganze Aufmerksamkeit, alle seine Interessen galten seinem inneren Leben.

Im vierten Jahre seines Mönchspriestertums behandelte ihn der Bischof besonders entgegenkommend, und der Starez sagte ihm, er dürfe sich nicht weigern, wenn ihm ein höheres geistliches Amt verliehen werde. Und da erwachte in ihm der Mönchsehrgeiz, der ihn bei den anderen Mönchen so abgestoßen hatte. Er wurde in ein Kloster in der Nähe der Residenz versetzt. Er wollte ablehnen, aber der Starez befahl, ihm sich zu fügen. Er gehorchte, nahm Abschied von dem Starez und siedelte in das andere Kloster über.

Diese Übersiedlung in das neue Kloster in der Hauptstadt war ein großes Ereignis im Leben des Vaters Sergius. Dort gab es eine Menge Versuchungen aller Art, und Sergius mußte seine ganze Kraft auf ihre Bekämpfung richten.

Im alten Kloster war die Versuchung durch das weibliche Geschlecht gering gewesen; hier aber zeigte sie sich mit ungeheurer Kraft, und es kam so weit, daß sie schließlich ganz bestimmte Formen annahm. Da war zum Beispiel eine durch ihren schlechten Lebenswandel bekannte Dame, die sich um Sergius zu bemühen begann. Sie sprach ihn an und bat ihn, sie zu besuchen. Sergius wies sie streng zurück, entsetzte sich aber über die Bestimmtheit seiner Abweisung. Er war so erschrocken, daß er dem Starez darüber schrieb. Mehr noch: um sich zu bändigen, rief er seinen jungen Novizen zu Hilfe, bezwang seine Scham, gestand seine Schwäche und bat den jungen Menschen, ihn zu beobachten und ihn nirgendwohin gehen zu lassen, außer zu den Gottesdiensten und seinen vorgeschriebenen Arbeiten.

Eine große Versuchung für Sergius lag ferner darin, daß der Prior dieses Klosters, ein gewandter Weltmann und Streber, dem Vater Sergius höchst unsympathisch war. So sehr Sergius sich auch bemühte, diese Abneigung zu überwinden – er brachte es nicht fertig. Er fügte sich zwar äußerlich, aber in seinem Herzen hörte er nicht auf, den Prior scharf zu verurteilen. Und endlich kam diese Abneigung offen zum Ausbruch.

Das war im zweiten Jahre seines Aufenthalts im neuen Kloster, und das kam so:

Zu Mariä Schutz und Fürbitte wurde der Abendgottesdienst in der großen Kirche abgehalten. Der Prior selbst hielt ihn. Vater Sergius stand an seinem gewöhnlichen Platz und betete, das heißt: er befand sich in jenem Zustand des Kampfes, in dem er sich immer während der Gottesdienste befand, besonders in der großen Kirche, wenn er nicht selbst den Gottesdienst zelebrierte. Der Kampf bestand darin, daß die Besucher, die Herren und besonders die Damen ihn erregten. Er bemühte sich, sie nicht zu sehen, nichts von dem zu bemerken, was rundherum vorging, nicht zu sehen, wie ein Soldat die Herrschaften durch die Menge geleitete, die er grob zur Seite stieß, wie die Damen einander die Mönche zeigten, oft auch ihn, und besonders einen für seine Schönheit berühmten Mönch. Er bemühte sich, indem er seiner Aufmerksamkeit gleichsam Scheuklappen anlegte, nichts zu

sehen außer dem Glanz der Kerzen an der Bilderwand, den Heiligenbildern und dem Klerus; nichts zu hören außer den gesungenen und gesprochenen Worten der Gebete und nichts zu empfinden außer jenem Selbstvergessen im Bewußtsein der zu erfüllenden Pflicht, das er immer empfand, wenn er die so oft gehörten Gebete wieder hörte und sie sich schon im voraus vorsprach.
So stand er da, beugte sich nieder, bekreuzigte sich, wo es erforderlich war, und kämpfte, indem er bald sich selbst kalt verurteilte, bald sein ganzes Denken und Empfinden bewußt erstarren ließ. Da trat Vater Nikodemus, der Sakristan – auch ein großes Ärgernis für Vater Sergius – Nikodemus, dem er unwillkürlich Liebedienerei und Kriecherei vor dem Prior vorwarf, vor ihn hin, verneigte sich tief vor ihm und sagte, der Prior bitte ihn zu sich in den Altarraum. Vater Sergius zog seine Kutte zurecht, setzte die Mönchskappe auf und ging vorsichtig durch die Menge.
»Lise, regarde à droite, c'est lui«, hörte er eine Frauenstimme.
»Où, où? Il n'est pas tellement beau.«
Er wußte, daß man von ihm sprach. Er hörte es und murmelte wie immer in solchen Augenblicken die Bitte: »Und führe uns nicht in Versuchung.« Mit gesenktem Haupt und Blick ging er an der Kanzel vorüber und die Gläubigen, die gerade an der Bilderwand entlangzogen, im Bogen umgehend, trat er durch die nördliche Tür in das Allerheiligste. Als er eingetreten war, verneigte er sich erst ehrfürchtig vor dem Christusbild, dann hob er den Kopf und blickte auf den Prior, dessen Gestalt er zusammen mit einer anderen Gestalt, an der irgend etwas glänzte, beim Eintreten nur undeutlich wahrgenommen hatte, da seine Augen auf das Heiligtum gerichtet waren.
Der Prior stand in vollem Ornat an der Wand; er hatte die kleinen rundlichen Hände unter dem Meßgewand hervorgezogen, hielt sie über seinem dicken Bauch und redete, während seine Finger an der goldenen Borte des Meßge-

wands hin und her strichen, mit einem General à la suite mit dem Namenszug des Zaren auf den Epauletten und mit Achselschnüren, wie Vater Sergius mit seinem geschulten militärischen Blick sofort feststellte. Dieser General war der einstige Regimentskommandeur des Fürsten Kasatskij. Jetzt bekleidete er anscheinend einen hohen Posten, und Vater Sergius bemerkte sofort, daß der Prior das wußte, daß er sich darüber freute und daß dies der Grund war, warum sein rotes, dickes Gesicht mit der Glatze so strahlte. Das kränkte und betrübte den Vater Sergius, und dieses Gefühl wurde noch stärker, als er vom Prior hörte, daß er ihn nur gerufen hatte, um die Neugier des Generals zu befriedigen, der seinen einstigen Kameraden, wie er sich ausdrückte, gern wiedergesehen hätte.
»Es freut mich sehr, Sie in Engelsgestalt wiederzusehen«, sagte der General, ihm die Hand reichend, »ich hoffe, Sie haben Ihren alten Kameraden nicht vergessen.«
Alles – das rote Gesicht des Priors mit dem grauen Bart, sein Lächeln, das den Worten des Generals Beifall zu spenden schien, das gepflegte Gesicht des Generals mit dem selbstzufriedenen Schmunzeln, der Wein- und Zigarrengeruch, den sein Mund und sein Backenbart ausströmten – alles das brachte Vater Sergius aus der Fassung. Er verneigte sich noch einmal vor dem Prior und sagte:
»Hochwürden haben mich rufen lassen?«
Und er schwieg; sein Gesicht und seine Augen aber fragten: ›Wozu?‹
Der Prior sagte: »Ja, um Sie dem General vorzustellen.«
»Hochwürden, ich habe die Welt verlassen, um allen Versuchungen zu entgehen«, sagte er bleich und mit zitternden Lippen, »warum führen Sie mich denn jetzt in Versuchung während des Gebets und im Tempel des Herrn?«
»Geh, geh!« sagte der Prior gereizt und mit finsterem Gesicht.
Tags darauf bat Vater Sergius den Prior und die Brüder um

Vergebung wegen seines Hochmuts, zugleich aber war er nach einer schlaflos in ständigem Gebet verbrachten Nacht zu dem Schluß gekommen, daß er dieses Kloster verlassen müsse. Er schrieb deswegen an seinen Starez und bat ihn um Erlaubnis, wieder in sein altes Kloster zurückzukehren. Er schrieb, er sei sich seiner Schwäche und Unfähigkeit, allein ohne den Beistand des Starez gegen die Versuchung zu kämpfen, bewußt geworden, und bekannte sich des Hochmuts schuldig. Mit der nächsten Post kam ein Brief vom Starez, der ihm schrieb, an allem sei sein Hochmut schuld. Der Starez erklärte ihm, der Zornausbruch sei dadurch gekommen, daß er sich nicht gedemütigt und die geistlichen Ehren nicht um Gottes willen zurückgewiesen habe, sondern aus Hochmut, um zu zeigen, daß er sich selbst genug sei und nichts für sich verlange. Darum habe die Handlung des Priors ihn so empört. ›Ich habe zu Gottes Ehre mich von allem losgesagt, und nun zeigt man mich wie ein wildes Tier! Hättest du aus Liebe zu Gott den irdischen Ruhm verschmäht, so hättest du auch das ertragen. Der weltliche Stolz ist in dir noch nicht erloschen. Ich habe an dich gedacht, mein Sohn Sergius, und gebetet, und dies hat mir Gott in bezug auf dich eingegeben. In der Einsiedelei von Tambino ist der heilige Klausner Hilarion gestorben. Er hat achtzehn Jahre dort gelebt. Der Prior von Tambino fragt, ob sich nicht ein Bruder finde, der sich dort niederlassen wolle. Nun kommt dein Brief gerade recht. Geh zu Vater Paesius, dem Prior des Klosters Tambino – ich will ihm schreiben –, und bitte ihn, daß er dich in Hilarions Zelle wohnen lasse. Nicht etwa, daß du den Hilarion ersetzen könntest, aber du bedarfst der Einsamkeit, um deinen Stolz zu beugen. Gott der Herr segne dich!‹

Sergius gehorchte dem Starez, er zeigte seinen Brief dem Prior, erhielt dessen Erlaubnis, überließ seine Zelle und alle seine Sachen dem Kloster und zog nach der Einsiedelei von Tambino.

Der Prior in Tambino, ein ausgezeichneter Wirt, der aus dem Kaufmannsstand hervorgegangen war, empfing Sergius schlicht und ruhig und überließ ihm die Zelle des Hilarion. Zuerst gab er ihm einen Schließer mit, doch dann ließ er ihn, auf die ausdrückliche Bitte des Vaters Sergius, ganz allein. Die Zelle war eine im Berg ausgehauene Höhle. Der verstorbene Hilarion war hier beigesetzt. Das Grab befand sich tief hinten in der Höhle, vorn war eine als Schlafraum eingerichtete Nische mit einem Strohsack, ein Tisch und ein Wandbrett mit Heiligenbildern und Büchern. An der Außentür, die sich verschließen ließ, war ein Bord angebracht. Darauf stellte ein Mönch aus dem Kloster, der täglich einmal kam, das Essen für Vater Sergius.

So wurde Vater Sergius Klausner.

4

Als Sergius fünf Jahre als Klausner gelebt hatte, geschah es, daß zu Fastnacht in der benachbarten Stadt eine lustige Gesellschaft von reichen Leuten, Männern und Frauen, nach einem Gelage mit Bliny[1] und Wein, eine Schlittenpartie in einer Troika unternahm. Die Gesellschaft bestand aus zwei Advokaten, einem reichen Gutsbesitzer, einem Offizier und vier Frauen. Die eine war die Frau des Offiziers, die andere die des Gutsbesitzers, die dritte eine noch ledige Schwester des Gutsbesitzers und die vierte eine geschiedene Frau, bildschön und sehr reich, die durch ihre Absonderlichkeiten und ihre tollen Einfälle die ganze Stadt bald in Erstaunen, bald in Entrüstung versetzte.

Das Wetter war herrlich, die Landstraße glatt wie ein Parkettboden. Man fuhr zehn Werst aus der Stadt hinaus, machte dann halt und fing an zu beraten, was nun geschehen sollte: sollte man umkehren oder weiterfahren?

1. Eine Art Pfannkuchen aus Buchweizenmehl, die zu Fastnacht (in der sogenannten ›Butterwoche‹) gegessen werden.

»Wohin führt denn dieser Weg?« fragte die Makowkina, die schöne geschiedene Frau.
»Nach Tambino. Das sind von hier zwölf Werst«, sagte der eine Advokat, der der Makowkina den Hof machte.
»Und dann?«
»Dann am Kloster vorbei nach L.«
»Wo dieser Vater Sergius wohnt?«
»Ja.«
»Kasatskij? Der schöne Klausner?«
»Ja.«
»Meine Damen und Herren! Fahren wir zu Kasatskij. In Tambino können wir ausruhen und etwas essen.«
»Wir kommen dann aber zur Nacht nicht mehr nach Hause.«
»Tut nichts, wir übernachten bei Kasatskij.«
»Nun ja, es gibt ja eine Klosterherberge, die ist sehr gut. Ich bin dort abgestiegen, als ich Machin verteidigt habe.«
»Nein, ich will bei Kasatskij übernachten.«
»Nun, das dürfte selbst Ihrer Allmacht unmöglich werden.«
»Unmöglich? Wollen wir wetten?«
»Gut! Wenn Sie bei ihm übernachten, zahle ich, was Sie wollen.«
»A discrétion.«
»Sie auch?«
»Jawohl! Vorwärts!«
Den Kutschern wurde Schnaps gegeben. Dann holte man den Koffer mit Kuchen, Wein und Konfekt hervor, die Damen hüllten sich in ihre weißen Pelzkragen. Die Kutscher stritten sich, wer vorn sitzen sollte, ein junger Kerl drehte sich flott seitwärts, hob den langen Peitschenstiel, schrie auf die Pferde ein – und nun klangen die Schellen, und die Kufen knarrten.
Der Schlitten zitterte und schaukelte leicht, das Beipferd lief gleichmäßig und lustig mit seinem steil aufgebundenen Schweif unter dem mit Metallplatten besetzten Riemenzeug, die ebene, glatte Straße lief schnell rückwärts, der

Kutscher zerrte flott an der Leine, der Advokat und der Offizier, die die Rücksitze innehatten, schwatzten mit Frau Makowkina; sie selbst aber saß, fest in ihren Pelz gewickelt, unbeweglich da und dachte: ›Immer das gleiche und immer so häßliche rote, glänzende Gesichter, Tabak- und Weingeruch, immer die gleichen Reden, die gleichen Gedanken, und alles dreht sich um die gleiche Gemeinheit. Und alle sind sie zufrieden und überzeugt, daß es so sein muß und daß sie es bis zu ihrem Tode so treiben können. Ich kann es nicht. Mich ödet es an. Ich brauche irgend etwas, wodurch all das zerstört, umgedreht würde. Etwa so, wie es jenen in Saratow ging, die auch eine Schlittenpartie machten und erfroren. Was würden unsere Herren machen? Wie würden sie sich benehmen? Wahrscheinlich ganz gemein. Jeder würde nur an sich denken. Ich würde mich übrigens auch gemein benehmen. Aber ich bin wenigstens hübsch. Und das wissen sie. Und dieser Mönch? Begreift er das wirklich nicht mehr? Das ist nicht möglich! Das ist das einzige, was sie verstehen. Wie im Herbst jener Kadett. Was war das für ein dummer Junge.‹

»Iwan Nikolajewitsch«, sagte sie.

»Was steht zu Diensten?«

»Wie alt ist er?«

»Wer?«

»Der Kasatskij.«

»Ich glaube, über Vierzig.«

»Und empfängt er jeden?«

»Ich glaube ja, aber nicht immer.«

»Decken Sie mir die Füße zu. Nicht so! Wie ungeschickt Sie sind! Noch fester, so, so ist es recht. Aber drücken Sie mir die Füße nicht so.«

So kamen sie bis zu dem Wald, wo die Zelle stand.

Sie stieg aus und befahl den anderen weiterzufahren. Man suchte ihr ihren Plan auszureden, aber sie wurde böse und verlangte, daß sie weiterführen.

Da fuhr der Schlitten weiter, und sie ging in ihrem Pelz mit dem weißen Fell den schmalen Pfad entlang. Der Advokat stieg aus und sah ihr nach.

5

Vater Sergius lebte bald sechs Jahre als Klausner. Er war neunundvierzig Jahre alt. Er hatte kein leichtes Leben. Aber nicht Fasten und Beten machten ihm das Leben schwer. Das war ihm keine Last, wohl aber quälte ihn ein innerer Kampf, auf den er gar nicht gefaßt gewesen war. Dieser Kampf hatte zwei Ursachen: den Zweifel und die fleischliche Begierde. Und beide Feinde traten immer gleichzeitig auf den Plan. Er glaubte, es wären zwei verschiedene Feinde, es war aber in Wahrheit immer der gleiche. Kaum war der Zweifel überwunden, da quälte ihn auch die Begierde nicht mehr. Er glaubte aber, es seien zwei verschiedene Teufel, und kämpfte mit jedem einzeln.
›Mein Gott, mein Gott‹, dachte er, ›warum gibst du mir keinen Glauben? Ja, die Begierde. Gegen sie kämpften auch die Heiligen, Antonius und die andern, allein der Glaube... Sie hatten ihn, ich aber habe Minuten, Stunden, Tage, wo ich ihn nicht besitze. Wozu die ganze Welt und all ihre Herrlichkeit, wenn sie sündhaft ist und man sich von ihr lossagen muß? Warum hast du dieses Ärgernis geschaffen, Herr? Ärgernis? Ist es nicht ein noch größeres Ärgernis, daß ich den Freuden der Welt entfliehen will und mich für eine andere Welt bereite, wo vielleicht nichts vorhanden ist?‹ So sprach er zu sich, und Entsetzen, Ekel vor sich selbst packte ihn. ›Du Tier, du Tier! Und du willst heilig sein!‹ schalt er sich selbst. Und er fing an zu beten. Aber kaum hatte er die ersten Worte des Gebets gesprochen, da sah er sich selbst vor sich, wie er im Kloster gewesen war: in Kappe und Talar, in feierlicher, würdevoller Haltung. ›Nein, das ist nicht recht. Das ist Betrug. Andere kann ich betrügen, mich selbst und Gott aber nicht. Kein großer Mann bin

ich, sondern ein elendes, lächerliches Menschlein.‹ Und er warf die Schöße seiner Kutte zurück und betrachtete seine jämmerlichen Beine in den Unterhosen und lächelte.
Dann ließ er die Schöße wieder sinken, sprach seine Gebete, schlug das Kreuz und beugte sich zur Erde nieder. ›Soll dieses Lager mein Grab werden?‹ sprach er. Und es war, als flüsterte ein Teufel ihm ins Ohr: ›Ein einsames Lager ist immer ein Grab. Alles ist Lüge.‹ Und seine Phantasie zeigte ihm die Schultern der Witwe, mit der er einst ein Liebesverhältnis gehabt hatte. Er raffte sich auf und betete wieder. Nachdem er die Mönchsregel verlesen hatte, nahm er das Evangelienbuch zur Hand, schlug es auf, und zwar gerade auf der Stelle, die er sich oft vorsprach und die er auswendig wußte: ›Herr, ich glaube! Hilf meinem Unglauben!‹ Er drängte alle aufsteigenden Zweifel zurück. Wie man einen Gegenstand mit labilem Gleichgewicht hinstellt, so richtete er seinen Glauben auf dem schwankenden Fußstück auf und trat vorsichtig zurück, um ihn nicht anzustoßen und umzustürzen. Die Scheuklappen schoben sich wieder vor, und er beruhigte sich. Er wiederholte sein Kindergebet: »Herr, nimm mich, nimm mich!« Und ihm wurde nicht nur leicht, sondern Heiterkeit und Rührung erfüllten ihn. Er bekreuzigte sich, legte sich auf die dünne Matte auf der schmalen Bank und schob seine Sommerkutte als Kissen unter seinen Kopf. Dann schlief er ein. Im Halbschlaf glaubte er Schellenklingen zu vernehmen. Er wußte nicht, ob das Traum oder Wirklichkeit war. Nun aber weckte ihn ein Klopfen an seine Tür. Er erhob sich immer noch zweifelnd. Doch da klopfte es wieder. Ja, es wurde wirklich an seine Tür geklopft, und er hörte eine weibliche Stimme.
›Mein Gott! Ist es denn wirklich wahr, was ich in den Vitae der Heiligen gelesen habe, daß der Teufel Weibesgestalt annimmt? Ja, das war eine Frauenstimme. Eine zarte, schüchterne, holde Stimme. Pfui!‹ Er spuckte aus. ›Nein, es scheint mir nur so‹, sagte er, trat in die Ecke vor das kleine Betpult

und fiel in der gewohnten Weise auf die Knie nieder. In dieser genau abgemessenen Bewegung selbst fand er schon Trost und Freude. Er fiel nieder; die Haare hingen ihm ins Gesicht herab, und er drückte die schon kahl werdende Stirn auf den feuchten, kalten Bastläufer. Vom Fußboden zog es stark.

Er sprach den Psalm, der, wie ihm der alte Vater Pimen gesagt hatte, gegen Teufelsspuk half. Mit Leichtigkeit richtete er seinen abgemagerten, leichten Körper auf den kräftigen, nervösen Beinen wieder auf und wollte weitersprechen, aber er tat es nicht, sondern strengte unwillkürlich sein Gehör an, um auf ein weiteres Klopfen zu horchen. Er wollte es hören. Es war ganz still. Gleichmäßig fielen die Tropfen vom Dach in die Bütte, die in der Ecke stand. Draußen lag kalter Nebel, der den Schall fraß. Es war ganz, ganz still. Und plötzlich rauschte es am Fenster, und deutlich sprach eine Stimme, dieselbe zarte, bange Stimme, eine Stimme, wie sie nur einem reizvollen Weibe gehören konnte:

»Lassen Sie mich ein. Um Christi willen...«

Alles Blut schien ihm zum Herzen zu strömen und da zu stocken. Er konnte nicht einmal aufatmen. »Der Herr erwache und vertreibe seine Feinde...«

»Ich bin ja nicht der Teufel!« Und er fühlte, daß der Mund, der diese Worte sprach, lächelte. »Ich bin nicht der Teufel, ich bin einfach eine sündige Frau, eine Verirrte im buchstäblichen, nicht im übertragenen Sinne des Wortes« – sie lachte –, »ich bin ganz erfroren und bitte um ein Obdach.«

Er drückte sein Gesicht an die Fensterscheibe. Das Lämpchen spiegelte sich im Glas und ließ ihn nichts sehen. Er legte von beiden Seiten die Handflächen ans Gesicht und blickte hinaus. Nebel, Schnee, ein Baum, und da – rechts – sie. Ja, es war eine Frau in einem Pelz mit weißem, langhaarigem Fellkragen, in einer Mütze und mit einem lieben, lieben, guten, erschreckten Gesicht. Da stand sie, zwei Zoll von seinem Gesicht entfernt, sich zu ihm vorbeugend. Ihre

Blicke trafen sich, und sie erkannten einander. Nicht daß sie sich schon irgendeinmal gesehen hätten: sie hatten sich nie gesehen, aber in dem Blick, den sie austauschten, fühlten sie beide, besonders er, daß sie einander kannten, einander verstanden. Nach diesem Blick noch zweifeln, daß es der Teufel war und nicht eine schlichte, gute, liebe, ängstliche Frau, war unmöglich.

»Wer sind Sie? Was wollen Sie?« fragte er.

»Öffnen Sie doch!« sagte sie launisch-eigensinnig. »Ich bin erfroren. Ich habe mich verirrt.«

»Aber ich bin doch ein Mönch, ein Klausner.«

»Um so mehr müssen Sie öffnen. Oder wollen Sie, daß ich unter Ihrem Fenster erfriere, während Sie Ihre Gebete sprechen?«

»Ja, wie kommen Sie...«

»Ich will Sie doch nicht fressen. Lassen Sie mich um Gottes willen hinein. Ich bin ganz erfroren.«

Ihr selbst war bange geworden. Sie sagte das mit fast weinender Stimme.

Er trat vom Fenster zurück und warf einen Blick auf das Bild des Heilands in der Dornenkrone. »Herr, hilf mir, Herr, hilf mir«, sagte er, sich bekreuzigend und sich bis zur Erde neigend. Dann ging er zur Tür, öffnete sie, trat in den Vorraum, tastete nach dem Riegel der Außentür und schob ihn zurück. Draußen hörte er Schritte. Sie ging vom Fenster zur Tür. »Ach!« schrie sie plötzlich auf. Er erriet, daß sie in die Wasserlache getreten war, die sich vor der Schwelle angesammelt hatte. Seine Hände zitterten, und er konnte den etwas festsitzenden Riegel gar nicht bewegen.

»Lassen Sie mich doch endlich hinein! Ich bin ganz durchnäßt und durchfroren. Sie denken nur an das Heil Ihrer Seele, und ich muß hier erfrieren!«

Er zog die Tür kräftig an, schob den Riegel zurück und gab, ohne zu überlegen, der sich nach außen öffnenden Tür einen so starken Ruck, daß er die Dame stieß.

»Ach, entschuldigen Sie«, sagte er plötzlich, unwillkürlich in den gewohnten Umgangston vergangener Zeiten verfallend.
Sie lächelte bei dieser Entschuldigung. ›Er ist ja gar nicht so schrecklich‹, dachte sie.
»Tut nichts, tut nichts. Sie müssen mich entschuldigen«, sagte sie, an ihm vorübergehend. »Ich hätte es nie gewagt, wenn nicht die ganz außergewöhnlichen Umstände...«
»Bitte schön«, sagte er, ihr Platz machend. Der starke Duft feinen Parfüms, den er lange nicht mehr gespürt hatte, überraschte ihn. Sie ging durch den Vorraum in die Stube. Er schlug die Außentür zu, ohne den Riegel vorzuschieben, durchschritt den Vorraum und trat in die Stube.
»Herr Jesu Christe, Sohn Gottes, erbarme dich meiner Sünden, Herr, erbarme dich meiner Sünden«, betete er unausgesetzt, nicht nur in Gedanken, sondern ganz unwillkürlich auch die Lippen bewegend. »Bitte schön«, sagte er. Sie stand mitten im Zimmer und betrachtete ihn. Das Wasser floß von ihrem Pelz hinab auf den Fußboden. Ihre Augen lachten.
»Entschuldigen Sie, daß ich Sie in Ihrer Einsamkeit gestört habe. Aber Sie sehen ja, in welcher Lage ich mich befinde. Das kam nämlich so: Wir machten eine Schlittenpartie, und ich wettete, daß ich von Worobjowka bis zur Stadt zu Fuß laufen könne. Nun aber habe ich mich verirrt, und wenn ich nicht auf Ihre Zelle gestoßen wäre...« log sie. Doch sein Gesicht verwirrte sie so, daß sie nicht weiterreden konnte und verstummte. Sie hatte ihn sich ganz anders gedacht. Er war nicht so schön, wie sie erwartet hatte, und dennoch war ihm eine Schönheit eigen, die sie fesselte. Das lockige, graumelierte Kopf- und Barthaar, die regelmäßige feine Nase und die Augen, die wie Kohlen glühten, wenn er ihr ins Gesicht sah, fesselten sie ungemein.
Er sah, daß sie log.
»Ja, ja«, sagte er, ihr einen Blick zuwerfend und die Augen wieder senkend.

»Ich will hier hineingehen, und Sie können sichs bequem machen.«
Er nahm das Lämpchen von der Wand, zündete eine Kerze an, verbeugte sich tief vor der Dame und ging in seine Kammer hinter dem Verschlag. Sie hörte, wie er dort allerlei Sachen hin und her schob. ›Er verbarrikadiert sich wohl vor mir‹, dachte sie lächelnd, warf den weißen Pelz von den Schultern und nahm die am Haar hängengebliebene Mütze ab und dann das gestrickte Tuch, das sie unter der Mütze hatte. Sie war gar nicht durchnäßt worden, als sie vor dem Fenster stand, und hatte das nur gesagt, damit er sie einlasse. Vor der Tür aber war sie tatsächlich in die Wasserlache getreten; ihr linkes Bein war bis zur Wade durchnäßt und der Filzüberschuh voll Wasser. Sie setzte sich auf seine Lagerstätte, ein einfaches Bett, das nur mit einem dünnen Teppich belegt war, und zog ihr Schuhwerk aus. Die kleine Zelle erschien ihr ganz reizend. Ein schmaler, kaum vier Ellen breiter, fünf Ellen langer Raum, tadellos sauber. In dem Raum befand sich nur die Lagerstatt, auf der sie saß, darüber ein Brett mit Büchern, in der Ecke ein kleines Betpult. In die Tür waren Nägel eingeschlagen, an denen eine Kutte und ein Pelz hingen. Über dem Betpult ein Bild des Heilands mit der Dornenkrone und davor ein Lämpchen. Es roch sonderbar nach Öl, Schweiß und Erde. Alles gefiel ihr hier, auch dieser Geruch. Die nassen Füße, besonders der eine, machten ihr Sorge, und sie zog schnell ihre Schuhe aus, immer weiterlächelnd, erfreut nicht so sehr darüber, daß sie ihr Ziel erreicht hatte, als darüber, daß sie, wie sie wohl bemerkt hatte, ihn, diesen entzückenden, einzigartigen, seltsamen, reizenden Mann in Verwirrung gebracht hatte. ›Nun, er hat nicht reagiert, was ist denn dabei?‹ sagte sie zu sich selbst.
»Vater Sergius, Vater Sergius! So heißen Sie doch?«
»Was wünschen Sie?« erwiderte eine leise Stimme.
»Verzeihen Sie mir bitte, daß ich Sie in Ihrer Einsamkeit

gestört habe. Aber ich konnte wirklich nicht anders. Ich wäre sonst ganz gewiß krank geworden. Und ich weiß mir auch jetzt keinen Rat. Ich bin ganz durchnäßt, meine Füße sind wie Eis.«

»Verzeihen Sie«, erwiderte die leise Stimme, »ich kann nichts für Sie tun.«

»Ich würde Sie in keiner Weise belästigen. Ich würde nur bis zum Morgengrauen bleiben.«

Er antwortete nicht, sie hörte ihn nur etwas vor sich hin flüstern. Augenscheinlich betete er.

»Sie kommen doch nicht mehr heraus?« fragte sie lächelnd. »Ich muß mich nämlich ausziehen, um trocken zu werden.«

Er antwortete nicht und fuhr fort, hinter dem Verschlag mit eintöniger Stimme zu beten.

›Ja, das ist ein Mann‹, dachte sie und zog mit großer Anstrengung den klatschenden Überschuh vom Fuß. Sie zerrte an ihm und konnte ihn nicht herunterbekommen, und zu guter Letzt kam ihr das lächerlich vor. Sie lachte erst kaum hörbar, aber weil sie wußte, daß er ihr Lachen hörte und daß dieses Lachen auf ihn geradeso wirken mußte, wie sie es wünschte, lachte sie lauter, und dieses lustige, natürliche, gutmütige Lachen wirkte tatsächlich auf ihn, und zwar ganz so, wie sie es haben wollte.

›Ja, einen solchen Mann kann man liebgewinnen. Diese Augen und dieses einfache, vornehme und – er mag soviel Gebete murmeln, wie er will – leidenschaftliche Gesicht!‹ dachte sie. ›Uns Frauen betrügt man nicht. Schon als er das Gesicht an die Scheibe drückte und mich sah, hat er alles verstanden und alles erkannt. Es blitzte in seinen Augen auf und prägte sich ein. Er liebt mich und begehrt mich. Ja, er begehrt mich‹, dachte sie, nachdem sie endlich Überschuhe und Schuhe ausgezogen hatte, und machte sich an die Strümpfe. Um die langen Strümpfe auszuziehen, die durch Gummibänder festgehalten wurden, mußte sie die Röcke hochheben. Und sie sagte:

»Kommen Sie jetzt nicht heraus!«
Aber von innen kam keine Antwort; nichts als das eintönige Murmeln und das Geräusch einer Bewegung. ›Er macht wohl einen Kniefall‹, dachte sie. ›Aber das soll ihm nichts helfen. Er denkt an mich ebenso wie ich an ihn. Mit ganz demselben Gefühl denkt er an diese Beine«, dachte sie, nachdem sie die nassen Strümpfe abgezogen hatte, hob die bloßen Füße auf das Bett und hockte sich hin. So saß sie einige Zeit da, die Arme um die Knie gelegt, und blickte nachdenklich vor sich hin. ›Ja, hier ist es einsam und still. Und nie würde jemand erfahren …‹
Sie stand auf, trug die Strümpfe zum Ofen und hängte sie über die Klappe. Es war eine ganz eigentümliche Klappe; sie drehte an ihr herum, ging dann, mit den nackten Füßen leicht auftretend, zum Bett zurück und setzte sich wieder mit hochgezogenen Beinen hin.
Hinter dem Verschlag war es ganz still geworden. Sie sah auf die winzige Uhr, die an ihrem Halse hing. Es war zwei. ›Der Schlitten muß gegen drei da sein.‹ Sie hatte also nur noch eine Stunde Zeit.
›Soll ich wirklich die ganze Zeit allein hier sitzen? Was für ein Unsinn! Das will ich nicht. Ich rufe ihn gleich!‹
»Vater Sergius, Vater Sergius! Sergej Dmitrijewitsch! Fürst Kasatskij!«
Nebenan blieb es still.
»Hören Sie, das ist grausam. Ich würde Sie nicht rufen, wenn ich Sie nicht brauchte. Ich bin krank, ich weiß nicht, was mit mir ist«, sagte sie mit kläglicher Stimme. »Oh, oh!« stöhnte sie, sich auf das Bett fallen lassend. Und seltsam! Sie hatte wirklich das Gefühl, als wäre sie krank, ganz krank, als täte ihr alles weh und als würde sie von Fieberschauern geschüttelt.
»So hören Sie doch! Helfen Sie mir! Ich weiß nicht, was mit mir ist! Oh! Oh!« Sie knöpfte ihr Kleid auf, entblößte die Brust und warf die bis zum Ellbogen nackten Arme zurück.

»Oh, oh!«

Die ganze Zeit hatte er in seiner Kammer gestanden und gebetet. Nachdem er alle Abendgebete gesprochen hatte, stand er unbeweglich da, den Blick auf seine Nasenspitze gerichtet, und betete stumm immer wieder: ›Herr Jesu Christe, Sohn Gottes, erbarme dich!‹

Aber er hörte alles. Er hörte den Seidenstoff rauschen, als sie das Kleid auszog, hörte, wie sie barfuß durch die Zelle ging, hörte, wie sie sich die Füße mit der Hand rieb. Er fühlte, daß er schwach war, daß er jeden Augenblick zugrunde gehen konnte, und deshalb betete er unablässig. Er empfand etwas Ähnliches, wie es jener Märchenheld empfunden haben mußte, der sich auf seinem Wege nicht umsehen durfte. So hörte und fühlte Sergius die Gefahr, das Verderben neben sich, über sich, um sich, und fühlte, daß keine Rettung möglich war, wenn er sich auch nur für einen Augenblick nach ihr umsah. Plötzlich aber ergriff ihn der lebhafte Wunsch, sie zu sehen. In demselben Augenblick sagte sie:

»Hören Sie, das ist unmenschlich, ich kann hier sterben.«

›Ja, ich will zu ihr hingehen, aber so handeln wie jener Heilige, der die eine Hand auf das Haupt der Sünderin legte und die andere in die Herdflamme streckte.‹ Aber es war kein Feuer da. Er sah sich um. Da hing die Lampe. Er hielt den Finger über die Flamme und zog die Brauen zusammen, bereit, den Schmerz zu ertragen. Und ziemlich lange schien es ihm, als fühle er nichts, aber plötzlich – er hatte noch nicht entschieden, ob es ihm wirklich weh tue – verzog er das Gesicht, riß die Hand weg und bewegte sie heftig hin und her. ›Nein, das kann ich nicht.‹

»Um Gottes willen! Kommen Sie zu mir! Ich sterbe! Ach, ach!«

›Also soll ich zugrunde gehen? Nein, nein!‹

»Ich komme gleich zu Ihnen«, sagte er, öffnete seine Tür, ging, ohne sie anzusehen, an der Dame vorüber in den Vorraum hinaus, wo er sein Brennholz kleinzumachen pflegte,

tastete nach dem Hauklotz und nach dem Beil, das an der Wand lehnte.
»Gleich«, sagte er, nahm das Beil in die rechte Hand, legte den Zeigefinger der Linken auf den Klotz, schwenkte das Beil hoch und hieb auf den Finger unterhalb des zweiten Gliedes. Der Finger sprang leichter ab, als ein Holzstück von gleicher Dicke abzuspringen pflegte, drehte sich um, schlug gegen den Rand des Klotzes und fiel dann auf die Erde.
Er vernahm diesen Laut früher, als er den Schmerz fühlte. Doch kaum hatte er sich gewundert, daß er keinen Schmerz empfand, da hatte er schon das Gefühl eines brennenden Schmerzes und des warm rieselnden Blutes. Er wickelte den Stummel schnell in den Rand seiner Kutte, drückte ihn gegen die Hüfte, ging in die Zelle zurück, blieb vor der Dame stehen und fragte leise, mit niedergeschlagenen Augen:
»Was wünschen Sie?«
Sie sah in sein bleiches Gesicht mit der zitternden linken Hand, und plötzlich mußte sie sich schämen. Sie sprang auf, ergriff ihren Pelz, warf ihn über und wickelte sich hinein.
»Ja, ich hatte Schmerzen... Ich bin erkältet... Ich...Vater Sergius... ich...«
Er hob den Blick zu ihr empor; ein sanftes, freudiges Licht schimmerte in seinen Augen. Er sprach zu ihr:
»Liebe Schwester, warum wolltest du deine unsterbliche Seele zugrunde richten? Ärgernis muß in der Welt sein, doch wehe dem Menschen, von dem Ärgernis kommt! Bete, daß Gott der Herr dir vergebe.«
Sie hörte ihm zu und sah ihn an. Plötzlich vernahm sie das Fallen von Tropfen auf die Erde. Sie sah genauer hin und bemerkte, daß aus seiner Hand die Kutte entlang Blut troff.
»Was haben Sie mit Ihrer Hand gemacht?« Sie erinnerte sich des Tones, den sie gehört hatte, ergriff die Lampe und lief in den Vorraum hinaus. Hier sah sie den blutigen Finger auf

dem Boden liegen. Noch bleicher als er kehrte sie zurück und wollte etwas zu ihm sagen, doch er ging leise hinter den Verschlag und schloß die Tür hinter sich zu.

»Verzeihen Sie mir«, sagte sie. »Wie kann ich meine Sünde büßen?«

»Geh fort.«

»Erlauben Sie mir, Ihnen die Hand zu verbinden.«

»Geh fort.«

Hastig, schweigend kleidete sie sich an und saß wartend im Pelz da. Draußen ertönte Schellenklang.

»Vater Sergius, verzeihen Sie mir.«

»Geh. Gott wird dir verzeihen.«

»Vater Sergius, ich will ein neues Leben anfangen, verlassen Sie mich nicht.«

»Geh.«

»Verzeihen Sie mir und segnen Sie mich.«

»Im Namen des Vaters und des Sohnes und des Heiligen Geistes«, ertönte es hinter dem Verschlag. »Geh!«

Sie brach in Tränen aus und verließ die Zelle. Der Architekt kam ihr entgegen.

»Nun, ich habe verloren, nichts zu machen. Wo wollen Sie Platz nehmen?«

»Es ist mir ganz gleich.«

Sie stieg in den Schlitten und sprach auf der ganzen Heimfahrt kein Wort mehr.

Nach einem Jahr wurde sie Nonne und lebte streng nach den Regeln im Kloster unter Leitung des Klausners Arsenius, der ihr ab und zu Briefe schrieb.

6

Vater Sergius lebte noch weitere sieben Jahre als Klausner. Anfangs hatte er viel von den Dingen angenommen, die ihm zugebracht wurden: Tee, Zucker, Weißbrot, Milch, Kleider, Brennholz.

Doch je mehr die Zeit verging, desto strengere Lebensregeln arbeitete er für sich aus. Er wies alles Überflüssige zurück und kam endlich so weit, daß er nichts mehr annahm als einmal in der Woche Schwarzbrot. Alles, was ihm sonst gebracht wurde, verteilte er unter die Armen, die zu ihm kamen. Seine ganze Zeit verbrachte Vater Sergius in seiner Zelle im Gebet oder im Gespräch mit seinen Besuchern, deren Zahl immer größer wurde. Seine Zelle verließ Vater Sergius nur, um in die Kirche zu gehen – etwa dreimal im Jahre – und um Wasser und Brennholz zu holen, wenn er welches nötig hatte.
Nach fünf Jahren seines Klausnerlebens hatte sich jenes Ereignis mit der Makowkina abgespielt, das bald überall bekannt wurde; ihr nächtlicher Besuch, die Wandlung, die sich danach in ihr vollzog, und ihr Eintritt ins Kloster. Von da ab begann der Ruhm des Vaters Sergius sehr schnell zu wachsen. Immer mehr Besucher kamen; in der Nähe seiner Zelle siedelten sich Mönche an, eine Kirche wurde gebaut und eine Herberge eingerichtet. Der Ruhm des Vaters Sergius wurde immer größer, und wie stets übertrieb das Gerücht seine Taten ungeheuer. Es kamen Besucher aus ganz fernen Gegenden, und man brachte Kranke zu ihm, weil behauptet wurde, er könne sie heilen.
Die erste Heilung fand im achten Jahre seines Klausnerlebens statt. Es handelte sich um einen vierzehnjährigen Knaben, den seine Mutter zu Vater Sergius gebracht hatte mit der Bitte, er möge seine Hand auf ihn legen. Ihm war nie auch nur der Gedanke gekommen, daß er Kranke heilen könnte. Einen solchen Gedanken hätte er als eine große Sünde, als frevelhaften Hochmut angesehen, aber die Mutter, die den Knaben zu ihm gebracht hatte, flehte ihn unausgesetzt an, fiel ihm zu Füßen und fragte, warum er denn ihrem Sohn nicht helfen wolle, da er doch andere geheilt habe. Sie bat ihn um Christi willen, sich ihrer zu erbarmen; und als Vater Sergius zu ihr sagte, nur Gott könne Kranke

heilen, erwiderte sie, sie bitte ja nur, er solle seine Hand auf den Knaben legen und für ihn beten. Vater Sergius wies sie jedoch ab und zog sich in seine Zelle zurück. Doch am nächsten Tage (es war im Herbst, und die Nächte waren schon kalt) sah er, als er aus seiner Zelle trat, um Wasser zu holen, wieder die Mutter mit dem Sohn, einem bleichen Knaben von vierzehn Jahren, vor sich und vernahm die gleichen Bitten. Vater Sergius gedachte des Gleichnisses vom ungerechten Haushalter, und wenn er vorher nicht daran gezweifelt hatte, daß er die Frau zurückweisen müsse, so stiegen jetzt Zweifel in ihm auf, und von diesen Zweifeln gequält, suchte er ihrer durch Gebet Herr zu werden. Er betete so lange, bis in seiner Seele ein Entschluß zustande kam. Dieser Entschluß aber ging dahin, daß er die Bitte der Frau erhören müsse, daß ihr Glaube den Kranken heilen müsse, daß er selbst, Vater Sergius, in diesem Fall aber nur ein elendes Werkzeug sei, das der Herr sich auserwählt habe.
Und er ging zur Mutter hinaus, erfüllte ihren Wunsch, legte seine Hand auf das Haupt ihres Knaben und betete.
Die Mutter fuhr mit ihrem Sohn heim, und nach einem Monat wurde der Knabe gesund. Nun verbreitete sich in der ganzen Umgegend der Ruhm von der heiligen Wunderkraft des Starez Sergius, wie man ihn jetzt nannte. Seitdem verging nicht eine Woche, ohne daß Kranke zu Vater Sergius gekommen wären; und wenn er den einen nicht zurückwies, durfte er auch dem andern nicht nein sagen, und so legte er seine Hand auf sie und betete, und viele wurden geheilt. Und der Ruhm des Vaters Sergius breitete sich immer weiter aus.
So waren sieben Jahre im Kloster und dreizehn in der Einsiedelei vergangen. Vater Sergius hatte das Aussehen eines Greises; sein Bart war lang und grau, sein Haupthaar war zwar schon gelichtet, aber immer noch schwarz und lockig.

7

Vater Sergius war schon seit einigen Wochen immer mit dem einen unabweisbaren Gedanken beschäftigt: ob er recht daran tat, sich in die Verhältnisse zu fügen, die er nicht so sehr selbst geschaffen hatte, sondern in die er dank dem Erzbischof und dem Prior geraten war. Es hatte mit der Genesung des vierzehnjährigen Knaben angefangen. Seitdem fühlte Vater Sergius mit jedem Monat, jeder Woche, jedem Tage mehr, wie sein inneres Leben litt und von dem äußeren zurückgedrängt wurde. Er war wie ausgewechselt.

Vater Sergius sah, daß er zum Mittel geworden war, Besucher und Spender ins Kloster zu locken, und daß die Klosterverwaltung ihm Lebensverhältnisse zu schaffen bemüht war, in denen er besonders nützlich sein konnte. Man ließ ihn zum Beispiel kaum noch arbeiten. Man hielt alles für ihn bereit, was er brauchte, und verlangte von ihm nur, daß er den Bittenden, die zu ihm kamen, seinen Segen nicht verweigere. Um es ihm bequemer zu machen, setzte man bestimmte Tage fest, an denen er Besucher empfing. Man richtete ein Wartezimmer für Männer ein und einen besonderen, durch eine Schranke abgeteilten Raum, in dem die ihn bestürmenden Frauen ihn nicht umreißen konnten, er aber alle Herantretenden segnen konnte. Man redete ihm vor, die Menschen brauchten ihn, er dürfe in Erfüllung des von Christo gegebenen Gebotes der Liebe die Menschen nicht von sich weisen, die ihn sehen wollten, ein solches Verhalten sei eine Grausamkeit. Er konnte nichts dagegen sagen; aber je mehr er in diesem Leben aufging, desto mehr fühlte er, wie das Innerliche sich veräußerlichte, wie die Quelle des lebendigen Wassers in ihm versiegte, wie er das, was er tat, immer mehr um der Menschen willen als um Gottes willen tat.

Ob er nun den Leuten Predigten hielt, ob er sie segnete, ob er für die Kranken betete, ob er den Menschen Ratschläge für ihr ferneres Leben gab, ob er den Dank jener entgegennahm, denen er geholfen hatte, sei es durch Heilungen, wie sie behaupteten, sei es durch gute Lehren – er konnte nicht anders, er mußte sich darüber freuen, mußte sich um die Folgen seines Wirkens, um seinen Einfluß auf die Menschen kümmern. Er hielt sich für eine flammende Leuchte, und je stärker er das empfand, desto mehr fühlte er auch, wie das göttliche Licht der Wahrheit, das in ihm brannte, schwächer wurde und zu erlöschen drohte. ›In welchem Maß geschieht, was ich tue, Gott zuliebe, und wieweit nur um der Menschen willen?‹ – das war die Frage, die ihn unablässig quälte und die er sich nie zu beantworten vermochte oder, besser gesagt, nicht zu beantworten wagte. Er fühlte in der Tiefe seiner Seele, daß der Teufel sein Wirken um Gottes willen durch ein anderes, nur auf den Ruhm bei den Menschen abgesehenes vertauscht hatte. Er fühlte das; denn wie es ihm früher wohlgetan hatte, wenn man ihn nicht aus seiner Einsamkeit aufstörte, so war ihm jetzt diese Einsamkeit eine Qual. Er fühlte sich durch die Besucher belästigt, sie machten ihn müde, aber in seinem innersten Herzen freute er sich über sie, freute sich über die Lobpreisungen, mit denen sie ihn überhäuften.

Es kam sogar eine Zeit, wo er heimlich entfliehen wollte. Er hatte schon alles überlegt, wie er es machen könnte. Er hatte sich ein Bauernhemd, eine Hose, einen Kaftan und eine Mütze bereitgelegt. Er erklärte, er brauche diese Sachen, um sie etwaigen Bedürftigen zu geben. Und er bewahrte die Kleidungsstücke bei sich auf und überlegte, wie er sie anziehen, sich die Haare schneiden und auf und davon gehen würde. Erst wollte er etwa dreihundert Werst mit der Eisenbahn fahren, dann aussteigen und durch die Dörfer pilgern. Er fragte einen alten Soldaten aus, wie er von Dorf zu Dorf wandere, wie man Almosen empfange und wo es Unterkunft gebe. Der Soldat erzählte ihm, wo und wie man am ehesten Almosen und Obdach erhalte, und Vater Sergius

beschloß, nach seinem Rat zu handeln. In einer Nacht hatte er sich schon ganz angekleidet und wollte davongehen, aber dann kamen ihm wieder Zweifel, was das Rechte wäre: bleiben oder gehen? Erst stand er unschlüssig da, darauf entschied er sich; er gewöhnte sich an seine Lage und unterwarf sich dem Teufel. Und die Bauernkleidung blieb ihm nur als Erinnerung an seine einstigen Gedanken und Empfindungen.
Mit jedem Tage kamen mehr Leute zu ihm, und es blieb ihm immer weniger Zeit zu seelischer Stärkung und Gebet. Mitunter, in lichten Augenblicken, dachte er, er sei einem Platz ähnlich, an dem eine Quelle gesprudelt hatte. ›Es war eine schwache Quelle lebendigen Wassers, die aus mir und durch mich strömte. Das war das wahre Leben, als sie‹ – er gedachte immer mit Entzücken jener Nacht und ihrer, die jetzt Mutter Agnia hieß – ›mich verführen wollte. Sie hat von jenem lebendigen Wasser getrunken, jetzt aber kann sich das Wasser nicht mehr ansammeln, wenn die Dürstenden kommen, sich herandrängen, einander stoßen. Und sie haben alles zerstampft, es ist nur Schmutz übriggeblieben.‹ So dachte er in seltenen lichten Augenblicken; sein gewöhnlicher Zustand aber war Ermattung und Bewunderung seiner selbst ob dieser Ermattung.

Es war im Frühling, am Tage vor dem Fest der Wasserweihe. Vater Sergius hielt die Abendmesse in seiner Höhlenkapelle. Es waren so viel Leute da, wie in dem engen Raum Platz hatten, also ungefähr zwanzig, lauter feine Herrschaften und reiche Kaufleute. Vater Sergius ließ einen jeden zu sich kommen, diese Auswahl aber wurde von dem Mönch getroffen, der ihm ein für allemal beigegeben war, und einem zweiten, der jeden Tag aus dem Kloster zur Einsiedelei geschickt wurde, um für Ordnung zu sorgen. Eine Schar von Pilgern, etwa achtzig, Bauern, vor allem aber Weiber, drängte sich draußen und wartete auf das Erscheinen des Vaters Sergius und seinen Segen. Vater Sergius hielt die Messe, und als er unter Lobgesängen zu dem Sarg seines Vorgängers schritt, wankte er plötzlich und wäre hingestürzt, wenn ein hinter ihm stehender Kaufmann und der Mönch, der als Diakon fungierte, ihn nicht aufgefangen hätten.

»Was ist Ihnen? Vater Sergius! Väterchen! O Gott!« ertönten die Stimmen der Frauen. »Er ist weiß wie ein Leintuch!«

Vater Sergius richtete sich aber sogleich wieder auf und schob, wenn auch noch ganz bleich, den Kaufmann und den Diakon beiseite und fing wieder an zu singen. Vater Sergius, der Diakon, der Klerus und die Dame Sophie Iwanowna, die immer in der Nähe der Einsiedelei wohnte und für Vater Sergius sorgte, baten ihn, den Gottesdienst abzubrechen.

»Es tut nichts, tut nichts«, sagte Vater Sergius, kaum merklich unter seinem Schnurrbart lächelnd und ohne den Gottesdienst abzubrechen. ›So machen es die Heiligen‹, dachte er.

»Ein Heiliger, ein Engel Gottes«, vernahm er sofort hinter sich die Stimme Sophie Iwanownas und des Kaufmanns, der ihn gestützt hatte. Er hörte nicht auf das Zureden der Leute und setzte den Gottesdienst fort. Dichtgedrängt gingen alle wieder durch die engen Gänge zurück in die kleine Kirche, und hier brachte Vater Sergius den Abendgottesdienst, wenn auch mit geringen Kürzungen, zum Abschluß.

Gleich nach dem Gottesdienst segnete Vater Sergius die Anwesenden und ging hinaus, um sich auf die Bank unter der Ulme vor dem Eingang zur Höhle zu setzen. Er wollte ausruhen, frische Luft schöpfen, er fühlte, daß er das notwendig brauchte; kaum aber war er hinausgetreten, als die Menge auf ihn zustürzte, um seinen Segen bat und Rat und Hilfe von ihm verlangte. Hier waren Pilgerinnen, die von einer heiligen Stätte zur anderen, von einem Starez zum andern wanderten und vor jedem Heiligtum, vor jedem Starez in Rührung zerflossen. Vater Sergius kannte diesen gewöhnlichen, ganz unreligiösen, kalten, konventionellen Typus. Dann waren Pilger da, meist ausgediente Soldaten, die dem seßhaften Leben entfremdet waren, bettelarme und meist der Trunksucht verfallene alte Leute, die aus einem Kloster ins andere pilgerten, nur um Nahrung zu haben; hier waren ferner einfache Bauern und Bauernweiber mir ihren egoistischen Forderungen sofortiger Heilung von Krankheiten oder Lösung ihrer Zweifel in allen möglichen Fragen des praktischen Lebens: bald handelte es sich um die Verheiratung einer Tochter, bald um die Pacht eines Ladens oder den Ankauf von Land oder um Entsühnung wegen eines im Schlaf erdrückten oder unehelich geborenen Kindes. Alles das kannte Vater Sergius schon seit langem, und alles das war ihm höchst uninteressant. Er wußte, daß er von all diesen Leuten nichts Neues erfahren werde, daß sie in ihm keinerlei religiöse Empfindungen wachrufen würden, doch er sah sie gern als bewegte Menge, der seine Person, sein Segen, seine Worte notwendig und teuer waren, und darum war ihm die Menge gleichzeitig lästig und doch auch wieder angenehm. Vater Serapion wollte die Leute abweisen, er sagte, daß Vater Sergius sehr ermüdet sei, allein Sergius gedachte der Worte des Evangeliums: ›Lasset sie (die Kindlein) zu mir kommen und wehret ihnen nicht!‹ Und bei dieser Erinnerung wurde er tief gerührt über sich selbst und befahl, daß man die Leute herankommen lasse.

Er erhob sich, trat vor die Schranke, vor der sie sich drängten, segnete sie und antwortete auf ihre Fragen mit einer Stimme, deren müder, schwacher Klang ihn selbst mit Rührung ergriff. Aber obgleich es sein lebhafter Wunsch gewesen war, konnte er doch nicht mit allen reden; es wurde ihm wieder dunkel vor den Augen, er schwankte und mußte sich am Geländer festhalten. Wieder fühlte er, wie ihm das Blut zum Kopfe strömte; er wurde erst ganz bleich und dann plötzlich feuerrot.

»Ich muß es bis morgen lassen, ich kann heute nicht mehr«, sagte er, erteilte allen zusammen den Segen und ging zu seiner Bank zurück. Der Kaufmann faßte ihn wieder unter den Arm, führte ihn zur Bank und setzte ihn hin.

»Heiliger Vater!« ertönte es in der Menge. »Heiliger Vater! Verlaß uns nicht! Wir sind verloren ohne dich!«

Nachdem der Kaufmann den Vater Sergius auf die Bank unter der Ulme gesetzt hatte, nahm er die Pflichten eines Polizisten auf sich und machte sich sehr energisch daran, die Leute auseinanderzutreiben. Er sprach zwar sehr leise, so daß Vater Sergius ihn nicht hören konnte, aber sehr entschieden und zornig.

»Packt euch, packt euch weg! Er hat euch gesegnet, was wollt ihr noch weiter? Marsch! Sonst setzt es ein paar tüchtige Rippenstöße. Vorwärts, vorwärts! Du, Tante, mit den schwarzen Fußlappen, troll dich, troll dich! Wo drängst du dich hin? Du hast gehört – jetzt ist Schluß. Was morgen ist, wird der liebe Gott entscheiden. Heute aber ist Schluß.«

»Väterchen, nur mit einem Auge laß mich sein Gesichtchen sehen«, sagte eine alte Frau.

»Ich wills dir schon zeigen! Wo drängst du dich hin?«

Vater Sergius sah, daß der Kaufmann sehr energisch vorging, und sagte mit schwacher Stimme zu dem Schließer, er solle die Leute nicht fortjagen. Vater Sergius wußte, daß er sie doch fortjagen werde, und wünschte sehr, allein zu bleiben und auszuruhen; dennoch schickte er den Schließer hin, um einen gewissen Eindruck zu machen.

»Schon recht, schon recht. Ich jage sie nicht fort, ich rede ihnen nur zu«, sagte der Kaufmann. »Es macht ihnen gar nichts aus, einen Menschen umzubringen. Sie haben kein Mitleid, sie denken nur an sich. Es geht nicht, hab ich gesagt. Geht! Morgen!«

Und der Kaufmann jagte alle weg.

Der Kaufmann war so eifrig, weil er Ordnung liebte und es ihm Vergnügen machte, die Leute wegzujagen und über sie zu verfügen; vor allem aber brauchte er den Vater Sergius. Er war Witwer und hatte eine einzige unverheiratete kranke Tochter, die er 1400 Werst weit zu Vater Sergius gebracht hatte, damit er sie heile. Sie war schon zwei Jahre krank, und er hatte sie in dieser Zeit von einem Ort zum andern geschleppt. Erst war er mit ihr in der Klinik der nächstgelegenen Universitätsstadt gewesen, da hatte man ihr nicht helfen können. Dann hatte er sie zu einem Bauern im Gouvernement Samara gebracht; hier hatte sich ihr Zustand ein wenig gebessert. Darauf hatte er einen berühmten Arzt in Moskau aufgesucht, viel Geld an ihn bezahlt, aber ohne Erfolg. Nun hatte er von den Krankenheilungen des Vaters Sergius gehört, und so war er mit seiner Tochter zu ihm gekommen. Als der Kaufmann alle Leute fortgejagt hatte, trat er vor Vater Sergius hin, ließ sich ohne jede Einleitung auf die Knie nieder und sprach mit lauter Stimme:

»Heiliger Vater, segne meine leidende Tochter, heile sie von Schmerzen und Krankheit. Ich erkühne mich, zu deinen heiligen Füßen zu fallen.«

Und dabei faltete er die Hände. Alles das tat und sprach er wie etwas klar und fest von Gesetz und Sitte Bestimmtes, als müsse und dürfe er nur so und auf keine andere Weise um die Heilung seiner Tochter bitten. Er benahm sich mit einer solchen Selbstsicherheit, daß es selbst Vater Sergius schien, als müsse er gerade so und nicht anders reden und handeln. Er bat ihn aber doch aufzustehen und zu erzählen, um was es sich handele. Der Kaufmann erzählte, seine Tochter, ein Mädchen von zweiundzwanzig Jahren, sei vor zwei Jahren, nach dem plötzlichen Tod ihrer Mutter, erkrankt; sie sei mit einem Mal zusammengebrochen, sagte er, und seitdem sei ihr nicht zu helfen gewesen.

Nun habe er sie 1400 Werst weit hierhergebracht, und sie warte in der Herberge, bis Vater Sergius befehlen werde, sie zu ihm zu bringen. Tags gehe sie nicht aus, weil sie sich vor dem Licht fürchte, sie könne erst nach Sonnenuntergang das Haus verlassen.

»Ist sie sehr schwach?« fragte Vater Sergius.

»Nein, schwach ist sie nicht, auch recht wohlbeleibt, aber neurasthenisch, hat der Doktor gesagt. Wenn Vater Sergius befehlen sollte, sie heute herzuführen, würde ich sie im Nu hier haben. Heiliger Vater, beglücken Sie das Herz eines Vaters, bauen Sie sein Haus wieder auf, retten Sie durch Ihr Gebet seine leidende Tochter!« Und der Kaufmann stürzte abermals vor ihm nieder, beugte den Kopf seitwärts über die gefalteten Hände und erstarrte in dieser Stellung. Vater Sergius hieß ihn aufstehen, dachte daran, wie schwer seine Tätigkeit sei und wie er sie trotzdem in Demut und Ergebenheit ausübe, seufzte schwer und sagte nach einigen Sekunden Schweigens:

»Gut, bringen Sie das Mädchen am Abend zu mir. Ich will für sie beten, jetzt bin ich aber zu müde.« Er schloß die Augen. »Ich gebe Ihnen später Bescheid.«

Der Kaufmann entfernte sich auf Zehenspitzen, wodurch seine Stiefel nur noch lauter auf dem Sandboden knirschten, und Vater Sergius blieb allein.

Das ganze Leben des Vaters Sergius war von Gottesdiensten und Besuchen ausgefüllt, heute aber war ein besonders schwieriger Tag gewesen. Am Morgen war ein hoher Würdenträger von auswärts gekommen, der sehr lange mit ihm gesprochen hatte, dann eine Dame mit ihrem Sohn. Dieser Sohn war ein junger Gelehrter, der an nichts glaubte und den seine Mutter, eine aufrichtig gläubige und dem Vater Sergius sehr ergebene Person, hierher mitgenommen hatte, damit Vater Sergius mit ihm rede. Das Gespräch war sehr qualvoll gewesen. Der junge Mann, der augenscheinlich mit einem Mönch nicht streiten wollte, stimmte ihm in allem bei, wie einem Gegner, dessen Einwände zu schwach sind, als daß es sich lohnte, sie zu widerlegen. Vater Sergius sah, daß der junge Mann ungläubig war, trotzdem aber sich wohl, leicht und glücklich fühlte. Vater Sergius dachte mit einem unangenehmen Gefühl an dieses Gespräch zurück.

»Wollen Sie etwas essen, heiliger Vater?« fragte der Schließer.

»Ja, bringen Sie mir etwas.«

Der Schließer ging in die Zelle, die zehn Schritte vom Eingang in die Höhle aufgebaut war, und Vater Sergius blieb allein.

Die Zeit war längst vorbei, wo Vater Sergius allein gelebt und sich nur von Hostien und Schwarzbrot genährt hatte. Man hatte ihm längst bewiesen, daß er kein Recht habe, seine Gesundheit zu schädigen, und man nährte ihn mit Fastenspeisen, die gut zubereitet und bekömmlich waren. Er aß nicht viel davon, aber doch weit mehr als früher, und aß oft mit besonderem Vergnügen und nicht so wie früher mit Widerwillen und im Bewußtsein seiner Sündhaftigkeit. So war es auch jetzt. Er aß einen Teller Grütze und trank eine Tasse Tee, mit einem Stück Weißbrot.

Der Schließer entfernte sich, und Vater Sergius blieb allein auf der Bank unter der Ulme.

Es war ein herrlicher Maiabend, die Blätter an den Birken, Espen, Ulmen, Faulbäumen und Eichen hatten sich eben erst entfaltet. Die Faulbäume hinter der Ulme standen in voller Blüte, ganz in der Nähe schmetterte und schluchzte eine Nachtigall, und zwei oder drei andere sekundierten ihr im Gebüsch unten am Fluß. Vom Fluß her tönte der Gesang heimkehrender Arbeiter herüber; die Sonne versank hinter dem Walde, und ihre letzten Strahlen drangen durch das Grün. Jene ganze Seite war leuchtend grün, die andre mit der Ulme lag schon im Dunkel. Käfer flogen hin und her, schlugen gegen den Stamm und fielen herunter.

Nach dem Abendessen sprach Vater Sergius ein stilles Gebet: ›Herr Jesu Christe, Sohn Gottes, erbarm dich unser!‹ und sagte dann einen Psalm her. Plötzlich aber, mitten im Psalm, kam ein Spatz aus dem Gebüsch geflogen, ließ sich auf den Boden nieder, hüpfte zwitschernd auf Vater Sergius zu, schien dann plötzlich vor etwas zu erschrecken und flog davon. Vater Sergius sprach sein Gebet, in dem er auch seine Weltflucht erwähnte; er bemühte sich aber schnell zu Ende zu kommen, um nach dem Kaufmann und seiner Tochter zu schicken, denn das Mädchen interessierte ihn, weil es eine

neue Erscheinung, eine Zerstreuung bedeutete, weil sie und ihr Vater ihn für einen Heiligen hielten, dessen Gebet erhört werde. Er leugnete das wohl vor den Menschen, aber in seinem innersten Herzen glaubte er, daß es wirklich so sei.
Er hatte sich oft darüber gewundert, wie es gekommen war, daß er, Stepan Kasatskij, ein so außerordentlicher Heiliger, ja geradezu ein Wundertäter geworden war; daß er es aber war, stand für ihn außer allem Zweifel. Er konnte die Wunder nicht leugnen, die er selbst erlebt hatte, angefangen mit dem gelähmten Knaben bis zu der erblindeten alten Frau, der sein Gebet das Augenlicht wiedergegeben hatte.
So seltsam das auch sein mochte, es war wirklich so. Die Tochter des Kaufmanns interessierte ihn, weil sie eine neue Erscheinung war, weil sie an ihn glaubte, und endlich weil er an ihr noch einmal seine Wunderkraft beweisen und seinen Ruhm erhöhen konnte. ›Tausend Werst weit kommen sie her, in den Zeitungen wird darüber geschrieben, der Zar weiß davon, in Europa, dem ungläubigen Europa redet man darüber‹, dachte er. Und plötzlich mußte er sich seiner Eitelkeit schämen, und er fing wieder zu beten an. »Herr Gott, himmlischer Vater, Tröster, Geist der Wahrheit, komm und kehre bei uns ein und reinige uns von allem Bösen und rette unsere Seelen. Reinige mich von der Sucht nach Ruhm bei den Leuten, die mich ergriffen hat!« wiederholte er und dachte daran, wie oft er schon so gebetet hatte und wie wenig bisher diese Gebete genützt hatten. Sein Gebet tat Wunder bei anderen Leuten, aber für sich selbst konnte er von Gott nicht einmal die Befreiung von dieser elenden Leidenschaft erbitten.
Er gedachte seiner Gebete in der ersten Zeit seines Klausnerlebens, als er Gott um Reinheit, Demut und Liebe bat, und wie es ihm damals schien, als habe Gott sein Gebet erhört. Damals war er rein, als er sich den Finger abhackte. Und er hob den Stumpf des Fingers mit den faltigen Narben in die Höhe und küßte ihn. Es dünkte ihn, als wäre er damals demütig gewesen, als er sich selbst in seiner Sündhaftigkeit

stets zum Ekel war, und es dünkte ihn, als hätte er damals auch noch Liebe gehabt, als er sich erinnerte, mit welcher Rührung er einst den Alten bei sich aufgenommen hatte, den betrunkenen Soldaten, der Geld von ihm haben wollte, und jene Frau. Jetzt aber? Er fragte sich, ob er überhaupt noch jemanden liebe. Liebte er Sophie Iwanowna oder den Vater Serapion? Empfand er Liebe auch nur für einen von den vielen Menschen, die heute bei ihm gewesen waren – für den gelehrten jungen Mann, mit dem er so weise gesprochen hatte, einzig bemüht, ihn von der Tiefe seines Geistes und der Höhe seiner Bildung zu überzeugen? Er brauchte die Liebe dieser Menschen, sie war ihm angenehm, er selbst aber hatte keine Liebe für sie. Jetzt war keine Liebe mehr in ihm, keine Demut und auch keine Reinheit.

Es war ihm angenehm gewesen zu hören, daß die Tochter des Kaufmanns erst zweiundzwanzig Jahre alt war, und er hätte gern gewußt, ob sie hübsch war. Als er fragte, ob sie sehr schwach sei, hatte er erfahren wollen, ob sie weibliche Reize besaß oder nicht.

›Bin ich denn wirklich so tief gesunken?‹ fragte er sich. »Herr, hilf mir, richte mich auf, mein Herr und mein Gott!« Und er faltete die Hände und betete. Die Nachtigallen schmetterten, ein Käfer flog ihn an und kroch ihm über den Nacken. Er jagte ihn mit der Hand weg. ›Ja, gibt es überhaupt einen Gott? Wie, wenn ich an die Tür eines von außen verschlossenen Hauses poche? Das Schloß hängt vor der Tür, und ich müßte es doch sehen können. Dieses Schloß sind die Nachtigallen, die Käfer, die Natur. Der junge Gelehrte hat vielleicht recht.‹ Und er betete laut und betete lange, bis er diese Gedanken vertrieben hatte, und nun fühlte er sich wieder ruhig und voll Zuversicht. Er zog am Glöckchen und sagte dem eintretenden Schließer, er solle den Kaufmann mit seiner Tochter jetzt zu ihm führen.

Der Kaufmann kam. Er führte seine Tochter am Arm, trat mit ihr in die Zelle, ließ sie dort allein und ging fort.

Die Tochter war ein blondes, außerordentlich bleiches, volles, sehr sanftes Mädchen mit einem erschrockenen Kindergesicht und sehr entwickelten weiblichen Körperformen. Vater Sergius war auf der Bank vor der Tür sitzen geblieben; als das Mädchen an ihm vorüberging und vor ihm stehenblieb und er sie segnete, entsetzte er sich über sich selbst, wie er ihren Körper ansah. Sie ging vorüber, und er fühlte sich wie vergiftet. An ihrem Gesicht hatte er erkannt, daß sie sinnlich und schwachsinnig war. Er stand auf und trat in die Zelle. Sie saß auf einem Schemel und erwartete ihn.

Als er eintrat, stand sie auf.

»Ich will zu Papa«, sagte sie.

»Fürchte dich nicht«, sprach er. »Was tut dir weh?«

»Mir tut alles weh«, sagte sie, und plötzlich lief ein Lächeln über ihr Gesicht.

»Du wirst genesen«, sagte er, »bete nur.«

»Was, beten? Ich habe gebetet, es hilft nichts.« Und sie lächelte immer noch. »Sie sollen beten und Ihre Hand auf mich legen. Ich habe Sie im Traum gesehen.«

»Was gesehen?«

»Ich habe geträumt, wie Sie mir die Hand so auf die Brust legten.« Sie faßte seine Hand und drückte sie an ihre Brust. »Hierher.«

Er hatte ihr seine rechte Hand widerstandslos überlassen.

»Wie heißt du?« fragte er, am ganzen Leibe zitternd, und fühlte, daß er besiegt war, daß er nicht mehr Herr über seine Begierde war.

»Maria. Wieso?«

Sie nahm seine Hand und küßte sie, dann legte sie ihren Arm um seinen Leib und drückte ihn an sich.

»Was tust du?« sagte er. »Maria! Du bist der Teufel.«

»Nun, was ist denn dabei?«

Und ihn umfassend, setzte sie sich mit ihm auf das Bett. –

Im Morgengrauen trat er vor die Tür.
›Ist das wirklich geschehen? Wenn der Vater kommt, erzählt sie ihm alles. Sie ist der Teufel. Was soll ich nun tun? Da ist es, das Beil, mit dem ich mir einst den Finger abhackte.‹ Er nahm das Beil und ging in die Zelle.
Der Schließer kam ihm entgegen.
»Soll ich Holz kleinmachen? Geben Sie mir das Beil.«
Er gab ihm das Beil und trat in die Zelle. Sie lag auf dem Bett und schlief. Mit Entsetzen betrachtete er sie. Er trat hinter den Verschlag, holte die Bauernkleider hervor, zog sie an, nahm eine Schere, schnitt sich das lange Haar ab und ging auf dem schmalen Pfad bergab zum Fluß, wo er seit vier Jahren nicht mehr gewesen war.
Am Fluß entlang lief ein Weg; er verfolgte ihn bis gegen Mittag. Um die Mittagszeit ging er tief ins Korn hinein und legte sich dort nieder. Gegen Abend kam er in ein Dorf an diesem Fluß. Er ging nicht in das Dorf, sondern zum Abhang am Fluß...
Es war früh am Morgen, eine halbe Stunde vor Sonnenaufgang. Alles war grau und trübe, und von Westen wehte ein kühler Frühwind. ›Ja, ich muß ein Ende machen. Es gibt keinen Gott. Wie aber enden? Mich hinabstürzen? Ich kann schwimmen und werde nicht ertrinken. Mich erhängen? Ja, hier ist mein Gürtel, und da ist ein Ast.‹ Das schien ihm so möglich und so nah, daß er von Entsetzen gepackt wurde. Er wollte wie immer in Augenblicken der Verzweiflung beten. Aber er wußte nicht, zu wem er beten sollte. Einen Gott gab es nicht. Er lag, den Kopf auf die Hand gestützt, und fühlte plötzlich ein solches Schlafbedürfnis, daß er den Kopf nicht mehr mit der Hand stützen konnte, sondern den Arm ausstreckte, den Kopf darauflegte und sofort einschlief. Aber dieser Schlaf währte nur einen Augenblick, er erwachte sofort wieder, und nun stiegen allerlei Bilder, halb Träume, halb Erinnerungen, vor ihm auf.
Er sieht sich als halbes Kind im Hause seiner Mutter, auf

dem Lande. Ein Wagen fährt vor, aus dem Wagen steigt sein Onkel Nikolaj Sergejewitsch mit dem großen schaufelförmigen schwarzen Bart, und Paschenka, ein kleines, mageres Mädchen mit großen, sanften Augen und einem jämmerlichen, ängstlichen Gesicht. Und nun führt man diese Paschenka zu ihnen, zu den Jungen. Sie sollen mit ihr spielen, und es ist doch so langweilig. Sie ist so dumm, und das Ende ist allemal, daß die Jungen sich über sie lustig machen und verlangen, sie solle zeigen, wie sie schwimmen könne. Sie legt sich auf den Fußboden und macht Schwimmbewegungen. Alle lachen aus vollem Halse und machen sie zur Närrin. Und sie merkt das, ihr Gesicht bedeckt sich mit roten Flecken, und sie bekommt ein so klägliches Aussehen, so kläglich, daß die Knaben sich schämen müssen und dieses schiefe, gutmütige, ergebene Lächeln sich für alle Zeit ihrem Gedächtnis einprägt. Und Sergius denkt nach, wann er sie später noch gesehen hat. Er hat sie lange nachher gesehen, kurz bevor er Mönch wurde. Sie war mit einem Gutsbesitzer verheiratet, der ihr ganzes Vermögen verschwendet hatte und sie prügelte. Sie hatte zwei Kinder: einen Sohn und eine Tochter. Der Sohn starb noch als Knabe.

Sergius erinnerte sich daran, wie er sie in ihrem Unglück gesehen hatte. Dann sah er sie im Kloster als Witwe. Sie war ebenso – man konnte nicht sagen dumm, aber geschmacklos, unbedeutend und kläglich. Sie war mit ihrer Tochter und deren Bräutigam ins Kloster gekommen. Damals waren sie schon verarmt. Später hörte er, daß sie in irgendeiner kleinen Provinzstadt lebe und sehr arm sei. ›Warum muß ich immer an sie denken?‹ fragte er sich. Aber er konnte die Gedanken nicht loswerden. ›Wo ist sie? Wie geht es ihr? Ist sie immer noch so unglücklich, wie sie damals war, als sie vor uns auf dem Fußboden lag und zeigte, wie man schwimmen müsse? Was geht sie mich an? Wie komme ich darauf? Ich muß Schluß machen.‹

Und wieder wurde ihm bange, und wieder mußte er an Paschenka denken, um sich vor den anderen, schrecklichen Gedanken zu retten.

So lag er lange und dachte bald an die Notwendigkeit, ein Ende zu machen, bald an Paschenka. Paschenka schien ihm seine Rettung zu sein. Endlich schlief er ein, und im Traum sah er einen Engel, der zu ihm kam und sprach: »Geh zu Paschenka und erfahre von ihr, was du tun sollst, worin deine Sünde besteht und was dich retten kann.«

Er erwachte mit dem Gedanken, daß dieser Traum ihm von Gott gesandt sei. Er war sehr froh und beschloß zu tun, was ihm im Traum befohlen worden war. Er wußte, in welcher Stadt sie lebte. Er hatte dreihundert Werst bis dahin zu gehen, und er machte sich auf den Weg.

8

Paschenka war längst nicht mehr Paschenka, sondern eine alte, dürre, runzlige Praskowja Michailowna, die Schwiegermutter des verunglückten Beamten und Trunkenbolds Mawrikjew. Sie wohnte in der Provinzstadt, in der ihr Schwiegersohn seine letzte Stelle innegehabt hatte, und sorgte für die ganze Familie: ihre Tochter, den kranken, neurasthenischen Schwiegersohn und die fünf Enkelkinder. Sie ernährte sie, indem sie Musikunterricht an Kaufmannstöchter erteilte. Täglich gab sie bald vier, bald fünf Stunden, so daß sie im Monat etwa sechzig Rubel verdiente. Davon lebten sie vorläufig und warteten darauf, daß der Schwiegersohn eine neue Stellung bekommen werde. Praskowja Michailowna hatte an alle ihre Verwandten und Bekannten geschrieben und sie gebeten, dem Unglücklichen eine Anstellung zu verschaffen. Ein Brief war auch an Vater Sergius gerichtet worden, hatte ihn aber nicht erreicht.

Es war ein Sonnabend, und Praskowja Michailowna bereitete selbst den Teig für das Rosinenbrot, das der leibeigene Koch ihres Vaters einst so schön zu bereiten verstand. Pra-

skowja Michailowna wollte ihren Enkelkindern am Sonntag eine Freude machen.
Mascha, ihre Tochter, war mit dem Jüngsten beschäftigt; die beiden Ältesten, ein Knabe und ein Mädchen, waren in der Schule. Der Schwiegersohn hatte die ganze Nacht nicht geschlafen und war jetzt eingeschlummert. Auch Praskowja Michailowna war gestern abend sehr spät zur Ruhe gekommen, weil sie den Zorn ihrer Tochter über den Gatten hatte beschwichtigen müssen.
Sie sah, daß ihr Schwiegersohn, ein schwacher Mensch, nicht anders reden und leben konnte, und sie sah auch, daß die Vorwürfe der Frau ihn nicht ändern würden, darum bemühte sie sich aus allen Kräften, die Erbitterung zu dämpfen, damit es keine Vorwürfe, keinen Streit gebe. Schlechtes Einvernehmen zwischen zwei Menschen konnte sie rein körperlich nicht vertragen. Sie sah so deutlich, daß dadurch nichts besser, höchstens alles nur noch schlechter werden könnte. Doch so weit gingen ihre Gedanken gar nicht, sie litt einfach unter dem Anblick der Feindseligkeit wie unter einem schlechten Geruch, lautem Lärm oder Schlägen auf den Körper.
Sie wies eben Lukerja mit selbstzufriedener Miene an, wie sie den Teig ausrühren müsse, da kam ihr sechsjähriger Enkel Mischa, eine Schürze vorgebunden, auf krummen Beinchen in gestopften Strümpfen, mit erschrockenem Gesicht in die Küche gelaufen.
»Großmutter, ein schrecklicher alter Mann sucht dich.«
Lukerja blickte hinaus.
»Wirklich, es ist ein Pilger da, gnädige Frau.«
Praskowja Michailowna wischte nacheinander ihre mageren Ellbogen und ihre Hände an der Schürze ab und wollte ins Haus gehen, um aus ihrem Geldbeutel fünf Kopeken zu holen; dann aber fiel ihr ein, daß sie nur Zehnkopekenstücke hatte; sie beschloß, dem Pilger ein Stück Brot zu geben, und ging wieder auf den Küchenschrank zu. Plötzlich aber errötete sie bei dem Gedanken, daß sie so geizig sein könne;

sie befahl Lukerja, eine Scheibe Brot abzuschneiden und ging selbst nach dem Zehner. ›Das ist die Strafe‹, sagte sie zu sich selbst, ›nun muß ich doppeltes Almosen geben.‹
Sie reichte beides mit einer Bitte um Entschuldigung dem Pilger, und als sie ihm die Gabe reichte, war sie schon nicht mehr stolz auf ihre Freigebigkeit; im Gegenteil, sie schämte sich, daß sie ihm so wenig gab. So imponierend wirkte die Erscheinung des Pilgers.
Obgleich er dreihundert Werst gepilgert war und nur von Almosen gelebt hatte, obgleich er zerlumpt, abgemagert und braun geworden war, sein Haar kurzgeschnitten war und er eine Bauernmütze und Bauernstiefel trug, obgleich er sich demütig verbeugte, hatte er doch immer noch das imponierende Aussehen, das alle so anzog. Praskowja Michailowna erkannte ihn freilich nicht. Sie hätte ihn auch gar nicht erkennen können, da sie ihn fast zwanzig Jahre nicht gesehen hatte.
»Nichts für ungut, Väterchen. Vielleicht wollen Sie etwas essen?«
Er nahm das Brot und das Geld, und Praskowja Michailowna wunderte sich, daß er nicht fortging, sondern sie ansah.
»Paschenka, ich bin zu dir gekommen, nimm mich auf.«
Und die schönen schwarzen Augen sahen sie scharf und bittend an, und Tränen schimmerten in ihnen. Und die Lippen zuckten traurig unter dem grauen Schnurrbart.
Praskowja Michailowna griff sich an die verdorrte Brust, öffnete den Mund, und die gesenkten Augen hafteten auf dem Gesicht des Pilgers.
»Ist das denn möglich? Stiwa! Sergius! Vater Sergius!«
»Ja, ich bin es«, sagte Sergius leise. »Aber nicht Sergius, nicht Vater Sergius, sondern der große Sünder Stepan Kasatskij, der verlorene große Sünder steht vor dir. Nimm mich auf, hilf mir.«
»Das ist ja nicht möglich! Wie haben Sie sich denn so gedemütigt? Kommen Sie doch!«

Sie streckte die Hand aus, er faßte sie aber nicht und folgte ihr. Wohin aber sollte sie ihn führen? Die Wohnung war sehr klein. Anfangs hatte sie eine winzige Kammer zur Verfügung gehabt, aber dann hatte sie auch diese ihrer Tochter abgegeben. Und jetzt saß Mascha dort und schaukelte ihren Säugling.

»Setzen Sie sich hierher, ich komme gleich«, sagte sie zu Sergius und zeigte auf eine Bank in der Küche.

Sergius setzte sich sofort und nahm mit einer augenscheinlich schon gewohnten Bewegung den Rucksack ab, den Riemen erst von der einen, dann von der anderen Schulter zurückschiebend.

»Mein Gott, mein Gott, wie er sich gedemütigt hat! So ein berühmter Mann, und plötzlich...«

Sergius antwortete nicht. Er lächelte nur leise, während er seinen Rucksack auf den Boden legte.

»Mascha, weißt du, wer das ist?«

Und Praskowja Michailowna erzählte ihrer Tochter flüsternd, wer der Fremde sei; dann trugen sie zusammen das Bett und die Wiege aus der Kammer, um sie für Sergius einzurichten.

Praskowja Michailowna führte Sergius in die Kammer.

»Hier können Sie ausruhen. Nichts für ungut. Ich muß jetzt leider gehen.«

»Wohin?«

»Ich habe Stunden zu geben. Ich schäme mich fast, es zu sagen. Musikstunden.«

»Musik? Das ist gut. Nur eines noch, Praskowja Michailowna: ich habe mit Ihnen in einer ernsten Angelegenheit zu reden. Wann kann ich Sie sprechen?«

»Ich bin glücklich, Ihnen behilflich sein zu können. Vielleicht heute abend?«

»Sehr gut. Noch eine Bitte: sagen Sie niemandem, wer ich bin. Ich habe mich nur Ihnen entdeckt. Kein Mensch weiß, wohin ich gegangen bin. Dabei soll es bleiben.«

»Ach, ich habe es schon meiner Tochter gesagt.«
»Dann bitten Sie Ihre Tochter, daß sie es nicht weitersagt.«
Sergius zog die Stiefel aus, legte sich hin, nach der schlaflosen Nacht und einer Wanderung von vierzig Werst schlummerte er sofort ein.
Als Praskowja Michailowna zurückkam, saß Sergius in seiner Kammer und erwartete sie. Er war zu Mittag nicht herausgekommen, sondern hatte die Suppe und die Grütze gegessen, die Lukerja ihm in die Kammer gebracht hatte.
»Du bist ja früher gekommen, als wir abgemacht hatten«, sagte Sergius. »Können wir nun reden?«
»Wie komme ich zu dem Glück, einen solchen Gast zu beherbergen? Ich habe die eine Stunde verlegt. Ich hole sie später nach. Immer habe ich davon geträumt, Sie aufzusuchen, habe Ihnen geschrieben, und nun wird mir dieses Glück zuteil!«
»Paschenka, nimm bitte das, was ich dir jetzt sagen werde, als Beichte, als ein Bekenntnis, das ich in meiner letzten Stunde vor Gott ablege. Paschenka, ich bin kein Heiliger, nicht einmal ein gewöhnlicher Durchschnittsmensch, sondern ein Sünder, ein schmutziger, häßlicher, verirrter, hochmütiger Sünder, schlimmer als – ich weiß nicht, ob alle Menschen, aber schlimmer als die schlimmsten Menschen.«
Paschenka starrte ihn zuerst mit weitaufgerissenen Augen an; sie glaubte ihm. Dann faßte sie leise seine Hand und sagte mit wehmütigem Lächeln:
»Stiwa, vielleicht übertreibst du?«
»Nein, Paschenka. Ich bin ein Hurer, Mörder, Gotteslästerer und Betrüger.«
»Mein Gott! Was redest du?« sagte Praskowja Michailowna.
»Ich muß doch aber leben. Und ich, der ich glaubte, ich wisse alles, der ich andere darüber belehrte, wie sie leben sollen, ich weiß nichts und bitte dich, mich zu belehren.«
»Was fällt dir ein, Stiwa? Du spottest. Warum treibt ihr alle euren Spott mit mir?«

»Nun gut, ich spotte. Aber sage mir nur, wie du jetzt lebst und wie dein ganzes Leben hingegangen ist.«

»Ich? Ich habe ein ganz schlimmes, böses Leben hinter mir, und nun straft mich Gott, und zwar mit Recht, und ich lebe so schlecht, so schlecht...«

»Wie hast du denn geheiratet? Wie hast du mit deinem Manne gelebt?«

»Alles war schlecht. Ich heiratete, weil ich mich in der allerschlimmsten Weise verliebt hatte. Papa war dagegen. Ich kümmerte mich um nichts und heiratete. Und in der Ehe habe ich, statt meinem Mann eine Hilfe zu sein, ihn mit meiner Eifersucht geplagt, die ich nicht überwinden konnte.«

»Er trank, erzählte man mir?«

»Ja, aber ich war es, die ihn nicht davon abbringen konnte. Ich machte ihm immer nur Vorwürfe. Und das ist doch eine Krankheit. Er konnte sich nicht überwinden, und ich denke noch jetzt daran, wie ich ihn mit Gewalt zwingen wollte. Es gab furchtbare Szenen zwischen uns.«

Und sie sah Kasatskij mit ihren schönen, schmerzerfüllten Augen an.

Kasatskij erinnerte sich, wie man ihm erzählt hatte, Paschenka sei von ihrem Mann oft geschlagen worden, und wie er jetzt ihren mageren, dürren Hals mit den hervortretenden Adern hinter den Ohren und dem Büschel spärlicher, halb grauer, halb blonder Haare vor sich sah, glaubte er sehen zu können, wie damals alles vor sich ging.

»Dann blieb ich allein mit den zwei Kindern und ohne alle Mittel.«

»Aber ihr hattet doch das Gut.«

»Das hatten wir noch zu Wasjas Lebzeiten verkauft und alles – verbraucht. Man mußte leben, und ich verstand nichts, wie wir feinen Damen alle. Ich aber war besonders schlimm dran, ganz hilflos. So verbrauchten wir das Letzte. Ich unterrichtete die Kinder und lernte dabei selbst allerlei. In der Tertia wurde Mitja krank, und Gott nahm ihn zu sich. Manja gewann Wanja lieb – meinen jetzigen Schwiegersohn. Er ist ein braver Mensch, aber unglücklich. Er ist krank.«

»Mama«, unterbrach die Tochter ihre Rede, »nehmen Sie Mitja zu sich; ich kann mich nicht zerreißen.«

Praskowja Michailowna zuckte zusammen, stand auf und ging in ihren abgetretenen Schuhen schnell zur Tür hinaus. Sie kam mit einem zweijährigen Knaben auf dem Arm wieder. Das Kind warf sich zurück und hielt sich mit den Händen an ihrer Haube fest.

»Ja, wo war ich stehengeblieben? Richtig, er hatte hier eine gute Stelle, und sein Vorgesetzter war ein sehr netter Mensch, aber Wanja hielt es nicht aus und gab die Stelle auf.«

»Was fehlt ihm denn?«

»Neurasthenie. Das ist eine furchtbare Krankheit. Wir haben schon mit dem Arzt verhandelt; er müßte fort von hier, und dazu reichen unsere Mittel nicht. Ich hoffe aber immer noch, daß es so vergeht. Besondere Schmerzen hat er nicht, aber ...«

»Lukerja!« ertönte die zornige, schwache Stimme des Schwiegersohns. »Immer schickt man sie weg, wenn ich sie brauche. Mama ...«

»Gleich!« unterbrach Praskowja Michailowna sich wieder. »Er hat noch nicht zu Mittag gegessen. Er kann nicht mit uns zusammen essen.« Sie ging hinaus, ordnete irgend etwas an und kam zurück, die braungebrannten, mageren Hände abwischend.

»So lebe ich also. Und immer klagen wir, immer sind wir unzufrieden, aber Gott sei Lob und Dank, die Enkel sind alle prächtige, gesunde Kinder, und zur Not kommt man immer noch aus. Aber wozu von mir reden!«

»Wovon lebt ihr denn?«

»Etwas verdiene ich ja. Früher quälte ich mich immer so mit der Musik, und jetzt kommt sie mir so gut zustatten.« Sie hatte ihre kleine Hand auf die niedrige Kommode gelegt, vor der sie saß, und klimperte mit den dünnen Fingern.

»Was bekommst du für deine Stunden?«

»Manche zahlen einen Rubel, manche fünfzig Kopeken, einige auch nur dreißig Kopeken für die Stunde. Sie sind alle so gut zu mir.«

»Und lernen sie auch was?« fragte Kasatskij, kaum merklich mit den Augen lächelnd.

Praskowja Michailowna zweifelte von vornherein an dem Ernst dieser Frage und sah ihm fragend in die Augen.

»Manche schon. Da ist zum Beispiel ein allerliebstes kleines Mädchen, die Tochter eines Fleischers. Ein liebes, braves Kind. Wäre ich eine ordentliche Frau, so hätte ich durch Papas alte Beziehungen meinem Schwiegersohn sicher eine Stelle verschaffen können. Aber ich verstand ja nichts und habe sie nun alle so weit gebracht.«

»Ja, ja«, sagte Kasatskij, den Kopf senkend. »Nun, und nehmt ihr am kirchlichen Leben teil, Paschenka?« fragte er.

»Ach, davon wollen wir lieber gar nicht reden. Damit steht es ganz schlimm, ich bin furchtbar nachlässig. Ich gehe mit den Kindern zum Abendmahl, dazwischen aber bin ich oft monatelang nicht in der Kirche. Die Kinder schicke ich hin.«

»Und warum gehst du selbst nicht hin?«

»Um die Wahrheit zu sagen:« – sie errötete – »ich schäme mich vor meiner Tochter und den Enkelkindern, so abgelumpt in die Kirche zu gehen. Und was Neues anzuziehen habe ich nicht. Ich bin eben zu faul.«

»Zu Hause betest du aber?«

»Ja, freilich. Aber was ist das für ein Beten? Ich mach es ganz mechanisch. Ich weiß, daß es nicht recht ist, aber ich habe nicht das richtige Gefühl. Das einzige, daß man seiner ganzen Schändlichkeit bewußt ist...«

»Ja, ja, so ist es«, sagte Kasatskij zustimmend.

»Gleich, gleich«, erwiderte sie auf einen Ruf ihres Schwiegersohns, rückte ihren dünnen, zu einem Knoten aufgesteckten Zopf zurecht und ging hinaus.

Diesmal blieb sie lange weg. Als sie zurückkam, saß Kasatskij in derselben Stellung da, die Ellbogen auf die Knie ge-

stützt und den Kopf gesenkt. Aber er hatte seinen Rucksack wieder umgehängt.
Als sie mit der kleinen Blechlampe eintrat, hob er seine schönen, müden Augen zu ihr auf und seufzte tief.
»Ich habe ihnen nicht gesagt, wer Sie sind«, begann sie schüchtern, »ich sagte nur, Sie wären ein Pilger von vornehmer Abstammung und ich hätte Sie früher gekannt. Kommen Sie ins Eßzimmer und trinken Sie Tee mit uns.«
»Nein...«
»Nun, dann bringe ich Ihnen den Tee hierher.«
»Nein, ich brauche nichts. Gott schütze dich, Paschenka. Ich will weitergehen. Wenn du Mitleid mit mir hast, so sage keinem Menschen, daß du mich gesehen hast. Ich beschwöre dich beim lebendigen Gott: sag es keinem. Ich danke dir. Ich täte auch einen Fußfall vor dir, aber ich weiß, daß dich das nur verlegen machen würde. Ich danke dir, und vergib mir um Christi willen.«
»Ich bitte um Euren Segen.«
»Gott wird dir seinen Segen geben. Vergib mir um Christi willen.« Er wollte gehen, sie aber ließ ihn nicht fort und brachte ihm Brot, Kringel und Öl. Er nahm es und ging hinaus.
Es war dunkel, und er war noch nicht zwei Häuser weit gegangen, da hatte sie ihn schon aus den Augen verloren. Daß er weiterging, erriet sie nur daran, daß der Hund des Pfarrers ihn anbellte.

›Das also hat mein Traum bedeutet. Paschenka ist eben das, was ich hätte sein müssen und was ich nicht gewesen bin. Ich lebte für die Menschen unter dem Vorwand, ich lebte für Gott; sie lebt für Gott und bildet sich ein, für die Menschen zu leben.
Ja, eine einzige gute Tat, ein Krug Wasser, den man dem andern reicht, ohne an Lohn zu denken, ist mehr wert als alle Wohltaten, die ich den Menschen erwiesen habe. Aber

war nicht doch ein Teil ehrlichen Wollens, Gott zu dienen, vorhanden?‹ fragte er sich, und die Antwort lautete: ›Ja, aber alles war beschmutzt, war von dem Ruhm vor den Leuten überwuchert. Ja, es gibt keinen Gott für den, der so gelebt hat wie ich, um des Ruhmes bei den Menschen willen. Ich will ihn suchen.‹

Und er ging weiter, wie er bis zu dem Besuch bei Paschenka gegangen war, von einem Dorf zum andern, er schloß sich Pilgern und Pilgerinnen an und trennte sich wieder von ihnen, er bettelte um Christi willen um Brot und Obdach. Manchmal schalt ihn eine böse Bäuerin, schimpfte ihn ein betrunkener Bauer, meist aber bekam er Essen, Trank und sogar Geld. Seine vornehme äußere Erscheinung stimmte manche günstig für ihn. Andere wiederum schienen sich zu freuen, daß so ein feiner Herr zum Bettler herabgesunken war.

Allein seine Demut besiegte alle.

Wenn er im Hause ein Evangelienbuch fand, las er daraus vor, und immer und überall waren die Leute gerührt und erstaunt und nahmen seine Worte als etwas Neues und zugleich längst Bekanntes auf.

Wenn es ihm gelang, den Leuten durch einen guten Rat oder durch Aufsetzen eines Schriftstücks oder durch Vermittlung bei Streitigkeiten nützlich zu sein, nahm er ihren Dank nicht entgegen und ging schnell davon. Und nach und nach begann Gott sich ihm zu offenbaren.

Eines Tages ging er mit zwei alten Frauen und einem Soldaten die Landstraße entlang. Ein Herr und eine Dame in einem Jagdwagen, vor den ein Vollbluttraber gespannt war, und ein Herr und eine Dame zu Pferde holten sie ein. Der Mann der Dame im Wagen und seine Tochter ritten, der Herr im Wagen aber war ein Franzose, anscheinend ein Reisender.

Sie hielten die Wanderer an, um dem Fremden les pélérins zu zeigen, die infolge des dem russischen Volke eigentüm-

lichen Aberglaubens statt zu arbeiten von einem Ort zum andern ziehen.
Sie sprachen Französisch in der Meinung, daß man sie nicht verstehe.
»Demandez leur«, sagte der Franzose, »s'ils sont bien sûrs de ce que leur pélérinage est agréable à Dieu.«
Die Leute wurden gefragt. Die Frauen antworteten: »Das kommt darauf an, wie Gott es aufnimmt. Mit den Füßen waren wir dort, ob wir aber auch mit dem Herzen hinkommen?«
Der Soldat wurde gefragt. Er sagte, er sei ganz allein und wisse nicht, wo er bleiben solle.
Nun fragte man Kasatskij, wer er sei.
»Ein Knecht Gottes.«
»Qu'est ce qu'il dit? Il ne répond pas.«
»Il dit qu'il est un serviteur de Dieu.«
»Cela doit être un fils de prêtre. Il a de la race. Avez-vous de la petite monnaie?«
Der Franzose hatte Kleingeld. Er gab jedem zwanzig Kopeken.
»Mais dites leur que ce n'est pas pour les cierges que je leur donne, mais, pour qu'ils se régalent de thé. Tschai, Tschai[1], pour vous, mon vieux«, sagte er lächelnd und klopfte Kasatskij mit der behandschuhten Hand auf die Schulter.
»Christus segne dich«, sagte Kasatskij, ohne die Mütze aufzusetzen und den kahlen Kopf neigend.
Und Kasatskij freute sich ganz besonders über diese Begegnung, denn er hatte die Meinung der Leute verachtet und etwas ganz Nichtiges, Leichtes getan: demütig die zwanzig Kopeken entgegengenommen und sie einem Genossen, einem blinden Bettler, weitergegeben. Je weniger Bedeutung für ihn die Meinung der Leute hatte, desto deutlicher fühlte er seinen Gott.
Acht Monate wanderte Kasatskij durch das Land, im neun-

1. Tee.

ten Monat wurde er in der Gouvernementsstadt in der Herberge, wo er mit den Pilgern übernachtete, festgenommen und, da er keinen Ausweis hatte, aufs Polizeiamt gebracht. Auf die Frage nach seinem Ausweis und seinem Namen und Stand erwiderte er, einen Ausweis habe er nicht und er sei ein Knecht Gottes. Man qualifizierte ihn als Landstreicher, sprach Gericht über ihn und verschickte ihn nach Sibirien.

In Sibirien ließ er sich auf dem Vorwerk bei einem reichen Bauern nieder und lebt auch heute noch dort. Er arbeitet im Gemüsegarten des Bauern, unterrichtet die Kinder und pflegt die Kranken.

THOMAS MANN
TOLSTOJ

Zur Jahrhundertfeier seiner Geburt

Er hatte das Format des neunzehnten Jahrhunderts, dieser Riese, der epische Lasten trug, unter denen das soviel schmächtigere und kürzer atmende Geschlecht von heute zerknicken würde. Wie groß war diese Epoche in all ihrer Düsterkeit, Stofflichkeit, szientifischen Barschheit und Askese, wie groß die Schöpfergeneration, der Tolstoi angehörte und deren Taten die fünf Dezennien vor 1900 beherrschen! Sollte wirklich, was unser Weltbild voraus hat oder voraus zu haben beginnt vor dem jener versinkenden Zeit: dies bißchen Erhellung und Durchgeistigung, dieser noch zage Ausblick auf Möglichkeiten eines neuen heiteren und stolzeren Menschheitsgefühls – sollte es uns wirklich befugen, so abschätzig über sie zu urteilen, wie es gang und gäbe ist, da doch die Behauptung schwerlich anzufechten wäre, daß wir im Moralischen weit hinter sie zurückgefallen sind? Sehr vieles von dem, was unsere Gegenwart an Mißachtung und Vergewaltigung der Idee und Menschenwürde mit historischer Selbstgefälligkeit hinnimmt, hätte das ›fatalistische‹ neunzehnte Jahrhundert sich nicht gefallen lassen, und während der Krieg tobte, habe ich oft gedacht, daß er es nicht gewagt hätte auszubrechen, wenn im Jahre vierzehn die scharfen, durchdringenden grauen Augen des Alten von Jasnaja Poljana noch offen gewesen wären. War das kindlich gedacht? Auf jeden Fall: die Geschichte wollte es so; er war

nicht mehr da und niemand seinesgleichen. Die Zügel Europas schleiften; es war herrenlos und ist es noch heute.
Tolstoi hat von seinem Jugendwerk ›Kindheit und Knabenalter‹ gesagt: »Ohne falsche Bescheidenheit, es ist etwas wie die *Ilias*.« Das war die reine Wahrheit, und nur aus äußeren Gründen trifft es auf das Riesenwerk seiner Reifezeit ›Krieg und Frieden‹ noch besser zu. Das Homerische, das Ewig-Epische war stark in Tolstoi wie vielleicht in keinem zweiten Künstler der Welt. In seinem Werk ist das meerhaft Rollende und hehr Monotone des epischen Elements, seine herbe und gewaltige Frische und wilde Würze, unsterbliche Gesundheit, unsterblicher Realismus. Denn es wird geistig erlaubt bleiben, dies zusammenzusehen und als eins zu empfinden: Gesundheit und Realismus – und diese Welt der Plastik, der Naivität und adligen Naturkindschaft, wie ich es in größerem Zusammenhang einmal zu tun versuchte, abzugrenzen gegen die Welt hoher Krankheit und jenes Adels, den der Geist verleiht, gegen Schillers idealistische, Dostojewski's apokalyptische Schattenwelt. *Goethe* und Tolstoi – als man ihre Namen zuerst kritisch vereinte, erregte es Überraschung und Befremden, aber neuere psychologische Darstellungen zeigen, daß die Parallele schon geläufig und selbstverständlich geworden ist. Sie sehr weit über das Grundtypisch-Elementare hinausführen zu wollen wäre Pedanterie und Eigensinn. Es verlohnt kaum, auf den Unterschieden seelischen Klimas, der geographischen und historischen Prägung zu bestehen, da sie in die Augen springen. Sobald der Begriff der Kultur hervortritt, diese Formel für das Liebesstreben der Natur zum Geiste, das dem sentimentalischen Drange des Geistes zur Natur entspricht, ist es geschehen um eine Verwandtschaft, die vordem durch eine mythische Intimität entzücken konnte. Denn man sollte ehrlich genug sein zuzugeben, daß uns, die wir Goethe besitzen, der im Absurden und Halbwilden tragisch steckengebliebene Vergeistigungsdrang des Natursohnes Tolstoi als das ehr-

würdig hilflose Ringen eines kindhaften Barbaren um das Wahre und Menschliche erscheinen muß, als Schauspiel groß und kläglich zugleich.

Dennoch ist es, künstlerisch gesehen, diese titanische Hilflosigkeit, die seinem Werk die ungeheuere sittliche Wucht, jene atlasmäßig moralistische Muskelbelastung und -spannung verleiht, die an des leidenden Michelangelo Figurenwelt denken läßt bei seiner Betrachtung. Die erzählerische Macht dieses Werkes ist ohnegleichen, jede Berührung damit, noch dort, wo er Kunst gar nicht mehr wollte, sie schmähte und verschmähte und nur gewohnheitsmäßig sich ihrer als Mittel zur Erteilung zweifelhafter und gedrückter moralischer Lehren bediente, führt dem Talent, das zu empfangen weiß (aber ein anderes gibt es nicht), Ströme von Kraft und Erfrischung, von bildnerischer Urlust und Gesundheit zu. Nicht um Nachahmung handelt es sich – wie sollte die Kraft nachzuahmen sein? Ein Schülertum, das diesen Namen verdient, wird als solches kaum je zu erkennen sein, und unter Tolstois Meistereinfluß mag auf sehr unterschiedliche Weise, nach Geist und Form, Kunst getrieben werden, vor allem auf eine von der seinen sehr unterschiedene. Aber wie er selbst, ein Antäus, bei jeder Berührung mit der mütterlichen Erde als Künstler zum Herrlichsten erstarkte, so ist sein gewaltig selbstverständliches Schöpfertum uns Erde und Natur, eine andere Erscheinung dieser selbst, und ihn wieder lesen, die tierische Schärfe dieses Blicks, die einfache Wucht dieses Bildnergriffs, die von keiner Mystik getrübte, vollkommen durchsichtige Rationalität dieses plastischen Schriftstellertums, das abermals so sehr an Goethe erinnert, wieder auf sich wirken lassen, heißt heimfinden aus jeder Gefahr der Verkünstelung und kränklichen Spielerei zur Ursprünglichkeit und Gesundheit, zu dem, was in uns selbst gesund und ursprünglich ist.

Mereschkowski hat ihn den großen Seher des Leibes genannt, zum Unterschiede von Dostojewski, dem Seher der

Seele. Wirklich beruht die Gesundheit von Tolstois Kunst in ihrer *Leiblichkeit*. Wo Psychologie ist, da ist auch das Pathologische schon; die Welt der Seele ist die der Krankheit, aber die Welt der Gesundheit ist die des Leibes. Von *Dostojewski*, der seinerseits die schönste und tiefste Analyse von ›Anna Karenina‹ gegeben hat, eine Auslegung voller Liebe und Tiefblick, die auffallend an Schillers sentimentalische Bewunderung des ›Wilhelm Meister‹ erinnert, – von Dostojewski hat Tolstoi natürlich nichts verstanden. Als der Dichter der ›Karamasows‹ gestorben war, bildete Tolstoi sich einen Augenblick ein, »diesen Menschen sehr geliebt zu haben«, aber zu seinen Lebzeiten hat er sich nie um ihn gekümmert, und was er gesprächsweise kritisch über ihn äußerte, könnte von einem Dummkopf stammen. Er sei selbst krank gewesen, sagte er, und habe daher alles krank gemacht. Zugegeben, daß das wahr ist, so ist es eine unwürdige Wahrheit, ungefähr, wie wenn man über Nietzsche sagte: »Nein, nein, von Kranken kann nur Krankes kommen!«, was nicht nur unwürdig, sondern das Gegenteil der Wahrheit wäre. Tolstois Urteile waren die eines großen Mannes, herrisch und objektiv vollkommen unverbindlich, wobei man nicht an die Zeiten zu denken braucht, als er ›Onkel Toms Hütte‹ gegen Shakespeare ausspielte, der unsittlich sei. Hat er über sich selbst denn ›richtiger‹ geurteilt? Dies wiederum nicht nur in bezug auf die Zeit gefragt, da er das dichterische Titanenwerk seines Lebens als eine müßige und sündige Spielerei verwarf. Viel früher, als er an ›Anna Karenina‹, dem mächtigsten Gesellschaftsroman der Weltliteratur, arbeitete, hat er das Manuskript zehnmal beiseitegeworfen, weil es ein Quark sei, und noch, als es fertig war, nicht besser darüber gesprochen. Als depressives Aussetzen des Selbstbewußtseins wird dergleichen schlecht verstanden sein. Er hätte anderen kaum erlaubt, so zu urteilen, und der Maßstab, den er anlegte, wird nur in ihm selbst zu finden gewesen sein. Im Gegenteil also mag man in solcher ungeduldigen Geringschätzung des eigenen Werkes durch den großen Menschen in Künstlergestalt den Ausdruck eines das Werk bei weitem überragenden Selbstbewußtseins erblicken. Es könnte wahr sein, daß man mehr sein muß als das Werk, um es zu machen, und daß das Große seinen Ursprung in Größerem hat. Gewisse Erscheinungen wenigstens, wie Lionardo, Goethe und auch Tolstoi, legen diese Vermutung nahe. Warum aber hat Tolstoi von seiner Lehre und Sektenprophetie, seinen moralischen Besserungsideen niemals so überlegen gesprochen wie von seinen künstlerischen Schöpfungen? Warum hat er sich über diese nicht ein einziges Mal lustig gemacht? Man ist berechtigt, das zu beanstanden; denn wenn er größer war als sein Werk, so war er sicher größer als seine Gedanken.

Ach ja, die Meinungen Tolstois! Wenn man ihnen wie Offenbarungen lauschte, so zweifellos darum, weil sie wirklich dergleichen waren: autokratische Kundgebungen dessen, was man ›Persönlichkeit‹ nennt, gewalttätig ins Recht gesetzt durch jenen Naturzauber, der das Gutshaus im Gouvernement Tula zu einem Wallfahrtsort menschlicher Bedürftigkeit, einem in alle Welt strahlenden vitalen Kraftzentrum machte. Vitalität und Größe, Größe und *Kraft* – wie weit ist das ein und dasselbe? Es ist das Problem des ›großen Mannes‹, das sich hier aufwirft, eine so brennende wie ungeklärte Frage, der die Menschheit in allen Zonen nachzugrübeln Ursache gehabt hat und die von chinesischem Vernunftdemokratismus mit dem unser Ohr beleidigenden Diktum beantwortet worden ist, der große Mann sei »ein öffentliches Unglück«. Der europäische Instinkt war immer und bleibt zu einer ästhetischen Rechtfertigung des Phänomens bereit. Sollte es sich aber um Führung, Belehrung, Besserung und Menschheit handeln, so bleibt, gelinde gesagt, ein Zweifel, ob die Funktion des großen Mannes oder gar sein Wesen zu solchen Dingen ohne lügenhafte Stilisierung der Wahrheit in irgendein Verhältnis zu bringen ist, ob er

nicht ein rein dynamisches Ereignis darstellt, einen Kraftausbruch von ungeheurer moralischer Indifferenz, vollkommen rührend in dem Versuch, sich selbst ins Moralische zu deuten, diesem Versuch, den der ›Prophet von Jasnaja Poljana‹ mit so ehrwürdigem Ungeschick und einiger Geniertheit durch die Lächerlichkeit seiner Adepten unternahm. Welch ein gesegnetes Leben! Gesegnet bis in jede Tragik und heilige Tragikomik von der Kraft und nicht vom Geiste, denn selbst die moralistische Qual und Aspiration dieses erschütternden Lebens hat das Strotzende der Krafterscheinung. Was lag zum Grunde? Das leibliche Todesgrauen ungeheuerer und auch in scheingeistiger Form nur Leben strahlender Vitalität. Man soll wahrhaftig sein, ohne Furcht, das Große dadurch zu verkleinern. Noch in seinem Ende, der berühmten Entfernung des Heiligen von Haus und Familie, ist mindestens ebensoviel tierischer Fluchttrieb vor dem Tode wie sozialreligiöser Rettungsdrang.
Warum aber wollten mir bei all dem die schönen, die frommen Verse nicht aus dem Sinn kommen, die Goethe vom Menschen sprach, – dieses

Denkt er immer sich ins Rechte,
Ist er ewig schön und groß?

Welche Bescheidenheit und welch Beispiel liegt in dem Mühen naturgesegnet plastischer Kraft, die »es nicht nötig hätte«, diesem Mühen, sich für den Menschen »ins Rechte zu denken« und den Impetus des Lebens in den Dienst der Menschheitsidee und des geistigen Gedankens zu stellen! Möge Tolstois Schöpfertum hundertmal dabei gescheitert sein und sich denkend ins wild Kindische, Kulturwidrige und Absurde verirrt haben, seine leidvolle Anstrengung bleibt darum doch »ewig schön und groß«. Sie war das Erzeugnis einer Gefühlseinsicht von tiefer Richtigkeit: Tolstoi begriff, daß eine Epoche angebrochen sei, der mit nur lebensteigernder Kunst nicht wahrhaft genug geschehe, sondern in welcher der leitende, entscheidende und erhellende, sozial sich bindende und dienende Geist dem objektiven Genie, das Sittliche und Intelligente dem unverantwortlich Schönen voranstehen müsse, und nie hat er auf seine Naturgröße hin geistig gesündigt, nie die Lizenz des Genies und ›Großen Mannes‹ beansprucht, verwirrend, rückfällig, atavistisch, böse zu wirken, sondern so gut er es irgend verstand, in vollkommener Bescheidenheit, dem Vernünftig-Göttlichen gedient.

Ich nannte das beispielhaft. Wir sind ein kleines, ein allenfalls mittleres europäisches Geschlecht, verglichen mit dem seinen, wir Schriftsteller von heute. Nichts würde uns entschuldigen, am wenigsten die Furcht vor Schmähung, Anwurf und Torenhaß, wenn wir dem Anspruch der Epoche, der geistigen Pflicht nicht genügten, uns, jeder in seinem Volk und ihm behilflich, redlich ins Rechte zu denken.

1828	Lev Nikolaevic Graf Tolstoj am 9. August auf Jasnaja Poljana geboren
1830	Tod des Vaters
1837	Tod der Mutter
1841	In Kazan in der Obhut einer Tante
1844–47	Studium in Kazan
1851–56	Militärdienst im Kaukasus, Donaufront
1852	›Detstvo‹ erste Veröffentlichung. ›Detstvo‹; ›Otročestvo‹ (1854) und ›Junost‹ (1857) unter dem deutschen Titel: ›Aus meinem Leben‹
1857	Erste Auslandsreise
1860–61	Zweite Auslandsreise: Oberitalien, Schweiz, Deutschland, Belgien, Frankreich, England
1862	Ehe mit Sof'ja Andreevna Bers
1863	›Kazaki‹ (Die Kosaken)
1864–69	›Vojna i mir‹ (Krieg und Frieden)
1873–76	›Anna Karenina‹
1886	›Smert Ivana Il'iča‹ (Tod des Iwan Iljitsch)
1891	›Krejcerova sonata‹ (Die Kreutzersonate)
1901	Ausschluß aus der orthodoxen Kirche. ›Voskresenie‹ (Auferstehung)
1910	Tod am 20. November in Astopovo

Zu dieser Ausgabe

insel taschenbuch 2144: Leo N. Tolstoj, Die großen Erzählungen. Vorliegende Sammlung folgt der Ausgabe: Leo N. Tolstoj, Die großen Erzählungen. Aus dem Russischen übersetzt von Arthur Luther und Rudolf Kassner, revidiert von Gisela Drohla. Mit einem Nachwort von Rudolf Kassner. Insel Verlag Frankfurt am Main 1975 [insel taschenbuch 18].
Der *Tod des Iwan Iljitsch*, geschrieben 1884 bis 1886. Erstdruck 1886. Deutsch von Rudolf Kassner; *Die Kreutzersonate*, geschrieben 1887 bis 1889. Erstdruck 1891. Deutsch von Arthur Luther; *Der Teufel*, geschrieben 1889 bis 1890, zweite Schlußvariante 1909. Erstdruck 1911. Deutsch von Arthur Luther; *Vater Sergius*, geschrieben 1890 bis 1891, 1895 und 1898. Erstdruck 1911. Deutsch von Arthur Luther. Das Nachwort von Thomas Mann *Tolstoj. Zur Jahrhundertfeier seiner Geburt* erschien zuerst in: *Altes und Neues*. S. Fischer Verlag Frankfurt am Main 1953.
Umschlagabbildung: Boris Kustodijew, Herbstfest auf dem Lande, 1914, Ausschnitt.

Russische Literatur
im insel taschenbuch

Alexander N. Afanasjew: Russische Volksmärchen. Übertragen von Werner von Grimm. Herausgegeben von Imogen Delisle-Kupffer. Mit farbigen Illustrationen von Ivan Bilibin. it 1058

Tschingis Aitmatow: Dshamilja. Aus dem Russischen von Gisela Drohla. Mit einem Vorwort von Louis Aragon und Zeichnungen von Hans G. Schellenberger. Großdruck. it 2323

Andrej Belyj: Petersburg. Roman. Aus dem Russischen übertragen von Gisela Drohla. it 1342

Fjodor Michailowitsch Dostojewski: Aufzeichnungen aus einem Totenhause. Aus dem Russischen von Hermann Röhl. it 966

– Aus dem Dunkel der Großstadt. Aufzeichnungen. Aus dem Russischen von Hermann Röhl. it 967

– Bei Tichon. Aus dem Russischen übertragen und mit einem Vorwort von Wolfgang Kasack. it 1340

– Die Brüder Karamasow. Roman. Dritter und vierter Teil. 2 Bde. Aus dem Russischen von Hermann Röhl. it 974

– Erniedrigte und Beleidigte. Ein Roman in vier Teilen. Mit einem Epilog. Aus dem Russischen von Hermann Röhl. it 965

– Das Gut Stepantschikowo und seine Bewohner. Aus den Aufzeichnungen eines Unbekannten. Roman. Aus dem Russischen von Hermann Röhl. it 964

– Helle Nächte. Ein empfindsamer Roman. Aus dem Russischen von Hermann Röhl. Großdruck. it 2328

– Der Idiot. Roman. Aus dem Russischen von Hermann Röhl. it 970

– Der lebenslängliche Ehemann. Erzählung. Aus dem Russischen von Hermann Röhl. it 971

– Onkelchens Traum. Aus der Chronik der Stadt Mordassow. Roman. Aus dem Russischen von Hermann Röhl. it 963

– Die Sanfte. Eine phantastische Erzählung. Aus dem Russischen von Wolfgang Kasack. it 1138

– Schuld und Sühne. Roman. Aus dem Russischen von Hermann Röhl. it 969

– Der Spieler. Aus den Aufzeichnungen eines jungen Mannes. Aus dem Russischen von Hermann Röhl. it 968 und Großdruck. it 2350

– Der Traum eines lächerlichen Menschen. Und andere Erzählungen. Aus dem Russischen von Hermann Röhl. it 976

– Werdejahre. Roman. Aus dem Russischen von Hermann Röhl. it 973

Nikolai Wassiljewitsch Gogol: Aufzeichnungen eines Wahnsinnigen. Erzählungen. Aus dem Russischen von R. Fritze-Hanschmann und G. Schwarz. it 1513

154/1/12.95

Russische Literatur
im insel taschenbuch

Nikolai Wassiljewitsch Gogol: Der Mantel und andere Erzählungen. Aus dem Russischen übersetzt von Ruth Fritze-Hanschmann. Mit Illustrationen von András Karakas. Mit einem Nachwort von Eugen Häusler und Frank Häusler. it 241

– Die Nacht vor Weihnachten. Mit Illustrationen von Monika Wurmdobler. it 584

– Die toten Seelen. Erzählung. Aus dem Russischen von Hermann Röhl. it 987

Iwan Gontscharow: Oblomow. Mit Illustrationen von Theodor Eberle. Revidierte Übersetzung aus dem Russischen von Reinhold v. Walter. it 472

Nikolai Leskow: Weihnachtsgeschichten. Herausgegeben von Angela Martini-Wonde. it 1128

Russische Liebesgeschichten. Liebesgeschichten aus Rußland. Ausgewählt von Angela Martini-Wonde. it 1344

Leo N. Tolstoj: Anna Karenina. 2 Bde. Nach der Moskauer Akademie-Ausgabe aus dem Russischen übersetzt von Gisela Drohla. Mit Illustrationen von Theodor Eberle. it 308

– Auferstehung. Roman. Aus dem Russischen von Adolf Hess. Mit Illustrationen von Theodor Eberle. it 791

– Familienglück. Mit Illustrationen von Theodor Eberle. Übertragung von Hermann Röhl, bearbeitet von Gisela Drohla. it 902

– Die großen Erzählungen. Mit einem Nachwort von Thomas Mann. Aus dem Russischen übersetzt von Arthur Luther und Rudolf Kassner. it 18

– Kindheit. Aus dem Russischen von Hermann Röhl. Revidiert und herausgegeben von Gisela Drohla. Großdruck. it 2327

– Kindheit. Knabenalter. Jünglingsjahre. Aus dem Russischen von Hermann Röhl. Revidiert und herausgegeben von Gisela Drohla. it 203

– Die Kosaken und andere Erzählungen. Herausgegeben von Gisela Drohla. it 1518

– Die Kreutzersonate. Erzählung. Aus dem Russischen von Arthur Luther. Mit Illustrationen von Hugo Steiner-Prag. it 763 und Großdruck. it 2303

– Krieg und Frieden. Ein Roman in vier Bänden. Aus dem Russischen von Hermann Röhl. Mit Illustrationen von Theodor Eberle. it 590

– Der Tod des Iwan Iljitsch. Aus dem Russischen von Gisela Drohla. Mit Illustrationen von Theodor Eberle. it 864

– Wieviel Erde braucht der Mensch? Erzählungen und Legenden. it 1198

154/2/12.95

Russische Literatur
im insel taschenbuch

Anton P. Tschechow: Die Dame mit dem Hündchen. Und andere Erzählungen. Mit Zeichnungen von András Karakas. Ausgewählt und mit einem Nachwort versehen von Werner Berthel. Aus dem Russischen von Reinhold Trautmann. it 174

– Der Kirschgarten. Komödie in vier Akten. Aus dem Russischen übertragen und bearbeitet von Thomas Brasch. it 1341

Iwan Turgenjew: Erste Liebe und andere Novellen. Aus dem Russischen von Ena von Baer und Ekkehard Jäkel. Mit einem Nachwort von Friedrich Schwarz. it 257 und Großdruck. it 2324

– Väter und Söhne. it 64

Der versiegelte Engel. Erzählungen zu Ikonen. Mit farbigen Abbildungen. Ausgewählt und mit einem Nachwort versehen von Angela Martini-Wonde. it 1132

154/3/12.95

Französische Literatur im insel taschenbuch

Alain: Im Haus des Menschen. Betrachtungen. Übersetzt und mit einem Nachwort herausgegeben von Franz Joseph Krebs. it 1922

– Sich beobachten heißt sich verändern. Betrachtungen. Auswahl, Übersetzung und Nachwort von Franz Josef Krebs. Neuübersetzung. it 1559

Honoré de Balzac: Die alte Jungfer. Aus dem Französischen von Hedwig Lachmann. it 1904

– Das Chagrinleder. Aus dem Französischen von Hedwig Lachmann. it 1918

– Die Chuoans - Rebellen des Königs. Aus dem Französischen von Johannes Schlaf. it 1917

– Eine dunkle Affaire. Aus dem Französischen von Felix Paul Greve. it 1920

– Eugénie Grandet. Aus dem Französischen von Gisela Etzel. Herausgegeben von Eberhard Wesemann. it 1127

– Eugénie Grandet. Vorwort zur menschlichen Komödie von Balzac. Einleitung von Hugo von Hoffmannsthal. it 1901

– Die Frau von dreißig Jahren. Aus dem Französischen von Hedwig Lachmann. it 1914

– Die Geschichte der Dreizehn. Aus dem Französischen von Ernst Hardt. it 1907

– Glanz und Elend der Kurtisanen. Aus dem Französischen von Felix Paul Greve. it 1908

– Gobseck. Das Haus zu ›Ballspielenden Katze‹. Aus dem Französischen von Johannes Schlaf. it 1913

– Ein Junggesellenheim. Aus dem Französischen von Felix Paul Greve. it 1903

– Der Landarzt. Aus dem Französischen von Felix Paul Greve. it 1915

– Die Lilie im Tal. Aus dem Französischen von René Schickele. it 1916

– Oberst Chabert. Aus dem Französischen von Felix Paul Greve. it 1912

– Pierrette. Aus dem Französischen von Christina Mansfeld. it 1905

– Tante Lisbeth. Aus dem Französischen von Arthur Schurig. it 1909

– Tolldreiste Geschichten. Aus dem Französischen von Benno Rüttenauer. Mit Illustrationen von Gustave Doré. it 911

– Ursule Mirouet. Aus dem Französischen von Johannes Schlaf. it 1902

– Vater Goriot. Aus dem Französischen von Gisela Etzel. it 1911

– Das verfluchte Kind. Aus dem Französischen von Erika Wesemann, Karla Büschel und Felix Paul Greve. it 1919

– Verlorene Illusionen. Aus dem Französischen von Hedwig Lachmann. it 1906

152/1/12.96

Französische Literatur im insel taschenbuch

Honoré de Balzac: Vetter Pons. Aus dem Französischen von Franz Franzius. it 1910

Charles Baudelaire: Die Blumen des Bösen. Übertragen von Carlo Schmid. it 120

Pierre Augustin Caron de Beaumarchais: Die Figaro-Trilogie. Der Barbier von Sevilla oder Die nutzlose Vorsicht. Der tolle Tag oder Figaros Hochzeit. Die Schuld der Mutter oder Ein zweiter Tartuffe. Deutsch von Gerda Scheffel. Nachwort von Norbert Miller. Mit zeitgenössischen Illustrationen. it 228

George Clémenceau: Claude Monet. Betrachtungen und Erinnerungen eines Freundes. Mit farbigen Abbildungen und einem Nachwort von Gottfried Boehm. it 1152

Alphonse Daudet: Briefe aus meiner Mühle. Aus dem Französischen von Alice Seiffert. it 446

– Tartarin von Tarascon. Die wunderbaren Abenteuer des Tartarin von Tarascon. Mit 45 Zeichnungen von Emil Preetorius. it 84

Denis Diderot: Die Nonne. Mit einem Nachwort von Robert Mauzi, die Übersetzung des Nachworts besorgte Margaret Carroux. it 31

Alexandre Dumas fils: Die Kameliendame. Aus dem Französischen von Walter Hoyer. Mit Illustrationen von Paul Gavarni. it 546

Alexandre Dumas père: Die drei Musketiere. Aus dem Französischen von Herbert Bräuning. it 1131

– Der Graf von Monte Christo. 2 Bde. Bearbeitung einer alten Übersetzung von Meinhard Hasenbein. Mit Illustrationen von Pavel Brom und Dagmar Bromova. it 266

Gustave Flaubert: Bouvard und Pécuchet. Aus dem Französischen übersetzt von Georg Goyert. Mit Illustrationen von András Karakas. Mit einem Vorwort von Victor Brombert und einem Nachwort von Uwe Japp. it 373

– Bouvard und Pécuchet. it 1861

– Drei Erzählungen. it 1862

– Lehrjahre des Gefühls. Geschichte eines jungen Mannes. Übertragen von Paul Wiegler. Mit einem Essay und einer Bibliographie von Erich Köhler. it 1863

– Madame Bovary. Aus dem Französischen von Maria Dessauer. it 1864

– November. Aus dem Französischen von Ernst Sander. Mit einem Nachwort von Monika Bosse. it 1765 und it 1865

– Reise in den Orient. Aus dem Französischen von Reinhold Werner und André Stoll. it 1866

152/2/12.96

Französische Literatur im insel taschenbuch

Gustave Flaubert: Salammbô. Herausgegeben und mit einem Nachwort versehen von Monika Bosse und André Stoll. Aus dem Französischen übersetzt von Georg Brustgi. it 342 und it 1867
– Ein schlichtes Herz und andere Erzählungen. Aus dem Französischen von Cora van Kleffens und André Stoll. Großdruck. it 2314
– Die Versuchung des heiligen Antonius. Aus dem Französischen von Barbara und Robert Picht. it 1868
Edmond und Jules de Goncourt: Tagebücher. Übertragen und herausgegeben von Justus Franz Wittkop. Mit zeitgenössischen Abbildungen. it 1834
Victor Hugo: Der Glöckner von Notre-Dame. Roman. Aus dem Französischen von Else von Schorn. Mit zeitgenössischen Illustrationen. it 1781
Choderlos de Laclos: Schlimme Liebschaften. Mit 14 Kupferstichen. Übertragen und eingeleitet von Heinrich Mann. it 12
Jean de La Fontaine: Die schönsten Fabeln. Aus dem Französischen von Thomas Keck. Mit farbigen Illustrationen von Rolf Köhler und einem Nachwort von Jürgen von Stackelberg. it 1451
Guy de Maupassant: Bel-Ami. Aus dem Französischen von Josef Halperin. Mit zeitgenössischen Illustrationen. it 280
Prosper Mérimée: Carmen. Mit Zeichnungen von Pablo Picasso. Aus dem Französischen übersetzt von Franz Schnabel. it 361
Honoré-Gabriel Mirabeau: Der gelüftete Vorhang oder Lauras Erziehung. Aus dem Französischen von Eva Moldenhauer. Nachbemerkung von Norbert Miller. it 32
Molière: Der eingebildete Kranke. Aus dem Französischen von Johanna Walser und Martin Walser. it 1014
– Der Menschenfeind. Nach dem Französischen des Molière von Hans Magnus Enzensberger. it 401
Michel de Montaigne: Essais. Herausgegeben und mit einem Nachwort versehen von Ralph-Rainer Wuthenow. Revidierte Fassung der Übertragung von Johann Joachim Bode. it 220
– Tagebuch einer Reise durch Italien. Aus dem Französischen von Otto Flake. it 1074
Blaise Pascal: Größe und Elend des Menschen. Aus den »Pensées«. Auswahl, Übersetzung und Nachwort von Wilhelm Weischedel. it 441
Renate Wiggershaus: Marcel Proust. Leben und Werk in Texten und Bildern. it 1348

152/3/12.96

Französische Literatur im insel taschenbuch

François Rabelais: Gargantua und Pantagruel. Mit Illustrationen von Gustave Doré. Herausgegeben von Horst und Edith Heintze. Erläutert von Horst Heintze und Rolf Müller. 2 Bände. Übersetzung auf Grund der maßgebenden französischen Ausgabe, unter Benutzung der deutschen Fassung von Ferdinand Adolf Gelbcke. it 77

Arthur Rimbaud: Sämtliche Werke. Französisch und deutsch. Übertragen von Sigmar Löffler und Dieter Tauchmann. Mit Erläuterungen zum Werk und einer Chronologie zum Leben Arthur Rimbauds, neu durchgesehen von Thomas Keck. it 1398

Jean-Jacques Rousseau: Bekenntnisse. Aus dem Französischen von Ernst Hardt. Mit einer Einführung von Werner Krauss. it 823

Marquis de Sade: Justine oder Die Leiden der Tugend. Mit einem Essay von Albert Camus. Aus dem Französischen von Raoul Haller. it 1257

– Verbrechen der Liebe. Heroische und tragische Novellen. Aus dem Französischen von Christian Barth. it 1448

George Sand: Geschichte meines Lebens. Aus ihrem autobiographischen Werk ausgewählt und mit einer Einleitung versehen von Renate Wiggershaus. it 313

– Indiana. Aus dem Französischen von A. Seubert. Mit einem Essay von Annegret Stopczyk. it 711

– Lélia. Aus dem Französischen von Anna Wheill. Mit einem Essay von Nike Wagner. it 737

– Lucrezia Floriani. Roman. Aus dem Französischen von Anna Wheill. it 858

Misia Sert: Pariser Erinnerungen. Aus dem Französischen von Hedwig Andertann. Mit einem Bildteil. it 1180

Madame de Sévigné: Briefe. Herausgegeben und übersetzt von Theodora von der Mühl. Mit zeitgenössischen Kupferstichen. it 395

Anne Germaine Madame de Staël: Über Deutschland. Vollständige und neu durchgesehene Fassung der deutschen Erstausgabe von 1814 in der Gemeinschaftsübersetzung von Friedrich Buchholz, Samuel Heinrich Catel und Julius Eduard Hitzig. Herausgegeben und mit einem Nachwort versehen von Monika Bosse. Mit einem Register, Anmerkungen und einer Bilddokumentation. it 623

Stendhal: Die Kartause von Parma. Vollständige Ausgabe. Aus dem Französischen von Arthur Schurig. it 1222

– Rot und Schwarz. Vollständige Ausgabe. Aus dem Französischen von Arthur Schurig. Mit einem Nachwort von Uwe Japp. it 1210 und it 1642

– Über die Liebe. Vollständige Ausgabe. Aus dem Französischen und mit einer Einführung von Walter Hoyer. it 124

152/4/12.96

Französische Literatur
im insel taschenbuch

Paul Verlaine: Poetische Werke. Französisch und deutsch. Übertragen von Sigmar Löffler. it 1556

François Villon: Sämtliche Dichtungen. Zweisprachige Ausgabe. Aus dem Französischen von Walther Küchler. it 1039

Voltaire: Candide oder der Optimismus. Mit Zeichnungen von Paul Klee. it 11

– Sämtliche Romane und Erzählungen. Mit einer Einleitung von Victor Klemperer und Stichen von Moreau le jeune. Aus dem Französischen übersetzt von Ilse Lehmann. it 209

Emile Zola: Das Geld. Aus dem Französischen von Leopold Rosenzweig. it 1749

– Germinal. Aus dem Französischen von Armin Schwarz. Mit Illustrationen von Renate Sendler-Peters. it 720

– Nana. Aus dem Französischen und mit einem Nachwort versehen von Erich Marx. Illustrationen von Renate Sendler-Peters. it 398 und it 1646

– Thérèse Raquin. Aus dem Französischen von Ernst Hardt. it 1146

152/5/12.96